劝你趁早喜欢我

上册

叶斐然 著

羊城晚报出版社

图书在版编目(CIP)数据

劝你趁早喜欢我 / 叶斐然著. —广州：羊城晚报出版社，2021.4
ISBN 978-7-5543-0901-8

Ⅰ.①劝… Ⅱ.①叶… Ⅲ.①长篇小说—中国—当代
Ⅳ.①I247.5

中国版本图书馆CIP数据核字(2021)第002483号

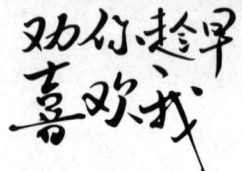

广州天闻角川动漫有限公司 出品

责任编辑	黄初镇　张灵舒
特约编辑	夏之
责任技编	张广生
封面设计	周海珠
封面插画	岛岛咔叽
内文设计	不知冬设计
责任校对	杨群
出版发行	羊城晚报出版社
	（广州市天河区黄埔大道中309号羊城创意产业园3-13B　邮编：510665）
	发行部电话：(020) 87133824
出 版 人	吴江
经　　销	广东新华发行集团股份有限公司
印　　刷	广东广州日报传媒股份有限公司印务分公司
规　　格	787mm×1092mm　1/32　印张 21　字数730千
版　　次	2021年4月第1版　2021年4月第1次印刷
书　　号	ISBN 978-7-5543-0901-8
定　　价	70.00元

版权所有 侵权必究
本书如有印装质量问题，请与广州天闻角川动漫有限公司联系调换。
联系地址：中国广州市黄埔大道中309号 羊城创意产业园 3-07C
电话：(020) 38031253　传真：(020) 38031252　官方网站：http://www.gztwkadokawa.com/
广州天闻角川动漫有限公司常年法律顾问：北京市盈科（广州）律师事务所

目录 Contents

劝你趁早喜欢我 上册

Chapter 01 给他贯彻爱与真实的邪恶 | 001

Chapter 02 留给他体味民间疾苦 | 012

Chapter 03 他是来历劫的 | 023

Chapter 04 一股扑面而来的鸡屎味 | 034

Chapter 05 真没见过酒品这么差的 | 049

Chapter 06 完全称得上德艺双馨的人 | 061

Chapter 07 亲自下手把她毒哑 | 075

Chapter 08 你加入团队的机会没了 | 088

Chapter 09 抢救一下自己 | 102

Chapter 10 震撼性利好消息 | 108

Chapter 11 是时候先下手为强了 | 117

Chapter 12 我才是她的附属物 | 128

Chapter 13 一看就不是正经男人 | 145

Chapter 14 原来自己竟可以如此廉价 | 160

Chapter 15 恃靓行凶就是犯罪 | 170

Chapter 16 大型弃犬求帮助 | 187

Chapter 17 你已被群主移出群聊 | 202

Chapter 18 知道你家里困难 | 210

Chapter 19 他怕不是祸国妖姬投胎吧 | 228

Chapter 20 甩锅摸鱼都是生活所迫 | 237

Chapter 21 没想到我在你心里这么值钱 | 243

Chapter 22 坐拥二手豪宅二手家具的小资产阶级 | 262

Chapter 23 这怎么就得痔疮了呢 | 278

Chapter 24 不仅房子有了, 儿子也有了 | 287

Chapter 25 好样的, 傅峥 | 299

Chapter 26 来势汹汹: 你年纪大, 你是前辈 | 309

-Chapter 01-
给他贯彻爱与真实的邪恶

宁婉拖着大包小包一路狂奔赶上高铁的时候，离发车仅有五分钟半了。

作为一个律师本应处事从容，不该有这样仓促狼狈气喘吁吁的时刻，然而距离宁婉上次回老家已经隔了太久，以至于这次离家前，宁婉的妈妈又忍不住拉着她多说了几句话，因此差点错过火车。

好在宁婉穿了休闲的套头衫、牛仔裤外加白球鞋，狂奔起来也很轻松。

因为遇上过年返程高峰，二等座的票全部售罄，她这次订的座位是一等座，价格几乎翻了一倍，好在一走进车厢，宽松的过道和安静的氛围还是多少宽慰了点宁婉滴血的心，虽然是听起来高大上的律师，但她的收入并不高大上。

她在车厢前的行李架上放好了大件行李，循着票号找到了自己的座位。一等座一边只有两个座位，宁婉的座位靠过道，而不出意外，她的邻座已经坐好了人。

一个特别英俊的男人，是那种即便扫一眼也不容易忘记的英俊。

一等座前后座位之间的空间其实非常宽敞，然而这男人的腿这么一摆，宁婉就觉得一等座也显得有些逼仄了，他的腿太长了。

他倚靠在窗口，穿着肉眼可见的昂贵西装，漫不经心地看着窗外，似乎对周遭一切都有种冷淡的不感兴趣，车厢里周遭的人脸上多少还带着点过年后喜庆的余温，他却仿佛是游离在人群外的孤岛，并且乐意享受这种不合群的安静。

宁婉不得不承认，这个男人的长相非常出挑，从她这个角度，仅能看到他的侧脸，已经足以让她忍不住看第二眼。

大概这第二眼看得太过明显，这男人转过头，目光撞进宁婉的眼睛里。

这下宁婉看到了他的正脸，客观地评价，比侧脸更加优异一点，是可能会让她忍不住看第三眼的长相。

只是不是宁婉喜欢的款,她并不喜欢这种过分的冷淡,总觉得带着这种表情的人性格会过于漠然和高高在上。

列车快要发车,宁婉拿出纸袋里的咖啡,又从包里掏出电脑,一等座的好处终于彰显,至少能保证她有一个安静处理工作邮件的环境。

只是没想到这份安静很快就被打破了——

宁婉的前座发生了争执。

宁婉的前座此刻坐着一个脸露凶相的中年女子,而一个女生气喘吁吁站在过道里,对着那中年女子道:"阿姨,你这个座位真的是我的,你真的坐错位置了啊,你看,这是我的车票……"

"别给我看什么车票不车票,谁知道你这车票是不是假的?何况这位置谁先到谁坐,我先来先得。"

女生急了:"我刚才就坐在这儿了,东西都放在行李架上呢,就是走开上了个厕所,要说先到也是我先到的啊。"

可惜不论怎么讲,那中年阿姨就是不理睬。

小女生看起来大约是个返校的大学生,一下子也没想到遇上这么蛮不讲理的霸座人,很快叫来了乘务员求助,可惜乘务员礼貌地多次沟通也没有任何成效。

那中年老阿姨打定了主意做个老赖,她目中无人地瘫倒在座位里,表情有恃无恐:"我年纪大了,我有心脏病还有高血压,你还是个小年轻,你让让我能咋的?现在的小年轻都不讲礼貌和谦让了?人家公交地铁上还都知道让座呢?你一小姑娘怎么脸皮这么厚,我要是在车上没座位就这么站着出事了你赔不赔?你赔得起吗?!"

这老阿姨说着,声音就歇斯底里地拔高起来:"你是不是想逼死我啊!我心脏病发作要是死了,做鬼也不放过你!"

乘务员只能好言相劝:"这位女士,高铁都是凭票入座的,您这样的行为,以后会上铁路运输黑名单,半年内不能乘坐高铁,甚至还会被行政拘留。"

结果不说还好,一说,这老阿姨更趾高气昂了:"还威胁上我了?别给我整这些有的没的,我这辈子最不讲的就是道理,你们叽叽歪歪这么一通,能打我还是咋的?还上黑名单?行!反正半年里我也不去别的地方,不用坐车,半年后我上车还继续这么干!你们有本事毙了我!"

大妈还嫌不够似的指着小女生的鼻子叫嚣："我和你说，我就看上你这座位了，你买这座位就活该你倒霉！"

……

虽然高铁上都会配备一名乘警，也有乘务员，但每每遇到这种霸座事件，还是好言相劝居多，毕竟人现在赖在座位上，就算想要采取强制措施，乘警也很难把人从座位上拽走。

那小女生还妄图争取："阿姨，我是学法律的，你这样的行为……"

这中年阿姨取得阶段性胜利，更是口无遮拦直接打断了小女生的话："别和我扯什么法律不法律，法律算个屁！法律就是狗屁！法律能让我把座位让给你吗？还学法律的呢？学法律了不起吗？以后我看你连工作都找不到！"

此刻这列火车全部坐满了，都没法给这被占座的女生找到别的座位，眼见这女生又急又气都快哭了，宁婉实在是看不下去了。

她挽了挽头发，站了起来，义正词严地打断了老阿姨："阿姨，请不要再说了！"她清了清嗓子，"我作为一个律师，不能看你做这样的事！"

别说那老阿姨停了下来，小女生也一脸期待地看向了宁婉。

乘务员松了口气，就连宁婉那位一直望着窗外的冷漠英俊邻座，也因为她的这句话微微带了点诧异地转过头来看向宁婉。

这一刻，宁婉万众瞩目，她仿佛看到自己的舞台搭了起来，灯光就位，舞美就位，音乐就位，剧本就位，只差自己隆重登场，表演一出用法律的武器将蔑视法律的霸座者绳之以法的高亮剧情，把中年阿姨这样的疯魔反派啪啪啪打脸，让所有遵守规则被欺负的压抑普通人扬眉吐气！

宁婉在所有关注期待信任的目光里，深吸了一口气，然后看向那老阿姨，字正腔圆道："阿姨，我要告诉你一件事！"

这个气场，一百分，这个架势，一百分，这个播音主持般抑扬顿挫的声音，一百分！

所有人都目不转睛地看向了宁婉，仿佛只等着她下一句"你这样的行为在法律面前是行不通的"，只可惜……

宁婉自我感动了一秒钟，然后回归了无情的现实，她在万众期待里一下子变换了表情，从刚才的严肃变成了笑容满面："阿姨，我要说的这件事就是，法律真的不能让你把座位让出来！"

"……"

"……"

"……"

行了，舞台塌了，灯光师摔断腿了，舞美跑了，音乐设备坏了，宁婉的英雄主角剧本分分钟变成了恶毒女配身边连个名号都排不上的狗腿跟班……

不过她对加诸在自己身上的目光毫不在意，喜笑颜开地对老阿姨道："阿姨哎，你真的说得太对了，法律真的没什么用，学法律吧，真的是就业率最低的专业，就算勉强就业了吧，收入还特别低。真的，我妈当初要像阿姨你这样有眼光、有远见，我也不能上法律这条贼船啊。"

宁婉一脸遗憾道："可惜啊，我当初就没遇到像阿姨你这样的人，这么一语点醒梦中人般点醒我。"

众人完全没想到这种发展，就是那此刻被宁婉各种谄媚夸赞的老阿姨也没想到，她皱着眉有些莫名其妙地看向宁婉："你刚才不是还叫我不许再说下去？不能看我做这样的事？"

宁婉露出了一个凄凉的笑："阿姨，我刚才那么说，完全是因为觉得你讲得太有道理了，法律真的什么都不是，也没什么用，你那一番话，完全戳中了我不愿意面对的血淋淋的现实，再听下去，我实在太痛苦了，所以不想让你再继续说下去，不想让你继续一语点醒梦中人……"

"……"

她又吹捧了几句那中年女人，才话锋一转道："不过阿姨，你也别和这些在校的学生一般见识，他们没经历过社会，不知道你说的话多有道理，你这样的行为才在社会上吃得开。"

刚才歇斯底里嗓门老大的中年女子显然有些情绪甚至精神方面的问题，别人讲理反而对她是种刺激，倒是宁婉这番话把她给安抚了下来。

宁婉见对方情绪稍稳，便乘胜追击道："但是啊，阿姨你要不还是把这个座位让给那个学生吧。"她没给中年女人回答的时间，径自继续道，"你看，她这个座位号是4号，多不吉利，多晦气啊，还有你看看她这人，估计就是那种认死理的学生，这一路上你不让她，她死缠着你，都能把你给烦死。要不这样，你把她座位还给她，来坐我这儿，我把我的座位让你。"

这老阿姨转了转眼珠，看了眼站在自己身边一脸不甘心的女学生，觉得宁婉说的有道理：自己不让位，这小孩站一边和自己死磕，也够烦心的，现在有人给自己主动让位，那不挺好？

她斟酌片刻，果真让了出来，走到了宁婉身边。

宁婉看了眼还傻乎乎站着不动的女生，有些没好气地道："不都让出来了吗？还不快去坐！"

那女生瞪了宁婉一眼，低声道："真丢法律人的脸！"说完，这才坐到了本属于自己的座位上。

宁婉没在意这些鄙夷，不论如何，老阿姨让出了座位。

而就在对方站在宁婉身边，等着宁婉兑现承诺，把座位让出来之时，宁婉一屁股重新坐回了自己的座位上。

老阿姨有些意外："你不是说让给我？"

宁婉坐回座位，老神在在："我不让了。"

"……"

她如老阿姨刚才那般无赖道："我突然腰酸了，不想让了，座位本来就是我的。"

老阿姨这下变了脸色，她终于反应了过来："你……你就是骗我！把我从座位上骗走！你这个小贱人！"

宁婉懒得理睬，只对站在一边目瞪口呆的乘务员和乘警道："现在人已经从座位上起来了，可以强制执行直接带走了吧？"

刚才那老阿姨占的座位靠窗，想要拖走她还要影响坐在靠过道的乘客，且对方拒绝配合的话，从座位上拉起一个人确实相当有难度，可如今她站起来了，几个乘务员配合着乘警带走人就方便了。

老阿姨一走，宁婉刚打算享受片刻的清净，结果没清净多久，她的手机就响了。

宁婉一看号码，是悦澜社工委的季主任。

作为目前悦澜的社区律师，见是季主任的电话，宁婉几乎不假思索，就知道准没好事。

她的预感也确实变成了现实，电话接通后，季主任苦哈哈的声音便传了过来："宁婉啊，张子辰跑了！"

又跑了？！

宁婉心里咯噔了一下:"怎么搞的?"

"过年啊,家人忙着宴请置备年货,这两天吃药上也没留神,小区里有人偷偷放鞭炮,把他给吓着了,犯了病,人就这么跑没了。查了小区门口的监控,只知道人往西边跑了,也不知道具体上哪儿了。"季主任声音充满了步步为营的老奸巨猾,"所以待会估计要麻烦你了啊。记住啊,好言好语安抚住,不要反驳,一反驳他就犯病更厉害更疯,顺着他的话说,把人哄住,问清楚人在哪儿。"

他规劝道:"宁婉啊,你想,你这也是为了工作,不要觉得不好意思,情话该说还是说啊。你想,万一人家被你这冷淡一刺激,犯病更厉害搞出更多纠纷,还不是你去善后吗?"

"……"

宁婉头疼地揉了揉眉心,挂了电话后深吸了一口气。

张子辰是悦澜小区里的住户,今年十七岁了,平时是个挺腼腆的男生,但是家族遗传,有间歇性精神病,一旦受到刺激发了病,行为就完全不可预知,在小区惹了好几个纠纷,最后都是宁婉出面调解的,一来二去便也认识了。他吃了药后是个讲礼又温和的男孩,然而一旦发起病来,就比较奔放了……以前是出门寻衅滋事,后来就演变成——给宁婉打电话热烈求爱……

宁婉正头疼着,这始作俑者张子辰的电话就来了。

宁婉看了眼手机,先打开电脑,点开了《土味情话大全》,然后深吸了一口气,视死如归地接了电话。

傅峥自从上了高铁就后悔了,高远本来说派专车来接他,但傅峥久未回国,挺想体验下国内的公共交通和生活氛围,才决定坐高铁,又因为商务座全部售罄,于是买了一等座。

一开始,车站熙熙攘攘的人群确实给他带来了点烟火人间的新奇感,然而很快,这种感觉就变成了后悔,无穷无尽的后悔:说是一等座,但环境也并没有好到哪里去,甚至还有不买票直接上车霸座的。好不容易等到霸座的人走了,自己的邻座又开始没完没了地讲起电话来。

"是是是,我当然是真的爱你,我什么时候骗过你?"

"子辰,有句话不知道你听过没有?你的酒窝没有酒,我却醉得像条狗。"

"啊?你说你没酒窝,怎么可能?!你有,就是有得不明显罢了,对,肯定有,你那么帅,怎么可能没有酒窝?我就喜欢有酒窝的男人,不信你找个镜子照照?对了,你在哪儿呢?附近有镜子吗?"

"不不,我怎么是哄你的呢?我这人最大的缺点,就是缺点你。"

"你知道吗?我最近想买一块地。什么地?哈哈,当然是你的死心塌地。"

……

傅峥觉得自己完全听不下去了,要不是高铁,只是一般的轿车,他可能真的会考虑跳车。

幸而这时,他的手机响了。高远的电话解救了他的尴尬。

"喂,傅峥,你到哪儿了?"

傅峥抿了抿唇,刚要回答,就听到自己邻座突然抬高了声音,用一种扭捏做作的声音娇柔道:"你还好意思问我到哪儿了?死相,我当然已经到你心里了啊!"

"……"

这声音一五一十地传进了傅峥的手机里,传到了对面高远的耳朵里。

高远大概是完全没料到这个发展,当场愣住了:"傅峥,你还好吧?"

结果傅峥还没来得及回答,只听邻座大声道:"好的好的,当然好着呢,对,我和你一样,最近忙着叶绿素合成呢,你放心吧,再过几天我也要开花了!咱俩心连心,爱情永结同心,相约一起开花!你在哪儿呢?我来找你。"

"……"

要不是从对方的包里看到了对方的律师证证件,傅峥打死也不愿意相信这么一个人竟然真的是个律师。

他只觉得自己再这样下去真的要跳车了:"高远,我现在不太方便,待会下车了打给你。"

傅峥挂了电话,板着脸,戴上耳机,把钢琴摇滚开到最大音量,效果震耳欲聋,但傅峥觉得,聋了也比听身边那可怕的情话强。

好在车程很快,没多久就到了站,傅峥几乎迫不及待下了车,摆脱了那个浑身是戏、情话绵绵的邻座。

高远说好了来接站,傅峥走到出口的时候就在人群中一眼认出了他。两人是国内本科大学同学,虽然多年没见,但关系很好。

高远轻轻给了傅峥一拳算是打了招呼。

他为人热情，一路上便是积极给傅峥科普："总之，国内的法律环境和美国的完全不同，你虽然在美国执业多年，但美国那一套和国内大为不同，你就算通过了国内的司法考试，但没在国内执业过一天，想要独立从业还要在所里挂一年实习，何况国内的司法实践可能也完全不是你想的那样。"

对于高远的苦口婆心，傅峥并没有当回事，他抬了抬眼皮："所以你把我'流放'到社区基层去做实习？"

高远没忍住翻了个白眼："什么叫'流放'呢？你可是我们所诚意邀请马上要新加盟的高级合伙人，还指着你拉高今年创收呢。"

"给你安排去社区完全是我的一片苦心，虽然社区律师是很基层，但是越基层，越是能接触到最真实最接地气的法律环境，基层法律纠纷多，种类多样，处理起来并不容易，是最快速的训练场，我安排你在悦澜社区做三个月实习律师，能让你以最快的速度适应国内的生活环境和法律环境。"

"哎？你可别那么看我，这可是很难得的机会，虽然苦和累，但像打怪升级似的，能接触最多的怪，何况你也要改改你这种冷淡作风，你这套在国内是要跌跟头的，国内客户的法律意识和成熟度，还远远没培养起来呢，维系客户可不像在美国那么简单。"

"你当然可以直接进入我们所当合伙人，但是我建议你在社区历练个三个月，没坏处，你刚回国，正好休整休整，阿姨那边你也可以多花点时间照顾一下。"

傅峥本来在美国从事金融法律业务，前途大好，从职业未来来说是不该回国的，但因为母亲病重，他作为独子，不想在亲情上留有遗憾，还是回国了。

这点高远可以理解，但有一点高远倒不太明白："我就搞不懂你了，虽然中美法律差别很大，但你完全可以做商业这块，为什么就想尝试做民事？"

"哦，商事领域的法律纠纷对我而言已经没有什么挑战了，既然调整了职业规划选择回国，那索性尝试点新的领域，商业也继续做，但也试着开拓民事纠纷领域。"

这听起来完全像是"在商事法律领域已经独孤求败，所以选择新的挑战"一样欠扁，如果是别人说这话，那高远一定觉得是吹牛，但如果是傅峥说，那就真的只是在简单陈述事实而已。

"那你去社区'微服私访'就更有必要了，现在悦澜社区是我们所的签约社区,负责那里业务的律师叫宁婉。我看社区对她评价挺高的,虽然人家年纪比你小,但人家本科毕业就工作了,基层经验丰富,你跟着应该也能学点东西,熟悉下国内套路。"

高远笑笑补充道:"我怕说了你的真实身份,宁婉不自在或者和你交流起来会有隔阂,你端着合伙人老板的架子也没法从她那儿学到东西,所以为你隐瞒了身份,你不介意吧?"

"不介意,不过我并不觉得能从她那里学到什么东西。毕竟谁放着总所不待,想去社区当律师?"傅峥嗤笑了两声,"能去社区的,肯定是你们所里业务能力边缘化的人了,你说我跟着她能学到什么?"

"你可别说,你这去悦澜社区的机会还有人竞争呢,原本我们所里有一个年轻小伙子早早就申请去社区跟着宁婉干,我这算是横刀夺爱,内部操作才把这个机会内定给你的好吧?"

"……"

"算了,不聊工作了,聊点别的,这次回国觉得怎么样?"

傅峥想到高铁上发生的一幕幕,真心实意道:"不怎么样。"他皱了皱眉,问,"现在限制民事行为能力人都能当律师吗?"

"啊?"

"精神有点障碍的人也可以通过司法考试吗?"

"不能吧……"高远思忖了片刻,听完傅峥的遭遇后客观地评价道,"一般来说,精神病人的思辨能力应该支撑不了考过司法考试,我觉得你邻座那个女的大概率还是在复习司法考试的过程里疯了。范进中举知道吧?拿到律师证的刹那,情绪太过激动,然后就疯了?"

傅峥觉得他说的有点道理。

"对了。"高远想起什么似的,然后揶揄地看了傅峥一眼,"容市出美女的,你今天一路上有见到什么美女吗?"

"一个都没有。"

唯一一个长得不错的,精神不太好。

"那你别急,去见见宁婉,宁婉真的漂亮,我们律所最漂亮的,人家根本不化妆,因为素颜太能打。"

而另一边,被称为素颜能打的宁婉拎着大包小包却没那么好运了,如果她能听到高远那一番话,大概率是要嗤之以鼻的:长得漂亮又怎么样?能当饭吃吗?

今天是节后返程高峰,素颜太能打的她在寒风里等了足足二十分钟,脸色也被冻得煞白。等终于排队打到了车,还没来得及感慨今天这坏运气终于到头了,坏消息又来了。

宁婉接到了陈烁的电话:"学姐,我这次没法来社区帮你忙了。"

宁婉皱了皱眉:"怎么了?"

陈烁是宁婉的高中学弟,大学也是法学专业,但学校比宁婉好得多,是国内顶级那所,毕业后倒挺巧,也和宁婉一起进了精品小所正元律所。自然,因为学校出身的不同,他的待遇和所内发展比宁婉好得多。

一般律师对社区事务不会有任何兴趣,此前宁婉也是被挤对才去负责所里签约社区的法律事务,但不知道陈烁怎么回事,主动表示很想去基层体验一番,还打申请要来社区给宁婉帮忙。

"本来都说好了今年就是我过来帮你,可不知道怎么回事,今天突然通知我说不用来了,所里安排了个新入职的来社区,还是高PAR[①]亲自内定的。"

陈烁心情很低落,宁婉也高兴不到哪里去,陈烁干活热情积极主动,为人靠谱踏实,对于他来社区帮忙,宁婉是非常期待的,然而如今……

"这个空降兵什么背景?"

"不知道,只说美国名校毕业的JD[②],年纪不小了,今年来我们所里挂证,还在实习期,要在悦澜社区干三个月。"

在国内都没任何执业履历,就塞到急需实战经验的基层法律事务里来,还是内定的,且只干三个月,这明晃晃的就是个直接刷履历的啊。

社区律师事多钱少,但也不是没有人眼馋这个职位,就像申请国外名校除了GPA[③]给力外,还要有一些展现社会责任感的实践活动。不少沽名钓誉的合伙人甚至也会签约成为社区律师,活儿这些人是不干的,只是挂个名,底下的事情扔给手下的律师做,未来却能发个通稿,彰显自己是具有责任感不在乎钱的成功律师,还有像这一位,或许只是把社区经历当成去其余诸如NGO[④]等平台的跳板,又是美国名校毕业,要知道美国好的法学院几乎都是私立的,一年学费贵到无法想象;JD又要念三年,这人大概率是个少爷,还是宁婉最讨厌的那种关系户少爷。

"叫什么名字？"

"傅峥。"

"行了，傅峥是吧？他死定了。三个月他坟头草都三尺高了，我会让他三天都坚持不下去。"宁婉把指关节捏得啪啪作响，"让我给他贯彻一下爱与真实的邪恶。"

想在自己手底下刷履历？做梦！自己手底下这种人只有四个字的结局——

给老子死！

注：

① PAR即PARTNER，合伙人的英文缩写，是指律师事务所的合伙人。

② JD即Juris Doctor，法律职业博士的英文缩写。

③ GPA即Grade Point Average，平均学分绩点。是以学分与绩点作为衡量学生学习的量与质的计算单位，以取得一定的学分和平均学分绩点作为毕业和获得学位的标准，实施多样的教育规格和较灵活的教学管理制度。

④ NGO即Non-Governmental Organization，非政府组织。20世纪80年代以来，人们在各种场合越来越多地提及非政府组织（NGO）与非营利组织（NPO），把非政府组织与非营利组织看作在公共管理领域作用日益重要的新兴组织形式。

-Chapter 02-
留给他体味民间疾苦

宁婉赶回社区的时候，社工委季主任已经一脸喜笑颜开地等在宁婉的办公桌前了。

宁婉看了他一眼："子辰找到了？"

"可不是吗？找着了，送医院去治疗了。"季主任朝宁婉眯了眯眼，"我知道我知道，这多亏你，我也不会让你白干活。"他说完，变戏法似的从身后拿出一大盒还冒着热气的炸鸡，"你最喜欢的，快趁热吃吧。"

季主任四十出头，是悦澜社工委的一把手，管理着社区内悦澜一期到六期六个小区，因为社工委办公地点在悦澜社区内的便民大楼里，和宁婉的社区律师办公室紧挨着，一来二去，两人便也很熟，平日里宁婉都喊他老季。

老季"上供"完炸鸡，便也回去忙活自己的工作了，社区律师办公室便只剩下宁婉一个。她为了赶车，还没顾得上吃饭，此刻没人，便索性直接提了一只鸡腿一边啃一边打开电脑翻阅春节期间堆积的法律纠纷和咨询。

她听到门口的脚步声时，嘴里正叼着啃了一半的鸡腿，两只手胡乱擦过后正飞速地打字回复社区居民的法律咨询，而几乎是听到脚步声走近的刹那，宁婉就熟能生巧地把桌上一盒炸鸡连带嘴里那只鸡腿全部一气呵成地塞进了抽屉里，然后她整了整坐姿，摆出了最职业最精神的姿态，准备迎接年后的第一位客户。

为了方便接待咨询的居民，宁婉的办公室从不关门，而等脚步声终于走到门口，她微笑着抬头，看到了一张没多久前才看过的脸——

高铁上自己那个相当英俊的邻座。

对方显然也愣了愣，然后他快速镇定下来："我找宁婉。"

宁婉打量了对方一眼："我就是，你有什么法律问题需要咨询吗？"

对方诧异了一分钟，然后再次看向宁婉，模样冷静自若："你好，我是傅峥。"

傅峥？那个挤掉陈烁内定的关系户？

这下换成宁婉惊愕了，自己竟然和傅峥同行了一路？

因为陈烁这件事，她这下再看傅峥这张脸，突然就觉得全变味了。瞧瞧这张脸，一个男人，长成这样，穿得和走T台似的，像个律师吗？别说律师，连个"良家妇男"都谈不上，倒像个随时会搔首弄姿的小白脸——低俗！

要不是他，自己不至于失去陈烁这么一个靠谱的帮手，陈烁也不会失去一个期待已久的基层工作机会，社区也能因为陈烁的到来得到更好的法律服务，而不是来这样一个一看就是个菜鸡的绣花枕头，一个行走的麻烦和拖油瓶！

一想起这些，宁婉就恶从胆边生，她决定给对方来一个下马威，只是自己还没开口，傅峥倒是先开了口。

他朝宁婉笑了笑："你刚才吃炸鸡了？"

吃个炸鸡没什么，要换作别人问，宁婉还能热情地把炸鸡拿出来一起分享，但傅峥这种阶级敌人问那就不同了。

宁婉当即拉长了脸，义正词严道："我没吃，我们虽然是社区律师，做的业务可能算不上高级，但是也要保持律师的专业形象，希望你也能时刻牢记，不要以为可以在办公室里吃炸鸡这种有损形象的垃圾食品……"

空气里虽然隐约还有一些炸鸡的味道，但对方绝对没看见自己吃，死不承认就行了。

结果傅峥却是轻笑了一声："宁律师，你嘴角边，还沾着炸鸡的脆皮。"

"……"

宁婉强撑着面子，僵硬地朝书柜的玻璃柜门上扫了一眼，从反光里，自己嘴边还真的沾着一粒该死的炸鸡脆皮……

但事到如今，也只能硬挺，她避开了傅峥玩味的眼神，硬着头皮坚称："你看错了，我根本没吃什么炸鸡，我嘴角边的那是一颗痣。"宁婉补充道，"一颗像炸鸡脆皮的痣！"

宁婉觉得自己面子全失，急需找回场子，她决定不等傅峥再开口，自己主动出击，攻击是最好的防守！

"傅峥是吧？我知道从年纪上来说，你比我还大好几岁，但是你参加工作的时间比我晚，我们律师这行吧，不讲年龄，讲的是资历和经验。"宁婉露出一个不失礼貌的笑容,"你刚从美国回国,还在实习期,所以论资排辈,我是你前辈,还是你的指导律师。你平时可以叫我宁老师。我这个人吧,没什么架子,但是呢,有些规矩还是要说清楚的。"

宁婉伸出一根手指,敲了敲桌面,摆出一副老资历的神态:"新人在我们这儿,得顺从,有眼色。"

傅峥看了宁婉一眼:"哦?"

这态度,看着不太服管啊,宁婉觉得自己不能说得那么含蓄了,她咳了咳,也懒得再委婉,索性单刀直入:"简单来说,就是我挖坑呢,你就填土;我吃肉呢,你就喝汤;我往东,你就不能往西。"

"我知道你可能家里有点背景或者人脉,但是,如果我们正元律所总所是京城皇都,那悦澜这个社区律师办公室就是偏远的蛮荒之地。俗话说,天高皇帝远,我就是爸爸,你要不听话,一天三遍打。"宁婉说完,一脸好心殷殷切切地看向傅峥,"你刚从美国回来,这段话可能没听过,但作为职场求生准则,我可建议你要详细阅读并朗诵啊。"

这话下去,傅峥果然脸色并不好看。一般来说,他这种有背景的少爷,面对这样明晃晃的挑衅,或许当场就翻脸直接摔门走了。

只可惜眼前这位少爷倒是挺能屈能伸,他又看了宁婉一眼,最后竟然点了点头,虽然面容还是冷淡,但语气竟然已然十分平静:"好的。"他笑了笑,然后一字一顿慢条斯理道,"不过叫宁老师就不用了,因为我想,以我的能力可以胜任这份工作,并不需要老师。"

傅峥这语气不仅玩味,还带了点隐隐的嘲讽。

行啊,这就是开战了。

宁婉内心正想着给傅峥找点麻烦,结果这麻烦就送上了门。

"你这嘴出来之前不知道用妇炎洁洗洗?说的是人话吗?"

"我好得很,你这贱嘴才该用洁厕灵冲冲!"

"臭婆娘!"

"死贱妇!"

……

两个中气十足的女声由远及近一路往宁婉的办公室这儿袭来,伴随着这各式各样的精彩辱骂,一个庞大的轮廓朝着宁婉挪动而来,等到了办公室门口,宁婉才看清楚，这是扭打在一起的两个中年妇女。

"你妈的给我放开你的脏手！下贱胚子就知道偷袭抓人头发！"

"别张口闭口就带着你妈，你那么孝顺你怎么不和你妈一起火化升天啊？"

"……"

这两人看起来都四十来岁，一边互相怒骂着对方，一边厮打，你抓我的头发，我挠你的脸，你踢我的大腿，我拧你的胳膊，眼看着该是一路扭打过来的，因此脸上不是带着指甲抓出的血痕，就是头发披散，衣着凌乱。

这场景宁婉见得多了，在社区纠纷里十分普遍，要说这一次有什么特别，那就是其中的一个女人一只手拼命对战，另一只手像是护着自己孩子那样抱着只公鸡，宁可自己挨打，也绝对不让对面的女人伤着鸡一丝一毫。

只是相比宁婉的淡定，傅峥就不平静多了。他显然是第一次见到这种场景，整个人都愣住了，此刻微微瞪大了眼睛，皱着眉，不可置信地看着眼前的场景。然后宁婉看到他果断掏出了手机，在拨号键盘的页面按下了11……

就在他马上要按下0的时候，宁婉制止了他的动作："你要报警？"

"是。"傅峥理所当然地点了点头，看了一眼还在办公室里扭打的两位女性，然后冷冷地瞥了宁婉一眼，"这种情况不报警，难道像你一样看热闹不嫌事大，当一个无知的围观者？"

"报警真的大可不必。"宁婉不计前嫌地笑笑，"调解这类邻里纠纷，就是我们社区律师的工作内容之一。"

傅峥皱起了眉："都打成这样了，怎么调解？"

"什么叫打成这样了？我们社区的居民只是比较朴素，动手能力比较强而已。"

"……"

"何况你自己看看，够得上轻伤标准吗？够得上打架斗殴的标准吗？这点破事你就放过警察吧，不要浪费警力资源了。"

宁婉说完，朝傅峥努了努嘴："喏，你刚不是挺自信的吗？说能胜任这份工作，也不需要我帮忙，那这案子交给你了。"

"……"

傅峥的脸色果然黑了，他自然不肯认输，试图做出叫停这场扭打的努力，可惜他刚开口，声音就完全被两个对骂的中年女子盖过去了。

他冷冷看了宁婉一眼："这根本没法调解，因为根本没法让她们停下。"

想也不用想，他这样的少爷，怎么可能懂得如何调解这种鸡毛蒜皮的邻里法律纠纷呢？这男人的模样，怕是连活鸡都是第一次见。

而这活鸡大概是生怕傅峥见自己见得不够仔细，在扭打中竟然从自己主人的怀里挣脱着飞了下来，又因为受惊，一路直冲着傅峥而去……

一时之间，对骂声、扭打声、鸡叫声，共同在宁婉的脑海里谱写出了一首命运交响曲，预示了傅峥此刻命运的坎坷。他刚才还冷淡高傲的脸上，终于如宁婉所预期的那样，露出了绝望想死的表情，因为——

他作为办公室内的另一雄性生物，大概在这场争斗中引发了公鸡对同性的攻击性，那只鸡一下地，就凶相毕露地开始追着傅峥啄。饶是傅峥腿长步子大，但碍于办公室这一方小天地，怎么跑也跑不出个花来。眼见着他那昂贵不菲的西装裤上，已经被鸡啄出了几个小洞，顺滑的布料上，已然粘着好几根飘逸的鸡毛，刚才还高高在上的有钱少爷，仿佛一下子变成了村口养鸡场里帮工的惨绿小伙。

这鸡大概受了刺激，连大小便都失禁了，一边追傅峥，一边拉。鸡屎的攻击简直是核弹级别的，傅峥脸上的绝望越发浓烈，不用开口，他的脸上已经写满了"我想死"这三个字。

刚才不还信誓旦旦地说自己能胜任社区工作吗？不挺自信挺骄傲的吗？这就想死了？宁婉内心想，你真正想死的时候还没到呢！

她摇了摇头，虽说可以袖手旁观继续看傅峥出洋相，但宁婉最终还是有些不忍心，她最后还是冲过去利落地把鸡抓了起来，然后从口袋里掏出发带，把这公鸡的脚绑在一起，丢在了一边。

收拾完鸡，她才瞥了傅峥一眼，叹了口气，语重心长道："以后多见见世面，学着点你宁老师。"

在傅峥惊魂未定时，她撩了撩头发，转身从办公桌的抽屉下面掏出一个扩音喇叭，打开开关，瞬间，她嘹亮又激情澎湃的声音便响彻整间办公室——

"注意一下！注意一下！都给我停下！宁律师有话说！宁律师有话说！"

扩音喇叭效果太好，宁婉抑扬顿挫的声音又太过魔性，很快，那两个刚才还扭打在一起的女人果然停止了对骂，在这高分贝的噪声里不得不离开了对方，用手捂住了自己的耳朵。

宁婉甩开喇叭,看了傅峥一眼:"看,这不停下了吗?"

"……"

没理睬傅峥的反应,宁婉甩开喇叭,然后快步走到了两个女人的中间,防止两人再扭打到一起,语气温和道:"行了,两位阿姨,你们肯定口渴了,先喝点东西吧。"

宁婉说完,看了傅峥一眼,可惜傅峥没任何反应。她不得不又看了他一眼,傅峥这下有反应了,他不太高兴地道:"你看我干什么?炫耀你把人分开了吗?"

宁婉差点气结,这男人倒是长着一张聪明英俊的脸,但怎么能这么不识相,这么没有眼色:"我看你干吗,你自己心里没点数?"她深吸了一口气,放弃了暗示,没好气道,"去倒茶啊!"

"……"

傅峥显然脸色狼狈且不善,但最终还是没说什么,给两个扭打的当事人以及宁婉都倒了茶。宁婉观察着他倒茶的模样,不由在心里哀叹。这个傅峥是含着金汤勺出生的吗?难道这辈子没给人倒过茶?怎么有人连倒茶都能做得这么生硬和笨拙,他是不是小脑有问题,协调性不行啊?

宁婉放弃了思考傅峥的事,她很快把精力投到了两位当事人身上:"两位阿姨,你们到底怎么回事?这刚过完年呢,大家喜喜庆庆不好吗?都是一个小区的人,也算是邻居,远亲还不如近邻呐,有什么事不能好好说吗?"

停止了扭打,这两个中年女人虽然看彼此的目光里还是充满仇恨,但好歹平静了下来,其中穿花格子大袄的大妈率先开了口:"宁律师,那你给我评评理,我叫史小芳,住在10栋1201室,她呢,叫刘桂珍,住我隔壁,1202的,我俩确实是邻居。"

"千年修得当邻里,史阿姨,你们这每天抬头不见低头见的,有什么问题不能好好沟通,非要动手呢?"

与此前和傅峥说话时吊儿郎当的模样不同,对待这两位当事人,宁婉语气和缓、声线温柔,脸上的表情认真又专注,她那推心置腹般的神态也让人很容易有亲近感。

可惜就算这样,也不足以抚平史小芳内心的怒火,她指着对面刘桂珍的鼻子,怒气冲冲道:"宁律师,我女儿刚出了月子,我最近每天忙着给她带小孩呢，要不是刘桂珍她没素质，你以为我想浪费时间和她动手吗？"

一说起这，史小芳就一肚子火："宁律师，你们社区律师，是不是能帮我们社区的小老百姓解决这些法律的事？我想告她！告她养鸡扰民！现在社区不是不能养鸡吗？她这样养鸡不是影响别人吗？这鸡身上万一有个什么鸡瘟病毒什么的，传染人咋整咧？就算没病毒，这鸡养在公寓里，也不适合吧？每天这鸡屎都要弄得臭气熏天的……"

刘桂珍也不甘示弱："我这鸡好得很！它打过禽流感疫苗！都有全套手续！是只很安全的鸡！绝对没什么鸡瘟病毒。臭气熏天更是她空口白话，我看我的鸡是不臭，臭的是她那张喷粪的嘴！我这鸡养在阳台，每天通风打扫，有鸡屎第一时间就铲掉了。"刘桂珍看向宁婉，"宁律师，我自己家里一家几口也和鸡一起住着呢，要是不搞好卫生，第一个臭死脏死的岂不是自己家？"

"行行行，就算你这鸡是鸡中之霸，是只品种鸡，还有全套质检证书，没病没灾，可你这鸡大清早，天还没亮就开始打鸣，这可不是假的！"史小芳一边说，一边就掏出了手机，"宁律师，你听听，这是我录的音。"

她的话音刚落，高亢嘹亮的鸡叫声便从手机里传了出来，史小芳又翻出一个视频："为了怕她赖账说这录音是我网上找来的，我还特意拍了个视频。你瞧瞧，这就是我家阳台，镜头那边就是刘桂珍家，这鸡叫声就是从她家那传来的。"

史小芳一边说，一边面露愤恨："宁律师，你说说，这像话吗？你看看这时间，凌晨四点！四点！这瘟鸡就叫了！我女儿月子里就因为这鸡，根本没休息好，现在才一个多月的小家伙，也因为每天被这鸡吵醒而哭闹不停！既然今天来了你这儿，我就想找你给我解决这个事，刘桂珍养鸡噪音扰民，我可以告她吧？这公寓里怎么能养鸡呢？"

"我这就几声鸡叫，又不是什么地铁施工或者装修乒乒乓乓的噪声，怎么还叫噪声扰民啊？史小芳你就是穷疯了想讹我的钱吧？还告我呢？以为用这种手段就能吓唬人啦？"

"噪声扰民除了施工噪声和装修噪声外，不按正常的生活规律，比如在凌晨四点发出的鸡叫声，只要确实存在影响他人正常休息的情况，也属于噪声扰民，确实可以追究侵权责任，要求赔偿。"

宁婉在这边好言相劝，结果傅峥这字正腔圆的一番官方腔调一出，史小芳就仿佛找到了靠山一般，好不容易有些平息的怒火又燃起来了，她瞪向刘桂珍："你听听！你这个不懂法的文盲，你听到没？先不说公寓养鸡就没素质，你这半夜鸡叫扰民，就是违法！别说给我赔礼道歉了，你听人家这男律师说的，你还要给我赔钱呢！"

"史小芳你这个臭不要脸的，哪里是因为我的鸡吵，你就是为了骗几个钱！"

眼见着两个人又要重新干起架来，宁婉不得不立刻隔开了她们："这样吧，两位阿姨，这儿有张情况说明表和纠纷受理书，你们先别吵，先填上，这样我们才能走流程。"

宁婉说完，从办公桌里抽出两份文件，一人一份给了史小芳和刘桂珍，然后一把将傅峥给拉到了办公室外。

"我说你能不能不要帮倒忙？"宁婉简直气坏了，"你没瞧见我好不容易才让两个人情绪平稳下来吗？你要不来那么一下子，可能刚才顺着话头继续，我就能调解结束这个事了。"

结果始作俑者一点羞愧也没有，甚至很理直气壮："社区律师的案子可能是比较小，但你至少得记住自己是个律师，你应该用法律的手段来处理问题，而不是用居委会大妈的思路什么事都想着调解。在小区内饲养家禽，这本来就违法，干扰了他人正常生活，自然是侵权了，我说的哪一句错了？"

这鸡一收，傅峥就又变回了高高在上的精英范儿，他显然已经重新整理了衣着，此刻裤腿上的鸡毛也没了，衣服的褶皱也都抚平了，刚才脸上"我想死"的表情仿佛只是宁婉的错觉。

明明是个菜鸡新人，大概是仗着比自己大几岁，看自己的眼神总是充满了上位者般的睥睨和冷淡，一点自知之明也没有，要不是宁婉心里清楚他的斤两，甚至要觉得他不是来社区蹭履历的，反而是什么领导来微服私访指点基层呢！瞧瞧这语气，倒像是上级训下级的阵仗呢！

长得是挺英俊，但每个毛孔里仿佛都写着欠打。

"你说的自然是没错，但是傅峥，能过司法考试能当律师的人，背法条不是什么特殊才能和成就，你就算能把中国的所有法律一五一十都背出来，也不是什么本事。

"理论是理论，实践是实践，这两者之间的差距很多时候就是买家秀和卖家秀的区别,对,鸡叫噪声扰民确实是违法的,但是在这个案子里,虽然在一定程度上影响到了史小芳的正常生活,但是没有造成什么实质损害。

"如果因为鸡叫睡不好,长此以往导致神经衰弱,史小芳多次去看病,那么因此产生的误工费、交通费还有看病治疗的费用,这些才叫实质性的损害,才是可以要求对方赔偿的,但即便是这样,为了这么点钱去起诉,也不经济。

"如今这种情况下史小芳只是因为鸡叫没睡好,都没有到神经衰弱或者需要看病的地步,那么在司法实践里是比较难说是构成侵权的,只能是双方尽量协商。你鼓吹的起诉,在这里也根本行不通,除了浪费史小芳的时间、律师费和精力外,她想要解决的鸡叫问题得不到解决,她去告侵权也不会胜诉,别说得到赔偿,就是律师费、交通费都只能自己掏钱。"

可对宁婉的一席话,傅峥显然并不买账:"就算没有造成实质性的损害,不能以侵权论,但也同样是违法的,《治安管理处罚法》里明确写了,饲养动物,干扰他人正常生活的,可处以警告,警告后不改正的,还能罚款。法律并不是只有侵权法一个门类,多的是法律可以制裁养鸡扰民。"

傅峥的表情仍旧不咸不淡,他显然并不觉得这事有多难处理:"再不济还有《城市市容和环境卫生管理条例》,市区内是禁止饲养家禽的,市容环境卫生主管部门或者受委托的物业都可以让刘桂珍限期处理掉鸡或者直接予以没收再处罚款。你根本没有穷尽法律的救济,没有去找别的法律里是不是有支撑处理这种养鸡问题的条款,也根本没尝试去做,怎么知道法律不能约束?调解有用的话,这世界还要法律和警察干吗?"

对于宁婉的这种处理方式,傅峥是不屑的,正如他在高铁上对宁婉处理霸座行为的不认同一样,她根本没有在按一个律师的思维处理问题,而是投机取巧似的用小聪明快速敷衍掉一些事,这根本没有律师的尊严。

依据侵权法不能胜诉,那不能用别的法律吗?

"这案子不是说交给我吗?"傅峥看了眼宁婉,"那就由我来处理,你就不要插手了。"

这可真是天晴了雨停了鸡被抓起来了,你觉得你又行了。

"可你要是处理不了或者搞砸了,要我来擦屁股呢?"

傅峥冷淡道:"你放心,不会有这一天。"

"万一呢?"

"我不对不会发生的事做假设或讨论,除了浪费时间没有意义。"

行啊,嘴巴挺硬啊。

"'一切皆有可能'没听过?未来还没来呢,你怎么知道不会发生?你不愿意假设,那我给你假设,万一你要是找我来擦屁股,你就好好给我敬茶端水,诚心地向我拜师,以后都叫我宁老师。"

傅峥用一种"你真的病得不轻"般的表情看了眼宁婉:"随你,少做梦倒是真的。"

呵呵。

虽然宁婉好心提醒,但既然傅峥摆着阳光道不走,一心要上绝路,那宁婉也只能祝他一路走好了。

她看了傅峥两眼,似笑非笑地说:"行,那你处理吧。"

太美的承诺是因为太年轻,傅峥这种人,还是结结实实挨两顿社会主义毒打吧。

宁婉想了想,也决定不再操心,她意味深长地拍了拍傅峥的肩:"既然你全权处理,那我就先走了。"

"等一下。"

就在宁婉转身离开之际,傅峥倒是又有些在意般地叫住了她:"刚才那只鸡……"

宁婉回头笑了下:"不用谢。"

"不是。"只见傅峥抿了抿唇,皱着眉道,"你刚才摸过那只鸡以后,是不是没有洗过手?"

"?"

他看了宁婉一眼,再看了自己的肩头一眼,虽然什么也没说,但那表情清清楚楚传递了一个意思——下次没洗手之前,麻烦不要碰我。

"……"

宁婉虽说讨厌眼高手低刷履历不做实事的关系户,宣称要让他三天就痛哭流涕,夹着尾巴逃走,但如果傅峥能够稍微谦逊一点,她并不是真的想为难人,只可惜……

只可惜有些学院派贵族范少爷真的是一点都不讨人喜欢。

宁婉气呼呼地往外走,走到一半才想起来自己还落了一份文件在办公室里,外加这办公室里还有鸡屎没处理,她拍了下脑袋往回走,结果正遇上傅峥了解完情况后把史小芳和刘桂珍两位送出一楼的大厅,他正俯身和两人说着什么,并没有看见宁婉。

两位阿姨大概得到了什么承诺,虽然彼此之间还是不对付,但好歹暂时停战。刘桂珍重新抱了鸡,和史小芳互相瞪了几眼之后各自走了,原地就剩下了傅峥一个人。

宁婉有些纠结,不知道自己待会要怎么自然地和傅峥打招呼。她刚才情绪上头,有些生气,现下平静了,觉得不论怎样,自己没洗手去碰别人确实不对,想着怎么开口找个台阶下,给傅峥委婉道个歉,然后帮他把那件西装给干洗了。

不过很快,宁婉就知道她不需要纠结如何道歉了,因为她看到傅峥又看了一眼自己的肩头,然后满脸嫌弃地脱下了那件昂贵的西装上衣,动作毫无停顿地走到了楼外的垃圾桶边,然后冷漠无情地扔了进去。

"……"

好一个无情无义的资产阶级。

至于鸡屎,还是留给他体味民间疾苦吧。

-Chapter 03-
他是来历劫的

虽然宁婉多次强调社区法律工作并不容易，但傅峥其实并没有放在心上，比起他以往经手的几千万美金标的额的案子，这种鸡毛蒜皮的民事小纠纷让他办起来觉得简直没有任何挑战。

他一边翻看史小芳和刘桂珍的陈述以及她们提供的一些证据材料，一边就开始后悔起自己做出的拓展民事领域的决定来，因为现在看起来，这条路一马平川到连一点起伏都没有，这对自己毫无吸引力。

傅峥想起宁婉最后的那番挑衅，更是忍不住冷笑出声，真是夏虫不可语冰，十足的井底之蛙。

宁婉这种人他不是没见过，守着自己丁点大的地盘，觉得这里有全世界全宇宙最珍贵的宝藏，别人都眼红着觊觎这里呢。这种人根本不知道人外有人、天外有天，或许这辈子也不知道自己根本看不上她那一亩三分田，也亏得高远还说她在社区口碑好，可见人民群众真的太好糊弄，大概她这种两面三刀的和稀泥大法，反而深得人心吧。

其实客观地说，宁婉长得是不错，但心胸狭隘，为人斤斤计较，品行根本配不上她的外貌，傅峥只觉得自己在这个社区待三个月都嫌长，他考虑顺利办完这个案子就直接以合伙人身份回律所总部算了。

自己用了份假简历，因为看起来像个没经验的新人，她就论资排辈上了，还可着劲挤对自己，看起来像是给自己提醒，但不就是以为自己没经验，所以夸大办社区案件的难度对自己进行"恐吓"吗？

傅峥就不明白了，这种案子能有多难？就算没有实质性损害不成侵权，也可以寻求物业的帮助，物业解决不了，那还有市容环境卫生主管部门。

傅峥以为这种小事，大约就是止于物业了，连找主管部门的必要都没有，然而等他真的联系了小区物业，才发现并不是这么回事……

"不好意思啊，律师，你别和我说什么法律规定不规定的，就这么说吧，如果是在小区的公共区域里养鸡，我们物业当然是有义务处理的，但现在这只鸡，养在人家自己房子里，我们怎么管得着啊？总不能手伸那么长连人家私人产权房里养什么都管吧？何况我们也没有执法权啊，就算是养在公共区域的，我们也只能劝诫说服人家。"

"……"

傅峥在物业碰了壁，也没气馁，很快他又找到了市容环境卫生主管部门，不管如何，在公寓楼小区内养鸡就是违法的，一旦向主管部门投诉了，是必须要处理的，养鸡的刘桂珍要是不配合执法，那主管部门就得强制执行对鸡进行扑杀。他对宁婉调解那套不买账，他只信奉依法办事，法律白纸黑字规定的事，难道作为律师还走歪门邪道吗？

果不其然，他一投诉，主管部门给予的答复就完全如他所料——

"对于这种在小区里养鸡的，根据规定是要强制扑杀的。"

工作人员推了推眼镜，给予了肯定的回答，只是傅峥还没来得及高兴，就听到对方继续道——

"但是吧，虽然我们有执法权，真遇到特别不配合的居民，扑杀工作也很难推进，毕竟如今是法治社会，我们也不能暴力执法啊，我们要是带着扑杀工具去敲门，对方不开门，我们也不能破门而入的，而且就算开门了，我们说明来意后，对方不同意我们进门，我们也不能强行进入人家私宅。现在人们对这些事是很敏感的，我们也非常注意在法律范围内办事，一旦扑杀过程中和居民出现推搡或者肢体冲突，万一被拍了视频上传，那可是大事。

"你是律师，这道理肯定懂，就像法院的强制执行，也不是所有案子都能进行的，什么抚养权啊赡养啊这类，人家要是真不愿意，也没法逼着人家做，或者遇到老赖，直接躺平，也是没办法。"

"……"

对于傅峥来说，民事法律工作无外乎就是法律条款上写的那些，他是万万没想到实践中，竟然还有这么多门道。

他原本在美国执业做的都是商事，合同条款白纸黑字，办起案子来干净利落；就算涉及执行细节问题，那也是自己手底下的助理律师去盯着。现在经手这种基层案子，没想到一只鸡都那么难搞，可以说是闻所未闻，还真是有点水土不服。"

这工作人员真诚建议道："所以说，我劝你还是先做通对方的思想工作，能主动配合我们主管机关的工作。"

傅峥抿了抿唇，他有些头痛，要是能说服刘桂珍，自己何必跑这里呢？

只是执行无门，他不得不重新回到社区律师办公室。

傅峥有点想不通，宁婉是乌鸦嘴吗？自己兜兜转转绕了一圈，最终的解决方法或许还真是她最初说的调解……

一想到这里，傅峥就忍不住看了宁婉一眼，此刻这女人正坐在办公室里，一脸岁月静好、早知如此般地看着傅峥来来回回打电话，兜兜转转奔波，仿佛早就预见了他的失败。她喝了口茶，笑眯眯地问傅峥："如果你真的解决不了的话，也不用害羞，打个宁老师热线就行了。没什么的嘛，男人要能屈能伸，不就敬茶拜师吗？我又不是要你磕头……"

傅峥冷冷地看了她一眼，想让自己低头？呵，没可能的，就算调解，自己也有办法解决这个案子，毕竟只要能用钱解决的事，都不叫事。

傅峥直接上门找了刘桂珍，对方刚开了门，傅峥也懒得虚与委蛇，径自掏出钱包，抽了五张递给刘桂珍："现在活鸡一般一百多一只，我出五百，能不能把你的鸡卖给我？"

他自己倒贴钱，买下鸡，直接解决鸡叫扰民问题，总好过被宁婉嘲笑。

刘桂珍愣了愣，但随即便是拒绝："不行，这鸡真的不行，这鸡是……"

傅峥面无表情，又从钱包里抽了五张人民币出来："那一千能卖吗？"

"这不是钱的问题……"

"一千五，一口价。"傅峥从没想过自己有朝一日竟然会在这里为一只鸡讨价还价。

他的底线其实是五千，但傅峥乐观地觉得，两千就能全部搞定了，他甚至都计划好了，等买到了鸡，就送到高远推荐的那家私房菜馆，叫厨师给自己杀了炖了。

只可惜他到底失了算，没想到刘桂珍竟然完全不为所动，甚至还很生气。只见刘桂珍举着扫把，一个劲把傅峥往外赶："说了不行就是不行，一个两个的都以为用钱就能摆平人啊？少瞧不起人了！谁还差那一两千块啊！就算给我一万块我也不卖！人活在这个世上，最重要的不是钱，是守信！你和史小芳一样,就是看不起我是外地人,觉得我们见钱眼开,给点钱就和哈巴狗似的了,滚!下次别让我见到你!"

"……"

傅峥没想到自己是被赶出来的。他阴沉着脸回到了办公室,根本不知道自己到底哪个细节出了问题。然而屋漏偏逢连夜雨,办公室门口,史小芳正脸色不善又焦虑地候着他。等傅峥一进办公室,她几乎就快贴到他脸上般迎了上来。

"傅律师,事情搞定了吧?你昨天答应我说今天能解决,我才先回家的,刘桂珍把鸡给处理掉了吗?"

傅峥眼前是史小芳殷切的目光,而另一旁,宁婉饶有兴致又目光炯炯地看着他,仿佛一只母老虎在等待最恰当的时机,只要傅峥给出否定的答案,她就准备一口咬死他……

傅峥硬着头皮向史小芳解释:"我没有承诺过今天能够结案,法律纠纷也没法承诺办理结果……"

这本来是业内众所皆知的道理,在美国,傅峥的客户都是成熟的企业或者富有的个人,受过良好的教育,拥有成熟的法律理念,对此心照不宣,可惜在国内,尤其在社区这样的基层……

史小芳当场炸了:"你这什么人啊!你怎么做事的?!是不是嫌弃我的案子只有鸡毛蒜皮点大,根本没上心啊?!看你穿得人模狗样的,原来是个绣花枕头!"

史小芳这样的中年女子,嗓门奇大,中气十足,战斗力也是顶级的,诉求没有达成,立刻就变脸了,逮着傅峥就是一顿"净化心灵"式怒骂。傅峥这辈子还没经历过这种阵仗,他除了耳膜微微发疼外,甚至恍惚地觉得自己是不是来到了沟通靠吼的原始社会,那时,人类文明还远没有开始……

"行了行了,史阿姨,我们傅峥是新来的,还没那么有经验,但为你可真是跑上跑下掏心掏肺了。他就是不太会说话,但你放心,我保证:他明天就能给你解决鸡叫问题。"

傅峥在史小芳的国骂里快要怀疑人生了,宁婉终于袅袅婷婷地站了出来,她柔声细语地安抚史小芳:"阿姨你呢,现在先赶紧去超市吧,今天店庆打折呢,满五百减二百五,去得晚,东西都要被抢光了。"

史小芳本来正在气头上，得了宁婉的保证，当即缓和了下来，又一听超市这么大力度打折，一时之间一点理论的心思也没有了，当即告辞转身就往超市赶。

于是办公室里只剩下宁婉和傅峥了。

宁婉脸色犹如玫瑰花瓣一样红润，傅峥却脸色铁青，以往最复杂最疑难，所有人都觉得稳输的案子，他都能反败为胜，却没想到如今面对一只鸡，竟然遭遇了人生之耻。

"你去找刘桂珍谈用钱买她的鸡了吧？"

面对宁婉的问题，傅峥抿着嘴唇，不想回答。

宁婉却一点不顾及他的情绪，轻飘飘地叹了一口气，语重心长道："傅峥啊，金钱是真的买不到快乐的。"

傅峥有些咬牙切齿："你怎么知道我用钱买不到快乐？"

宁婉一脸惋惜地摇了摇头："你这个人办案，怎么一点都不贴近当事人呢？但凡打听打听刘桂珍那只鸡是为什么养的，你也不至于上门花钱讨骂啊。"

傅峥冷冷地看着宁婉。

宁婉也不卖关子："那鸡啊，不是刘桂珍自己养的，是她替她的雇主养的，雇主出国度假了，才把鸡交给刘桂珍照看。她跟着这个雇主干了十来年了。她是外地来容市的，容市本地人有些排外，当初她一口外地口音，家里男人遭遇了车祸，小孩又生着病，加上没什么文化，没人愿意给她一份工作。就她那个雇主，觉得她可怜，让她给自己打扫卫生，给的工钱比当时市场价还高一倍。最后她一家人转危为安，在容市安顿下来，都是靠这份工作，所以她特别感激，把这个雇主当恩人，这雇主关照她做的事，她说什么也会做好。

"你可能觉得刘桂珍没文化，看起来也挺穷，钱一定会让她动心，一千不够那就两千。你这种家境好的人可能不知道，像我们这样的穷困小老百姓，也是很有骨气的好吗？"

"就算买不了那只鸡，我也能借助执法部门强制扑杀，虽然执法难，但也并不是一定不行，毕竟在小区养鸡就是违法的。"

可惜傅峥这一番话，一点没引来宁婉的赞同，她咯咯咯笑起来："傅峥，你这个人怎么一点好奇心也没有呀，你都不问问刘桂珍这个雇主养这只鸡干什么？"

傅峥面无表情道:"这关我什么事?"

"当然关你的事,刘桂珍的雇主是个艺术家,开了个画画工作室。"宁婉眨了眨眼,看向傅峥,"如果你再好奇一点,去查查这位艺术家的名字,就会发现对方还挺有名的,特长就是画鸡。最近他工作室开设的课程就是如何画鸡,所以需要一只活鸡模特。这门课程分为1和2,去年的课程1里刚教完怎么画鸡颈和上复羽、背部还有鸡翅和尾羽,今年的课程2要继续教怎么画腹部、鸡大腿和鸡爪呢,他信奉为了让学生更好地画出鸡的神韵,必须有活体参照物。"

"所以这只鸡他养来既不是吃的,也不是作为宠物的,而是用作教学用途的。"宁婉笑笑,"就像是人体写生模特一样,课程1画的是这只鸡,课程2自然不能改了模特,还得保证是同一只鸡,所以刘桂珍是怎么都不愿意把鸡处理掉的,她不能辜负自己雇主的一片信赖,而你……"

宁婉看了傅峥一眼:"也没办法求助环境卫生主管部门,因为虽然《城市市容和环境卫生管理条例》规定了市区不准养鸡,可有一个例外,因教学、科研以及其他特殊需求而饲养的除外。很不幸,和你杠上的这只鸡,是只高贵的模特鸡,这艺术家雇主还挺遵纪守法,交给刘桂珍之前还特地去办理了备案,人家刘桂珍还正儿八经是合法养鸡。"

"……"傅峥做梦也没想到,这竟然是一只有故事的鸡。

可既然是合法养着的教学鸡,刘桂珍又态度坚决不为钱所动,这解决鸡叫扰民问题显然进入了死局。

傅峥黑着脸抿着唇没说话,宁婉却是一脸春风得意,她瞥了傅峥一眼:"走投无路了吧?你可以选择求我。"

傅峥冷着声线:"骗我求你就算了,这种情况,你也不可能有办法。"

"我要有办法呢?"

"你要有办法,别说叫你一声宁老师,叫你爸爸都行。"傅峥看了宁婉一眼,有些不自在地说道,"你要没办法,明天史小芳你招架。"

"行。"

只是嘴上这么答应着,宁婉的态度看起来却一点也没上心。傅峥看着她应完声就继续盯着自己的手机,不停发着什么信息,像是在和谁聊天。看她全神贯注等待回复的模样,八成是在和她那个男朋友继续土味情话的浓情蜜意。这种敷衍的工作态度,能办得成事才怪了。

Chapter 03 / 他是来历劫的

傅峥今天第三次后悔来社区的决定,他觉得自己不是来历练的,而是来历劫的。

好在这时,宁婉终于结束了她的聊天大业,她笑了笑:"那有个事先确认下,这是你的案子,我只是帮你擦屁股,所以办案经费……"宁婉咳了咳,暗示地看向傅峥。

傅峥抿了抿唇:"办案经费我报销。"他倒要看看宁婉能有什么办法。

"那走吧,跟我来。"她起身朝傅峥招了招手,示意他跟上。

傅峥不明所以,但还是起身跟上了宁婉,可惜即便这个时候,她好像还没有任何紧迫感,竟然没有直奔刘桂珍家,反而是跑到了社区外的水果店。

"这个草莓不错,给我弄两斤。"

她又试吃了一颗车厘子:"这个甜还新鲜,也给我两斤。"

……

傅峥看着宁婉东挑西选了一堆时令水果,然后只见她招了招手:"傅峥,来付钱吧。"

"……"

自己确实是说了办案经费可以报销,但宁婉假借办案名义薅自己羊毛就说不过去了。

傅峥忍着头痛,面无表情地付了钱:"你办案需要水果?"

"需要啊。"宁婉理所当然地看了傅峥一眼,"不然你待会上刘桂珍家空手去?人家凭什么给我们开门,和我们沟通?就凭你没多久前才用钱侮辱了人家吗?"

宁婉说完,看了傅峥一眼,才突然后知后觉地反应了过来:"你以为我假公济私,侵吞你的办案经费,买水果给自己吃啊?"她眯着眼睛笑了笑,"我宁婉,才不屑于做那种靠坑蒙拐骗吃水果的事,好吧。要吃,也吃得你感恩戴德向我这个老师上供的水果啊。"

傅峥抿了抿唇,没说话,只觉得宁婉在说大话。他仍不觉得宁婉靠几盒水果就能改变什么。

只是等他跟着宁婉上了刘桂珍家,才发现宁婉说的没错,伸手不打笑脸人,虽然刘桂珍并不待见社区律师上门,但见着这么多水果,也实在没好意思把人赶出去,好歹板着脸让人进了屋里。

确实如刘桂珍自己所言，她是个爱干净的人，家里打扫得一尘不染，也根本没有因为养鸡产生什么异味。

只是傅峥刚这么想，宁婉那边就已经付诸实践了，她毫不吝啬溢美之词地夸赞刘桂珍家里干净清爽，又看着刘桂珍家里挂着的相片聊起了家常，从菜市场的整顿到地铁公交的线路，聊了有快半小时，却还是没切入正题，还在和刘桂珍聊她孙子的教育问题。

"刘阿姨你们家小毛正好高三呢，这可是冲刺的关键时刻，特别要注意睡眠。对了，我听说你们这栋楼里也有几个高三的孩子，他们家长投诉楼下每晚八点跳广场舞的音乐声音太大，打扰到孩子学习了呢，你家楼层住得高，不知道是不是没这个影响。"

这女律师虽然看着年轻，但又是给自己提水果道歉，没一上来就居高临下地和自己讲劳什子法律条款，要自己处理掉鸡，还能耐心又平易近人地和自己扯家常，刘桂珍的心情平复了不少，也愿意开口了，对方一说起这个广场舞，她立刻就感同身受起来。

"虽然我们在12楼，可这声音也不知道怎么回事，直往楼上冲，她们广场舞那音乐又特别响，我家小毛也没法安生念书，害得孩子八点多开始就常常被那音乐搞得分心，不得不把作业拖到半夜安静了再写，早上也很早要起来学习，一直没睡好。"

讲到这里，刘桂珍叹了口气，开始抱怨起物业来："都投诉几次了，也不处理处理，又不是不让她们跳舞，这音乐开轻点你说能死吗？平时收物业费的时候可积极了，要他们帮我们居民做点事，就推三阻四踢皮球……"

宁婉喝了口水，正准备继续，结果一抬头，发现对面傅峥正板着张脸瞪着自己，这位少爷显然耐心就快告罄，如今支撑着他继续坐在这里的原因，大概就是看自己如何翻车。

只可惜……

宁婉不仅不会翻车，还已是胸有成竹，她看着刘桂珍笑了笑："刘阿姨你放心，这件事很多居民向我们社区律师办公室投诉，说广场舞音乐噪声扰民，我这两天就会把这件事给处理掉。这八、九点的广场舞音乐虽然算不上是非正常时间的噪声，但大家平时在家里，谁还不想清净点，你说是吧？"

刘桂珍一听说宁婉要帮忙解决这个问题，当即眼睛都亮了："那太好了，谢谢你啊宁律师。"她也不傻，自然知道宁婉这次来访的目的，语气有些尴尬，"但是你要我把鸡给处理掉，我是真的没办法，而且这鸡其实是养着用来……"

"我知道，刘阿姨，你是个讲信用的人，这鸡你是替郭老师养的，因为是用来教学的，所以也不属于扑杀的范围，这我都清楚。"

刘桂珍本来觉得社区律师就是史小芳请来的帮凶，但宁婉这一番话，她倒是有些动容，没想到眼前的律师还特意去调查了，没直接先入为主地觉得自己就是自私自利，为了口吃的而养着鸡扰民。

宁婉见时机成熟，声音和缓道："你的苦衷我清楚，但是设身处地想想，史阿姨的苦处也还请你理解。小毛起得早，鸡叫对他没影响，但因为广场舞噪声的影响睡不好复习不好；史阿姨一家，尤其是刚出生没多久的小外孙女，却是因为凌晨的鸡叫休息不好。咱们换位思考，您这事也确实不占理，而从法律上来说，就算是教学用的鸡不会扑杀，也确实造成了鸡叫扰民，如果对方长久睡不好真的病了，您这就是侵权，没跑的，要负法律责任。"

"可我……"刘桂珍脸上有些羞愧，继而就是不知所措，"可宁律师，我这答应人家的事，这可怎么办啊？郭老师这次旅游两个月，我还得帮他继续看两个月鸡呀。"

"要不这样吧。"宁婉笑了笑，"我刚才来之前，也在微博上找到郭老师的认证号和他联系过了，郭老师要画鸡，只要鸡活着，外观没什么大的变化，别受伤就行，那我们完全可以在保证郭老师需求的情况下，解决掉鸡叫的问题呀。"

刘桂珍诧异地抬起头，傅峥也微微皱着眉看向了宁婉，原来她出门之前并非在和男朋友发无关紧要的短信，而是在紧急联系真正的鸡主人郭老师……

宁婉给了傅峥一个"好好看着"的眼神，顿了顿，接着道："那咱们把鸡阉掉就行啊！"

"……"

傅峥沉默了，傅峥迟疑了，傅峥以为自己听错了。

宁婉却没去管傅峥的表情，她径自道："因为这是公鸡才会打鸣，只要把鸡阉了，以后没有雄性激素，它直接变成了鸡公公，就不会打鸣了！郭老师画鸡也不受影响，毕竟他又不画鸡蛋蛋！"

刘桂珍愣了片刻，脸上终于露出恍然大悟的表情："是是！我怎么没想到？！可……"

"你放心吧，我征求过郭老师的意见了，他同意了，不信你可以给他打电话再确认下。阉割这个你也不用担心，咱们容市郊区有个养鸡场，那儿的师傅阉鸡手法一流，他们养鸡场上万只公鸡，全是他阉的，一只都没出现过术后感染。人我给你联系好了，他明天就有空，咱们一起去？无痛阉鸡，随治随走，鸡好我好大家好。"

"……"

虽然傅峥完全被事情的魔幻走向给惊到了，但宁婉确实这么三言两语就搞定了鸡叫扰民的纠纷，她和刘桂珍约好明早一起去阉鸡，一点没有傅峥想象里和对方唇枪舌剑、大打出手的场面，最后刘桂珍不仅感恩戴德，甚至还把家里刚炒的一袋栗子都塞到了宁婉手上。

……

傅峥联想到初次相遇宁婉那张口就来的土味情话和精神不太正常的聊天方式，一时之间似乎地理解了一些什么：莫非真的是弱智儿童欢乐多，精神病人思路广？宁婉这个思路，确实挺野的……

等出了刘桂珍家门，宁婉刚才那种温柔和缓就都收了起来，她得意洋洋地看了傅峥一眼："怎么样？输得心服口服吧？"

"……"

虽然很耻辱，但傅峥确实输了。他想了想，刚准备坦诚地向宁婉认输，就听到她哈哈笑起来——

"我没想到我突然有了一个比我还大的儿子哎，哈哈哈哈。"

"……"

等笑够了，她才促狭地看向傅峥："喊我爸爸就算了，你这样的儿子我消受不起。我这人信奉棍棒教育，你这样的，大概要打到我心梗搭桥，犯不着，犯不着。"

"……"傅峥冷着脸，并不想理睬宁婉。

宁婉倒是挺来劲的："不过爸爸不用喊，宁老师还是要喊的，来，喊一句我听听。"

"……"傅峥憋了半天，"不喊宁老师，别的要求随便提，你想买什么都行。"

"不行。"宁婉眨了眨眼，"我就这么一个要求。你要坚持不喊我宁老师的话，那我也勉为其难接受你喊我爸爸。"

傅峥这辈子顺风顺水，从没被人这样逼到绝境过。一时之间，他气得眼睛都要发红，他第四次深切地后悔来社区体验生活，这可真是虎落平阳被犬欺。

但君子一言，驷马难追，在宁婉得意的眼神里，傅峥只能压制着情绪，干巴巴地隐忍道："宁老师。"

"哈哈哈哈哈哈哈哈哈哈。"

迎接他的，果然是宁婉小人得志般丧心病狂的笑声。

她笑够了，剥了一个栗子扔进嘴里，像是小松鼠似的鼓起一边腮帮子吃栗子，一边叮嘱道："那明天你跟我一起去执行一下。"

傅峥愣了愣："执行什么？什么案子的执行？"

"就这个啊。"宁婉看白痴般地看了他一眼，"明天跟我一起去养鸡场给那个鸡执行一下切蛋蛋啊。"

养鸡场，光提起这三个字，傅峥感觉自己已经闻到了一股扑面而来的鸡屎味……

他当即拒绝："只是给鸡去阉割而已，没必要倾巢出动，我留在办公室里坐镇，你去养鸡场处理那鸡吧。"

"明天上午不用值班，办公大楼上午要做整体消毒清洁，办公室上午关闭半天。"宁婉笑眯眯地看向傅峥，"所以没得商量，你跟我去养鸡场。"

"……"

"还有，以后说话注意点。"宁婉语重心长道，"要讲文明，不能粗俗。"

"什么？"

"……"

-Chapter 04-
一股扑面而来的鸡屎味

事不宜迟,第二天大清早,宁婉就叫上傅峥,然后和抱着鸡的刘桂珍接上了头,三个人打了车就朝郊区的养鸡场一路而去。

宁婉事先和养鸡场的师傅都联系好了,这一路十分顺畅,唯一的变数是要进去阉鸡时,刘桂珍突然不愿意了。

"我……我要不先走吧。"

宁婉急了:"刘阿姨,你这……"就差这临门一脚问题就解决了,怎么反悔呢?

"不不,宁律师,我愿意让你们把鸡阉了,但我……我就不进去了……"她连连摇头道,"我这个人看不得血,平时在家连杀鱼也不敢,让我去看着这鸡被阉掉,我怕的……"

听她这么一说,宁婉松了口气,她大方道:"那阿姨你先四周转转,养鸡场西边有个农贸市场你可以逛逛,等好了我们叫你。"

"那这鸡……"

"你把鸡给傅峥就行。"

刘桂珍一听,立刻就把大公鸡往傅峥怀里一塞,然后高高兴兴就转身走了……

傅峥自从进了养鸡场,就戴上了口罩,可惜还是被养鸡场里的味道熏到差点就地升天,而就在他觉得一切已经到了最糟糕的低谷时,生活对他又一次重锤出击,告诉他,还能有更糟糕的……

他正生无可恋地妄图闭气,结果天降横祸。

傅峥还没反应过来,一只热烘烘、沉甸甸,带着一股新鲜鸡屎味的鸡屁股就被不容分说地塞进了他的怀里……

一瞬间,傅峥觉得自己的心理健康和生理健康都受到了巨大的冲击。

宁婉显然没有在意傅峥的心理健康,她径自走进了阉鸡师傅的工作台,然后就回头对傅峥喊起来:"愣着干吗?进来啊!"

……

傅峥深吸了一口气,看了一眼自己怀里探头探脑、精神抖擞的鸡,小心翼翼地抱着它挪进了房间。

他努力做着自我心理建设:没事,傅峥,放轻松,等这鸡打了麻药上了阉割台,这个噩梦就结束了,坚持就是胜利……

只可惜理想很丰满,现实很骨感。

"来,把鸡按住,按紧了啊,待会阉的时候这鸡可能会挣扎。"

傅峥抬眼看向宁婉:"不是会打麻药?"

"打什么麻药啊傅少爷,你以为阉鸡和阉宠物猫猫狗狗一样啊,还打麻药这么麻烦呢。"宁婉翻了个白眼,"你知道一个养鸡场有多少公鸡吗?你知道人家师傅一天要阉多少只鸡吗?"

"你大概都不知道为什么养鸡场要阉公鸡。"

"我知道。"傅峥抿了抿唇,镇定道,"为了防止大面积鸡叫扰民。"

"哈哈哈哈哈。"宁婉都没法掩饰自己的嘲笑,她揶揄地看向傅峥,"你还真的是个少爷。"

"养鸡场阉鸡,哪里是为了杜绝鸡叫啊,你自己看看这养鸡场多偏僻,周围就没什么居民区。阉鸡单纯是为了让公鸡没了雄性激素,性格变得更加温顺,不再那么有攻击性,不爱活动,导致鸡的肌肉减少,脂肪增多,体型也变得更大,以至于能做一只更合格的肉鸡!"

"……"

"行了行了,赶紧的,把鸡按住!要是农场自己的鸡,都是公鸡小时候就阉了,师傅自己一只手按住就行了,但现在这只鸡又大又凶,师傅一只手肯定按不住,你帮着一起按。记住啊,牢牢按住!不然给鸡切蛋蛋的时候,这鸡要是挣扎着起来啄你,我可救不了你!"

"……"

自己堂堂一个时薪八千的大律师,一个复合型综合人才,一个全球稀缺资源,一个以往别人预约了都看自己心情才决定见不见客的高级律师,结果眼前这个女的竟然暴殄天物,让自己去按鸡??

傅峥一瞬间觉得自己都快要窒息了。

可惜宁婉并没有注意到这一点,她转了一圈,拿来了一个围兜:"来,你把西装脱了,穿上这个吧。"

傅峥看了一眼并不太干净的围兜,明确表示了拒绝:"不需要。"

一个优雅贵气的男人,不能穿这种掉档次、不卫生的衣物。傅峥坚信,即便自己因为生活所迫不得不做出按住鸡这么不文雅的事,但与生俱来的气质和内涵能让自己在面对狼狈不堪的工作时,也能做出格调,体现出优雅和与众不同。

只是另一边,宁婉双手合十,正对着鸡开始轻声念叨,像在给鸡做临阉前的心理建设:"鸡兄啊,以后你虽然不是个完整的男人了,但少了那么一点点,却保全了性命,这完全是值得的牺牲。"

此刻她的声音渐渐变轻,傅峥微微走近一点,终于听清楚了她后一句在说什么——

"还有,冤有头债有主,你记住,按住你要阉你的是这个男的,不是我,待会不要啄我,拜托拜托……"

"……"傅峥觉得气着气着已经麻木了,这宁婉也过分嚣张了吧?自己站在这里可没聋呢。

……

而等到最后从养鸡场出来的时候,傅峥觉得自己仿佛已经死过一次。

宁婉这女的有一点没说错,这公鸡又大又凶,一开始抱在自己胸口还左顾右盼,结果一上阉割的工作台,大概是觉察出危险,这公鸡就开始了绝地反击,一时之间,鸡毛乱飞,尖锐鸡叫,一应俱全。

傅峥一开始还在意形象,执着于优雅,认定即便一个家教良好的人,身处养鸡场这种逆境,也不能失了架子。冷静沉着,才是一个优雅男人应该做的。

只是,最后的现实是——

"宁婉!快帮我一起把这鸡给按住!"

"宁婉!!!快帮帮我!!!宁婉!!你人呢?!!"

"鸡要跑了!!!"

"帮我挡一下,这鸡想要啄我!"

"宁婉!!!"

Chapter 04 / 一股扑面而来的鸡屎味

……

阉鸡整个过程其实只有十几分钟,然而傅峥觉得自己仿佛经历了一个世纪的等待。

难怪那么多神经兮兮的文艺"杀马特"要说"等待是最初的苍老",傅峥觉得,这些"杀马特"或许确实有大智慧,因为就这么十几分钟,他觉得自己已经老了十岁。

累。

真的累。

做几千万美金标的额的案子,连轴转一个月也没有这么累。

想毁灭一个人,不要打击他的肉体,毁灭他的精神就可以了,这话一点没错。傅峥看着自己又一次沾满鸡毛和鸡屎味的西装外套,觉得自己差不多要被毁灭了。

带着鸡和刘桂珍回社区的路上,宁婉看了眼身边的傅峥,这个精致少爷此刻一脸"有事烧纸"的寂灭表情,全程一句话也没有说,脸上生动地诠释了一句话——

有的人活着,但已经死了……

宁婉虽然看不惯傅峥的少爷做派,更是厌恶这种为了刷履历靠关系空降的内定选手,但看着傅峥这个惨遭蹂躏的模样,一时之间也有些不忍,等把刘桂珍和新晋鸡公公送走,宁婉想了想,还是良心发现开了口。

"官方一点说,社区律师的主要工作内容,其实就是驻点值班,向社区居民提供电话和当面的法律咨询,对社区里产生的法律纠纷进行调解,引导社区居民合法和谐地解决纠纷,然后开展法制宣传,定期举办一些法治讲座,给社区里的居民普普法。"

傅峥面无表情地看了宁婉一眼,似乎觉得她又要搞出什么幺蛾子来整自己。

宁婉没在意他不善的目光:"这种形容听起来是不是还行?可实际上你也看到了,社区律师很多案子就是鸡叫扰民这类,都是鸡毛蒜皮,虽然也还是需要运用法律去处理,但很多时候,单纯靠死板地搬法条根本解决不了,理论和实操完全是两码事,法律虽然是准绳,是底线,但社区基层里的很多法律纠纷,真的得靠调解。"

"最重要的是，社区法律纠纷和别的法律纠纷有很大的不同，因为产生纠纷后，很多邻里还是得继续生活在同一个空间里，未来还是低头不见抬头见的，所以处理的方式上不能像商事法律纠纷一样刚性和按部就班，除了当下的纠纷，你还要考虑纠纷处理会不会有什么严重的后遗症。"

宁婉看了傅峥一眼接着说道："错误的操作甚至会激化邻里之间的矛盾，比如现在这个案子，你要是一条路走到黑，穷尽各种法律途径，在耗费了大量时间精力后，或许也能强制把刘桂珍的鸡弄走，但以后呢？除了鸡叫问题外，可能还有新的问题产生，以后这两个邻居之间，是别想有和平共处的机会了，矛盾和纠纷只会越来越多。

"做基层案子很看重律师和客户的沟通，你要了解客户的核心需求。史小芳的诉求其实很简单，她只想顺顺畅畅地生活；而刘桂珍呢，好好和对方聊聊，好好调查下这个案子的背景，你会发现她也不是真的蛮不讲理的人。"

宁婉顿了顿，真心实意地规劝道："你看，社区就是这些案子，社区律师也不是你想象里那种精英律师的形象。社区基层的工作，你可能根本看不上眼，真的有点像是居委会大妈。"说到这里，宁婉含蓄地看了一眼傅峥："就算不差钱，你也不能每天扔掉一件西装吧？"

傅峥冷冷道："那件西装脏了。"

"你怎么不说你自己脏了呢？"

"……"

"社区律师的工作很杂，压力也很大，需要的是实实在在能干活，又踏踏实实接地气的人，这里并不是少爷公主体验生活的玩闹地。每个人都该在属于自己的位置上，如果走错了位置，不仅自己痛苦，别人也跟着受累，是不是？"

宁婉觉得自己这样推心置腹一番话，明示暗示得都很到位了，如果傅峥不是凭借关系挤掉了能踏实干活的陈烁，宁婉对他其实没有意见。她并不仇富，对傅峥这种有钱少爷顶多是不感冒，毕竟平日里大家根本不是一个世界的，彼此井水不犯河水。

只可惜自己一番好言好语，不仅没能引起傅峥的觉悟，这刚才还一脸寂灭的男人，听完宁婉的话，反而整个人起死回生了……

"不存在走错了位置，因为我能胜任任何位置。"

傅峥活到这么大，生活还从没有对他说过"不行"，他一开始确实看不上社区律师的工作,也确实太过轻敌,但宁婉这番话让他很不舒服,她竟然说他不行!

他的字典里,没有"不行"二字。

傅峥重新恢复了一贯的冷静自持,他抿着唇看了宁婉一眼:"这案子是个意外,以后的案子不会出现这种事了。"

宁婉对这个发展简直目瞪口呆,此刻她也顾不上委婉了:"这位少爷,对这个案子,我并不觉得你没办成是个意外。我们面对的当事人是社区的居民,很多人年纪大,文化层次不高,比起法律,更在乎情理,结果你竟然空着手直接跑到刘桂珍家里想花钱买下那只鸡。就算刘桂珍噪声扰民是错的,严重的话要承担侵权责任,你一上门就劈头盖脸给人家一顿法律科普,人家能和你好好沟通吗?"

"直接和人家说法律条款,人家也不理解,你要用更通俗易懂的方式把法律规定告诉人家,把法律理念传递过去。就像鸡叫扰民这个例子,从广场舞扰民的角度切入,让她设身处地,再和她沟通噪声扰民是侵权行为,她就好接受,好理解多了。"

"做社区律师,你要学会放低你的姿态,好好聆听双方当事人的声音,而不是高高在上。你要是现在在律所接客户,那行,只要有足够的竞争力,你确实可以摆出精英律师的那套,客户爱来不来;但这是在社区,社区律师更多的是一种义务劳动和服务。"宁婉眨了眨眼,"所以,我并不觉得这是一份少爷们可以胜任的工作,因为每个案子,都需要弯下您高贵的腰。"

"我不是少爷。"

"精神病人也都说自己不是精神病啊。"

"……"

宁婉继续补刀道:"你是不是以为自己现在特别伟大啊,不食人间烟火的善良仙子下凡普度众生?但需要我提醒你吗,下凡的仙子最后都是什么结局?七仙女知道吧?就去洗个澡,结果被一个偷看她洗澡还偷她衣服的流氓威胁着在一起了,仔细想想,这不就是被胁迫的婚姻吗?"

傅峥皱了皱眉纠正道:"我是男的。"

"现代社会,难道男人就安全了?这世界上也有女流氓啊!"

"……"

傅峥努力抑制住快要气炸的心，冷冷道："你不要再说了，我只是以前没做过这块业务，但我会很快上手的。"

呵呵，瞧瞧这语气，宁婉都想把它录下来。说得好像以前做过别的业务似的，从傅峥的简历来看，他可是个一点工作经验都没有的菜鸡啊！一个菜鸡就该有菜鸡的觉悟！

"行啊，那你现在也经历过第一个社区案子了。"宁婉笑嘻嘻的，"鸡叫扰民结束了，那广场舞扰民这个，你看怎么处理？"

傅峥顿了顿，然后道："可以先沟通教育，因为在小区里使用高音广播喇叭是违反《环境噪声污染防治法》的，如果反复沟通无效，又确实干扰了小区内居民生活，可以处以200元以上500元以下罚款的。"

他看了宁婉一眼，语气越来越顺畅起来："这次不像是扑杀鸡，罚款不存在执行难的问题，而且罚款的手段很有威慑力，因为跳广场舞的主要人群就是老阿姨，以她们的消费观来说，这样的罚款会让她们印象深刻，不会再犯。"

傅峥大概觉得自己这次的回答可圈可点，他看向宁婉，等待她的脸上出现意外并且肯定认可的表情，可惜没有等到。

"噪声污染处罚需要走技术鉴定的举证程序，麻烦死了，你有那个时间和精力，不如直接让广场舞团换个地方。你知道悦澜西边有一块空地吧？周边是小区会所，边上是停车场，就算跳广场舞，也不会扰民。但广场舞团为什么放着那么好的一块空地没去，偏要跑到小区楼下跳呢？"宁婉笑笑，"我之前混进去跳了三天广场舞，人家老阿姨告诉我，那片空地没有照明灯，黑灯瞎火的怎么跳舞啊。"

"所以我和社区、物业协调过了，业委会也同意了，准备给那片空地装好照明路灯，专供广场舞团活动，这不就全解决了？"

"可你这根本没有用到法律，既没有走诉讼程序，也没有用法律去调解……"

宁婉好整以暇地看了傅峥一眼："虽然我们是社区律师，但也不是社区里所有的纠纷都要用法律解决，很多纠纷除了法律外有更好的处理方式，完全可以交给别的相关部门。比如这种，明明借助社区物业的力量就可以解决，并不需要浪费法律资源啊。虽然社区法律工作涉及各种鸡毛蒜皮，但你也不要走进误区，觉得什么鸡毛蒜皮都要我们处理。社区律师虽然和居委会大妈偶尔看起来有业务重合，但我们到底不是居委会啊。你看，你这不就是典型的学院派思维定式吗？我们学法律的也不能就认为法律万能啊，还问老阿姨要罚款呢？你知道人家的战斗力吗？说什么天书，你是想死吗？"

"……"

"现在只是个开始，不是我说你，你这种大写的傻白甜，行走的菜鸡，放在宫斗剧里，估计惨死后连个镜头都不配有，只要做几天社区律师，你就会怀疑人生的。"宁婉怜悯地看了傅峥一眼，"这位少爷，你一定要坚持的话，给你个忠告，趁着没疯，先给自己买份保险吧。"

"……"

虽然被宁婉训了一顿，但傅峥明显内心不服，他板着张脸回到了社区律师办公室。

宁婉耸了耸肩："行了，今天不好过不重要，反正明天也不好过，所以开心点，去坐着吧。"

傅峥瞥了她一眼，准备就座，结果刚弯下腰，宁婉就急急忙忙开口制止了他。

"在想什么呢？这是我的座位。"宁婉指了指那张办公椅，努了努嘴，"你的座位在那边。"

循着她的目光，傅峥看到了自己的座位。

那是个一次成形的塑料凳子，没有靠背，塑料看起来也很劣质，一只椅子腿上好像还有裂痕，看起来像上个世纪八十年代的"遗物"，收破烂的都不会看第二眼的那种。

这么一把破凳子，此刻正摆在宁婉办公椅的边上，分享着办公室里唯一一张办公桌。

傅峥只觉得自己额头的青筋都跳了一跳，以往他从来不会坐价格低于一万元的人体工学椅，如今本想着屈尊坐一下普通办公椅也不是不行，结果宁婉给了他一个破烂塑料凳。

傅峥不可置信地看向宁婉："你认真的？我好歹是新同事，你就给我坐这种凳子？"

"社区今年预算吃紧，没钱添置办公用品了，你这把凳子还是我和季主任打麻将赢了才逼着他买的好不？你看看这颜色，我亲自给你挑的，时尚典雅地中海蓝,低调奢华有品位!"

傅峥看着眼前廉价又乡土的蓝色,不知道这哪一点和时尚典雅扯得上关系,他咬牙切齿道:"多少钱?"

宁婉眨了眨眼:"整整二十元巨款。"

这个瞬间,傅峥觉得自己有必要买一份保险了,因为他随时可能被宁婉气死。

始作俑者却丝毫不知,她捧着茶杯,一派怡然自得:"何况你是新人,那就更应该摆正自己的位置了。美剧看过没?新囚犯入狱都要先被老囚犯打一顿的,第一天就和你说过了啊,新人在这儿要识相,我们这条件确实比较艰苦,你都有个凳子坐了还想怎么的啊,我都没打你。"

只是傅峥刚要继续开口,就被一个中气十足的声音给打断了——

"宁宁!"

宁婉一听到这熟悉的声音,当即眼睛都亮了,她一抬头,果然看到了邵丽丽,立刻回以情深意切的呼喊:"小丽!"

邵丽丽和宁婉都是正元律所的,两人是同期进的正元律所,都是二流法学院本科毕业,和所里其余排名前五的高校毕业或者有留学背景的完全不可比,要不是当年正元律所扩招,估计都轮不上她俩进所。因此,作为正元律所的两条咸鱼,两个人十分惺惺相惜。只不过邵丽丽没有被外调到社区驻扎,在一个中级小合伙人的团队里做点边角料的活,在律所艰难地"苟且偷生",比宁婉的境地稍微好了那么一点点。

邵丽丽是个人高马大、十分豪爽的人,她进门就说道:"我今天去城东法院立案,正好路过,过来看你一下。"

宁婉激动道:"你可来了!给我带所里最新的八卦了吗?"

在社区成天调解这个调解那个,宁婉都感觉自己真的是个居委会大妈了,她需要一些新鲜八卦的滋养。

一说起八卦,邵丽丽的脸果然亮了,只是她扫了一眼宁婉办公室,看到了傅峥,然后她愣了愣,探寻地看向宁婉:"这个是?"

宁婉的介绍言简意赅:"哦,傅峥,实习律师,新来的。"

碍于礼节,傅峥刚想起身向邵丽丽客套地做个自我介绍,结果就听宁婉径自继续道:"他不重要,你就当他不存在就行了。来,快点给我说说所里有什么最新八卦？"

"……"

邵丽丽是个爽快人，讲起八卦来从不带铺垫，当即单刀直入道："我听说我们所马上要来一个新的合伙人！美国回来的！"

！！！

别说宁婉，就是傅峥也忍不住从冷漠里剥离出来，微微抬起了头。

宁婉的眼睛都跟着亮了起来。

如今正元律所里共有十位合伙人，其中三位是高伙，但是不论高伙还是中伙，这些合伙人都有组建成熟的团队，简言之，除非有人离职，否则团队里不可能有新的空缺位置让人去填补。而已有的合伙人旗下的团队都很稳定，宁婉没有任何机会加入其中一，但如果新来一个合伙人，那他势必要组建新团队，也就是说……

自己是有机会的！

"美国回来的话，应该没有带人一起来吧？"宁婉高兴得手指忍不住颤抖起来。

"没有。"邵丽丽也同样激动，"他一个人回来的，会在我们所里重新组建团队，会要三个人。"

"什么背景？"

"肯定是直接加入做高伙的，名字不知道，没问出来，只听说在美国做并购这些商事业务的，我猜回国肯定还是继续做这块吧。我听高PAR讲的，说特别特别牛，业务能力基本可以吊打目前国内商事市场上的大PAR，特别厉害……"

宁婉认真地听着，不经意一转头，才发现傅峥竟然也认真听着，一边听一边脸上还露出了淡淡的微笑，合着像人家在夸奖他似的。

宁婉看他这表情，就有些来气：这关系户不是听到了这八卦后蠢蠢欲动，也想投机取巧进新来这位合伙人的团队吧？又想靠关系挤占一个名额？

"傅峥，你不许笑。"宁婉板起了脸，"一个男人，庄重点，笑什么笑，夸人家和你有关系吗？你听了怎么还好意思笑呢？同样是男人，同样是美国回来的，人家这么厉害，你呢，老大不小了还是个挂实习证的菜鸡，你不觉得羞愧吗？"

傅峥没说话，只微妙地看了宁婉一眼。

宁婉义正词严道："总之，不要笑了，做人要脚踏实地，自己努力，做事要公平竞争！"这样点到为止，给足了傅峥面子，希望他好自为之，不要靠关系又抢占名额！

自己训完，傅峥倒是没反驳，只是嘴角的笑意更重了些，这次笑的意味倒是变了，像是看好戏似的看着宁婉。

宁婉懒得理他，催促邵丽丽道："小丽你继续。"

邵丽丽清了清嗓子："不过听说高远的暗示是，这个合伙人虽然是业界大牛，但脾气似乎不是太好，就你懂的，特别有能力的老板，对下属也会比较苛刻，会要求高吧：听说生活特别精致，有些吹毛求疵的精致，比如办公桌上不能有一丝尘埃，不能接受屋内有任何异味，吃穿用度都讲究最好最奢华的，只过百分之一的上流人生……"

傅峥脸上的笑渐渐淡了，高远这厮……

傅峥寻思着自己和高远的塑料友情可能要破灭了。

邵丽丽还在继续："总之，为人很强势，说一不二，坚决不能忍受下属顶嘴——比较霸道，他说什么都是对的，不接受反驳；很少爷做派，业务能力是强，但不太好处……"

傅峥看了一眼宁婉，等着宁婉劈头盖脸的批判和对少爷做派的嘲讽。果然，他看到宁婉一脸激动地站了起来，然后义正词严道："小丽，这就是你的不对了！人家从小可能就是接受精英教育长大的，家里可能也有钱，理所当然过的就是那种生活，又长期生活在美国，怎么能叫少爷做派呢？人家那叫贵族！"

"……"

傅峥从没有见人能双标得这么义正词严，不禁也有些佩服。

宁婉完全被大PAR要加盟的消息给吸引住了："小丽，你能打听到，这个马上要新加盟的大PAR喜欢什么样的下属吗？你说我要不要提前先去套套磁？到时候组建团队，没准第一个把我调过去？"

邵丽丽摇了摇头："其余信息没怎么打听到，好像说三个月后会正式加盟吧，但我趁着高远喝醉，问他要到了一个私人邮箱，想着来给你，你要是能被调进他的团队，就不用再在社区埋没了！"

邵丽丽说到这里，就没忍住感慨："其实当初金PAR不是挺想招你进他团队的吗?他也是做商事的,盘子做得也挺大的,你为什么不愿意去啊?听说去年他给他们团队律师的年终红包都是三十万打底……"

宁婉刻意忽略了邵丽丽的后半段话,打了个哈哈带过了话题。

邵丽丽对她好,她是知道的,她和邵丽丽因为学历问题,在名校林立的正元律所可谓是边缘人物。别的同事基本都和自家校友抱团在一起,仿佛有血统验证的高贵品种猫,自动就会找到同类,就她俩像两个没人要的在外流浪的土猫。这种境况下邵丽丽还能想起自己,宁婉内心相当感激。

她觉得自己更加不能辜负邵丽丽的好意,邵丽丽一走,她就望着那个邮箱地址,开始构思写一篇什么样的自我介绍能让这位大PAR印象深刻。

可是想来想去,想不出。

"傅峥,如果你是老板,你会想要什么样的下属?"

傅峥看都没看她:"你死心吧,反正不是你这样的。"

宁婉不乐意了:"别把自己的情绪代入行不行?你就一新人,还能知道老板怎么想?我觉得我自己挺好的,业务能扛,专业过人,灵活变通,处变不惊,这不正是成功律师应该有的品质吗?"

傅峥瞥了宁婉一眼:"你有商事领域的经验吗?"

说到这,宁婉也有点丧气:"没有。"

因为二流法学院的学历在总所实在是很边缘化,她根本接触不到这些核心业务,其实她的商事法律学得相当不错,自信能处理好这类法律纠纷,只是每次一有合伙人选团队成员,宁婉的简历送上去,然后就没有然后了……

一开始她还能给自己打气,像自己这种刚毕业的法学生,老板选人的时候看什么?当然看学校出身啊,自己一个二流法学院毕业的,都没有经验的情况下,是个人当然都选名校的了!不过好事不怕晚,自己先好好努力攒几年工作经验,有了经验的加持,一定就能补足自己非名校的瑕疵了。

正元律所每年会招聘一批应届生,这些应届生一开始都会进入人才池,度过半年到两年不等的时间。在此期间,一旦有哪个合伙人的团队出现空缺,就会从人才池里挑选,被挑选走的,以后就有隶属的固定团队了。但没被挑走的,则仍然留在人才池里,供正元律所其余律师调度使用。有点类似一个全所的助理律师的角色,什么活儿都干,没有专精的方向,哪个团队哪个案子临时缺人了,就调派过去临时搭把手。

宁婉在这个人才池里待了两年，向每个合伙人都递了简历，但从来没有被选上，拒绝的说辞也很委婉——在相关领域的工作经验不够。

可是这能够怪谁呢？在这个人才池里，自己根本就接触不到专业程度高的大案，根本没有办法拥有漂亮的履历，完全是一个恶性循环。

当然，这期间也不是没有合伙人愿意接纳宁婉，如邵丽丽所言，金建华确实三番几次对宁婉发出了邀请，只是……

总之，最终宁婉得罪了金建华这位大PAR。

正值此时，正元律所和悦澜社区签了对口合作法律顾问协议，缺个驻点的社区律师。社区法律工作鸡零狗碎又没什么钱，因此，饶是这工作本该是签约律所里的律师们轮流驻扎的，但所里谁也不愿意去。而宁婉得罪了人，于是虽然律所还点名了另外两个律师一起轮岗，但这冷宫的活儿实质性地落在了不受宠的宫女宁婉的身上，于是她被"流放"到了社区来，这么一"流放"，都快两年了……

自然，社区律师并非全职工作，一周也并不是需要一直待着，很多律师只在偶尔有空时稍微去社区办公室晃一下刷个存在感。宁婉完全可以空闲时接其余正常案子，然而她一没人脉，二没带教律师，上哪儿接案子去？能接到的也就社区里引流来的一些小案子，刚刚够她糊口饭吃，索性就长期驻扎社区了。

不能再这样下去了！她想了想，傅峥话糙理不糙，自己确实没有商事领域的经验，要让这位新加盟的大PAR看上自己，看来要另辟蹊径了。

"除了工作能力外，老板在选团队员工的时候，肯定很看重员工的合作沟通能力吧？"宁婉咬了咬嘴唇，她觉得自己得多写点品行上的闪光点，毕竟好的团队成员，如果只有业务能力，却没有职业道德和素质，那也是个灾难。

宁婉想了半天，终于把一封自荐信给写完了——

在介绍自己办理的一些案子，强调自己基层工作经验丰富后，宁婉罗列了不少优点：为人诚恳热情，工作积极主动，抗压能力强，具有协作精神，能向有资历的同事学习，同时能关爱新人，团结友爱，尊师重道，与人为善，性格开朗，思路开阔，语言沟通能力强，善于谈判，为人有原则……

虽然这封自荐信其实很短，但宁婉左右斟酌了老半天才在忐忑中点击了发送。

因为完全处在紧张期待的心情里，宁婉并没有注意到，几乎自己的邮件刚发送，傅峥的手机里就传来了叮的一声邮件提醒。

傅峥点开了邮件。

每年向他自荐的人一直有很多，他们会写很多废话，美化包装自己，语气恭敬、用词漂亮，但傅峥其实从来都不会点开看，因为他认为，真正有能力的人根本不需要自荐，怀才和怀孕一样，时间久了，总是能看出来的，他对那些形形色色的自荐信一点兴趣也没有。

然而他今天破例点开了宁婉的这封邮件。他很想看看，宁婉会写出什么样的自荐信来，结果越看，傅峥越是怒极反笑。

关爱新人？

傅峥看了眼自己坐着的摇摇欲坠的廉价塑料凳子。嗯，二十块巨款，真的很关爱新人。

协作精神？

之前阉鸡的时候，自己都快按不住那鸡了，她在干什么？哈哈大笑着掏出手机给自己拍照片说要留念。

尊师重道？

是，就凭她要自己给她敬茶拜师这一点，确实很尊师重道。

语言沟通能力强？

是挺强，说鸡不说吧，文明你我他，教训起人来一套接一套。

为人有原则？

唯一的原则就是双标。自己那叫少爷脾气，大PAR那叫贵族。

思路开阔？

那倒是真的，连把鸡阉掉都能想出来。

……

宁婉却并不知道傅峥心里所想，还沉浸在期待之中，只是没过一会儿又懊恼起来：“我应该发一份有照片的简历！”

刚才一直埋头看手机的傅峥此刻终于抬头看了她一眼，然后嘲讽道：“你就是发一份PPT他也不会选你的。”

宁婉翻了个白眼：“你这个菜鸡不要发言，人家大PAR的想法能是和你一个档次的吗？"

宁婉努力忍了忍,才憋住了心里那句"你懂个屁"。

傅峥平静道:"你的业务和他的不匹配不对口,你也没有相关商事领域方面的经验,他不会选你的。"

"你怎么知道他不会选我?"宁婉却不信,振振有词道,"很多时候老板选员工也看第一印象,我真的应该放张照片,就算业务不相关,万一这位大PAR觉得我漂亮,看起来也机灵,放在团队里赏心悦目,提高平均颜值呢?没准人家就喜欢我这款呢?"

傅峥一言难尽地看了宁婉一眼,然后认真纠正道:"不,你不是他喜欢的款。"

宁婉这下真的忍不住了,她白了傅峥一眼,把刚才堪堪憋住的那句话振聋发聩地说出了口:"你懂个屁!"

"……"

-Chapter 05-
真没见过酒品这么差的

宁婉发了自荐邮件,辗转反侧等了一天,然而并没有等来任何回复。由于每隔半小时看一次邮件,这直接导致她没能睡好,第二天顶着两个黑眼圈去了社区律师办公室。

自己一脸心力交瘁,结果傅峥倒是容光满面。今天的他看起来倒是上道安分了不少,此刻安静地坐在那塑料凳子上,脸色平和,仿佛接受了命运的安排和生活的暴打,决定乖巧听话地度过余生。

哎,连傅峥都一夜之间长大懂事了,可自己的邮件还是没人回复!

宁婉一边在心里哀叹,一边开始工作,等她接到今天第十四个法律咨询电话时,隔壁老季风风火火地跑进了办公室。

"小傅是吧?我是悦澜社区的社工委主任,你叫我老季就行,还要麻烦你给我写一段200字左右的自我介绍,然后给我一张2寸照片。"他笑眯眯的,一脸和善地解释道,"为了方便社区居民来咨询,我们社区公告窗和网站上都会公示合作的社区律师,正好马上要更新了,得赶紧把你的资料上传一下。"

"宁婉啊,你帮忙把小傅的照片电子档和自我介绍发我们宣传口的工作邮箱!"老季一边说,一边看着手表就往外跑,"不说了,我开会要来不及了,这事就交给你了!"

"来吧,加个微信。"宁婉没什么诚意地掏出手机,"你扫我一下。"

宁婉至今仍觉得傅峥不可能在社区久待,要不是碍于老季的拜托,以自己和傅峥的塑料同事情,她觉得根本没必要互加联系方式。

当然,傅峥可能也是这样想的,因为他非常不情愿地掏出手机,表情勉强地扫了宁婉的二维码,看起来像是被逼良为娼的贞洁女子,让宁婉怀疑这男人可能传完照片就决定过河拆桥,删除或拉黑自己,仿佛自己不配待在他高贵的朋友圈一样……

不过今天的宁婉因为没收到邮件回复，所以对什么事都意兴阑珊，并没有和傅峥计较，她甚至都不想理睬傅峥，夏虫不可语冰，这种空降的关系户懂什么职业规划、行业前景？

只是等傅峥把自己的简短简介和证件照片电子档发来后，宁婉看着傅峥那张辨识度过高的照片，忍不住说道："照片重新找一张吧。"

傅峥抬起头，微微皱起眉，用和照片里一样好看的眼睛盯住宁婉："这张不合格吗？"

不是不合格，是太好看了，虽然客观来说，这证件照比起傅峥本人，还是略微有些逊色，但证件照拍成这样，已经属于完完全全的犯规了，看着倒不像是证件照，像个相亲照。

金玉其外，败絮其中。虽然是个关系户，但长得确实可圈可点，专业能力不行，靠脸吃饭倒是应该没问题。

宁婉一边忙着接电话，一边言简意赅好心建议道："找张丑点的。"

可惜听完这话，傅峥的脸色就臭了："我没有丑的照片。"

"那找个稍微丑一点的。"宁婉真心实意道，"或者普通一点的。我这真的是为你好。"

"我没有那种照片。"结果傅峥一点没有体会到宁婉的好意，他想也没想，冷傲高贵地拒绝了宁婉，"就用这张。"

为自己好？傅峥差点气笑了，宁婉这女的戏是不是太多了？就这么丁点大的社区，还喜欢搞内斗这一套各种挤对自己，连一张证件照都不允许自己用好看的？这是什么狭隘的心理？难道连在这种细枝末节的问题上，都要强压自己一头才心理平衡？竟然妄图让自己找一张丑照用……

"你确定？"被诟病心理狭隘的当事人却浑然不知，她朝傅峥眨了眨眼，"可是……"

"没有可是。"傅峥当机立断打断了宁婉，冷冷道，"不过是一张照片，你就算自己动手给我PS一张丑的，也不能让我本人就变成丑的，在这种细枝末节上做文章，有意思吗？"

"……"

宁婉磨了磨牙，傅峥这家伙可真是狗咬吕洞宾，不识好人心啊！好心提醒你不听，那就别怪我无情无义！她看了一眼傅峥，然后笑了笑："那你用好

Chapter 05 / 真没见过酒品这么差的

看的,只要你能勇敢承担后果就行。"

对于宁婉的话,傅峥自然嗤之以鼻,还威胁上了!后果?不就一张照片吗?能有什么后果?不过是多几个看着自己的照片夸赞的人而已……

只是两个小时后,傅峥就懂得了宁婉话里的深意和她口中所说的后果——以一种非常痛苦的方式。

"小伙子,你今年多大了?家在哪儿的啊?是本地人吗?"

"没结婚吧?"

一开始,傅峥对这些老阿姨并没有戒心:"没。"

"没结就好,没结就好,那有女朋友吗?"

"也没。"

只是没想到,自己两个随口的回复成了一切的导火索……

"哈哈哈,小伙子现在这个工作有想换一个吗?要不要考个公务员?你们学法律的考公检法很好的啊,稳定又体面!"

"在本地有房没?驾照考了没?"

……

在自己的证件照连带简短个人简介发布后两个小时,社区律师办公室的门突然被络绎不绝的中年老阿姨给拍烂了……

原本电话咨询居多,现场咨询居少的社区律师办公室,突然像是菜市场一样热闹了起来,开始是一个老阿姨,然后是第二个,第三个,第四个……第二十个……

房内断断续续涌来了一大拨探头探脑、满脸喜色的老阿姨,然后这些老阿姨根本连看也没看一眼宁婉,径自越过她,冲向了傅峥,那见了自己以后发亮的眼神以及充满杀气的志在必得,让傅峥恍惚间觉得自己是一块等着众位老妖分而食之的唐僧肉……

此刻,傅峥完全被"围剿"了,他努力平静地试图自救:"这位女士,请问你来这里是有什么法律问题咨询吗?我们是社区律师,只解答法律问题。"

可惜这样的话一点作用也没有……

傅峥低估了人民群众急中生智的能力,对面的老阿姨当机立断地给他制造了一个法律问题:"啊,这样啊,那我问问你啊小伙子,我大姐家邻居的二姨儿子的同学结婚以后又找了小三,现在小三也有孩子了,原配把这个小三给打流产了,这种因为小三有错在先而伤人的行为,是不是不用赔钱啊?"

"……"太刻意了,阿姨……

傅峥还没来得及窒息,就听到那老阿姨话锋一转:"小伙子,刚才我还没问完,你现在这个工作,一个月能有多少钱啊?我女儿今年二十五,重点大学本科毕业,现在是个高中老师。你知道的,老师收入稳定,能顾家,未来小孩的教育问题也都能搞定,讨老婆就要找当老师的,我女儿的微信是……"

"……"

"张春华,你够了没有?讲不讲公德心啊?我们每个排在队伍里的也就问两三个问题,你呢?一个人拉拉杂杂讲了这么久,我们都等你多久了?没完没了了啊!"

队伍后面响起了另一位老阿姨怒不可遏的声音,而排在傅峥面前这位叫张春华的老阿姨也不是省油的灯,当即转头大嗓门吼了起来:"叫什么叫?陈芳,你以为我不知道你那点心思啊!可你那侄女都三十二了!能和人家小伙子配对吗?比人家都年纪大呢!"

"都现代社会了,你这个土老帽!姐弟恋还不行啊?!"

一来二去,这两个老阿姨竟然隔着长长的队伍争执了起来……

……

傅峥被人群包围到呼吸不畅,只觉得脑子边有一百只鸭子踩在自己头上跳舞,他艰难地妄图突围,此时此刻,他已经顾不上别的,求生欲让他放下了一切架子,悲惨而狼狈地向宁婉求救:"宁婉,帮帮忙,能帮我分摊一点人流和案子吗?"

每个排队的老阿姨都信誓旦旦号称自己确实有法律问题要咨询,于情于理傅峥都不能把人家赶走,但是说是有法律问题咨询,每每排到队伍前,老阿姨们就开始转移话题,热情地询问起傅峥的私人信息来……

可惜宁婉还没答复,老阿姨们就抗议了:"不行啊,小伙子,我们就想咨询你,你看着比较可靠!"

"……"

傅峥一边应付着战斗力惊人的老阿姨们,一边觉得自己又一次不好了,这一刻,他没有别的想法,只想活着……

"宁婉!你帮帮忙!"

宁婉看了傅峥一眼:"我听不清。"

即便良好的教养让傅峥从来没有如此大声地说过话,但绝境下,他还是抛弃了一贯以来的原则,努力抬高声音道:"宁婉,帮帮忙!"

可惜回答他的是宁婉意味深长的声音:"哦,我怎么还是听不太清。"

"……"

傅峥咬牙切齿地看了一眼这个趁火打劫的女人,知道她在等什么,但傅峥不想开口:她不就想看自己低头吗?!自己怎么可以让她得逞!

只是……

最终,求生欲战胜了羞耻观,五分钟后,傅峥硬着头皮低声下气道:"帮帮忙,宁老师,算我求你。"

哈哈哈哈哈哈哈哈哈哈,这还差不多。

宁婉忍着内心的狂笑,然后起身再次掏出了她的扩音喇叭。"各位阿姨!正儿八经有法律问题的可以留下!想给我们傅律师介绍对象的就回去吧!"宁婉清了清嗓子,一字一顿中气十足宣告道,"因为这个男的,我预定了!"

别说一群老阿姨被这番霸道发言震慑住了,连当事人傅峥也呆住了,他觉得自己有一点错乱,仿佛穿越到了什么霸道社区律师爱上我的狗血戏码里,他这辈子都没想过自己竟然成了这种羞耻度爆表的台词里的当事人……

当然,这样的宣告,老阿姨们是不服的,下面立刻有人七嘴八舌讲起来——

"小宁啊,你怎么能这样呢?好不容易来一个适龄的单身男青年,不能先让给我们社区居民内部解决吗?"

"小宁,虽然你单身,小傅也单身,但也不是一定要在一起,万一小傅对你这款不来电呢?我侄女也单身,大家都在同一起跑线上,公平竞争嘛。"

宁婉面无表情地提起了扩音喇叭:"你们又不是第一天认识我,我宁婉讲公平竞争吗?当然不讲!就算我良心发现讲公平竞争,我和傅律师近水楼台先得月,还是同行有共同语言,你们家里谁竞争得过我啊?!"

老阿姨们哪里有这么容易撤退——

"我女儿身材挺好的,165呢……"

宁婉笑笑,看向傅峥:"傅峥,告诉她们,我多高?"

傅峥愣了愣,然后看了宁婉一眼:"168。"

判断这么精准,宁婉倒是有些意外,只是很快,她收敛了表情,换了一副得意洋洋的神色，转头对老阿姨道："看到没？人家傅峥早就已经在暗中关注我了，都能这么准确无误地说出我的身高！我们两个在一起，这不是水到渠成的事吗？"

傅峥平白无故被扣了这么一顶帽子，然而碍于场面，还不能反驳，只能紧紧抿着唇，努力做自我心理疏导。

很快，又有别的老阿姨不服，当即掏出了手机："傅律师，你看看我外甥女的照片，很漂亮的，没准你看了觉得很有眼缘呢。"

宁婉也不阻止，径自拿过手机，直接把照片摆到了自己脸边上，然后转向傅峥："傅峥，我和这姑娘，你觉得谁漂亮？"

"你。"

虽然这个回答是情势所迫，但不得不承认，这至少确实是句实话，高远有一点没说错，宁婉确实挺漂亮，只是傅峥没想过，一个长得这么漂亮的女人，思路怎么能这么清奇，作风怎么能这么一言难尽……

只是老阿姨越战越勇："小宁，不是我自夸，我侄女不仅身高高，还前凸后翘呢！"

傅峥转过头，就见宁婉挺起胸膛，摆出不服来战的姿态："阿姨，我见过你侄女，身材确实不错，但是她胸没我大，腰没我细。"

"……"

"小宁，我亲戚家闺女脾气特好，温柔和善能给傅律师红袖添香……"

"我脾气特差，能守护在傅律师身边做镇宅的母老虎。"宁婉面无表情道，然后看了一眼身边傅峥，"傅峥，你大声地告诉她们，你喜欢温柔的还是粗暴的女人？"

傅峥心如死灰，望向虚空，干巴巴地回答道："我喜欢粗暴的。"

……

老阿姨们战斗力强悍，可拥有扩音喇叭在装备上更胜一筹的宁婉杀伤力更大，她一开口，老阿姨们竟然没有还嘴的招架之力。

眼见胜局已定，宁婉单方面宣告了这场抢夺战的结束："行了行了，没事的都回去吧，傅律师你们别想了，自己女儿、亲戚孩子的婚姻大事也别操心了，儿孙自有儿孙福，找对象和结婚也不一定就幸福了，一切顺其自然，都别在这儿凑热闹了！"

Chapter 05 / 真没见过酒品这么差的

虽然不甘不愿，但一群老阿姨眼见要联系方式无望，外加仔细一想——给孩子相亲这事儿确实是孩子不急自己瞎着急，又说不过宁婉，只能恋恋不舍像看超市里没抢到的特价猪肉似的看了傅峥两眼，然后悻悻地走了。

"不听老人言，吃亏在眼前。"

宁婉本来还想再痛打落水狗，再给傅峥来那么两下，结果看了眼劫后余生般的傅峥，才发现这平日里趾高气昂的少爷如今一脸憔悴和怀疑人生，看着竟然有一点可怜。

宁婉最终没忍住安慰一下："行了，怎么像被生活践踏蹂躏了一样，多大点事啊，你换张丑点的照片吧。"

傅峥表情难看地看了宁婉一眼，语气有些一言难尽："都这时候了，你为什么还执着于问我要丑的照片？我长成这样得罪你了吗？"

"傅峥我说你这人怎么脑子这么死板不转弯啊，刚才那些老阿姨难道还没给你上一课吗？男人长那么招蜂引蝶不安全！她们都怎么来的？还不是因为你那张证件照在社区里公示了吗？"

傅峥皱着眉一脸怀疑地看向宁婉。

宁婉忍不住白了他一眼："'千里姻缘红娘牵'这个容市最大的公益相亲群，就是从我们悦澜社区发源的，如今做大做强都成品牌了，别的社区老阿姨加盟还要经过面试考察呢。"

"就是通过层层笔试面试能够正式入群的老阿姨，也面临很大的业绩考察，每个人每月必须至少推荐一名优质单身女青年和一名优质单身男青年，一年必须促成一对小年轻的结合，否则实行末位淘汰。"宁婉说到这里，瞥了傅峥一眼，"你那照片一经网站、社区公众号还有社区公示，以我的经验来说，半小时内就已经被发进相亲群了，大家都积极完成KPI呢。你这样姿色的'货源'也确实少见，当然发了疯一样来'验验货'，只要没货不对版，就要对你下手咯。"

"……"

傅峥突然不知道自己该说什么好，此时此刻，他的脑海里只有一首歌循环播放——城市套路深，我要回农村。他突然觉得自己一个资深律师，见识只配去农村种地……

而也是此刻，傅峥才终于理解了宁婉之前要求自己提供一张丑照的深意，自己竟然真的错怪了她,她确实是出于好心……

宁婉却不知道傅峥内心的复杂情绪,她看了一眼傅峥,催促道:"快点呀,找张丑的发我,否则你那照片也不知道要招蜂引蝶到什么时候。"

"……"

傅峥找了半天,最终找了一张照片出来发给了宁婉。

结果宁婉一看当即就拒绝了:"你这不行,不够丑,得再丑一点,有没有那种没洗头拍的?或者眼神没聚焦的,嘴角歪的?"

"……"傅峥努力心平气和地又找了找,激烈的内心斗争后,把自己一张可谓黑历史的证件照发了过去。

可惜……

"不行不行,你这张还是太好看了。"宁婉皱着眉看向傅峥,"你这个人到底想不想从相亲红娘手里解脱出来啊?找张丑的!那种真正的丑!"

傅峥差点气死,难道自己长得帅还犯罪吗?这女人这嫌弃的眼神是怎么回事?他心里憋着气,但碍于面子,只能干巴巴道:"我说过的,我真的没有丑的照片,没有骗你。"

行吧,宁婉也放弃了:"自己动手丰衣足食,关键时刻,让你见识一下中国四大邪术之一。"

傅峥愣了愣,忍不住凑过头去,只见宁婉捧着手机,开了个不知道什么软件,然后——

"来,给你眼睛调小一点,你想要三角眼还是三白下垂眼?"宁婉笑嘻嘻地看向傅峥,"尊重当事人的意愿,你自己选一个?"

"……"傅峥抿了抿唇,艰难道,"三角眼吧……"

"行,那就三角眼,我再给你拉开点眼距,这样看起来人就不太聪明。"

"……"

"鼻子呢?想要奸邪之徒必备的反派专用鹰钩鼻还是牛魔王一般的大鼻子?"

"鹰钩鼻吧……"

"嘴巴给你调大一点吧?鲇鱼嘴要不要?男人嘴巴一大就显得很土。"

"……"

"招风耳要一对吗?"

Chapter 05 / 真没见过酒品这么差的

不要了吧……

可惜宁婉看起来已经放飞自我了,她不再征求傅峥的意见,自顾自开始热火朝天地修起图来。

"再给你加一颗媒婆痣,痣上给你搞根毛,虽然变丑了,但身体健康还是得顾及的,长毛的痣都是良性的,我很丑但我很健康……"

我可谢谢您了……

宁婉径自调了半天,终于大功告成般伸了个懒腰:"好了,搞定了!你要看吗?"

傅峥知道这种时候,作为一个成熟稳重的男人应该处变不惊,对这些鸡毛蒜皮的事不要产生好奇,因为这样很幼稚,可他的脚不听大脑的控制,等傅峥反应过来时,他已经走到了宁婉的身后,俯下身看向她的手机。

他当然不幼稚,因为这和他没关系,他的脑子清楚得很,是他的脚病了,是这脚自己忍不住朝宁婉走过去的。

只是不看不知道,这一看,傅峥就移不开眼睛了……

"宁婉,我上辈子是不是和你有仇?"傅峥死死盯着宁婉的手机屏幕,一时之间又产生了一种快要升天的恍惚感,到底是什么样的仇恨支撑着宁婉把自己修成这么丑的样子?虽然从避免麻烦的角度看,把自己修丑一点确实是对的,可……也不用这么丑吧?何况这看起来已经不是丑的问题了,这贼眉鼠眼的三角眼,这超大的眼距,这淫邪的鹰钩鼻,这能耳听四面八方的招风耳……

傅峥没忍住,他按了按额头的青筋:"这看起来怎么像个弱智?像个21三体综合征?"

"有吗?"宁婉睁大眼,又细细看了一眼自己的修图成果,"我觉得挺好的啊,绝对凭实力劝退,看了第一眼不想看第二眼。"她拍了拍傅峥的肩,"你放心,这照片一出,没人还会想透过你的外表挖掘你的内涵了,你安全了。"

傅峥忍着头疼:"那我是不是要谢谢你?"

"当然啊,要不今晚你请我吃饭吧?"宁婉却一点没意识到傅峥这是在反讽,高高兴兴道,"而且鸡叫扰民那个案子,我帮了你,你说好拜师的,今晚既当感谢宴又当拜师宴,还给你省了一顿饭呢!"

这么替我着想,那我可谢谢你了,傅峥充满怨念地想。

……

这天下午难得没有太多咨询电话,宁婉见傅峥默许了,便拿出手机开始搜索晚上吃什么。在征求了傅峥的意见后,宁婉最终选了一家悦澜附近性价比很高的日常湘菜馆子。

临近下班,宁婉收拾好东西,就准备拉上傅峥往湘菜馆走,结果还没出门,就差点撞上迎面而来的人。

"宁宁!"

宁婉一抬头,才惊喜地发现来人竟然是邵丽丽:"小丽,你怎么来啦?"

"前几天一份法律意见书Deadline,要出双语版的,结果负责英文翻译的崔静说临时有事,让我顶上做收尾工作,结果我连续两天两夜没睡,就稍微眯了会儿,刚坐公交车准备回家,结果公交在这路口抛锚了……"邵丽丽面带疲惫地打了个哈欠,一脸生无可恋道,"最后一车人全被赶下来了,这儿最近的站台还要再走二十分钟,我又困又饿,想着离你近,就来找你蹭个饭。"

邵丽丽这样,宁婉说不心疼是假的。崔静是什么风格,她不会不知道,说是让邵丽丽做收尾工作,恐怕那份法律意见书,崔静还一个字都没开始翻译。邵丽丽八成要做的根本不是什么收尾工作而是彻头彻尾全部的翻译活儿,这才紧急加班了两天两夜……

"我带我朋友去吃个饭,你的饭别请啦。"宁婉看了一眼傅峥,有些不好意思,"其实本来叫你请客拜师也是开玩笑的。对不起啊,今天只能爽你的约了,下次我请你吧。"

虽然宁婉不喜欢空降来的关系户少爷,但傅峥看起来一时半会儿也不会离开社区,那一味抵触也没有意义,都是抬头不见低头见的关系,因此她决定改变策略,至少在傅峥还杵在社区的这些日子里,两个人能井水不犯河水,和平相处,互不侵犯主权。在宁婉的预期里,傅峥在社区坚持不了多久,一两个星期是极限了,宁婉也不用忍受这少爷多久。

只是之前和傅峥针锋相对,要宁婉自己低头找傅峥吃饭,那实在有点没面子,因此才寻了个由头逼迫傅峥请自己,实际上宁婉早就决定AA,只是如今邵丽丽这个情况,她不能放着不管,只能向傅峥道歉了。

结果傅峥看向她,并没有顺水推舟地自行离开,反倒是平静道:"一起吧。说了我请。"他抿了抿唇,不太自在道,"今天照片的事是我误会你了,是要谢谢你，叫上你朋友一起去就行了。"

最终，宁婉、邵丽丽和傅峥一起坐在了湘菜馆子的小包厢里。这小饭馆虽然并不是多高档，但胜在干净整洁，充满人间烟火的温馨气息，饭菜可口，饭馆的老板娘也一直笑盈盈的。

宁婉嗜辣，本来还挺开心，邵丽丽也因为饭菜提起了精神，两个人聊着所里的八卦，傅峥虽然不参与话题，但在一边安静听着，气氛挺融洽。

只是宁婉这难得的好心情，最终被一通电话给破坏了。

饭吃到一半，宁婉接到了妈妈的电话。

她和邵丽丽、傅峥打了个招呼就跑到门外接听去了，然后听到了自己妈妈努力抑制哭腔的声音……

宁婉在半小时后回到小包厢，邵丽丽本来在和傅峥气氛融洽地聊着什么，见她回来，忍不住吐槽："怎么去了这么久啊？"她抬头看了宁婉一眼，愣了愣，"怎么脸色这么难看？"

"是不是你妈妈的电话？"邵丽丽转了转眼珠，小心翼翼道，"你爸是不是又回去了？"

对邵丽丽的问题，宁婉打了个哈哈，很快绕开了话题。只是虽然脸上一派兴高采烈，但宁婉心里想着刚才妈妈那通电话，只觉得心火难灭。也是此刻，她看到了桌上放着冰块的红色果饮……

邵丽丽循着她的目光，解释道："今天搞活动，刚才老板娘送的，说是新品，新鲜榨的西瓜草莓……"

宁婉心里烦躁，根本没听完，径自拿起这杯冰果汁就一饮而尽。

邵丽丽却是猛地跳了起来："宁宁，吐出来！吐出来！"

宁婉躲开了邵丽丽的手，有些莫名其妙地说："怎么了啊？你也想喝吗？你想的话再点一杯啊。"

"不是！"邵丽丽急得脸都红了，"我还没说完，这是一杯西瓜草莓果酒啊！有酒精！有酒精！"

这下宁婉也急了。"你不早说！叫你说话别铺垫那么多！"她说完，就跑到了一边妄图催吐，可惜手法不娴熟，没成功，几次下来，陷入绝望，脸上露出了听天由命的表情，"你待会……好好拉住我……"

……

傅峥一开始不知道为什么宁婉和邵丽丽之间的画风变得这么诡异，但没多久后，他就理解了这两个女的之前如临大敌是因为什么——

宁婉醉了。

虽然醉了，但其实从她的脸色里完全看不出来，这女人还是面若敷粉唇红齿白，表情还特别正常，唯独眼睛比平时更……更带了点湿漉漉的无辜感。

傅峥不是没见过喝醉的人，但第一次见到宁婉这样的……

这女人先是在包厢里来来回回转了十几圈，说是自己尾巴丢了，要找自己的尾巴；然后突然开始和包厢电视机里的《新闻联播》播报员吵架，人家说一句，她就反驳一句；接着拉着窗户边的窗帘说要共舞一曲华尔兹……

"她一杯倒。"邵丽丽一边试图拉住宁婉，一边向傅峥好心解释道，"不能沾酒，一滴也不行，一沾酒她不羁的灵魂就冲破封印了……"

傅峥见过酒品差的，但真没见过酒品这么差的……他眼看着宁婉又是单口相声又是高歌一曲，直到半小时后，对方似乎累了倦了，才终于消停下来，回到桌前坐下。

只是没坐多久，她一眨不眨地看了傅峥两眼，突然从自己包里掏出一支笔，又从桌上拽了一张干净的餐巾纸，行云流水般的在上面写了一行数字，接着硬是塞给了傅峥。"帅哥，这是我的号码，你收好了。"她说着，咯咯咯地笑了笑，"回去记得给我打电话。"

"……"

难怪说醉酒后的人都是很诚实的……面对自己这样的长相，虽然嘴硬，但宁婉的内心其实早已做出了正确的回答，即便喝醉了这么疯的情况下，还不是妄图搭讪自己吗？这点来说，这女人至少审美是在线的……

傅峥正这么想着，接着听到宁婉脆生生继续道："有离婚、结婚、捉奸取证、争遗产之类的法律纠纷业务的，都可以找我。今晚限时促销，十二点前给我打电话的话，给你打十二折！"

"……"

给自己留号码就为了推销法律业务？？？这女人到底多缺案源？都和发传单似的推销了？而且十二折？！十二折这叫折扣？？？

……

-Chapter 06-
完全称得上德艺双馨的人

只可惜喝醉酒的人不可理喻,傅峥就算被气个半死,也不能去和宁婉理论。

一顿饭毕,邵丽丽又是拉又是拽,终于堪堪把宁婉给架到了身上,只是计划赶不上变化,她刚准备把宁婉送回家,她的老板就给她打电话了……

"我们有个案子出问题了,马上要召开紧急电话会议,我必须马上赶回所里。"邵丽丽一脸为难地看了看傅峥,"能麻烦你把宁婉送回家吗?她家就在这附近,我给你地址。"

……

于是,傅峥掏钱吃了顿饭,最后吃出了一个历史遗留问题——他不得不扶着带了醉意的宁婉,然后把这个烫手山芋给送回家。

好在宁婉在刚才的包厢里放电充分,此刻电量看起来不太足了,虽然还是不清醒,但不羁的灵魂已经温顺了很多。

很快,她就能自主行走,不再需要傅峥扶着了,但傅峥走了几步,回头却发现宁婉没跟上来,等他走回去,才发现宁婉正盯着一只邮筒发呆。

"宁婉,回家了。"

可惜傅峥这话下去,宁婉也只是傻乎乎的模样。

不得不承认,喝醉了的宁婉确实可爱不少,她变得没什么攻击性。她呆呆地抬起脑袋,反应很慢地用漂亮的眼睛看了一眼傅峥,整个人看起来完全不在状态,看起来只要傅峥把她扔在原地,她就会立刻被卖掉的样子……

傅峥没有办法,只能深吸了一口气,然后伸出手,拽住了宁婉外套的衣袖,一路拉着她往前走,可过马路的时候人太多,人群几次差点把宁婉给冲散,傅峥最终不得不牵住了宁婉的手。

好在全程宁婉都挺安静,她乖乖地让傅峥牵着,一路走到了她的小区。

傅峥把她送到了家门口,问宁婉要了钥匙,帮她开了门:"好了,送到家了,我回去了。"

宁婉迷迷糊糊的，也不知道在不在听，但不管怎样，她走进了房间，试图合上门，傅峥见她安全返家，尽了应尽的义务，刚准备转身离开，结果就听到身后扑通一声。

这个时候傅峥本可以离开，但最终没忍住，他转身走了回去，然后看到了正一脸茫然坐在自家门口长毛地毯垫上的宁婉。在傅峥走后，她甚至都没有关门，她大概是不小心被门口的鞋子绊倒了，如今坐在地上，微微皱着眉喊疼，而她的包则散落在了门口，里面的东西七零八落门里门外撒了一地……

傅峥十分后悔自己多此一举的转身，只是看都看到了，也不能置之不理，他不得不走进房里，把因为扭到而跌坐在地上的宁婉扶了起来，然后安置在一边的沙发上，又转身去门口把宁婉包里撒出的东西收起来。

只是等他收好门外门内散落的东西，回头想把包放好和宁婉打个招呼离开时，却发现宁婉不见了……

"宁婉？"

傅峥开了客厅的灯，环顾着找了一圈，愣是没找到宁婉，而就在傅峥揉着眉心觉得头痛的时候，他听到了细细的啜泣声从客厅里那张很大的餐桌下传来。

他掀开餐桌上铺陈的长到拖地的桌布，果不其然在下面发现了宁婉。

傅峥简直无言以对，他皱着眉问道："你在下面干什么？快点出来。"

宁婉却摇了摇头，然后继续默默流泪……

傅峥知道有些人醉后会情绪失控，没有来由的特别兴奋或者没有来由的特别低落，宁婉这情况，大概就是如此。

傅峥对醉鬼其实没什么好感也没什么耐心，他放下桌布，起身准备一走了之，然而没走到门口，还是脸色难看地重新折返了回去，然后他重新蹲下身，掀开桌布，朝宁婉伸出了手："行了，出来吧，你该去睡觉了。"

结果他都屈尊成这样了，醉鬼宁婉却并不买账，她盯着傅峥看了一分钟，然后突然情绪崩溃般哭诉起来："呜呜呜呜，我好苦的命啊！"

"……"

傅峥简直头大如斗，他不知道这个此前和《新闻联播》播报员吵架，在包厢里找尾巴的宁婉是不是又换了种方式上头了。

Chapter 06 / 完全称得上德艺双馨的人

傅峥在头大,宁婉却犹如祥林嫂附体:"我的命真的好苦啊!命好苦!命真的好苦!我妈今天给我电话又问我要钱了。说是看中一个包,想买。"

傅峥还没来得及应声,就听宁婉单口相声般地继续道:"谎话,都是说谎,她一辈子省吃俭用,连一站路的公交车钱都不愿意花,大雨天都走回家,就为了节省那点钱给我买鸡蛋吃,怎么可能为了个包问我要钱啊,你说是不是?"

虽然是问句,但她显然并不需要傅峥的回答,以一己之力就能自问自答撑起一台大戏:"肯定是他又回去了,又去家里打砸抢了,赌钱输了就拿我妈撒气……我为什么会有这种爸爸啊,干啥啥不行,打人第一名……我的命好苦啊!"

傅峥并不想听到宁婉的私事,因为对他而言,和一个人的距离过近会造成麻烦,就像现在这样,他看着桌子底下的宁婉,觉得自己完全没有办法走开了。

此刻宁婉正抱着一只餐桌腿低低啜泣,声音不大,但是眼泪却大颗大颗地滚下来,像是遇到了什么了不得的委屈,看起来可怜巴巴的,像个被遗弃的小狗。

"好了,别哭了。"傅峥这辈子只把别人训哭过,从来没安慰过哭的人,如今干起这事来,也是干巴巴的不自然,"你有什么想要的吗?我可以买给你。"

一般而言,在如此巨大的情绪面前,不管别人说什么安慰的话都没什么用,傅峥做好了宁婉根本不理睬自己继续哭的准备,然而没想到自己话音刚落,宁婉就一秒变脸地收起了哭腔,然后字正腔圆地一口气说道——

"你说都买是吧?那我想要吃糖炒栗子、冰糖葫芦、鲜肉月饼、云南鲜花饼、鸡蛋仔、奶酪包、巧克力千层、榴莲酥、葱爆大鱿鱼、战斗鸡排、辣味小馄饨、山东杂粮煎饼……"宁婉一口气报了一堆吃的,最后还不忘补充道,"煎饼要加两个蛋!"

"……"

傅峥觉得自己的同情心是白瞎了,刚才某个瞬间,他竟然信了宁婉这个醉鬼的胡扯,如今一看,她这样子,显然是酒后戏精上身倾情出演苦情剧本太入戏了,只需要一点吃的就能一秒出戏。

傅峥正准备不再理睬她,只是刚准备起身,就被宁婉给拽住了裤腿,她看向傅峥:"要我再重复一遍都要吃什么吗?"这小醉鬼一脸义正词严道,"你刚说了,你可以买给我,我刚开手机录音了,你得信守诺言。"

"……"傅峥用了他人生十二万分的耐心,努力冷静道:"我是说了买给你,但没说什么都买,我只给你买一样,你自己选。"

宁婉完全不哭了,她瞪大眼睛,愤怒道:"你刚没说只能一样!"

傅峥冷冷道:"活动举办方一般都拥有最终解释权,宁婉,你是个学法的,成熟点,我掏钱,我想怎样就怎样。"

"……"宁婉又看了傅峥两眼,最终选择了屈服,"那我要抹茶冰激凌。"

傅峥皱了皱眉道:"你刚那一串里根本没有报冰激凌。"

他话刚说完,宁婉的眼睛里又开始一秒入戏挂起眼泪了,悲惨哭到:"我的命好苦啊,我只是想吃一个抹茶冰激凌而已。我真的命好苦……"

"……"

傅峥没有办法,醉鬼不讲道理也没有逻辑可言,他最终只能板着脸叫了跑腿服务,花钱加价塞红包找人帮忙买了一个抹茶味的冰激凌送来。

大概是红包给得实在充足,几乎没等多久,抹茶冰激凌就送上了门。傅峥取了冰激凌,然后蹲下身看向还蜷缩在桌子底下的宁婉:"冰激凌,给你,现在能出来了吗?"

宁婉见了冰激凌果然喜形于色,她微微朝傅峥爬了爬,从傅峥手上拿走了冰激凌,但人并不愿意出来,只一边吃一边含糊道:"吃完再出来。"

傅峥耐着性子问:"为什么要吃完才出来?在桌子下吃冰激凌不舒服。"

宁婉看了傅峥一眼,理所当然道:"你不就想把我骗出来,然后抢我的冰激凌吗?你什么狼子野心以为我不知道?你这种少爷,一看就不是好东西……"

果然好人没好报,傅峥冷着脸,把宁婉的冰激凌从手里抽走了。"骗不骗你出来,我都能抢你冰激凌。"他板着脸看向宁婉,"好了,我现在正式告诉你,你冰激凌没了。"

宁婉大概太震惊了,她瞪大眼睛看了傅峥足足一分钟,傅峥心里早已预估了她下一步的诡辩思路,并准备好了应对措施,然而下一秒,宁婉突然皱起鼻子,然后哭了。

傅峥这下有些手忙脚乱了,他也不知道自己为什么鬼使神差地抢走宁婉手中的冰激凌,如今也只能立刻把冰激凌往宁婉手里塞,声音不自然道:"别哭了,冰激凌给你。"

可惜宁婉没有理睬他,不接冰激凌,只是哭。

傅峥完全不知所措了,虽然声音还是冷冷的,但神情已经有些无措:"你刚还想吃什么?糖炒栗子、冰糖葫芦、鲜肉月饼、云南鲜花饼,还有什么?我都给你买。"

不过这次宁婉没有一秒出戏了,她不为所动,继续哭。

"我的命真的好苦。"这一次,她哭得比上一次更惨,也更情真意切,"要钱没钱,要事业没事业……"宁婉像是想起什么悲惨的事一样,哭到抽泣,"在律所兢兢业业做了几年,可没一个大PAR肯要我进团队的……"

这种时候,傅峥也只能勉为其难安慰一下了……

"钱这件事,只有开源和节流两个办法可以积累,你如果觉得自己没钱,就应该把一切不需要的消费都砍掉,比如不要大半夜吃这种抹茶冰激凌,至于开源。"傅峥看了宁婉一眼,客观地评价道,"作为律师,开源就是去接洽更多的业务和案子,可以你的经验和水平,恐怕确实接不到什么大的案源。开源这个没戏了,还是节流吧,以后少吃点零食,或许一个月能多节省下来几百块钱。"

"至于没有大PAR肯要你进团队,那你要想一想为什么人家都不要你,好好审视自己,才能获得进步。所里别人为什么能进团队,你就不能?那肯定是你自身还有缺陷,找出来改掉……"

他的"就好了"三个字还没说完,宁婉就哭得更大声了……

傅峥只觉得脑壳疼,这女人怎么回事?自己都这么好言安慰她了,还哭?!真的不可理喻!

宁婉看起来更伤心了,她还在哭着控诉:"好不容易听说来了个新的大PAR,想写信自荐下套套磁,结果人家连理也不理,现代人都这么不讲礼仪的吗?是大PAR了不起吗?好歹应该回我一下吧?回一个邮件又不需要多少时间!我现在的人生理想,也不过就是收到他的一个回复而已……"

不回邮件会造成这么大伤害吗?宁婉看起来因为没收到自己的回复,被打击得都快死了。

傅峥斟酌再三,觉得自己这个是真的可以安慰,他抿了抿唇,说道:"他会回复你的。"

这话下去,终于起了效果,宁婉止住了哭,抬头看他,眼睛还红着,像个受惊的兔子:"真的吗?"

傅峥点了点头,撇开视线,有些不自然地允诺道:"真的。"他说完,就拿出了手机,然后进入邮箱,开始给宁婉回邮件。

没一会儿,宁婉的手机果然发出了收到邮件的提示音,傅峥一脸"事了拂衣去,深藏功与名"的淡薄,提醒道:"你看,我说了他会回复你的,现在回复的邮件已经来了。"

宁婉表情有些狐疑:"可能只是一些垃圾邮件罢了。"

傅峥语气淡然:"那你打开手机看看不就行了。"

宁婉显然不信,但还是下意识听话地打开了手机,然后傅峥看到她整张脸都亮了起来。她利索地从桌子底下爬了出来,充满惊喜地看向傅峥:"你这张嘴开过光吗?!真的!你一说完,这个大PAR竟然就给我回信了!"

傅峥脸上带了点掌控一切的笑意,他想:不论是法律业务还是安慰人的业务,就没有什么是难得到自己这种全能型人才的。

宁婉此刻的表情,完完全全诠释了什么叫做梦想照进现实。傅峥看着她略带紧张手指微微颤抖地点开邮件的模样,想:这下算是把宁婉这个醉鬼的情绪给稳下来了,自己总算可以功成身退了。

"所以你是不是应该收回刚才的话?"傅峥看了宁婉一眼,暗示道,"人家大PAR日理万机,结果还百忙之中给你回复了邮件,不仅十分有礼貌,还非常平易近人……"

虽然自己做这事深藏功与名,并不求回报,但傅峥觉得,宁婉要是疯狂吹捧和夸奖自己,他也能勉为其难接受的……

只是没想到,事情的反转就发生在这电光火石的一瞬间……

宁婉不仅没有夸奖,还脱口而出就是一串素质三连问,她愤怒道:"这个大PAR有毒吗?!如果是拒绝,那就不要回了啊!不能婉拒吗?为什么还要写一封冷冰冰的信,说什么我各方面履历达不到他的要求,还详细分析了我哪里哪里不行,哪里哪里不达标啊?神经病吗?竟然给我回了一封拒信!什么脑回路啊?"

"……"

傅峥自闭了,宁婉这女人怎么这么喜怒无常?不是她自己刚才说人生理想就是收到大PAR的回复吗？拒信怎么了？拒信不是回复吗？自己能百忙之中回复她已经很不容易了，何况写回信这已经是破例了，她还想得寸进尺？

只是傅峥刚想理论，宁婉就又开始哭起来："我的命真的好苦啊！生活没有爱，社会太冰凉，人间不值得，就算我不达标只能收拒信，不能在信的末尾鼓励我一下吗？写'加油'两个字也行啊，人家写情书被拒绝都能最起码收个'你很好，但我们不适合'的好人卡呢！"

"……"

"太冷酷无情了！"

傅峥本来并不想再写什么鼓励的话，他根本不是这种性格的人。宁婉说的没错，作为合伙人的自己，确实对下属很冷酷无情，只是宁婉哭得自己脑壳疼，傅峥想了想，还是决定多发几句话的鼓励权当日行一善。

只是他刚拿出手机准备追加一封鼓励的邮件，就听到宁婉继续道："这个大PAR业务能力再好有什么用呢！一个不知道鼓励别人的男人，是没有任何人格魅力的！他一定没有对象！而且也找不到对象！"

"……"

傅峥日行一善的心思彻底淡了，他冷静地把手机上刚打出的"加油"两个字给删了。

宁婉，你的鼓励邮件没了。

关于这一晚的记忆，因为醉酒，宁婉其实都有些迷迷糊糊，她总觉得自己像是做了一场梦，梦里一会儿有自己妈妈鼻青脸肿的样子，一会儿有爸爸的咆哮，一开始并不是个什么好的梦境，然而没过多久，这些负面的东西被冰激凌的甜蜜味道代替了，还是她最喜欢的抹茶口味，甜而不腻，然后这个梦里竟然出现了傅峥，她甚至收到了大PAR的邮件！虽然是封拒信……

从宿醉里醒来的宁婉有些头痛，然而她很快发现有些事并不是假的，比如自己确实收到了大PAR的回复，也确实是封拒信……

等她坐到社区律师办公室，看了傅峥两眼，清了清嗓子："昨天小丽说是你送我回家的，谢谢啊。"宁婉咳了咳，试探道，"我昨天喝醉了，有说什么奇怪的话吗？"

傅峥微微抬头看了宁婉一眼，言简意赅道："没有，送完你我就走了。"他的声音冷静自然。

"那就好，那就好。"宁婉终于松了口气，梦里自己面对大PAR的拒信可是恼羞成怒进行了实名辱骂的，幸好傅峥不在场，不然这传出去……自己可还是存着进大PAR团队的心思呢。

如今清醒过来，宁婉的态度端正多了，接了一上午法律咨询电话，又接待了两个现场咨询的社区居民。到了午休时间，傅峥似乎约了人，正好出去吃饭了，宁婉便趁着办公室只有一个人，开始正襟危坐地写起邮件来，套磁这件事，一次当然是不行的，不管怎样，如今这位大PAR回复了自己，虽然是封拒信，那也是一个好的开头。有来有回，以后自己再多发发邮件套路下，更熟悉了才能让对方愿意了解自己，了解自己的专业能力，那加入对方的团队，说不定还有转机和希望……

这么一想，宁婉就斗志昂扬起来，她开始仔细斟酌起用词来……

而另一边……

继傅峥被"下放"到社区几天后，高远终于想起了他，中午的时候，约了傅峥吃饭。

"怎么样？社区是不是也挺锻炼人的？很多案子其实很有意义，能快速让你融入和适应国内的法律环境，大部分客户可不像美国有那么成熟的法律意识。"高远笑嘻嘻的，"社区其实挺有挑战性的，你这种风格，可能三个月都撑不住。"

傅峥原本存了早点回总所的心思，但高远这话，让他反而不想走了："我当然撑得住，只是社区基层而已，能有多大难度？"

"行，那三个月后你再回来，收获会挺大的，也是很宝贵的经验，要不是所里都认识我，我也想下基层体验体验人生呢！"

两个人又随便聊了点别的，高远突然想起什么似的："对了，你团队组建上有什么想法吗？要不要从所里选几个？今年进了好几个新人，学历资质都不错的。"

高远想了想，又道："不过新人呢调教起来麻烦，一开始半年是别指望能上手做什么。哎，宁婉其实不错，你要不要把她选进去？她其实……"

可惜高远话没说完，傅峥就打断了他："不要。"

"？"

"不要宁婉。"

Chapter 06 / 完全称得上德艺双馨的人

"为什么啊？她在社区口碑不差，办案能力应该挺强的，虽然毕业院校不是名校……"

"本科不是名校，这已经足够说明问题了。面对高考这样人生中的大事，如果竭尽所能只考到这样的学校，那就是能力有问题；如果没有竭尽所能考到名牌学校，就是态度有问题。"

"高考还有失利这种事呢，而且你自己是一路名校，但很多人就是普通人啊，也要给普通人机会吧。"

"稳定发挥也是一种能力，如果是高考失利，我也不会同情。"傅峥瞥了高远一眼，淡淡道，"何况她这么优秀你怎么没要她？"

高远抓了抓头："第一，我团队很稳定，一直没有离职的，没有新岗位空出来；第二，我老婆看了她简历照片，就三令五申不让我招她进团队。这不人长得太漂亮，放在团队里平时一起出个差什么的，我家里那位不安心。我这种已婚男人的苦，你是体会不了的。"

傅峥抿了抿唇："也没那么漂亮。"

"挺漂亮的啊，你这眼光也太高了……"高远正准备说什么，瞥到傅峥放在桌上的手机屏幕亮了下，是一封邮件，眼尖的他一眼就扫到了邮件开头的内容……

傅峥也看到了邮件，他皱着眉点开，才发现是宁婉发的，在自己昨晚的那封拒信后，她又回了一封热情洋溢的邮件，并且措辞感恩——

"特别特别感谢您在百忙之中抽空给我回信，真的非常感谢！也特别感谢您指出了我履历经验上的不足和欠缺，虽然现在我确实存在这些问题，但如果您能给机会让我参加一些相关的商事纠纷案件，我相信您会对我的能力有一个更全面的了解……能遇到您这样热心又愿意帮助新人，又这么有能力，完全称得上德艺双馨的人，是我的幸运……"

呵，还德艺双馨呢？昨晚上的素质三连问呢？傅峥心里冷笑，然后冷静地按熄了屏幕。

倒是高远一脸八卦："我看到了！我2.0的视力看到了！你竟然收到一封用这么多溢美之词夸你的邮件，谁发的？怎么回事？你要给人家回什么？"

"不回。"

"为什么啊？"高远为这邮件主人鸣不平了，"都那么夸你了，都不肯意思下回复个？到底为什么不回啊？"

"因为我只是一个有毒的神经病男人罢了。"傅峥喝了口茶，淡然补充道，"只是一个没有任何人格魅力，找不到对象的男人罢了。"

"？？？"

宁婉热情洋溢又足够狗腿地给这位马上就要加入正元律所的神秘大PAR写了套磁信，千穿万穿马屁不穿，只可惜左等右等，傅峥都从外边吃饭回来了，竟然还没等来大PAR的回复。不过没关系，宁婉自我安慰地想：大PAR总是很忙的，上一封邮件，人家不也隔了好几天才回吗？淡定！

好在很快，她也没时间了，办公室里有现场咨询的人来了，宁婉抬头一看，叹了口气，老面孔——

"吴阿姨，你怎么来了？"

宁婉的声音终于让本在一边安静看书的傅峥也抬起了头，他看向了门口，才发现一个身材偏瘦的中年女人正抹着眼泪往屋里走。她还没走到宁婉的桌前，就哭了出来："小宁啊，我想离婚！"

这中年女子一边哭一边熟稔地往桌前一坐。"这日子没法过了！"她哭诉道，"小宁啊，我再也忍不下去了！"

"吴阿姨，喝杯水，慢慢说，怎么了？"

"还不是我老公那个死鬼，已经连续一个月晚上都基本不回家了，在外边肯定是勾三搭四不知道和哪个狐狸精好上了，问他两句还凶我……"

这种社区离婚案，傅峥来了悦澜以后还是第一次见，他饶有兴致地看向宁婉，想看她如何处理。

宁婉倒是挺淡定："吴阿姨，有什么和张叔叔好好说，可能是你误会了呢。何况凡事讲证据，你不能凭三言两语就断定张叔叔出轨了，这人家要真没有，该多冤呢。你们也是十几年的夫妻了，张叔叔什么人你还不知道吗？"

可惜吴阿姨并没有被宁婉一番话劝服，她反而情绪更激动了："小宁啊，他肯定是出轨了，最近变得根本不在乎我了，而且不仅凶我，他还打了我！"

吴阿姨说完，哭哭啼啼伸出了手，把自己的手背展示给宁婉看："你瞧瞧，这就是他打的！"她说完，又掀开了袖子，露出了手臂，"这也是他打的。"

傅峥循着视线看去，在对方的手背和手臂上看到了一片乌青，他的表情一下子变得严肃起来。只是家庭琐事或感情纠纷引发的离婚案也就算了，这都能用调解协商来解决，可要是涉及家庭暴力，这就不是调解协商能行得通的了，因为家暴只有零次和无数次。如果不能让被家暴的女性脱离这段婚姻，那么很可能对方将遭遇持久的更为升级的暴力……

同为女性，宁婉一定更为感同身受，这次她不会再选择调解，而一定会帮助对方，主张保留证据后起诉离婚吧。然而令他没想到的是，宁婉对于眼前女性遭遇家暴这件事竟然一点都不同仇敌忾，甚至毫无同理心，她眼神平静、语气淡然，直接略过对方手上的伤不提——

"吴阿姨，你真的要给张叔叔一点信心，你想想，他平时对你多好？"

"甘蔗哪有两头甜，结婚是两个人互相磨合，总要彼此忍让……"

"……"

后面宁婉又说了不少，来来回回无外乎一个中心思想——婚姻里有糟心的也有好的部分，要多想想好的部分，想想当初嫁给这个人的时候爱他什么，总之就是劝和不劝分那一套。最终，吴阿姨在宁婉一翻劝说下，情绪稳定下来，打消离婚念头回家了……

"你就这样调解掉了？"傅峥对这个结果简直不敢置信。

宁婉却并不觉得不妥，她的语气甚至还有些洋洋自得："很快是吧？"她看了眼手表，"你看，十分钟，十分钟我就处理掉了，又创了历史新高呢，以往吴阿姨过来都要最起码十五分钟才能劝走……"

社区法律服务确实并不简单，很多时候或许更需要调解，然而家暴根本不是可以调解的情形，宁婉或许在实践操作上确实可圈可点，但她这种处理方式，不就是在和稀泥吗？

不管三七二十一，大事化小，小事化了，最后成功减少自己的工作量，用个两三句话随便哄哄，只要自己轻松，才不管当事人后续生活如何，问题是否解决。

不论宁婉的专业能力如何，这样的做法根本没有任何职业道德可言。

傅峥不想再听下去了，他冷冷地打断宁婉："不要说了，我不想知道。"

宁婉愣了愣，不过也没再说什么。

好在很快，两个人之间突然沉默尴尬的气氛就被打断了，又有居民来现场咨询了，而这一次这位中年男子选择了傅峥。

他看起来有些憔悴，声音嗫嚅："我……我想请律师……社工委说这里有社区律师可以咨询……我……"

宁婉见了来人，立刻站起身："这位叔叔，不要急，有什么……"

可惜她的"慢慢说"三个字还没出口，傅峥就打断了她："这是我的案子，希望你不要插手。"

宁婉愣了愣，她自觉最近和傅峥之间关系已经缓和，不懂怎么突然对方对自己又剑拔弩张起来，她的本意也并没有抢案子的想法，这样的社区咨询，就算最终当事人聘请自己当律师，标的额往往很小，事情却常常很复杂，并不是性价比多高的案子，完全不是值得抢的案源。宁婉开口，单纯是怕像上个案子一样，傅峥一个人处理不了，她才想帮着引导一下，但没想到反而遭到了傅峥强烈的敌视。

"那这位律师，我就找你吧。"那中年男子没注意宁婉和傅峥之间的暗涌，看向傅峥，一脸苦闷烦恼地叙述了起来，"我叫卢宇，住悦澜高层5栋的，平时上班都开电瓶车。电瓶车就停在咱们小区一楼楼道连接的那个地面车库里，结果我昨晚好好地停着，今天凌晨发现那儿起火了！我的电瓶车被烧了！"

傅峥抿了抿唇："具体是因为什么引发的火灾，你知道吗？"

"知道，我们这层楼就两户有电动车，一户是我，一户就是我们15楼的毛力，我那电瓶车好好停着的，绝对没问题，这就是毛力那辆车搞出来的。"

卢宇一说起这，就非常气恼："我们小区一楼地面车库里是有电瓶充电桩的，我每次都是好好地在那充电，可毛力不是，毛力那老头不能接受这些新兴事物，还用八百年前那套，从自己家里拉根线出来充电。之前我们楼里对这就有意见，这都什么年代了，还飞线充电啊，尤其他这线从15楼拉出来，这还都是找人后期接的，好多地方缠着胶带，平时看着就很危险，要是哪家的老头老太出门没注意，指不定被这飞线给绊倒了。而且绊倒还是小事，你说这样的电线，说老化就老化了，等夏天气温一高，指不定短路烧起来，一不注意就搞出火灾了，对我们整栋楼的人来说都是个危险啊。"

"结果吧，没想到这还没到夏天呢，就烧起来了，我昨天走之前就看到毛老头在飞线充电，后来烧起来消防来灭了火，也说确实就是那充电线短路惹的祸！"卢宇一脸愁苦，"你说我这怎么这么倒霉呢，我这电瓶车新买的，平时每天上班就指着它了，结果他那破电线短路不仅把他自己的电瓶车烧了，连带着把我的也一把火烧了，这种事，毛老头是违法的吧？"

"对,是违反规定的。"傅峥点了点头,"公安部出过一个通告,关于规范电动车停放充电加强火灾防范的,里面明确规定了禁止这种飞线充电,火灾风险确实太大了。你的电瓶车因为别人造成的火灾而遭受损失,是可以向对方全额索赔的。"

"那太好了!"卢宇的脸亮了起来,"那律师,你可以帮我维权吧?可以帮我要到赔偿吧?"

傅峥点了点头:"可以。"

"那我要多久能拿到钱?"卢宇非常关注,"我这家里娃娃刚报了辅导班,家里老人又正好住院,又新买了学区房,一来二去手头不宽裕……"

"不用上法院,飞线充电造成火灾和财物损失的,车主承担侵权责任是理所当然的,我会先帮你和那位毛先生沟通,协商处理,第一时间把赔偿金给到你。"

……

最终,卢宇填写了社区法律咨询委托材料,留下自己联系方式,再三感谢后才转身离开。

卢宇一走,宁婉没忍住开了口:"这个案子没那么好沟通,他嘴里的毛老头我听说过,七十多了,原本有个独生子,但十年前因为一场车祸去世了。老毛夫妻两个也没再要上孩子,就相依为命,结果一年前他老婆也去世了,现在就剩下他一个,也没有兄弟姐妹,父母也早就去了,是个孤寡老人。"

宁婉脑海里浮现出老毛平时佝偻着踽踽独行的模样,心下不忍:"老毛日子过得挺拮据的,手里没多少钱,虽然一辆电瓶车的钱可能才一两千,可对他来说也是笔巨款……"

社区案件,就算调解,很多时候也讲究方式方法,宁婉生怕傅峥教条主义地去操作,只想着作为自己当事人的卢宇,而完全不顾老毛的实际情况,因此好心地给他科普下背景知识:"所以你最好……"

结果话没说完,就被傅峥冷冷打断了:"上个案子我已经吸取教训了,我知道社区案件要了解和走近双方当事人,老毛的情况,你不用好为人师地和我说,我自己也会去调查清楚。至于他没有赔偿能力,这也很好解决,公安部明确了小区物业应当制止飞线充电,应当开展专项检查,及时消除隐患,只要调查取证到小区物业在近几个月内根本没有进行过违法充电的整治,甚至连公告都没出过,那就说明物业没有履行自己的管理义务,完全可以把它们作为连带责任方,就算不需要承担主要责任,也可以通过协商对受害居民进行一些赔偿的,这样就能分摊老毛的赔偿压力了。"

听到傅峥这个处理思路,宁婉松了口气,她刚想夸傅峥孺子可教,结果就听到对方不客气地说道:"我不需要你的指点。"

自己好心换来嘲讽,宁婉也有些来气,语气生硬起来:"可论资排辈,我就是你前辈,你一什么工作经验没有的人,我就是能指点你。"

"律师这个行业确实讲究资历,可也不是你混在里面时间久,会和稀泥,就有资格指点别人。工作经验可以积累,但怎么积累,一个人的起跑线和能力水平已经决定了他的未来天花板。"傅峥看向宁婉,漠然道,"以你的毕业院校而言,我觉得没有能力来指点我。"

傅峥说完,转身便出门去处理这桩飞线充电侵权案了,只留下宁婉一个人杵在办公室里。

他一走,宁婉的脸就垮下来了。

什么人啊!还看出身论英雄啊!还和稀泥?自己怎么和稀泥了?社区里的案子虽小,宁婉自问两年来都兢兢业业处理好了,从没有敷衍过谁。对,傅峥是名校,但名校了不起吗?至于这么浑身优越感吗?这狗屁少爷真是越看越不顺眼!

-Chapter 07-
亲自下手把她毒哑

因为这个小插曲,宁婉单方面宣布撕毁和平共处协定,决定和傅峥断交,因此接连几天,她一句话也没有和傅峥讲,只是冷眼看着傅峥跑出跑进忙碌这个飞线充电侵权案。

既然他不许她插手,那宁婉自然乐得袖手旁观,只是内心深处,她对傅峥这种少爷并不抱多大的希望,他毕竟只是个毫无基层工作经验、来刷履历的空降兵,鬼知道这案子的沟通协调能做成什么样。

然而出乎宁婉的意料,她等待中的傅峥的翻车倒是没有到来,他抿着唇忙前忙后,竟然真的把这个事给调解好了。

"谢谢你啊,傅律师,我还以为这事要拉锯一阵,拖个把月呢,没想到这么快就拿到了我电瓶车的赔偿款。"

卢宇对傅峥多有感激,而作为事件主要责任人的毛大爷竟然也拎了水果来道谢。"谢谢你啊小伙子,我也没想到就拉根电线充电的事,会闹出火灾来。"毛大爷相当不好意思,"我住在15楼,电梯又小,电瓶车也推不进去,所以只想出了从家里拉根线来充电的法子,其实这么搞也好几年了,以前都没出过事,没想到这次……"

他一边说一边把水果就往傅峥手里塞。"我没什么钱,这次出了这事,幸好有你帮我调解,最后让物业也愿意一起分担赔款,否则这么多钱,我一时半会真不知道上哪儿要去……"毛大爷说到这里,眼眶已经有些红了,"平时我也就靠每个月两千不到的养老金过活,要是让我全额赔,我这一个月都要喝西北风了……"

傅峥圆满地办完这个案子,脸上也颇有些成就感的意思,他婉拒了毛大爷的水果,直言这是自己应该做的。

宁婉一边接着咨询电话,一边留意着毛大爷和傅峥那边的动静。

被婉拒后,毛大爷也没再坚持,道完谢后又带着担忧地说:"不过这次这事情过去,以后可不敢再拉电线充电了。这次幸亏有小伙子你帮忙,我们这栋楼的人才对我没那么大意见,下次要再出这种事,我看邻里也不会给我好脸子哩,哎,以后这充电……哎……"

提起充电,毛大爷唉声叹气了几下,这才颤颤巍巍地告辞。

而也是这时,宁婉的咨询电话终于结束了,她挂了电话,看向傅峥。傅峥意识到她的目光,也朝她冷冷地撇了撇嘴:"没有你的指点,我也可以办得很好,在律师行业里,经验只要肯学,都能积累到,最能拉开人与人之间差距的,是学习的能力,基础好的人,自然会举一反三。"

宁婉没接茬,只是看向傅峥:"你就这么让毛大爷走了?"

傅峥挑了挑眉道:"不让人家走,难道还要追回来把人家水果要回来?"

宁婉皱了皱眉,没理睬傅峥,然后在对方愕然的眼神里,起身跑出了办公室,不一会儿,她还真的把毛大爷给追了回来。

宁婉没在意傅峥的眼神,她让毛大爷坐下,倒了杯水,问道:"大爷,听你刚才口气,是在担心以后电瓶车的充电问题?"

毛大爷愣了愣,然后点了点头,叹气道:"是啊,这以后不能拉线了,我这充电……"

这下傅峥抿了抿唇,悠然说道:"我和物业确认过,小区里就有电瓶车充电桩,很充足不需要排队,也更绿色环保和安全,以后上那里充电就行了。"

他的答案很完美,确实做了功课,然而宁婉却只是嘲讽地笑笑:"是的,小区确实从一年前开始就有充电桩了,但为什么毛大爷一直没去用充电桩,却坚持用这种既麻烦又危险的飞线充电呢?你肯定根本没问,也不在乎吧?"

宁婉说完,转头看向了毛大爷:"大爷,你能说说为什么不去用那个充电桩吗?充电的地点也不远,挺方便的,是不会用吗?那里除了扫码支付,也有投币的选项,你要不会,我教你,下次充电就方便了,带上零钱就行了。"

毛大爷咳了咳:"我会用的,那东西是挺方便,可这……那充电桩就两个选项,一个是投币一块的,可以充四个小时,还有一个是投币两块的,能充八个小时,可是这电瓶车吧,充一块四个小时的呢,充不足,但充两块八个小时的,又太多了,要是有个一块五充六个小时的,才刚刚好。"

对于大爷的回答,傅峥皱起了眉,显然没能理解里面的逻辑,但宁婉已经露出了了然的表情,她对毛大爷笑了笑:"小区里充电桩使用率低,是不是很多人也是出于这个原因?"

毛大爷点了点头:"是啊,大家都说不划算。"

宁婉笑了笑:"好的,我知道了,我会帮你和社区沟通,增加一块五的选项,你别担心,等过几天办好了我通知你。"

毛大爷这下露出了舒心的笑,发自内心道:"那就太谢谢了!"

毛大爷心满意足地走了,宁婉这才看向了傅峥:"你这案子是办得挺好,依照法律把侵权赔款给解决了,该调解的也调解了,双方当事人都很满意,邻里矛盾也没有激化,沟通能力确实比上个案子长进多了,思路也上道了,可你还是很死板,和你其他名校毕业的学院派同僚们一样,教条主义,一板一眼,只会指令性地解决问题,完全的直线思维。"

傅峥脸色果然不好看起来:"你到底要说什么?"

"对,你这个案子是解决得不错,可解决完法律纠纷呢?你不想想怎么从根源上杜绝这种法律纠纷吗?就想着解决个案?可你要知道,用飞线充电这种事,在小区里根本不止毛大爷一个,别栋楼里还有的是,你今天解决了毛大爷的事,可飞线充电只要没彻底消失,未来难保不会出现新的纠纷。你要知道,社区的法律样本这么多,光解决个案不想着从根源上杜绝的话,这类案件总会重复出现的。"

宁婉笑笑:"当然,这不是你的义务,但我以为,作为一个社区律师,也是应该有一点社会责任感的,因为从某种意义上而言,社区律师并不是单纯的律师,需要做比一个律师更多的事,去减少社区的法律纠纷。你这次确实比上次进步,解决了毛大爷的案子,可解决之后呢?毛大爷不能飞线充电了,那他要上哪儿充电?之前为什么没去充电桩?你这样的少爷压根不在乎,也没想过吧?"

"一块钱充不满电,两块钱又浪费,恰到好处能充满电的是一块五,然而充电桩没有一块五的选择,你这样的少爷根本没法想象,生活里竟然还有为了节省每次充电的五毛钱而选择飞线充电的人吧。"宁婉的笑容充满嘲讽,"很多普通人的生活比你想象里艰辛得多,为了每次能节省五毛钱甚至不惜用风险更大的飞线去充电,你这样的少爷对平民的人生一无所知,有什么资格指责呢?"

"你不是觉得你出身名校很骄傲,而我这种二流法学院毕业的很不入流吗?是的,确实是这样,我也知道,名校确实好,是加入好团队、得到大PAR指点的敲门砖。如果我像你这么有钱,在高三的时候不用打工、不用分散掉大量精力的话,别说名校,我现在都哈佛法学院荣誉毕业了,你还配和我说话啊?"

"……"

宁婉打了翻身仗,当即扬眉吐气、抬头挺胸,对傅峥翻了个白眼。"所以别觉得你名校毕业赢在起跑线就一辈子领航了,等我有朝一日有钱了,我能比你更好,到时候,呵,有句名言听过没?现在的我你爱理不理,未来的我你高攀不起。我觉得不消几年,以我的资质,只要有伯乐发掘我,我就能成为宁PAR了。"她嫌弃地看了傅峥一眼,"而你呢?你还是小傅,不是因为你保养得当显得年轻,而是你过了几年也没多长进,还是一只新鲜菜鸡。"

"……"

傅峥张了张口,宁婉没给他机会反驳:"反正以后我当合伙人了,你别想着和我套近乎,我对你们这种学院派没有好感,人要是都按出身来论的话,那出身贫寒的人一辈子就没希望了?"

宁婉盯着傅峥,眼神专注而具有攻击性:"你看不起我这样二流法学院的人,我也看不上你这种出身名校、浑身优越感的人。别觉得你就比我高级。"

……

傅峥长这么大,第一次被人这样劈头盖脸的训话,第一次听到别人大言不惭地说他高攀不起,第一次被人这么不客气地对待。这种体验太过离奇,以至于傅峥一时之间除了瞪着眼睛甚至忘记了反驳。他历来信奉名校资历的重要性,然而在宁婉这样毫不留情的嘲讽下,他竟然不知道应该说什么。

他确实从没想过在完成个案的救济后,去根源性地解决个案法律纠纷发生的原因,从而更好地维系整个社区的法律环境,更好地带动良性发展,他确实不知道充电桩的使用率低下原来只是因为一个小小的金额设置问题,也确实从没听过有人竟然为了节省每次充电的五毛钱不惜冒险用飞线充电,他更不知道原来很多普通人的生活是这样的……

这样鸡毛蒜皮这样锱铢必较,这样艰难而现实。

他做过很多很多千万级甚至亿级的案子,但从来没有接触过这样的事,傅峥从没想过有朝一日五毛钱会带给自己这样的冲击。

这时，两人之间剑拔弩张的气氛被新的访客给打断了——

这次是一位还很年轻的女性，长相温柔，但脸上带着伤，眼里带着泪。她见了宁婉和傅峥，哽咽着说："我想咨询下，我老公总是打我，我有什么办法取证吗？我想离婚……"

又是一个家暴离婚案，傅峥几乎毫无悬念地可以预见，刚才还满嘴大道理教训自己的宁婉，立刻就要换上另一副面孔，开始满嘴真善美地劝说对方，婚姻里忍一时风平浪静，退一步海阔天空……

这一次，傅峥决定插手，不能让这个女人继续遭受家暴。

只是在傅峥开口前，宁婉就先一步开了口："你报警了吗？"

在得到对方否定地回答后，宁婉语气严肃而认真地劝说起来："家暴离婚需要严密的取证，我建议你现在就报警，做好相关笔录，留存证据。另外，他打你的时候家里或者邻居有目击者吗？你大声呼救了吗？如果有的话，采集到的目击者证人证言也会很关键。"

傅峥愣了愣，他听到宁婉径自道："家暴这种事，只有零次和无数次，他肯定不是第一次打你，也不会是最后一次打你。你在家里装个摄像头，平时记得录像，下次一旦又发生家暴，记得保护好自己的同时，也保存好证据……"

宁婉的眼神认真，递上了自己的名片："如果你需要法律援助，在我们这里填好表格，我可以帮你做这些取证的事，离婚案我也可以帮你代理，会帮你争取到最大的利益，你不用担心。"

这年轻女人抹了抹眼泪，拿了宁婉的名片："好，那太谢谢你了。"

"需要我现在帮你报警吗？"

"我……我自己报警就可以了……我……我回家先下单买个摄像头，谢谢你，律师。"那年轻女人的情绪好了点，"我先去处理下伤口，后续有事可以再联系你吗？"

"可以的。"

"你是看心情给人家做法律咨询吗？"年轻的女当事人刚走，傅峥嘲讽的声音就响了起来。

宁婉不明所以："什么？"

"你有什么资格说我。"傅峥却是冷笑,"不要给我装无辜这套,你以为自己多高尚?结果办案还不是看心情胡乱来,说得好像你多在乎基层群众的生活一样,还假大空地号称要改善社区法律环境,结果呢?结果同样是遭受家暴的案子,上午来的中年女人,你就糊弄人家,让人家忍着,刚才来的这个年轻女人,你又义正词严地建议对方取证离婚。宁婉,你是变色龙吗?"

傅峥这番质问有理有据,他自认为自己这下彻底扳回一城,结果宁婉只是云淡风轻地看了看他,露出了沉着甚至有些怜悯的表情——

"你憋这个大招,憋了挺久吧?"她挑衅地朝傅峥笑笑,"但这位少爷,你还是有点不自量力了。"

"我在这个社区干了两年,对社区里居民的了解程度比你可大多了,之前来咨询的吴阿姨,她老公完全不可能家暴她。"

傅峥自然不服:"这世界上没有什么完全不可能的事,你到底是怎么轻易得出这种结论的?"

"吴阿姨不是第一次来哭诉自己被老公家暴了,之前的几次我都有做认真的调研走访,也询问了他们的儿子和邻居,最终排除掉了存在家暴的可能性。"宁婉打断了准备发言的傅峥,"行了,你先别说话,我知道你要问什么,你要问我怎么就能通过这些外部的证人证言排除掉家暴的存在,毕竟知人知面不知心,很多人看着不错,没准是个变态杀人狂,邻居的证言不准确,小孩也有可能基于复杂的感情或者害怕而帮忙掩饰,何况如果没有家暴,那老阿姨手上的伤痕是怎么来的,你满脑子都是问题,对吧?"

"可就算别人都被家暴了,吴阿姨也不会被家暴的。因为……"宁婉瞥了傅峥一眼,振聋发聩道,"人家是退役下来的散打冠军!"

"……"

"现在还开着个散打培训班呢,平时身上有伤痕,是因为和学生训练时不小心弄到的。"宁婉讲到这里,顿了顿,然后补充道,"吴阿姨老公是个IT工程师,码农,很瘦,也不高,大概也就够撑吴阿姨两拳吧。我从没见过吴阿姨老公不自量力,试图攻击吴阿姨的,因为那简直是自杀式的。倒是在小区里见过几次吴阿姨追着她老公跑,扬言要打断他的腿……"

傅峥没料到会这样发展,声音艰难生涩道:"那她为什么要说自己被家暴了……"

Chapter 07 / 亲自下手把她毒哑

"你知道吴阿姨年轻时候的梦想吗？"

傅峥皱了皱眉："那和我有什么关系？"

宁婉没理他，径自道："吴阿姨年轻时候，梦想是成为一名女明星。谁知道造化弄人，后来她成了一名散打冠军。"

这跨度确实有点大啊……傅峥想，这和家暴不家暴又有什么关系呢？他戒备地看向宁婉，想看看她葫芦里卖的什么药："所以？"

"所以虽然为生活所迫，没能从事自己的理想职业，但吴阿姨心里一直有一个明星演员梦。"

"然后呢？"

宁婉翻了个白眼，看白痴一样地看向傅峥："然后她成了一个戏精啊。"

"……"

"每隔一段时间，吴阿姨就会戏精上身，搞几个剧本自己入戏了来社区或者我们办公室演一下，家暴剧本是她的保留节目。"宁婉叹了口气，"她对这种苦情戏真的很情有独钟。"

"……"

"所以，请收起你对我的污蔑。我宁婉，从来不会差别对待客户，每个客户在我心里都是同等重要的，虽然我这种被派驻到社区、二流本科毕业的律师，你肯定看不上，觉得我是律师界的贫困底层，但我还是会做好我自己该做的事，也会不断往上爬。就算我没你们有钱，起跑线落后你们很多，可只要我一直跑一直跑，早晚会超过你的。"

宁婉盯着傅峥，眼神挑衅又明亮："所以你最好不要中途停下，否则我会很容易就超过你的。"

她说完，看了看时间。"好了，下班了，我要走了。"宁婉又回头看了傅峥一眼，"还有，补充一句，家暴别人的人，真的该死才是。我对家暴这种事零容忍，因为家暴求助我想要离婚，又无法支付律师费的，我宁婉无偿免费替她们代理。至于你这种少爷，我劝你还是早点离开，社区这座小庙容不下你这尊名校毕业的大佛。"

傅峥生平第一次被人这么冷嘲热讽，本以为自己会当场发作，但没想到事到临头，他竟然十分平静。

这对傅峥而言是完全新奇的体验。从没人敢这么指着他的鼻子和他叫板，甚至从没人敢这么和他说过话,然而抛去宁婉的态度,她的话确实第一次让傅峥反思起来。他生活得太顺遂了,或许真的根本不了解普通人的生活,也不了解普通人的困顿,自己一直以来以学校出身论英雄的理念,或许确实是过于偏见的。

而自己因为宁婉二流法学院毕业,而先入为主对她不认同,也或许对她并不公平。公允地说,虽然对自己态度不怎样,但作为社区律师,她的工作态度是没问题的,在众多鸡毛蒜皮、毫无头绪的案子里,确实能非常快速地发现症结所在,处理得也可圈可点。

所以当高远再次问起宁婉工作能力时,傅峥给了更为公允的评价——

"还可以。"他喝了口茶,坐在高远办公室的沙发上,然后放下了杯子,"算是爱岗敬业,就是没有参与大案的经验,如果能有系统性的带教,应该还有成长空间。"

被宁婉教训一顿从办公室离开后,傅峥就直奔正元律所。他和高远约了今晚一起吃饭,只可惜高远临时有封邮件要回,因此傅峥只能先在他办公室里等。高远一边工作,一边有一搭没一搭地和他聊天。

对于傅峥的回答,高远显然愣了愣:"你上次不是对宁婉印象不好,评价挺低的?这次能得到你这种评价,看来她是不错,那你之后组建团队,是不是打算把她招进去?"

傅峥抿了抿唇:"我会考虑。"

"其实招她挺好的,她是老手了,很多东西不用你手把手地教,只需要大方向上提点一下,作为团队领导,你也会轻松不少,而且你不是要在社区待了一阵么,肯定会和宁婉比较熟的,组建新团队有个磨合工作,团队里有个比较熟的下属比较好,等于你在社区这些日子已经和她磨合好了,到时候直接调进团队,配合也默契点。"

高远说到这里,看了傅峥一眼:"所以宁婉工作能力上还行的话,她性格上和你怎么样?处得来吗?你们关系怎么样?"

没等傅峥回答,高远就径自补充道:"我虽然和宁婉接触不多,但觉得她性格挺直爽的,没那么多弯弯绕绕,应该挺好处,不过你……你可能不是特别好接近……"

傅峥皱了皱眉:"你什么意思?我的性格不好相处?"

Chapter 07 / 亲自下手把她毒哑

高远求生欲强烈："没，没……你毕竟当惯了老板，端着点架子很正常，哈哈哈哈。你那不叫不好相处，你是……额……气质比较高贵！"

傅峥看了他一眼，喝了口茶。"我觉得自己挺好相处的。虽然是老板，但其实挺平易近人，和宁婉相处得也还行。"说到这里，傅峥顿了顿，补充道，"当然，你形容我气质的这一段也确实没说错。"

"……"高远露出了一言难尽的表情。

"你邮件回完没？"傅峥不耐地看了高远一眼，"没回完之前不要再和我说话了，我去后面躺一会儿。"

高远的办公室非常大，在正常的办公桌和会客沙发后，他刚弄了个特别贵的山水画屏风，在办公室后方隔出了一点空间，做成了自己的更衣室和休息处，平日里挂着好几套西装，方便临时接到会议或开庭通知更换服装，偶尔加班太晚也能在屏风后的躺椅上睡会儿休息。

这屏风贵是贵了点，但确实有贵的道理，除了山水大气磅礴外，隐私保护效果也非常好，从正面看，根本看不到屏风后面的情形。

傅峥走到屏风后面后，高远本想快马加鞭把邮件给处理完，然而他刚准备进入工作状态，门却被敲响了，然后刚才还被讨论的当事人宁婉一脸怒容地冲了进来——

"高PAR，有件事我忍不住了，我一定要和你说。"

……

宁婉冲进高远办公室确实是一时冲动，她本来下班后就直接回家，可临时接到通知说有个自己此前总所参与的翻译材料需要修改，因此她便赶到总所准备完成收尾工作。

很巧的是，平时很少在办公室的高远竟然在，宁婉想起傅峥就恶从胆边生，要不是这个优越感爆棚的少爷靠关系挤走了自己学弟，陈烁能来社区的话，那能减轻自己多少工作量，而且工作气氛该多融洽愉悦？

她越想越气，最后还是没憋住，冲动之下就进了高远办公室。

高远果然在办公桌前，见了宁婉，面露惊愕，看向屏风道："啊，宁婉，你今天在所里啊，正好这里……"

宁婉冲进高远办公室就靠着一股冲动，深知勇气这回事，再而衰三而竭，于是径自打断了高远："高PAR，请先听我说。"

083

高远愣了愣,然后点头示意宁婉继续。

"我来这儿是想向你举报的。"

高远有点惊讶:"你要举报什么?出什么事了?"

宁婉皱着眉:"我要实名举报傅峥。"

"……"

一旦说出了口,宁婉也豁出去了:"本来是陈烁申请来社区的,之前按照所里流程都走过了,也审批通过了,为什么最后就莫名其妙空降来这个傅峥?从流程上来说,不合规吧?所里的工作安排,也该讲个公平吧?"

不知道为什么,自从宁婉说要实名举报傅峥,高远的脸色就变了,他变得十分尴尬,看起来坐立不安,眼神飘忽地看了两眼山水屏风,然后几乎没有思考就维护起傅峥来:"你听我说,傅峥很优秀,他是名校毕业的……"

看看,这果然是关系户,宁婉心里冷笑道,可能背景还挺强大,否则高远至于自己刚提及傅峥,就这么不安地开始维护吗?

"对,他是名校毕业的,可根本没有律所相关工作经历,而且虽然是名校毕业,但浑身上下充满了不合时宜的优越感,看不起这个,看不起那个,眼睛长在头顶上,每天都一副辛苦下凡的高贵样子,为人不踏实不诚恳,也一点不谦卑。没经历不可怕,可怕的是自大,我怎么说是他前辈吧?可就因为我不是名校毕业的,他对我一点尊重都没有,我和他完全合不来。"一说起傅峥的缺点,宁婉简直才思泉涌,"他办案也不行,死板的科班出身,教条主义,完全不知道发散思维,也不知道设身处地。"

"社区基层案子压力大,条件也艰苦,工作并不光鲜亮丽,实在没有土壤培育他这样一朵人间富贵花。"宁婉顿了顿,继续道,"我知道他来社区是你安排的,可这样下去,我根本没法和他顺畅地合作开展工作,所以我向你实名举报他,希望能把他调离社区。"

高远脸上露出窒息的表情,他艰难地道:"可我听说……你俩处得还行啊……"

"确实还行,毕竟我们至今只是动嘴,还没到动手的阶段。"

"……"

高远看起来神情非常复杂,他又看了两眼山水屏风,然后咳了咳,摆出了循循善诱的态度:"宁婉啊,这个人吧,很多时候可能会先入为主产生一些偏见，傅峥这个人，其实是不错的。当然，人无完人，他也不是完美的，身上肯定会有一些缺点，但同样，身上也有很多闪光点，你们两个人接触下来，我相信你也从他身上发现了他的优点吧。"

高远这样子，看起来就是想做个和事佬大事化小了，宁婉都豁出来告状了，自然是坚决不从："高PAR，除了脸能看，我真的没从他身上发现什么优点。"

自己话都说到这个份上了，结果高远还是没对傅峥死心，他望向宁婉语重心长道："宁婉啊，你是年轻人，说话做事可能比较冲动，很多话说出口还没经过成熟的思考，你再好好想想，除了脸，傅峥就没优点吗？"

宁婉想了下，真诚道："我想好了，真的没有。"

高远艰难道："你再想想？"

宁婉面无表情道："不用想了吧，就是没有。"

"你再仔细想一想，一定还有别的优点！"

宁婉抿了抿唇，一脸勉为其难道："好吧，除了脸，身材也还马马虎虎吧。"

高远一脸窒息地看向宁婉，他很想起来咆哮，我让你想的不是这个方向的优点！

可惜宁婉会错了意，她有些不自在地补充道："公平来说，不止马马虎虎，看着身材也挺好的。"

"……"

宁婉说话的时候，也不知道为什么，高远就开始疯狂咳嗽起来，两只眼睛还不断往屏风那边瞟，然后拼命对自己眨眼，仿佛想疯狂暗示什么，但宁婉看了眼他房里的山水屏风，也没看出什么特别之处来。

只是鉴于高远对屏风的关注，想来是希望自己说点什么，因此宁婉还是礼貌道："高PAR，你的山水屏风看着挺贵的。"

宁婉说完后，又看了看高远，自己都满足他的需求夸了他的屏风了，结果也不知道怎么的，高远满脸写满了无力回天的绝望以及仁至义尽的同情。

虽然自己这种行为有点像逼宫，高远如果不开心发火这都好理解，但同情是什么情况？

宁婉有些不明所以，但做都做了，她继续坚持道："高PAR，要说的我说完了，社区法律服务事情繁重复杂，虽然标的额都不大，但关系着社区居民的切身生活，我希望所里能把他调走，就算不能把陈烁调来，那我一个人也比和他一块强。"

高远看了看宁婉,再次委婉道:"很多人可能一开始不对盘,但磨合一段时间没准能成为很好的搭档,其实你可以再考虑下和傅峥在一个团队?"

看得出高远很想让自己和傅峥合作,但宁婉径自打断了他,笃定道:"不可能,我和谁一个团队,也不能和他一个团队,看着就心烦。"

"可我听说你不是很想加入新的大PAR的那个团队吗?万一傅峥就在那个团队里,未来你们……"

这下宁婉憋不住冷笑了:"我相信新的大PAR有很好的眼光,他又不瞎,不会选傅峥的。"

"……"高远再次同情地看了眼宁婉,并露出了对她放弃抢救的表情。

宁婉是个直爽性子,她也没管高远的表情,说完自己的诉求,和对方打过招呼后径自转身就走了。

而她不知道的是……

她一走,她刚才实名举报的那一位,就黑着脸从屏风后面走了出来……

宁婉一走,傅峥面色难看,高远却是满脸揶揄:"你不是说和宁婉关系还行?"

傅峥抿了抿唇,没说话。

高远叹了口气:"算了,你也别记仇,宁婉这人其实挺实在的,不是那种喜欢搞人事斗争的人,所以告状也这么坦坦荡荡就来了,也没搞借刀杀人或者暗中中伤这一套,以后你别为难她……"

"我怎么听着她才是你朋友?"傅峥冷冷道,"好似我一定会对她打击报复一样。要不要我打电话和你老婆说一下你对宁婉令人动容的阶级友情?"

"……"高远干笑了两声:"不是我说啊傅峥,你这个脾气,确实……"

"我脾气怎么了?"傅峥面无表情道,"我脾气很好,绝对没问题。"

高远一言难尽道:"不管怎么样,你们都这样了……你还要继续在社区待下去吗?"

"当然。"傅峥冷冷道,"我的字典里没有'半途而废'这四个字,我也不认可她刚才说的我的缺点,完全是对我的污蔑,不过就是社区法律纠纷而已,我不可能做得比她差。何况我要现在走了,那不就是落荒而逃?以后就算恢复身份加入总所,指不定宁婉在心里怎么鄙夷我,这样实在难以服众。"

Chapter 07 / 亲自下手把她毒哑

高远心里哀号一声，傅峥是充满了求胜欲，可自己心里只有求生欲啊！

"可人家都实名举报到我这里了，我要不给人家个说法，按宁婉这个性格，可能会盯着我不停问，我怎么下台？"高远真诚建议道，"你不如趁着现在彼此还维持着一份塑料同事情，假装什么也不知道，赶紧离开社区。宁婉不是那种喜欢在外面讲人闲话的人，你要现在恢复身份，人家也能和你井水不犯河水，没什么问题，可别闹到撕破脸了，那就不好收场了，毕竟以后是一个所里的同事，弄到那一步就怪尴尬的……"

"不会。"傅峥却相当笃定和自信，"我会继续在社区待下去，也不会再让她上你这里告状的。"

"那你是准备亲自下手把她毒哑？"

傅峥瞪了眼高远。"她控诉的主要原因是觉得我是挤走她学弟的关系户，所以她天然地对我有敌意和偏见，导致对我有想法，我只需要扭转这种误会就好了，不就是平易近人、打入基层吗？"傅峥冷哼道，"这有什么难的？不就是个人设吗？我给她造一个不就行了？"

-Chapter 08-
你加入团队的机会没了

宁婉冲动之下到合伙人高远那里告了傅峥的状,但她刚出高远办公室就后悔了,疏不间亲,谁知道傅峥和高远是多亲密的关系,自己这样去实名举报,简直是不自量力,但如果面对明明白白的不公,连一点努力都不去做,宁婉又觉得看不下去。

这时,陈烁来了。

听说宁婉有事来总所,他明明都回家了,还是赶了回来,说要请宁婉吃饭。

虽然失去了去社区的机会,但他还是很阳光开朗:"学姐,最近楼下新开了一家川菜店,我刚拿到这个月的案子分成,走,请你吃。"

席间,宁婉自然是有些不好意思。"我今天和高PAR争取了下把那个傅峥调走,换你调来社区的事,但看样子估计不会顺利……"宁婉叹了口气,"不过你要想,其实你在总所,跟的团队不错,能接触大案,收入和前景都挺好的,我是觉得没有必要一定要来社区这种基层锻炼的……"

闻言,陈烁的筷子顿了顿,他抬起头,盯着宁婉:"你就这么直接和高PAR讲了?"

宁婉夹了口毛血旺:"是啊。"

"学姐,你有时候真的有点傻乎乎的。"陈烁的声音温和下来,"但为我出头之前,也先想想你自己啊。"他顿了顿,然后像是鼓起勇气一般,"其实我想去社区的原因……"

可惜他的话还没说完,宁婉的手机就响了。她低头一看,是个陌生的号码,迟疑地接起来,电话对方响起的竟然是傅峥的声音。宁婉心里有些疑惑,也有些忐忑,她想:是不是自己的告状已经生了效,傅峥要离开社区来和自己告辞;还是说高远和傅峥远比自己想的关系密切,因此傅峥得知自己告状行为后打电话来怒骂自己?

她想了很多种可能，也预设了不同场景下自己的回答，然而出乎宁婉的意料，傅峥来电的原因完全不在她的预计内。

电话里，男人低沉冷质的声音甚至一瞬间让宁婉产生了恍惚。

而因为宁婉没有立刻答复，对面傅峥似乎不得不重复了一遍刚才的话，他说："我被房东赶出来了，我没地方住。"

有一秒钟，宁婉以为自己在做梦，然而手机里傅峥还在继续说。万事开头难，开了口后傅峥似乎变得没有那么拘谨了："现在我没有钱，也没有酒店能住，你能不能收留我一晚？"

"……"

傅峥不是个少爷吗？怎么如今一副流落风尘的惨样，连住的地方都没了？

宁婉噎了噎才找回了思绪，一时之间也不方便寻根究底，但既然朝自己求助了，总要意思一下的："这样吧，你给我卡号，我给你打点钱，算我借你的。"

可惜自己都愿意借钱了，傅峥也没就此罢休。"你还是别借给我了。"他坦诚道，"我信用卡全部套过现了，网贷平台能借的也都借了。总之，你借给我，我也还不出，所以别借给我。"

宁婉还完全没跟上节奏，只下意识想摆脱这莫名其妙的场景："那你不用还了……"

"可房东没给我时间整理就直接把我东西都扔出来了，就算你不要我还钱，我一个人也没法搬家。"

手机那端傅峥的声音有些不真实，竟然有一种凄凉感，他声音低哑："我在容市不认识别人了，宁婉，帮帮忙吧，过来一趟，我只认识你，也只能找你了。"

"……"

虽然常言道千万别多管闲事，可傅峥电话里都那么说了……

最终，这顿和陈烁的饭没吃下去，宁婉向学弟道了歉，拿了包风风火火就打车到了傅峥说的地点。

那是个容市的老小区，租金廉价，环境不好，基本是群租房。等宁婉到的时候，就见傅峥穿着西装鹤立鸡群般站在老新村的门口，脚边还放着两个行李箱。他身后的路口还有很多随便摆摊的，人来人往熙熙攘攘，他往那一站，简直就是格格不入……

宁婉心里充满了魔幻主义的感受，她走到傅峥面前。"你……"宁婉看了眼傅峥的两个行李箱,"你叫我过来不是说帮你搬东西吗?还有什么需要弄的?"

傅峥看了眼宁婉:"我刚先整理了起来,在你来之前正好弄好了。"

"就这么两个行李箱?"

"嗯。"傅峥抿了抿唇,"我没有多少东西。"

宁婉心里憋了一肚子的疑问,刚想开口,傅峥就无辜又理所当然道:"你能请我吃点东西吗?我好饿,我中午开始就没吃到东西了,现在站在风里觉得好冷。"

"……"

虽然傅峥的语气其实并没有太大的变化,但配合着他说的内容,宁婉却在他平白无奇的叙述里读出了一丝故作坚强的凄凉……

竟然从中午开始就没吃上饭了,这也实在太惨了……

虽然和傅峥并不对付,但就算面对陌生人如此直白的求助,宁婉都不可能狠下心的,更别说是共过事的人了。

十分钟后,宁婉把傅峥带到了一家家常菜馆:"我刚吃了点,不是很饿,你点你自己想吃的就行。"

料想一个成年男人从中午开始没吃上饭,这时候该是很饿的,可傅峥看了会儿菜单,最终只点了一份面条。

"你不再点些吗?"

"不了。"傅峥对宁婉抿了抿唇角,"已经很麻烦你了,面条比较便宜,也抵饱。"

"……"这听起来竟然有一种穷苦人家孩子懂事的错觉,他不是个少爷吗?怎么沦落到这么惨了?

宁婉心里的疑惑已经快要爆棚了,然而询问人家这种私事到底有点尴尬,好在就在宁婉纠结的时间里,傅峥吃完了面条,然后抬起头,主动向宁婉解释起来——

"这时候打扰你,真对不起啊,但我实在经济上支持不住了,工资要过两天才发,房租交不出来,这两晚上能不能在你家里借住?"

傅峥没等宁婉发问,径自继续道:"我知道你有很多想问,为什么我看起来这么有钱但连饭都吃不上。我也知道这很难启齿,要不是万不得已,我也不想让别人知道,更不想向别人求助。"

说到这里,傅峥低下了头,看起来有些沉重和低落:"对不起,一直骗了你,我其实……不仅不是有钱人,还欠了很多外债。"

"不是,可你吃穿用度这些明显就是有钱人啊?"宁婉彻底震惊了,傅峥身上那种优渥家庭里养出来的气质骗不了人的,难道他曾经的梦想也是当演员,如今见了吴阿姨的事后有感而发,退而求其次当戏精了?

傅峥看了眼宁婉,沉默片刻,才最终难以启齿般开口道:"我家以前确实很有钱,确实如你所说,我原来是个少爷,所以你现在看着可能觉得我浑身还是那种少爷气质,但实际上,现在我家道中落了,我家里企业倒闭了,还欠了外债。这是近一两年的事,而我以前确实养尊处优过,身上的气质可能还没扭转过来。"

傅峥沉声道:"你说我学院派教条主义也没错,因为我以前的理想其实是成为一名法学教授,是想专注做学术的,要不是后来家里困难,我也不会愿意出来做律师的……"

"……"这话倒是有点让人无法反驳……

"对不起,我其实内心一直以来不能接受从有钱变到负债的落差,一开始有点虚荣,死要面子,所以一直在你面前装成有钱的样子,甚至借网贷维持自己的生活水平和虚假繁荣,怕被你知道自己很穷后看不起。"

傅峥深吸了一口气,像是豁出去一般继续解释道:"因为我不懂实践操作,加上心理上原来生活带来的那种错误优越感,给你工作添了很多麻烦,也没能正视自己的缺点和错误。刚才被房东扫地出门,也是抱着试一试的心态向你求助,没想到你愿意帮助我,刚才也没追根究底问我,让我觉得……"他斟酌了一下用词,"很感谢,也为过去的自己向你道歉。"

宁婉彻底被打了个措手不及:"你不是个很有背景的关系户吗?"

傅峥无辜又毫不知情般地抬起了目光:"什么关系户?"

宁婉索性也直接问了:"你来社区不就是空降吗?本来是我学弟申请来社区的,内部审批流程都走完了,结果最后直接内定你过来?"

"啊,原来是这样。"傅峥露出了恍然大悟的表情,"你误会了。"他低下头,抿了抿唇,"我不是关系户才被派来的,我是得罪了人。"

宁婉彻底好奇了:"怎么回事?"

"我家道中落以后支撑不了在美国的学业和生活,所以决定回国做律师,向正元律所投了简历,很幸运被录取了,只是没想到签了合同后,还没轮得到安排团队,就得罪了合伙人,被惩罚性地派到了社区来。"傅峥的表情认真,模样冷静,看起来非常让人信赖,他的语气也很诚恳,"我一开始不理解这是什么惩罚,但直到来了社区,才发现这里的工作很繁重,也很有难度,我为我一开始的轻视道歉。"

"……"

宁婉心里对这样的发展还是感到不可置信以及玄幻……

"你来社区是高PAR点名的,所以你得罪的合伙人是他?"

傅峥点了点头。

"可高PAR在所里的口碑一向很好啊!在工作中就算理念不合,他也不会给员工穿小鞋,他团队下面那几个律师我都认识,对他都赞不绝口,一致觉得他是好老板,怎么会……"宁婉追问道,"你到底是什么事得罪了他?"

虽然傅峥从逻辑上理了理自己的人设需要的配套解释,但没想到宁婉会问得这么详细,他一时之间也想不出要编造什么和高远之间的过节,因此避重就轻道:"太难以启齿了,我真的不太想说,总之就是把人给狠狠得罪了。"

他原本以为自己这么含糊地一笔带过,宁婉不会再追问了,结果没想到自己这话说出口,宁婉愣了片刻后,看了自己两眼,然后竟然露出了一脸震惊后恍然大悟的表情,一脸微妙道:"是那方面的得罪?"

那方面?哪方面?

傅峥虽然并不能理解宁婉到底在说什么,但不想再过于纠缠这个问题,因此含糊道:"嗯,是。"

宁婉脸上露出了毁三观的表情,她的语气生动起来,没了刚才傅峥阐述自己"悲惨"身世时候的迟疑,变得亲切起来,像是终于接纳了傅峥的说辞。她义愤填膺道:"这可真是知人知面不知心啊!我没想到高PAR竟然是这种人!"

高远怎么了?傅峥不明所以,因此选择沉默是金,然而不知道自己这种做法在宁婉眼里变成了默认。

宁婉看起来是出离愤怒了,她叫来服务员:"给我们上点茶!"她豪气冲天道,"没想到你竟然也有这样悲惨的遭遇!酒我不能喝,我们就以茶代酒吧!"

哎！真是道德的缺失，人性的沦丧！"

遇到什么事了？傅峥脑子里有些混乱，消化不了宁婉的话，只忍着心里的莫名不安，脸上维持镇定自若的表情，决定以不变应万变。

很快，茶就上来了，是菊花茶，结果宁婉看了一眼，当场就有些尴尬："我不是故意点这个茶的，这家店里茶水是随机的，算是他家的个性之一，今天铁观音，明天普洱，后天玫瑰茶什么的，是看老板心情上的。今天可能老板想要清心败火，所以定了个菊花茶的主题，你别介意啊。"

傅峥笑了笑："不介意。"

不就是个菊花茶吗？虽然没有铁观音和普洱贵，但自己也不至于因为这个介意，结果他刚拿起菊花茶喝了一口，就听到对面宁婉径自言道——

"我真的不是听了高远想潜规则你的事，所以为了影射什么点的菊花茶，希望你看到菊花不要乱想，不要有心理压力……"

傅峥的茶杯没端稳，一口菊花茶差点把他给呛死。他咳了半天，才终于缓过来："高远想潜规则我？"

宁婉沉重地点了点头："对不住啊，不应该揭你伤疤的……"

"……"傅峥脸上露出了复杂微妙又难以形容的表情。

宁婉一见这表情，就更过意不去了，自己果然还是戳别人痛处了……

"其实我有件事情也要向你坦白，我之前也误会你了，真的以为你是那种高高在上的少爷，然后靠着家里的背景认识高远，为了刷履历才空降来社区搭搭花架子的。外加你名校毕业，对我们这种二流本科的也不太看得上的样子，我对你印象挺差的，一度想把你赶走。毕竟社区真的挺忙的，我想你要是不是干活的那种人，留在社区真的是占着茅坑不拉屎。"宁婉越说就越愧疚，"我没想到原来你其实是宁死不从高远的潜规则，在这种私事上得罪了他才被惩罚性派到社区的，我也不知道你家里竟然这么困难……今天我还特意去高远那里告了你的状，希望把你给调走，之前我不理解高远为什么死活不肯调走你，想着你到底是有多大的背景啊，结果没想到原来内情是这样。他是为了打击报复你把你才弄来社区的，怎么可能把你调回总所呢。"

傅峥沉默了……

宁婉却以为这沉默是因为痛楚，她义愤填膺道："真的，我学弟说我看人不准，我以前不承认，现在发现是真的，我以为高远是个不错的合伙人，没想到……竟然是个衣冠禽兽！"

自己这话说出口，傅峥看向自己的眼神果然更加复杂了起来。宁婉想，他一定是太感动了，竟然有人能站在他这边……

一想到这，宁婉更加恼火了："不过要不是你，我真的不知道高远竟然是个深柜！平时明明听说和老婆感情挺好的，常常晒恩爱，原来都是演戏，难怪说越是缺什么越是晒什么，他可真无耻！可惜我不知道他老婆的联系方式！"

她看了傅峥一眼："就算你长得不错，他也不能依靠自己是上司的优势妄图对你下手吧！太不要脸了！"

……

宁婉拉拉杂杂又骂了高远一堆，傅峥一开始还有些不自然，但很快，他就进入了自己的人设定位，甚至能主动发言了——

"是的。"他镇定又毫无心理负担地一同谴责起了高远，"确实很不要脸，简直是色中饿鬼。"

傅峥想，宁婉这个学弟倒是个明白人，她确实识人不准，如今竟然毫不怀疑就相信了自己这套说辞。如今她脸上正露出了真实的同情："你肯定是第一次遇到这种事吧？当时心里是不是很生气也很无奈？"

傅峥点了点头，毫无羞愧地为高远风评被害添砖加瓦。"是的，但没办法，人在屋檐下，不得不低头，谁叫我自己没有钱，这种时候就算面对他的骚扰，也没法硬气地直接辞职走人。"说到这里，他看了宁婉一眼，"但是这种事不光彩，而且我也需要这份工作，所以请你一定替我保密。"

"你放心吧！"对面的宁婉用力点了点头，喝了几口菊花茶，突然想起什么似的找到了盲点，"等等，你既然都欠着外债，那你身上这些很贵的西装怎么回事啊？我见你之前还随手就扔掉过很贵的西装啊？你不是缺钱吗？"

"是高仿。"傅峥想了想，镇定道，"买来撑面子的，上次扔掉的那件也已经穿好几年了，本来就要扔了，其实手腕那里都有破洞了，只是你没看出来罢了。"

傅峥说完，就有些微微后悔了，这个话，连他自己都不信……

然而宁婉脸上却露出了豁然开朗的表情："我懂了，就和匡威似的是吧，一年内就脱胶的一定是真货，能穿一年以上的绝对是假货，现在有些高仿确实做得良心啊，比正品质量还高呢！"

她竟然买账了……这女的平时在社区处理案件看着挺精明的，但有些时候竟然这么天真……

面吃完了，八卦聊好了，时间也不早了。

宁婉大方地结了账，然后她看向傅峥："你说你今晚没地方住了想上我家借住？"

傅峥抿了抿唇，点了点头，然后恰到好处地露出不好意思和尴尬的神情。"对不起，刚才这么说的时候因为心情太绝望了，没有多想，其实确实很不方便，我理解你的顾虑，我会自己另外找地方住的。"傅峥按照此前自己想好的说辞继续道，"正好我突然想起来，在容市我好像有个远房亲戚……"

最早编造自己被房东赶出来急需宁婉救助，这只是傅峥获取她信任感的策略，毕竟心理学表明，当一个人被另一个人求助的时候，更容易让被求助者产生对求助者背景的信任感和接受度，而拒绝宁婉直接转账借钱给自己，也是为了能和宁婉见面，并且面对面地把自己的"悲惨"遭遇给叙述出来。然而做完这一切，傅峥其实并没有真的去宁婉家里借住的打算。

傅峥是为了母亲回的容市，他父亲前几年去世了，如今就剩下母亲一个至亲。

当初母亲重病动手术，医生说母亲状态不佳或许时日不多，傅峥不想亲情上留下遗憾，于是毅然回国想多陪陪母亲，然而没想到他妈妈的手术竟然非常成功，术后恢复也好。这边傅峥刚处理完美国的交接事宜回国，他妈妈出院后就约了几个老姐妹包了艘船跑海上蹦迪去了。

而母亲外出前也没给傅峥留钥匙，傅峥没法住进自己母亲的别墅里，于是他回容市后就购置了自己的别墅开始装修，然后先长期预定了五星级酒店的套房用以过渡。

从生活要求上来说，傅峥确实是少爷级别的，他能接受在工作中吃苦，但绝对接受不了在平日的吃穿用度上受苦。

然而他的话还没说完，宁婉就径自打断了他，她豪爽地挥了挥手："这都多晚了，而且你这还是远房亲戚，就算等你费了老大劲联系上，人家准也不买你的账。"她拍了拍傅峥的肩膀，"反正就两天，你上我那里凑合吧。"

这下轮到傅峥僵住了，他佯装平静和感激地努力暗示道："虽然很谢谢你这么信任我，但我们毕竟孤男寡女的，我怕我去住了对你名声影响不好，而且你男朋友也会误会……要不你还是借给我点钱，让我去住个宾馆好了……"

"男朋友？我没有啊。"

之前还你侬我侬土味情话呢，这么快就分了？

可惜宁婉一点不知道傅峥的腹诽，径自继续道："你放心吧，没事，我相信你的品行。"

傅峥差点没在心里翻个白眼，这女的空长了这么一张漂亮的脸，一点戒备心都没有，也完全听不懂自己的暗示，何况就算她相信自己，自己还不相信她呢。傅峥决定再努力问宁婉随便借点钱，然后佯装找个破烂招待所凑合，实际是回自己五星级酒店的大床房躺着了……

只可惜计划赶不上变化，宁婉朝他露出不好意思地笑。"借钱这个就算了吧，我也和你说实话，一般发工资前五天我基本是赤贫状态，刚才结账都用的信用卡，也快刷到额度了……"她眨了眨眼，语重心长地对傅峥道，"既然大家都穷，就不要再打肿脸充胖子乱花钱了，穷人当自强，走吧，上我哪儿借住两晚吧。"

"……"

傅峥并不是个容易后悔的人，做出任何决定，即便造成了不利的后果，他一向都能接受和承担，然而自认识宁婉后，他发现自己开始频繁的后悔。

一旦"交过底"，宁婉也不打车了，于是傅峥不得不提着两个大行李箱，跟着宁婉一路坐公交、转地铁，然后再步行了十来分钟，才到了一个看起来略感眼熟的有些年头的小区门前……

这一刻，傅峥的心里只有一句话——后悔，非常后悔。

……

等走到电梯间，宁婉按了按钮，然后非常自然道："哦，电梯又坏了。"

"……"

这一刻，傅峥心里都已经没有后悔了，只有心如死灰的绝望，最终他不得不提着这两个巨大的行李箱道具，从消防通道爬到了十四楼……

等最终站在宁婉家门口的时候，傅峥觉得自己只剩下一口气了。

好在到了，他在心里安慰自己，等待会和宁婉寒暄完，就赶紧躲进客房里，卸下人设好好休息了……然而傅峥很快发现，自己还是太过天真了——上一次送醉酒的宁婉回家时他没怎么仔细观察过宁婉的房子,如今才发现,宁婉家里没有客房,她的房子是个一居室,客厅里有张沙发。

客观地说,这个小区虽然有点老,宁婉的房子也不大,但装修很温馨,家具不是多奢侈的,但能看出主人认真挑选过,客厅桌上散落着两三本专业书,茶几上摆着新鲜的玫瑰,很有生活气息。

但……

但只有一张沙发……

傅峥进了屋里,就开始看着客厅里那张沙发发呆。他硬着头皮询问道:"这个沙发,是那种可折叠的沙发床吗?"

宁婉点了点头:"是的,是可以……"她的话没来得及说完,手机就响了,她只能抱歉地对傅峥笑了笑。"不好意思,接个客户电话。"

社区律师只是轮值工作,平日里还要靠接别的客户过日子,宁婉见缝插针地服务客户也没什么不正常的,只是宁婉去阳台讲完电话,再回来时手里却拿着一把扫帚,像是要打扫的模样。

虽说傅峥心里很后悔,但看到宁婉这样,倒是也有些愧疚,看来宁婉为了接待自己,都特意要打扫卫生了……虽说房子小了点,沙发床简陋了点,但是她这个态度,确实是认真的,此前可见要不是误会,她对自己也不会这样针锋相对。

傅峥负责任地想了想,觉得此后把宁婉招进自己团队,也不是不可以。

然而他的想法还没深入,自己手里就被突袭般地塞进了一把扫帚。

顶着傅峥不解的目光,宁婉理直气壮道:"哦,你把地扫一下。"

"什么?"傅峥以为自己幻听了。

宁婉连虚假的客气都没有,完全不见外道:"扫地啊。我都大发慈悲让你在我家借住两晚了,你帮我打下卫生作为回报有什么不对吗?"她看了傅峥一眼,一脸理所当然,"快点扫吧,扫完了好睡觉,我还得先去回个邮件。"

"……"

宁婉,你加入团队的机会没了。

……

只是不管如何,自己选的路,跪着也要走完,傅峥自己捏造了这么个人设,如今骑虎难下,也只能默念着心平则气和,板着脸拿起扫帚扫起地来,好在宁婉家不大，等宁婉回完邮件，傅峥的地也正好扫完了。

宁婉盯着地面走了一圈，对傅峥的劳动成果显得颇为满意："扫得真干净！"

那说话的神态，简直像是夸奖一个刚上岗的家政似的。

傅峥忍了忍心里翻腾的情绪，露出了营业的假笑："你觉得干净就好。"

结果自己这话下去，宁婉倒是看过来："我觉得干净没用，你觉得干净才行。"

"？"

傅峥还没明白过来，就听宁婉径自道："毕竟今晚睡地上的人是你嘛。"

"……"

傅峥觉得自己肺活量不够用了，他忍住快要气炸的心，冷静道："你这客厅不是有沙发床吗？为什么要睡在地上？"

宁婉看了眼沙发，然后毫无诚意地解释道："哦，那个啊，那个沙发确实本来是可以打开成沙发床的，但是我买的二手，买来就发现这功能用不了，难怪闲鱼上九成新的沙发最后竟然折价便宜了一半呢。"

"……"

宁婉拍了拍傅峥的肩："其实睡地上挺好的，你想，硬板床对腰好，地上这么硬，对你腰肯定更好，我待会再给你找几床棉被垫着，其实也挺有风味的，和那个日本榻榻米房很像吧？不用花钱就能体会去日本旅游的感觉，不错吧？哈哈哈哈。"

"……"

傅峥以为这已经是自己今天运势的最低谷了，然而很快，等把傅峥的"床铺"铺好后，宁婉又一次刷新了傅峥的下限。

她从厨房拿了一只洋葱出来，非常愉悦地看向傅峥："家里幸好还有洋葱，你真是运气好。"她说完，再次一头扎进厨房里去了，很快便传来了宁婉手起刀落利落切洋葱的声音。

傅峥再一次产生了疑惑，运气好？洋葱和好运有关系吗？还是宁婉觉得让自己睡地板良心过意不去，因此决定炒个洋葱给自己做夜宵？可自己不仅不喜欢洋葱，甚至还非常讨厌那个味……

结果傅峥刚准备出言婉拒，宁婉已经端着一盘切好的洋葱出来了，傅峥被这味道熏得皱了皱眉,还没回过神来,就见宁婉开始在自己"床铺"边作法一样地撒洋葱片了。

"你是有什么信仰?"傅峥的脸绷不住了,他迟疑道,"这是什么睡前仪式?"这宁婉神神叨叨的该不是什么邪教分子吧?听说传销也有类似仪式,自己该不是入了虎穴了吧?

宁婉一边撒一边云淡风轻地解释:"哦,没什么仪式,主要是家里好像有蟑螂,虽然上次除了一遍,但容市这个气候,很可能还有残余。你睡在地上,晚上蟑螂可能会出来,所以在你床铺四周都撒上洋葱丝。我看网上说蟑螂好像讨厌洋葱这个刺激性的味道,有洋葱在,就不会爬到你床上了。"

"……"

傅峥觉得自己可能上辈子造了孽,这辈子才注定遭此天劫。然而宁婉却仿佛还嫌不够似的,如撒玫瑰花瓣一样撒完洋葱瓣。她拍了拍手,径自补充道:"不过我也不知道到底蟑螂讨不讨厌这个味道,没准没什么效果……"

这一刻,傅峥已经被连环打击到近乎麻木了,他想,蟑螂讨不讨厌洋葱味他是不知道,他讨厌是肯定没错了。

宁婉看着这个"床铺",脸上露出了十分满意的笑容,然后傅峥又听她简单介绍了下家里各项设施的情况。

这破房子虽然是个一居室,但可能上一任房东曾把它给人合租过,因此客厅有个卫生间,宁婉的房间还有一个,总算避免了傅峥需要和宁婉用一个卫生间的尴尬,只是宁婉进房间后,嘎达一声落锁的声音,让傅峥觉得有点刺耳。

嘴上说着信任自己,结果还欲盖弥彰上了锁,宁婉,这很可以。

……

而因为宁婉此前"友善"的蟑螂预警,以至于傅峥这一晚都没怎么睡好,他强忍着"床铺"周围萦绕在鼻边的刺鼻洋葱味儿,忍受着硬邦邦的地板,恍惚中觉得自己是一块铁板烧上的煎牛排,都快被煎老了,点他的客人宁婉还在拼命要求多加洋葱……

这一晚,因为警惕随时可能伏击自己的蟑螂,傅峥愣是枕戈待旦般强忍着困意没敢进入深睡眠。一直熬到早上三四点,他终于迷迷糊糊睡了过去,谁能想到,有时候,昏迷竟然也是一种幸福。

然而傅峥的幸福没有持续很久,因为六点的时候,他的耳边传来了堪比"中国好噪声"般的钢琴声,然后是楼上住户咚咚咚走路的声音,再之后是楼下用户不断冲马桶的声音,隔壁邻居吵架的声音……

声声入耳,魔音穿孔。

宁婉这小区因为老旧,隔音不行,傅峥恍若有一种流落街头睡在大桥洞里的错觉……

好不容易迷迷糊糊又眯了十几分钟,结果宁婉又起床了,她打开房门,打了个哈欠,然后走到傅峥"床铺"边,用脚踢了踢他:"傅峥,起来了,再晚就要错过这班公交了。"

"……"

傅峥从前对"每天叫醒自己的是梦想"这种话嗤之以鼻,但他确实这辈子没料到,有朝一日叫醒自己的会是宁婉的脚……

始作俑者走去厨房像是捣鼓早餐了,傅峥瞪大了两个充满黑眼圈的眼睛,抬头看向天花板,生平第一次开始思考人生:自己一个高级合伙人,怎么沦落到不仅打扫卫生,睡在地上,早上还被人用脚叫醒的地步……

好在稍让人安慰的是,宁婉煮了面,她在厨房里喊:"傅峥,快点洗漱,不然面要坨了!"

傅峥顶着两个黑眼圈,认命地爬起来收拾好铺盖,然后头昏脑涨地去卫生间洗漱,恍惚间觉得自己是个农民工,而工头宁婉正催促着自己吃好饭赶紧上工搬砖……

好在在信念的支撑下,傅峥很快收拾好了自己,昨晚这么一通折腾,他确实有些饿了,这时候能有一碗刚下的热汤面,就真是不幸中的莫大慰藉了。

然而五分钟后……

傅峥望着餐桌上的盒装泡面,然后看向宁婉:"这是你说的面?你认真的?"

宁婉一边吃着自己那份,一边点头:"嗯啊,红烧牛肉味的,要不是你过来借住,我还不拿出来吃呢!"

那可真是谢谢你的热情款待了……

不过既然自己现在的人设是家道中落可怜人,傅峥也没法发作,只闷声不吭冷着张脸就开始吃,他一向鄙夷诸如方便面之类的速食垃圾食品,然而饿了一晚上，如今吃着廉价的桶装方便面，竟然觉得挺香的，如果宁婉不说那句话的话……

她先于傅峥吃完了面，百无聊赖下看起了桶装上面的图和文字来，然后像是发现新大陆一般叫起来：" 啊！竟然都过期了！不过吃起来一点问题都没有，还是很香啊！"

"……"

傅峥觉得自己有点食不下咽了。而一想起这样的日子竟然还要再过一天，他心里的悔恨简直连绵不绝。

自己到底是哪根筋坏了？好好活着不好吗？自己绝不能再在这里住一晚了，这样下去会死的。

-Chapter 09-
抢救一下自己

自傅峥诚恳坦白后,宁婉看这个"空降兵"顺眼多了,连带着心情舒畅,表情也明媚了起来,对傅峥也一改此前的态度,越发亲切热情起来。

只可惜大概是被钱所困,傅峥并没有因为宁婉态度的大转变而显露出一丝一毫的高兴。大约是觉得和宁婉交了底,不用再伪装那高冷清贵的模样,他顶着两个黑眼圈,一脸困顿,脸色也不太好看,仿佛恢复了一个负二代的本来样子。

宁婉想起初见傅峥时他那眼高于顶、高贵冷艳的模样,觉得当初傅峥逞强装成那样,实际心里也不知道得苦成什么样,却为了面子还要强颜欢笑,真是怪可怜的……

因为这份同情,宁婉今天非常照顾傅峥,好几个琐碎的咨询,都自己处理掉了。今晚傅峥还要借住在自己家里,想着他一个男人,还要面对难以启齿的职场性骚扰,一把年纪了工作经验连自己都不如,确实有些凄惨,因此宁婉拿出自己的记账软件,开始磕磕巴巴地算起来,虽然离发工资还有一天,但今晚能不能给傅峥开个小灶加点菜……

然而下午的时候,傅峥却和宁婉表示,今晚不用借住了。

"我那个远方亲戚联系上了,人挺好,说我可以去他家住,离这里也不远。"

傅峥的语气镇定、表情诚恳,再次对宁婉表达感谢后,宁婉便也面带微笑放下心来:"那行,反正有什么事随时和我联系,别不好意思啊。"

"嗯。"

听说傅峥有地方住了,宁婉也挺高兴,这天之后的时间便没再关注傅峥的事。下午的时候,她此前在所里接的一个离婚案的当事人好不容易从国外度假回来,因为和老公闹离婚闹掰了,被赶了出来,只能住在酒店里,宁婉和她约了时间,商定下班后去她下榻的五星级酒店确认几份起诉材料。

Chapter 09 / 抢救一下自己

　　宁婉这一天踌躇满志，傅峥这一天却是困顿难忍，好在他终于找了个远方亲戚的借口摆脱了今晚继续睡地板的"殊荣"。好不容易等到下班，傅峥便径自奔赴自己目前入住的五星级酒店。他只想好好地在正常的环境里睡一觉，结果高远听说自己和宁婉竟然握手言和了，不管傅峥怎么拒绝，都死皮赖脸要来酒店里找自己八卦。

　　"你等我十分钟啊，我马上到！晚饭我请！行行行，知道你累了，不用出去，就吃你酒店里的西餐！"高远在电话那头已经抑制不住自己的好奇了，"你别不是诓我吧，宁婉那脾气可不是那种容易改的，她能对你转变态度给你好脸色？"

　　傅峥懒得理睬高远，只看了看手表。"十分钟，迟到一分钟我就上楼睡觉。"他说完挂了电话，就倚靠在大厅一边的沙发上撑着下巴闭目养神。

　　宁婉一下班就急匆匆赶到了自己当事人下榻的五星级酒店，这才堪堪堵住了打扮妖艳、准备去夜店的女当事人。正是因为她太过贪玩对家庭毫无责任感，她的丈夫才提出了离婚。当然，这些私事不是宁婉该管的，她给对方看过了自己整理的夫妻共同财产清单，确认无误后，这才和对方告辞。

　　只是准备转身离开的时候，宁婉无意间一瞥，却看到了一个熟人——

　　刚才和自己告辞，号称去投靠远亲借宿的傅峥，此刻竟然正安坐在这五星级酒店大厅的沙发上。他穿得得体的西装，好看的眉眼闭着，脸上没有表情，于是又再次显现出那种高高在上的冷淡，要不是宁婉知道内情，还真的要信了傅峥的伪装。

　　只是……傅峥这时候在这里干什么？

　　宁婉的脑海里都是疑问，而她刚准备走过去问问情况，却见沙发上的傅峥睁开了眼，他看了眼手表，然后拿起手机，看样子像是在发什么信息，而等他手机放下的那个刹那，宁婉的手机就响起了提示音——

　　是一条微信，傅峥发来的。

　　"我已经到亲戚家了，不用担心，谢谢你之前的照顾。"

　　宁婉看着这条信息，又看了眼不远处神色镇定自然的傅峥，心里气不打一处来：这是什么情况？傅峥明明在五星级酒店，为什么诓自己？

　　也就是下一秒，宁婉就后知后觉知道了答案，因为她看到了高远的身影。

　　高远其实长相看起来颇为憨厚，然而自从听了傅峥那一番悲惨遭遇后，宁婉再看他，就怎么看怎么觉得奸诈了，连平时颇觉得亲切的笑容，如今细细品来，也发现了点淫邪的意味。

果不其然，高远走进大厅后，左顾右盼看了几眼，然后很快就定位到了在沙发上坐着的傅峥，然后这家伙脸上露出了淫荡的笑容，径自抬腿朝傅峥的方向走去，而傅峥见了高远，脸上的表情也相当难看，带了点微微的不满，颇为忍辱负重的模样……

都这样明晃晃的场景了，宁婉就算是个傻子也知道傅峥是来干什么了。

虽然这是傅峥自己的决定，宁婉也可以事不关己，高高挂起，但内心的正义感作祟，等宁婉意识到，她已经风一般地冲出去，当着高远的面，死死拽住了傅峥的手。

傅峥的脸上露出了事情败露的慌乱和尴尬，高远脸上则露出了好事被撞破般的震惊和无措……

果然和自己猜的没错！

宁婉一把将傅峥拽了起来，然后勇敢地瞪向高远："高PAR，今晚社区有事得加班，傅峥我先带走了。"

宁婉说完，也不顾高远的脸色，径自就把傅峥拉离了沙发，一口气拉到了酒店的门外。

见高远没有再追出来，宁婉松了一口气，这才看向了傅峥。她紧紧皱着眉头，指责道："你到底怎么想的啊傅峥，为什么骗我？"

傅峥的表情难看到不知道该怎么形容，他这辈子没想过，自己竟然会这样翻车，在伪装的第二天就被宁婉给撞破了。这下可好，按照宁婉的脾气，恐怕和自己的梁子结得更大了，真是白瞎了自己昨天在地上苟且偷生的一晚……

只是还没等他开口，宁婉就径自继续说道："傅峥啊，贫贱不能移，富贵不能淫，这个道理你怎么不懂呢？是，没背景没钱，靠自己奋斗是比较艰难，但那是堂堂正正的，你怎么鬼迷心窍走了邪路，竟然想屈服于恶势力？"

傅峥眨了眨眼睛，还没有跟上宁婉的思路，结果就听宁婉继续恨铁不成钢地数落上了："是，你虽然是个男人，和高远睡一觉撑死得个痔疮，也不会怀孕，但是这是事关男人尊严的事，你怎么就能屈服于高远的淫威呢？确实走捷径能比较快地获得成功，也能立刻摆脱你现在窘迫的生活，但人活着，得争一口气啊,不然以后就算变成了成功人士,人家也要在背后议论你当初是靠不正当手段上位的!"

"……"

原来宁婉说的欺骗是这种……只是明明自己的马甲还披得好好的,傅峥却一点也高兴不起来……他试图反驳:"我没……"

"你闭嘴。"宁婉态度恶劣地打断了他,"你现在没资格开口,我都让你借住了,你竟然还受不了吃苦,骗我说去亲戚家了,结果巴巴地跑来五星级酒店和高远开房!你真是让我失望透顶!"

"……"傅峥觉得应该对自己失望不已,自己上辈子到底造了什么孽要在五星级酒店门口被宁婉当场抓获?

只是宁婉并没有意识到傅峥脸上的绝望到底为何,她简直气得发狂:"你自己说,是高远主动联系你对你威逼利诱的,还是你自己受不住苦日子主动联系高远自荐枕席的?!"

好在傅峥脸上的心如死灰让宁婉稍微心情好了些,这男人大概率是一时鬼迷心窍,看这表情,如今清醒了,至少还有廉耻心,也知道自己做错了。

傅峥像是内心挣扎了很久,才终于死气沉沉地蹦出几个字:"高远先联系我的。"

这还算有救,至少不是主动去的!宁婉神色缓和了不少,然后她朝傅峥伸出手:"给我。"

傅峥皱了皱眉,一脸不解地说:"什么?"

宁婉有些没好气地说:"手机啊!"

宁婉说完,也没和傅峥客气,径自就把他手里的手机抽了过来,然后对准他的脸扫了扫开了锁,三下五除二就翻到了通话记录,在那儿,她果然找到了傅峥和高远的通话记录。宁婉点进去,手起刀落,两分钟后,就把手机重新还给了傅峥:"现在行了。"

傅峥拿到手机,皱起了眉:"你做了什么?"

"帮你把高远拉黑了。"宁婉笑笑,"这样他以后就没法骚扰你了,省得你哪天心志不坚定,受到他的蛊惑,又干出像今天这种傻事来。"

"……"

宁婉拍了拍傅峥的肩膀,语重心长地说:"以后路还长着呢,没必要出卖自己的肉体。"

"……"

"而且就算你哪天真的撑不住了一定要走这条路,那也要卖个档次更好点的啊。你这样的,找个中老年丧偶或者离异的富婆没问题啊,不仅不算破坏他人家庭、见不得人的男小三,而且不至于留下职业病啊!"

"职业病?"

宁婉挤眉弄眼暗示道:"就那个那个啊。"

傅峥疑惑道:"哪个?"

"周杰伦的《菊花台》听过没?就那个啊。"

傅峥脸上的表情完全茫然了,他皱着眉:"你的思维太发散了,这和周杰伦的歌有什么关系?"

宁婉没好气地瞪了他一眼,不得不唱起来:"菊花残满地伤,你的笑容已泛黄……"

"……"傅峥觉得自己的笑容不是泛黄,已经泛黑了……

可惜宁婉并没察觉到什么不妥,她点到为止地唱完,然后满含同情地目光看向了傅峥:"你这人……到底说你点什么呢?既然想到了来五星级酒店委身高远,那怎么说也不该这么天真啊,连我这潜台词都听不懂啊?你要是屈服于高远,被高远这样那样几年,未来可不要留下这个职业病吗?"

傅峥挣扎道:"为什么我是弱的那个?"

宁婉瞪大了眼睛:"难道你对高远……下得去手?"

"……"

宁婉虽然对傅峥这种投敌般的行为十分气愤,但见在自己数落下傅峥一张脸全然黑了,又有些同情他,看他这样子,想必在自己的一番分析下已经认清了现实,瞧瞧,如今这后悔的仿佛差一口气就要升天的模样,可不是改过自新的表现吗?

既然如此,宁婉也不愿揭人伤疤,于是拍了拍傅峥的肩。"行了,走吧,五星级酒店虽好,但不是你的归宿,还是跟我回家睡地板来得踏实舒服。"她到底有些可怜傅峥,"今天据说降温,我给你多准备了一条棉被,晚上也有加餐,走吧走吧。"

大概是被自己撞破了差点做傻事的尴尬场景,傅峥从刚才就一直一脸心如死灰的模样，如今就紧抿着嘴唇，一言不发地跟在自己身后，像是准备重新做人。没想到自己无意中的一瞥，竟然挽救了一个行将失足青年的人生！宁婉一时之间心里充满了感慨。

"说实话啊傅峥，你现在想想是不是也有点后怕？要是刚才没遇见我，你可能这辈子都毁了，老实说现在心里是不是特别感谢我？"

大概这份挽救他于水火之中的情谊太过厚重，傅峥此刻竟然有些不知道如何开口。沉默了片刻，宁婉才听到他干巴巴的一句谢谢。

"大恩不言谢，你只要记得，以后你飞黄腾达了，一定要好好报答我。"宁婉领回傅峥，心情相当不错，"你学历好，履历都没问题，虽然年纪这么大了还没什么工作经验，但这个能攒，以后别想着走捷径了，先在社区待着吧。以后的案子我带你，能教的都教给你，等你有点资历了，再申请去别的团队，毕竟我们所里，也不止高远一个团队啊。"

"你没工作经验又不是应届生，第一份工作可能不好找，所以现在只能先在正元律所里苟着，等攒点经验，就算找不到所里的好团队，也能跳槽去别家。"说到这里，宁婉有些羡慕了，"其实，我们这行虽说是吃经验饭，但如今几家大所之间的竞争也很激烈，筛选的时候第一眼看的就是学历出身，未来的路，你这种没硬伤的比我可好走多了，所以千万别灰心。"

话题讲到这里，不免勾起点宁婉的伤心事，其实她比傅峥的路更难走，二流学校毕业，虽说有基层工作经验，但也不能这么蹉跎着只有基层经验啊，何况在职场上女性比男性弱势，等自己年纪再上去，就算跳槽，恐怕都没什么人要，毕竟是个老板都要担心她结婚怀孕带来的成本……

宁婉把傅峥重新带回了家里，给他的地铺又多铺了层褥子，恍惚中有给自己养的猪圈里多垫了些草的感觉。搞定这一切，她就跑回了房间，想了想，还是决定继续给马上要来的大PAR发邮件套磁，虽然人贵有自知之明，但不努力一把，怪对不起自己的，宁婉决定再努力努力，抢救一下自己。

她绞尽脑汁想了想，咬了咬下唇，然后郑重地敲下——

"敬爱的老板……"

她丝毫不知道，此刻敬爱的老板，其实正躺在她家客厅的地板上，瞪着天花板思考自己沦落的悲惨人生。

-Chapter 10-
震撼性利好消息

傅峥来自己家借住的第二晚,宁婉的生活并没有什么改变,不过是客厅里多了个人,吃饭多了张嘴罢了,她仍旧睡得很踏实,因此第二天也是精神十足。倒是傅峥可能是受昨晚高远事件的打击,今早起来,这脸色更难看了,一张白净的脸上,触目惊心地挂着两个巨大的黑眼圈,一脸惨遭生活蹂躏失去信心的模样。

宁婉鼓励了他几句,也没再矫情,就拽着人一起挤上早公交,到了悦澜的社区律师办公室。

这天早上,接听咨询电话的工作就交给了傅峥,宁婉则跑去社区和充电桩公司再次协调,终于把毛大爷此前反映的问题给解决了。虽然投币口因为都已经设置好了,不可能加装五毛钱的投币口和识别系统,但总算在触屏里增加了一块五充电六小时的扫码支付选项,充电桩公司也表示将在后续的设计里进行改良,增设一块五的投币口,事情这才算告一段落。

结果等宁婉回到社区办公室门口,却见办公室里来了好几个人,把门口都堵得严严实实。她还没进屋呢,就听到了里面吵吵嚷嚷的声音袭来:"这怎么可呢!律师,你说说看,有这种事吗?!这合法吗?简直太不要脸了吧!"

宁婉推开门挤进去,才发现屋里来了五六号人,刚才大声喊着的则是其中一个四十来岁的男子,身高体胖的。他这话音刚落,他身边一个和他长得颇为相像但略微年轻些的男人也附和起来:"就是啊!这不是诈骗吗?!"

其余几个女的也叽叽喳喳你一言我一语地说起来。宁婉被闹得头疼,正想大吼一声,却见坐在办公桌上的傅峥虽然黑着眼圈一脸精神不振,但动作自然流畅地打开了宁婉的办公桌抽屉,然后拿出了宁婉的扩音喇叭,面无表情地喊道:"安静,都给我安静。"

"……"

没想到傅峥这厮虽然惨遭高远潜规则打击，但学得还挺快，竟是个可塑之才。

因为傅峥这一喇叭，办公室里的人果然安静了下来，宁婉趁机挤了进去，站到了傅峥身边："怎么回事？"

结果傅峥还没来得及开口，那为首的中年高胖男人倒是讲上了，"两位律师啊，是这样的，我叫郭建国。"他拉过身边那个和自己长得颇像的男人和其余几个女子介绍起来，"这是我弟弟郭建忠，那呢，是我妹妹郭建红，咱仨都是亲的，同父同母的那种亲，剩下这俩呢，分别是我和建忠的媳妇，我们是一家人。"

宁婉瞟了眼室内站着的几位，郭建国穿着西装打着领带，看起来颇像个成功人士，他弟弟没他那么胖，但也不是个读书人的样子，两人看上去都挺精明的，而两人的老婆，光从面容看就不是省油的灯，这两位妯娌看起来关系也不太对付，两个人站的位置离得老远，像是要划清界限似的。而这两人中间，则站着郭建国口中的妹妹郭建红。与自己两位兄长不同，郭建红看起来挺清瘦，容貌并不年轻了，比起两位嫂嫂来说苍老得多，但看看倒是一家人中最好说话的。

也是此时，傅峥递了一份文字材料给宁婉："这是我刚才从他们叙述里整理的一些事实细节。"虽然还挂着黑眼圈，但如今坦白了真实境遇后，不得不说，傅峥真是上道多了，也渐渐开始习惯社区律师的工作环境了。他看向宁婉，言简意赅总结道，"这一家人过来是申请法律援助的，说他们六十多岁的母亲被一个二十六岁的小伙子给诈骗了。"

"诈骗案是刑事案件，诈骗了多少钱？够立案标准了吗？这你们可得报案啊，我们这儿处理不了这个！"

傅峥抿了抿唇："没被诈骗钱，他们说被这个二十六岁的男的骗婚了。"

二十六岁风华正茂男骗婚六十老妇？？？这可真是一台大戏了……

"如果是结婚这件事，婚姻自由，别说我们律师插不上手，就是你们做儿女的也不能干涉。"宁婉看了眼郭建国，"现代社会了，忘年恋也是有的，你要是因为对方小伙子年轻，就料定人家是骗婚确实也有点太武断了。"

郭建国听了这话，立刻不乐意了，态度激烈地反驳道："律师啊，这就是你的不对了，这叫什么忘年恋啊？能忘年三十多岁的差别？虽然我爸去世十来年了，可我妈和我爸生前感情可好了，我爸去了，我妈也很受打击，身体大不如前。他俩这感情，就算是年龄相仿的同龄老头子，我妈也不会想要和他二婚的，怎么还找了这么个当自己儿子都嫌年轻的男的？"

自己哥哥发了话，郭建忠立刻跟上："怎么不是啊，你是不知道我妈的性子，我妈不是那种擦脂涂粉，在外面花枝招展跳广场舞的老太太。我们家是农村来的，我妈就是个典型的农村老太太，老实本分，不会像城里那些老太婆一样有什么花花肠子。她一辈子都不会拾掇自己，你要见到她那样子，你就知道我妈不是那种会去主动找二婚的女人了。"

郭建国和郭建忠的两个媳妇也当仁不让，这两人果然牙尖嘴利——

"妈那么朴实的人，怎么可能勾三搭四呢？还不是那野路子男人花言巧语骗了她，仗着正好租的房在妈那房子的隔壁，不知道干了什么勾当。"

"那男人还是个外地人，离婚了，带着个四岁的女娃娃，能是什么正经人啊？正经人能离婚吗？就是一男骗子！还不是看着妈名下有套房子，想借着结婚，顺理成章骗点钱吗？"郭建忠的媳妇说话更加不遮掩，尖酸刻薄道，"而且妈一个月前刚诊断出癌症，谁知道还有多久的日子，这男的不就为了等妈走了好和我们抢房子吗？！"

郭建国、郭建忠两夫妇都争相发了言，倒是郭建红脸上有些尴尬和不安地站在一边，手指不停地搓着衣角，没有发表什么观点。

这样的情况，傅峥可能是第一次见，但宁婉可见得多了。儿女要是离婚了，父母几乎都希望他们还能找到新的人开始新的婚姻，但要是父母离婚了，或者父母中一方过世了，儿女的想法可就自私多了，多数并不希望父母再婚，不仅反对，甚至会阻挠，不惜用断绝关系来威胁父母放弃再婚的决定。父母对儿女的爱多数无私，儿女对父母的感情，可就复杂多了。

郭建忠的老婆虽然说话不中听，倒也算耿直，先不说这个二十六岁的小伙有没有什么不良居心，这一家人反对老太太二婚，明显却是有私心的。

六十多岁已经确诊癌症的老太，还能有多少日子？老人一死，那她名下这套房，就该分割了，可如今老人多出个法定丈夫，那一旦没有遗嘱，按照法定继承，这二十六岁的小伙子可也能挤进来和这家人分一杯羹了。

有时候人穷志短，这话一点没错，很多时候在现实和金钱面前，亲情也并不纯粹。傅峥大约第一次见到这种事，皱着眉说道："婚姻法强调婚姻自由，你们母亲丧偶,对方离异,不属于重婚;不存在近亲关系,又没有医学上禁止结婚的一些疾病;你们也没有办法证明你们母亲有受到胁迫,那他们想结婚就是自由合法的。"

宁婉及时地插进了话题:"老年人也有追求自己爱情和幸福的权利,她在成为你们母亲之前,先是个女人,如果你们没有任何证据证明那个小伙子是恶意的,或者存在一些欺骗和违法行径,仅仅基于自己不希望母亲结婚的立场,要求我们提供法律援助去破坏他们的婚姻,那律师也是无能为力的,这毕竟是你们家庭内部的事宜。"

宁婉的话音刚落,傅峥的声音便响了起来:"当然,你们如果只是担心因为结婚造成遗产纠纷问题,完全可以和你们母亲沟通后要求先行立下遗嘱,这一点律师是可以作见证的,只需要两名律师在场,其中有一名是执业律师就可以。我和宁律师就满足条件,如果有这方面的需求,我们是可以提供法律服务的。"

两个人屏除了此前的误解和针锋相对,第一次一块接待社区居民,你一言我一语,倒是配合得可圈可点。虽然傅峥确实没什么实践经验,但令宁婉意外的是,如今摆正态度,准备不靠潜规则上位踏实工作后,他进步得还挺快的,学习能力相当强,也挺上道。

在第二春问题上,很多老人为了取得儿女的谅解,会在遗嘱上做出让步,以彰显不会因为自己的二次婚姻而影响到儿女的既得利益,最终才能勉强维持家庭表面的平和、顺利二婚。傅峥所提的律师见证遗嘱完全是常规操作。

郭建国和郭建忠两夫妻反应却很激烈:"律师啊,我们也懂法的啊,这遗嘱,就算现在定下了,后面还是能改的啊,效力不还是以后面版本的为准吗?"

"是啊,妈现在病了,本来就六神无主,身体也不方便,耳根子也软,那男的真要和妈领了证,这肯定会贼心不死啊,成天就在那忽悠骗的。老年人不懂事,这不就被这心术不正的把钱都骗走了吗?"

……

几个人你一言我一语,在这点上倒是意见一致——绝对要在源头上掐灭一切风险,死也不能让家里六十多岁的老太和那二十六岁的离异男结婚。

没有任何证据的情况下,就算是儿女,也确实无权干涉父母的婚姻。眼看着来找律师也没用,可这家人显然没死心,最后郭建忠的老婆眼睛一转,想到了个突破口:"律师啊,我们家这老人,六十多了,因为得了肺癌,一直在治疗,用了不少药,最近半年健康状况都不好,生活不太能自理了,走路需要人扶着,有时候都分不清白天和黑夜,人都糊涂了,这决定结婚,其实根本不知道自己在干什么,明眼人一看就是被骗了啊!律师,这种算不算是违法的啊?"

宁婉本来都准备委婉地请这一家人回去了,然而听到这里,倒是皱起了眉,老太太清醒的状态下想结婚是一回事,但如果老太太人并不清醒……

自己刚想到这一点,傅峥也立刻想到了,并且很快和这家人解释起来:"如果你们的母亲确实如你们所说的有时思维不清,甚至分不清白天晚上,那就是不能辨认自己的行为,一旦经判定是无民事行为能力人,是不能结婚的,应该为她指定监护人,由这位监护人作为法定代理人代理实施民事法律行为。"

这下,一家人仿佛绝处逢生,眼睛都亮了。

郭建忠郭建国两人激动道:"那太好了!那太好了!律师,那你们可要给我们做主啊,我们妈肯定是脑子糊涂根本不知道自己在干什么了,否则能和个二十六岁的外地男人结婚吗?!这都什么事啊!"

两家的媳妇也一下子来了气势:"那这样是不是我们就可以不让妈和那个男的结婚了?我们家谁是妈的那个什么代理人?"

眼看着这家人自顾自地敲定了对策,宁婉不得不咳了咳打断他们:"老太太到底属不属于无民事行为能力人,或者是限制民事行为能力人,不是光凭你们说了算的,这要到司法鉴定部门去做鉴定的。"

"啊……这……怎么鉴定啊?都要问什么问题啊?"

结果宁婉提供了鉴定的这个思路,郭建国和郭建忠两兄弟反倒是顾左右而言他起来:"这鉴定得准不准啊?能知道是什么人来做鉴定吗?"

"一般会由司法鉴定部门的法医来做判断,至于法院委托哪家,那我也不得而知。"说到这里,宁婉笑笑,"而且要做鉴定,你们可要先去法院立案申请。"

"这么麻烦啊……"

"如果需要委托的话,我们是可以帮你们处理的。"

结果宁婉这话下去,郭建忠和郭建国都有些迟疑,反倒是此前一直没说话表态的郭建红态度坚决:"行,那就拜托两位了。我们签个律师合同,麻烦两位马上开始工作。"

对妹妹的自作主张，大哥郭建国不开心了，他指责道："建红，你怎么都不和我们商量下？！"

郭建红看了两个哥哥一眼，有些不解地说："这钱我来出，不用你们出，都这样了，总不能见妈自己往火坑里走啊。"

她说完，也不顾两位兄长的阻挠，就当机立断地和宁婉、傅峥签了合同。

忙活了一上午，最终接了一单案子，就算数额小，至少也是有进账，宁婉的心情不错。看得出来，开始渐渐融入社区法律工作的傅峥心情也挺好，工作热情相当饱满。郭建红一走，傅峥就开始准备起申请无民事行为能力鉴定的法律材料了。

宁婉不得不打断他的激情："傅峥，你先别急着那么快准备材料，拖一拖。"

傅峥皱起了眉头："为什么要拖？今日事今日毕，律师工作不也应该最讲效率吗？都签了代理合同了，拖到截止日再办，拖沓不负责。"

虽然只是个没任何工作经验的学院派菜鸡，但每次傅峥教训起人来，倒还挺像那么回事。宁婉也不恼，只用一根手指敲了敲桌面："你不觉得这案子有点不对劲吗？你没发现郭建国郭建忠像是隐瞒了什么？而且他俩虽然声称老太太无民事行为能力，也绝对不想让房子落进别人的手里，但对鉴定这事，却不太热情，我怀疑是有点问题……"

只可惜宁婉这话还没说完，就被从办公室外气喘吁吁跑来的老季给打断了——

"宁婉啊！快快！张子辰又不见了！"

傅峥还没反应过来是什么事，就见宁婉认命地掏出一本什么书，然后很快，她的手机铃声就响了。她接起来，业务熟练地张口就来——

"宝贝，你知道我想喝点什么吗？我就想呵护你！你知道我想吃点什么吗？我想痴痴地望着你……"

"收下我的花，忘了那个她。"

……

傅峥一言难尽地看着宁婉面无表情、毫无心理负担地说着这些大尺度情话。他低头一看，终于看清了她翻开的那本书的名字——《土味情话大全》。

等傅峥的鸡皮疙瘩起起落落了三回，宁婉才终于松了口气般地挂了电话，然后她看向老季："石桥路上那个奶茶店，人在那儿呢，快让他爸妈去找吧。

以后真的要定时吃药,可别跑丢了,不是每回都能哄回来的啊。"

老季自然一个劲地点头,然后飞快地一边打着电话一边就走了。
……
这两人全程配合得行云流水,默契得不行,看得傅峥有些目瞪口呆。等老季走远,他才看向了宁婉:"你复合了?"

"啊?"

傅峥一向对别人的私生活没有兴趣,然而实在是惊异于宁婉这种土味情话的风格。上次记得宁婉还说自己是单身,那多半是分手了,没想到这么快又复合了,果然是不一样的烟火……

结果宁婉眨了眨眼,愣了半天才恍然大悟:"哦,不是啊,这是社区里一个孩子,因为有遗传性的精神方面问题,需要吃药,一不吃药就放飞自我成这样了……"

话到这里,傅峥一联想,终于明白了来龙去脉,其实宁婉单身倒是也正常,毕竟她这样的风格,一般男人谁能消受得了呢?

结果他刚想到这里,就见宁婉撩了下头发,朝自己露出一个自信的笑容,然后掏出小化妆镜照了照:"不瞒你说,我这么美,配得上我的男人可能还没出生呢。越是优秀越是容易单身,我这么优秀,必须是单身啊!"

"……"

宁婉不知道傅峥所想,她放好化妆镜,便和傅峥聊起手头这个案子:"鉴定无民事行为能力那个事,我觉得要把郭建红再约来单独聊下,感觉她和她的两个哥哥立场未必一致,有两个哥哥在,我们不一定能掌握真实的情况,有必要的话,甚至应该先拜访一下老太太。"

傅峥皱了皱眉,显然并不认同宁婉所想:"当事人的立场如何并不重要,重要的是我们完成委托的事项。"

"你看,这就是你的思维定式了,万一郭建忠、郭建国说的是假话,人家老太太根本就没丧失行为能力呢?那我们这不是白用功吗?"

"怎么是白用功?"傅峥抿了抿唇,"我们接受当事人的委托,完成了工作,他们就应该按照合同支付律师费,不存在白用功的事。"

"还是那句话,社区案件有别于别的案件,大部分寻求社区律师法律服务的居民,都属于家境并不多富裕,所以才会选择因为和社区签了顾问协议而费率更优惠的社区签约律师。虽然对我们来说，申请做无民事行为能力鉴定没多少律师费，但对人家来讲，可能是需要精打细算的一笔支出了。"

宁婉喝了口水："你可能没注意到，郭建国和郭建忠一家，从穿着上来看都是小康，生活水平不会太差，但是郭建红不一样，郭建红的裤子洗得都发白了，衣服什么看起来也很旧，手很粗糙，比起她两个嫂嫂，整个人显得苍老疲惫很多。对她来说，支付这笔律师费应该是不小的开销，万一她妈妈根本没有脑子不清醒，那这鉴定完全是浪费她的钱啊。"

"纯商业律师不需要在意这些，但是社区律师得更贴近当事人的生活。"宁婉笑了笑，"而且，对于这种多子女家庭的婚姻继承问题，如果不收集到充足的细节信息的话，很可能办理过程中会踩雷，虽然是亲兄弟亲姐妹，但往往立场都背道而驰。你要记住，社区律师得解决纠纷，而不是制造纠纷。"

宁婉说到这里，看了傅峥一眼："行了，这期宁老师课堂的培训费，给你打个折，看你家境不好，钱就不用付了，付出点劳力吧——帮我去倒杯茶，我讲了这么多，都渴了。"

"……"

不知道是不是宁婉的错觉，傅峥的脸看起来有点黑，像是风雨欲来想要发作似的，然后大概还是理清了利弊，傅峥抿着唇给宁婉倒了杯茶端了过去。

这一刻，宁婉还挺受用的，虽然社区的工作确实比较边缘化，但天高皇帝远，如今身边有了傅峥这么个听话的"小弟"，宁婉觉得很是舒心。

"你这样的高学历，学习能力确实很强，只要我点拨点拨，很快就能成长起来，真的没必要去委身高远。以后我办案都带着你，有什么也不藏着掖着，能提点都提点你，作为回报，你就干点体力活吧。办公室的地，以后就归你扫了；垃圾，也归你倒了；平时有什么材料打印，也归你负责；还有案卷和咨询留档归档，这些也都归你了；接咨询电话的活儿，也归你了。"

傅峥的脸色不好看："那你负责什么呢？"

"我负责总抓手啊。"宁婉拍了拍傅峥的肩膀，语重心长道，"你可能有所不知，所有新人律师，前面半年虽然也能参与一些案子，但基本做边角料的活，其实就是打杂，去谁那里都一样，新人都是这么开始的。"

宁婉喝了口傅峥刚端给自己的茶，微微一笑："恭喜你获得这个宝贵的机会啊。"

傅峥抿了抿唇，真的惊呆了："获得这种打杂的机会还值得恭喜的吗？"

"当然啊，虽然你在我这儿，我肯定会教教你，但之前确实有点迟疑，不知道该不该正式带教你，毕竟带教是要负责任的，以后你出去搞砸案子了，还不是我的锅？一报名讳，是我手把手带出来的，我这多没面子，在法律圈里还抬得起头吗？"

"……"

"其实我之前也经过了强烈的内心挣扎，最后看你今天的表现还不错，所以恭喜你啊傅峥，通过了我的考验，我现在正式宣布——我成为你的带教律师，以后出去江湖行走，就报我宁婉的名字就行了！"

宁婉说的其实没错，傅峥这样还在实习期的律师，并没有正式取得执业证书，不能独立办案，如果不挂靠一个有执业资格的律师，根本什么都不能干，而作为带教律师，虽然可以指使实习律师干干打杂的活，但同时也要承担相应的责任，实习律师要是办案中捅出了娄子，自然是执业律师去扛，权利、义务其实挺对等的。

虽然傅峥也懂这个道理，但是他这辈子没想过，有朝一日竟然会有人这样语重心长地吩咐他打杂，甚至还恭喜他获得了打杂的机会……自己堂堂一个高级合伙人……

而宁婉似乎还没意识到不妥，她拍了拍傅峥的肩膀："行了行了，知道你心里激动，可把你高兴得，整个人都愣住了。虽然我也知道，对你而言，一入行就有我这么靠谱、正派的带教老师，确实是震撼性利好消息，但也大可不必这么兴奋到失了智，收一收脸上呆滞的表情，先把垃圾倒了吧。"

"……"

"对了，倒完垃圾回来的路上给我带杯咖啡！要拿铁，中杯！"

"……"

-Chapter 11-
是时候先下手为强了

半小时后，宁婉捧着热拿铁，心情非常舒畅，倒是傅峥，看起来面色不太好看。宁婉只能宽慰道："一开始办案子就这样，很多细节注意不到，和我的缜密思维一对比，你也不用觉得相形见绌了，跟着我学学，都会上手的。来，打个电话把郭建红单独约过来，了解下情况。"

傅峥总体看起来还是个心态不错的人，板着脸打电话把郭建红约出来了。

也是挺巧，郭建红正在这附近，没一会儿就赶来了办公室。

"两位律师，请问是有什么事吗？"

宁婉也不绕圈子，开诚布公道："关于你母亲的事，就想确认下，她目前的状态确实是神志不清，难以分辨是非和自己的行为吗？"

"是的，我的哥哥嫂嫂都这么说，说妈确诊肺癌晚期后，整个人受打击很大，变得疑神疑鬼的，也不配合治疗……"

宁婉打断道："你亲眼看见你母亲的状态了吗？"

郭建红这下摇了摇头："没有，我一直以来在外地工作，也是之前听说妈确诊了癌症，才赶紧辞职，收拾行李搬回容市的，但我回来以后，妈好像状态已经不对了，死活不肯见我们，几次和哥哥嫂嫂一起上门，都被她赶出来了。"说到这，郭建红的眼眶有点红，"也是我不好，平常不在她身边，没能好好关心她，才让她隔壁那个骗子有机可乘，现在挑拨得妈宁可和他亲近，也不和我们这些儿女亲近了……"

宁婉心里咯噔一下，自己的预感恐怕没错，郭建红果然并没有真的和她妈妈见面聊过，也根本不知道她妈妈的真实状态。

"你说我妈要是真的找到个老伴，就算五十来岁，比她年轻个十几岁，我也是没意见的。她一辈子操劳，晚年要是有个人陪着说说话照顾着，也挺好的，可现在这……这男的才二十六岁，我妈都六十了，这男的比我还小三岁，你说这……"郭建红开了个头,越说越伤心,"虽然医生也说,我妈这种肺癌晚期,估计也就一两年,时间不多了,可我总不能看着我妈往火坑里跳被人骗啊!"

"这男的我见过,长得还挺周正的,虽然离婚后带了个孩子,但也有个朝九晚五的工作,想找个年龄相仿的一婚姑娘都有可能,怎么就找着我妈了呢?我妈辛苦一辈子,给我两个哥哥结婚都买了房子车子,也就剩下自己现在住的房子写她自己的名字,这可是她养老治病傍身用的,要被心术不正的人骗了,那可怎么办?我两个嫂嫂又都是厉害的人,本来都指着分这房子,要这房被别人骗走了,那两个嫂嫂指不定怎么对我妈呢,以后别说照顾她了……"说到这里,郭建红脸上也露出了痛苦和羞愧,"也怪我自己不争气,都近三十岁了,结果成家立业一样也没成的……"

宁婉也没摆出律师的架子,就像拉家常一样一边安慰郭建红一边又聊了几句。虽然看起来是闲聊,和律师的工作内容相去甚远,但傅峥却发现,没一会儿,靠着宁婉这些闲聊,他们已经基本掌握了这个家庭的情况——

郭建红的妈妈叫王丽英,今年六十岁,自农村进城务工,靠着勤劳努力一步步带着全家走上了小康的正轨,但生活条件上去了,思想觉悟却没有跟上,还带着农村根深蒂固的重男轻女,坚信女儿是泼出去的水,不可以分家产。老人给自己两个儿子都全款买了婚房和车,但对女儿却是什么也没给,还要了一笔彩礼补贴两个儿子,把女儿郭建红嫁到外省去了,而因为彩礼问题,郭建红的婚姻一直就埋下了雷。偏偏婆家也同样重男轻女,她婚后生了个女儿,自此争吵不断,后来老公出轨,小三肚子大了,就选择了离婚,女儿也判给了她。她学历不高,一个人在外省,一边打工一边养女儿,过得也挺艰辛,这么几年下来一分钱存款也没有。

"我爸去世后,我也不是没想过早点回到容市,怎么的也能照顾照顾她,可我妈不想见我。"郭建红抹了抹眼泪,"她觉得女人离婚是丢人现眼的事,叫我别丢人到她门前来……可现在她这样了,我想着不管她怎么骂我,我也要回来……"

"你别急,我们先去拜访拜访你妈妈,帮你看看她的健康状态,再做下一步打算。"

郭建红自然一脸感激,只是有些犹豫:"这要收费吗……"

宁婉笑笑:"不收费。"

她又安慰了郭建红几句,才把人送出了办公室。

郭建红一走,宁婉就忍不住长叹了口气:"希望未来我生孩子能生个女儿。"

"什么?"傅峥因为她这莫名其妙的话皱了皱眉。

"还是女儿好啊,女儿才贴心,生儿子有个屁用,要是找了个厉害老婆,那以后别想着好好养老了,就等着你早点死了分你钱呢。"

对宁婉的话,傅峥却不认同:"郭建红说的,你就全信了?"

"我信啊。"

傅峥看起来有些无语:"律师最忌讳的就是偏听偏信,当事人说什么就是什么,你不是号称自己是资深律师吗?这都不懂?"

"我当然懂。"宁婉转头看向了傅峥,她用笔敲了敲桌面,"你没听出来吗?王丽英一辈子重男轻女,只给儿子婚房,女儿什么也没有,这家人的相处模式也早就固化了,郭建红本人也被洗脑了,这家人的理念就是女儿不配得到任何财产。所以王丽英名下这最后一套尚未分配的房产,郭建红自动排除了自己可以分的资格,都默认老人死后这是两个哥哥的囊中之物。也就是说,对房子有没有增加一个来历不明的'配偶'来,在意的都只有这两个哥哥,毕竟只有他们的利益将受到影响。自动放弃财产继承的郭建红和这套房,和这个二十六岁的陌生男人是不存在利害冲突的。"

宁婉眨了眨眼睛:"所以我信她,她不可能撒谎,因为没动机。"说完,她看了看傅峥,"傅峥,你以前语文学得不行吧?阅读理解题里让你分析深层含义和暗含信息,你肯定都不及格吧?"

"……"

"你看,我的推断基本没错,郭建红并不了解母亲情况,真以为母亲是脑子糊涂了,才委托我们申请鉴定,但两个哥哥显然隐瞒了,所以一说宣布无民事行为能力需要司法鉴定,就退缩了。我猜测,他们的妈妈清醒得很,我们的申请鉴定工作可以叫停了,别浪费当事人的钱了。"

不得不说,傅峥来了以后,宁婉这自我感觉越来越好了。难怪有人好为人师,这教导别人的感觉,竟是该死的甜美,宁婉一下子还真的有些飘飘然,看看,比起傅峥这种菜鸡,自己简直是个满级大佬。

只是她刚准备带着傅峥去走访一下第二春的老太太,办公室里却来了一个不速之客——本该在总所朝南大办公室里坐着的合伙人高远,竟然屈尊出现在社区办公室的门口，此刻正探头探脑地往里面打量。

要是往常，宁婉不会觉得有什么，但自从傅峥说出了高远的真实嘴脸，此刻宁婉再看他，怎么看怎么觉得鬼鬼祟祟。

高远见两人都在，整了整衣襟，然后一脸"道貌岸然"地走了进来。

"宁婉，傅峥，你们都在啊，我正好路过，中午一起吃个饭吧？你们选，想吃点什么？"

还正好路过呢！宁婉心里只想冷笑。

没想到高远这淫贼竟然还挺锲而不舍的，毫不掩饰自己对傅峥的垂涎，如今竟然追人追到社区来了！一想到这，宁婉没忍住看了眼傅峥，身边的男人身高腿长、气质斐然，虽然家道中落，但容貌贵气，五官长相偏向奢华，是真的帅，堪称人间极品，高远色心不死也算可以理解。

算了，该来的跑不掉，就算这次自己能替傅峥拒绝，但高远只要没死心，总能找着办法堵傅峥，这次幸亏自己在，下次要是自己不在，傅峥一时鬼迷心窍没能坚持住底线，岂不是要酿成大错？！

宁婉负责任地想了想，如今正好快到午饭时间，自己何不带着傅峥赴会，大吃高远一顿贵的，再一举斩断高远的淫邪之心？

高远今天确实是路过悦澜社区，他去了趟附近的法院，回所里的路上突然想起很久没和傅峥联系了，又给傅峥打了个电话，只可惜一如既往的是忙音，虽然社区确实挺忙，但高远没想到竟然忙成这样。

此前高远约了傅峥吃饭，结果中途被宁婉拉走，自此之后傅峥竟然没影了，自己多次打电话也都是忙音，而想着曲线救国从宁婉那打探探探，结果高远给宁婉电话，结果也是一样的，都是忙音。没完没了的忙音，以至于高远都怀疑自己是不是被这两人给拉黑了。

当然，这也不过是高远幽默的瞎想，他历来为人正派，业务能力也好，对待下属更是平易近人，是所里德艺双馨的典范，怎么可能遭人拉黑呢？

宁婉和傅峥一个两个都没接自己电话，想必是社区的工作太多了，自己作为正元律所的高级合伙人，顺路关心一下同事，请吃个饭也是应该的。

只是……

高远没想到是这样的吃饭……

平时一向为人挺体贴的宁婉，也不知道怎么回事，竟然选了一家人均三千的西餐厅……而更让高远心痛的是，点菜的时候，宁婉也丝毫不手软，只点贵的，不点对的，拼命下死手。高远捂着自己滴血的心，忍不住揣测宁婉最近是不是生活或者工作上受了什么刺激。他有些犹豫要不要问，忍不住瞥了傅峥一眼，妄图从他那儿得到点暗示。

只是高远不知道，自己这一眼，到了宁婉眼里，就成了另一番景象——

这死色狼竟然还敢光明正大地看傅峥，看来自己是时候先下手为强了！

"高PAR啊，有一件事我要和你汇报。"宁婉清了清嗓子，"傅峥已经是我的人了。"

大概是事发突然，自己没来得及和傅峥对台词，傅峥端着酒杯的手晃了晃，里面的红酒差点就洒了出来。

而高远的反应，则激烈多了，他本来正抿着一口红酒，听见这话，都差点喷了出来，礼仪全失。他咳了半天，表情微妙地看向傅峥。"什么？这才几天？你们之前不是关系不太行吗？"他忍不住抬高了声音，"怎么已经睡一起啦？！"

看看看看，果然是淫者见淫，尽想到这些黄色废料。

宁婉忍住了翻白眼的冲动："傅峥决定跟着我在社区好好混了，也正式拜我为师了，以后就是我罩着的人了。"

"哦哦……"

高远看起来松了口气，又用淫邪挑逗的目光试探般地看了傅峥一眼，这色鬼，可真是贼心不死。

没办法，宁婉只能咳了咳，简单直白道："所以高PAR你不能和我抢人啊，我难得收个徒弟。"

高远不可置信地看向傅峥："你跟她拜师？"

傅峥大概面对高远这种高级合伙人还是有些心里发怵，表情一时之间有些尴尬，沉默了很久，才顶着压力沉重地点了点头。

高远像是压惊一样地开始喝红酒，脸上却还是若无其事的模样，一边喝酒一边眼神黏糊糊地往傅峥那儿飘。傅峥都说跟自己了，这淫魔还不死心，还妄图试探傅峥吗？！

结果高远果然没死心，他看向宁婉，继续含蓄追问道："可宁婉，你当初不是对傅峥……有些不亲厚吗？"

看看，这贼人果然准备用自己当初告状那件事来挑拨自己和傅峥的关系了。

但宁婉能让高远如愿吗？当然不能啊。

她抿了口茶水："我深入了解了下，傅峥这个人其实还是不错的。虽然有时候会有点优柔寡断，面对霸权和强压会有点扛不住退缩，也会遭到资本主义糖衣炮弹的侵蚀，偶尔也会软弱，也会摇摆，甚至想要随波逐流，但整体而言是个三观很正的人，自尊自爱，不会为了点捷径就出卖自己的灵魂……"

照理说自己这话说下去，高远应该心下了然才是，然而高远竟然一脸不敢置信地看向了傅峥，仿佛宁婉说的和他认识的不是同一个人一般。

好在这次傅峥挺绷得住，他神态镇定自若地切着牛排，完全没有理睬高远那意味不明的眼神。

要不是人在屋檐下不得不低头，还靠着这么一份工作糊口，称了宁婉的心，她恨不得当场就把高远给骂一顿才好，自己都说到这份上了，这人竟然还不死心！

不一会儿，傅峥起身，表示要去一下洗手间。结果傅峥走后没多久，这厚脸皮的高远竟然也表示要去厕所。

宁婉看着高远屁颠屁颠跟着傅峥而去的身影，心里止不住的懊悔，傅峥这家伙空长了年纪，人却天真单纯得要命，自己刚才就该提醒提醒他！

如今他出门落了单，不正好被紧随其后的高远寻到了机会吗？男厕所又是作奸犯科最好的理想温床，偏偏自己一个女的又不能进去，那一旦傅峥被高远堵在男厕所，再锁上个门，那……那岂不是高远想对傅峥做什么就做什么……

何况傅峥本来就是去上厕所的，可万一这身边探出个高远，眼神奸邪地望向傅峥，再然后……

光是这么一想，宁婉就头皮发麻，冷汗都要下来了，脑海里已然浮现出傅峥惨遭蹂躏后的模样……

不能让这种阳光下的罪恶在自己的面前发生！

此刻昂贵的食物已经端上来了，但宁婉完全无心用餐，再也坐不住了，当即做了下心理建设壮胆，然后就直奔男厕所门口。

果不其然，傅峥没出来，高远也没出来，可两人这都进去快十分钟了！

Chapter 11 / 是时候先下手为强了

也不知道傅峥是不是已经惨遭不测了……毕竟要是快的话,十分钟已经够了!

也怪自己不好,尽想着敲高远的竹杠,找了这么贵的店吃饭,以至于店里除了他们一桌,根本没别人,这男厕所里也不可能有别人了,傅峥是羊入虎口了!

宁婉在男厕所门口来回踱步,最终灵机一动有了计较。

高远觉得今天的宁婉很奇怪,今天一顿饭,自己不经意几次抬头,都发现宁婉正眼神复杂地看着自己,而自己一看她,她又装作若无其事地移开视线,简直莫名其妙。

更莫名其妙的是她对傅峥的态度。按理说,没多久前才态度激烈地上自己这儿实名举报呢,结果今天竟然对傅峥露出了老母鸡护仔的模样,甚至还莫名其妙说了一堆话。傅峥优柔寡断,为人软弱?这都什么跟什么啊,高远认识傅峥那么多年,深知傅峥的为人,这几个字和他没丝毫关系。说了要造人设,难道就造了这么个人设吗?

看着自己眼前镇定自若的傅峥,高远不禁感叹,这可真是能屈能伸,但傅峥越是这么乖巧安静如鸡,高远心里就越是替宁婉捏一把汗。这小子阴损得很,这如今为了好好潜伏在社区,都忍辱负重到这样了,以后可都要宁婉成倍还回来的……

傅峥出门上厕所的时候,高远立刻跟上了。在餐桌前,宁婉总是不让他有机会和傅峥说话,害的高远只能靠着在厕所和傅峥私聊。两个人随便聊了几句,还没切入主题,结果就在自己正开闸放水的时候,突然就听到男厕所门口一声大吼——

"地震啦!地震啦!"

高远来不及细想,求生欲和下意识使然,急急忙忙连裤子拉链都来不及拉就乱步跑出了男厕所,他身后,傅峥却还在慢条斯理地洗手,但都这种时候了,高远也来不及顾及什么友谊了,毕竟自己和傅峥这种单身的不一样,可是有家有口的。

结果等高远跑出男厕所,却发现门外一片安宁,没有震动,没有号叫,甚至没有该有的混乱,几个服务生正端着菜走过,脸上一派镇定……

也是这时,高远才回过味来,不对劲,这事不对劲。这明显根本没地震。而如今冷静下来细细想想,刚才那声大吼似乎声音也非常熟悉。

高远皱着眉左右扫视了一下，很快就发现了犯罪嫌疑人——这站在男厕所前走廊的一根柱子后面，往厕所口鬼鬼祟祟探头探脑的可不正是宁婉吗？也是这时，高远才后知后觉反应过来，刚才那声大吼，就是出自宁婉的杰作。

这下高远不乐意了："宁婉，这哪儿地震了啊？！你搞错没有！"

虽然自己对宁婉的印象一直不错，但她最近真的是有点飘了，神神叨叨、莫名其妙的，而宁婉接下来的回答更是加深了高远的这种认知。

她顾左右而言他般回避了高远的质问，只装模作样地揉了揉眉心，然后毫无诚意地解释道："这个……高PAR，我最近可能操劳过度，一直有点偏头痛，还有点神经衰弱，刚才突然就一阵眩晕，眼前连地面都好像晃动了，一下子就以为是地震……"

还偏头痛？刚才那么中气十足的大喊，能是偏头痛神经衰弱的人喊出来的吗？

高远一想起自己一个堂堂合伙人，结果刚才尿尿都没尿尽，就气得不行，但此刻冷静下来想想，事出有妖，宁婉今天这么不正常，是不是……

高远看向宁婉，发现她此刻也正偷偷摸摸打量自己，而他此刻回想，其实从今天一开始，宁婉对自己的关注度就密集到不正常，该不会是……

电光火石间，高远觉得自己悟了。

只是宁婉压根不关心高远悟不悟，她只想保护傅峥免受高远这个淫贼的骚扰。因此，之后的饭，宁婉几乎是情绪高度紧绷，幸而中途高远接到个客户电话，急着赶回所里，买完单就匆匆走了，只留下宁婉和傅峥继续慢慢享受这顿昂贵的美食。

高远一走，宁婉彻底放松了下来。她看了一眼傅峥，见他还是一脸云淡风轻、岁月静好的模样，就有些恨铁不成钢："我说傅峥啊，你不能再这么傻白甜下去了，防人之心不可无，更何况是早就对你起色心的高远啊。这次他也在，你刚才就不该一个人冒险去男厕所，你看看，果然他跟来了吧！"

说到这里，宁婉压低声音："刚才在厕所，他有没有对你那个……"

傅峥本来正在姿态优雅地咀嚼一块切小的牛肉块，结果听到宁婉这句话，大概是回想到厕所里的惊魂一幕，情绪过分激动，当场咳得上气不接下气。

"对不起啊，我不该问这么细……"宁婉有些自责，赶紧给傅峥倒了杯柠檬水，"来来，喝一点，缓一缓。幸好我机灵，高远前脚走，我后脚就跟着来了，在厕所门口吼了那么一句。等高远出来时我看了时间,距离他进去也就才一会儿,那个时间很短,估计还来不及他实施侵害……"

傅峥就着宁婉手里的杯子喝了口柠檬水,虽然一张脸还是涨得有些泛红,但总算缓了过来。宁婉从他脸上的表情推断出自己的猜测没错,不管怎样,因为自己的及时出现,傅峥没有受到实质性的侵害。这个认知让宁婉松了口气,但接着又忍不住对傅峥耳提面命起来:"你别觉得自己每次都能这么好运,每次都能遇到我这种见义勇为、不畏强权的人。男人吧,尤其长成你这样的男人,得学会好好保护自己。你自己也是学法的,难道还不知道男人在这种事上比女人还弱势吗?"

此刻,傅峥大概是终于心情平静下来,听了宁婉这话,微微皱了皱眉,脸上有些不解:"什么?"

"我国目前的刑法里,强奸不保护男人啊!"

"……"

宁婉翻了个白眼。"强奸罪,是指违背妇女意志,你是妇女吗?你不是!所以万一高远真的对你下手了,你也只能自认倒霉,撑死就是个强制猥亵。所以你真的要上点心,保护好自己了!"宁婉又摇了摇头,看向傅峥,"知道了吗?"

傅峥抿紧嘴唇,没有说话。

宁婉盯着他,手臂环胸,静等一个答案。

最终,傅峥不敌宁婉的视线压力,眼神复杂地看了宁婉一眼,最后蹦出了一句"知道了"。

宁婉看了傅峥一眼,忍不住有些心累,觉得自己像是个带孩子的老母亲,为了他的贞操问题可是操碎了心,结果当事人明显重视程度不够,是时候给他好好科普下刑法里性犯罪这块了……

碍于工作,高远这顿饭除了白花钱之外,自己没吃上什么,八卦也没打听出什么,本意是想来探听下宁婉和傅峥冰释前嫌的真相的,结果一来二去,这目的一个也没达成,倒是被他敏锐地发现了一些不得了的事。

虽然他急于和傅峥分享倾吐,但傅峥的手机怎么也打不通,直到高远换了个办公电话打过去,傅峥才接了起来。

高远一时之间也没顾及这些细节,在感情方面,他不是个经得住压力的人,当即就和傅峥哀号上了:"傅峥,我完了!"

结果对自己的求救,电话那端的傅峥表现出了极大的冷漠:"哦。"

高远有点郁卒:"你都不问问我出什么事了?"

"你出什么事了?"

"……"高远噎了噎,然后开始长吁短叹起来,"我和你说,我发现了一个秘密,但我现在唯一的出路就是假装自己什么也没发现,可就算我这样装疯卖傻,只要宁婉憋不住了找我坦白,我也不能继续装作若无其事,那时候怎么办……我肯定是不可能背叛我老婆的,那难道把宁婉开除吗?可她只是爱错了人啊!年轻人走错一步路就给她这样的灭顶打击,似乎也不太像一个公正的上司所为……"

"……"

傅峥被宁婉耳提面命教训了一个小时,又是给他科普性侵的刑法罚则,又是给他上思想教育课,告诫他要自尊自爱,接到高远电话时正有些头晕目眩,因此对高远乱七八糟、毫无逻辑的话也并没有太上心。面对高远的倾诉,他尚未彻底理清思路,只抓住了"背叛老婆"这个重点——

"你怎么了?你精神出轨喜欢上别人了?"

结果迎接他的是电话那端高远抬高声音、气急败坏的否认——

"怎么可能?!我这种对老婆情比金坚的男人,这个世界上都少见了,所以才会引起别人的垂涎和关注,用这样忠贞不二的人格魅力征服了只是和我简单共事过的同事!"

"……"傅峥揉了揉眉心,"所以?"

"所以当然是别人喜欢上了我!"像是怕被别人发现一样,高远压低声音,"傅峥,宁婉好像看上我了,我可怎么办啊?!现在她还没主动找我表白,所以我也不好先找她聊,这就很尴尬啊!"

傅峥愣住了,皱了皱眉:"什么?"

"宁婉看上我了!我怕她可能最近就要忍不住告白了!"

傅峥简直匪夷所思地说:"你在开玩笑吗?"

高远的语气一本正经:"是真的,我今天就发现了,她对我很特别,一直盯着我看,不论什么时候我眼神扫过,都能和她交汇。而且,你有没有发现,她今天都有点那种吃醋的意思,就是死活不让我和你讲上话,总是插嘴打断。

你看,我去个厕所,她都忍不住跟过来,还说什么'地震来了',现在想想,是不是为了让我从厕所早点出来,为了能早点看到我啊!"

"……"傅峥努力平静道,"高远,我觉得你想多了。"

可惜高远一点也听不进去,越分析越觉得处处是铁证:"我肯定没想多,现在回想,很多细节就都说得通了!我去完厕所回来路上,想和你并肩走,结果她就一直要插进来,一定要站在我和你中间。我看了几次,她努力踮脚妄图把你遮住,大概是不想让我看你,想让我的眼里只有她。"

怎么可能,傅峥有些不忍心,宁婉一个小时前还在实名辱骂高远是淫贼呢……看他也多半是为了盯着他是否有不轨行为……

电话的那头,高远还在愁苦,以至于傅峥不得不无情地打断他:"你放心,宁婉就是世上的男人都灭绝了,也应该不至于喜欢你。"

"啊?"

傅峥抿了抿唇,下意识道:"她的三观洁癖有点强,道德标准比较高,对你应该已经没兴趣了。"

在她眼里都是色中饿鬼了,还怎么可能看上呢。

高远一听炸了:"我怎么了?你这意思是我不道德?"

傅峥想了想,平静地补救解释道:"哦,不是你不道德的意思,是她不会接受自己做小三的意思。总之,你放心,她不会喜欢你的,不仅你已婚,就算你未婚,她也不至于在身边有更为优秀的参照物的前提下舍近求远。"

"哦……"高远一时半会儿没反应过来傅峥拉踩的话中话,倒是突然想起了别的,"对了,你是不是把我拉黑了啊?怎么打你手机都不接?"

傅峥脸不红心不跳,镇定撒谎道:"没有,我和你的关系这么铁,怎么可能拉黑你?你想多了。高远,作为朋友,我觉得你最近真的想太多了,情绪不太稳定,要好好做人,适度加大点工作强度,把时间充分用起来,一分钟闲暇也不要有,乱想对精神不好。好了,不说了,挂了。"

-Chapter 12-
我才是她的附属物

告诫过傅峥,旁敲侧击过高远后,宁婉总算是松了口气,连带着觉得完成了一件大事,第二天到社区办公室上班,只觉得神清气爽,世界和平。

自从摊牌后,傅峥的态度就非常端正,宁婉刚到就发现他已经坐在办公室里了。她推开门的时候,傅峥正在接听咨询电话,磁性的声音好听又低沉,分析条理分明、逻辑清晰,给出的建议也深入浅出,不再如刚来社区时那么不接地气、法言法语,而是能让社区没有法律基础的居民也简单易懂,最近着实给宁婉分担了不少工作。

公正地说,虽然傅峥作为律政新人,年纪确实有点大了,但他的学习能力强,上进心也足,一点就通,确实是个可塑之才。做事态度认真,对社区这些小的咨询也能很上心,这很难得。

等傅峥挂了电话,宁婉就没忍住,她语重心长地拍了拍傅峥的肩:"傅峥啊,以后你就跟着我吧,我虽然在正元律所里排起来赚得不算多,但至少糊口是够了,反正我有一口肉,你至少有一口汤……"

只可惜宁婉的大哥宣言还没发表完,就被一阵嘈杂的争执声给打断了。

"兔崽子,你比我还小十岁,居然能想到勾搭我老娘骗钱?我妈糊涂了,我可不会上当,我吃的盐比你喝的水都多!"

伴随着粗犷的嗓门和喊叫,郭建忠就阔步走进了办公室,紧跟其后的是他的大哥郭建国——他这次没穿西装,就穿了个套头衫,整个人的气质一下子就变了,没了中规中矩衣服的包装,身上的匪气便流露了出来,那骂骂咧咧的声音正是出自他的口。

而令宁婉目瞪口呆的是,郭建国手里还提着个人,他一边骂一边用力拽了拽对方的领子,简直像是拖拽一样把人给强行拉了进来。

被他这么粗暴拽着的是个面容年轻、戴个眼镜的男人,看起来挺文气,身材纤瘦，完全不是郭建国这种腰圆膀粗中年人的对手。他被郭建国揌倒在地上，大约是在挣扎中连眼镜镜片都碎裂了，此刻形态狼狈的年轻男人擦了擦嘴角的血丝，然后从地上站了起来，声音有些颤抖："我说了很多遍，事实就是我说的那样。"

郭建国举起了拳头："你这个白斩鸡，死到临头了还嘴巴硬不肯说真话，是不是要打一顿才服帖？"

傅峥皱了皱眉站了起来："这里是社区律师办公室，不是寻衅斗殴的地方。要闹事出去！"

他的声音低沉，莫名有一种自带威严的效果，郭建国、郭建忠刚才还很嚣张的气焰一下子就偃旗息鼓了，但两个人显然怒气未消，还狠狠瞪着那个年轻男人。

"傅律师，我们不是来闹事的，我们这是来举报诈骗的。喏，就眼前这男的，想骗我妈。和我妈结婚呢，你看看他，我妈都六十了，怎么可能看上他啊，就一小白脸，都不像个男人！估计只知道甜言蜜语哄骗老人！"

郭建国说完，郭建忠便补充道："律师啊，这骗子我盯了他几天了，今早鬼鬼祟祟收了东西，带着他的拖油瓶女儿就往火车站跑。我怀疑他是不是偷了我妈那的东西或者已经骗走了老人的钱想跑路了！所以把他一路扭送过来，想让你们给我们做个人证，我们带去报警！"

郭建国冷哼一声："怎么不是，我说呢，哄着我妈也不怕害臊，一个三十岁不到的男人要娶一个六十岁的老太太，搞半天原来这骗子也没想真结婚，就是用这个由头骗钱！骗了就跑！"

这两兄弟你一言我一语，搞了半天，原来眼前文弱的年轻人就是他们口中骗婚六十岁老母亲的骗子……

郭建国抓了人来，得意洋洋地道："现在我就让我媳妇把我妈找来，当面对质，让她看看这男人的嘴脸，不是说好要结婚吗，结果这不骗完钱就跑了。他随身的行李和他那小拖油瓶，我都让弟媳妇看着呢，等我妈来了，就能查出家里到底丢啥了。那时候我就报警，让警察好好查查这个小偷！一个外地人，能是什么好货？"

可面对他们的指控，年轻男人显然不服。

"你们真搞错了！"他焦急道，"你们快点放我走，让我去看娇娇，她还小，要是睡醒发现爸爸不在,要害怕要哭的!"

郭建忠冷哼一声:"放你走?你一走还不是带着钱都跑了!"

年轻男人急了,他扶了扶碎掉的眼镜:"我说了,我没有拿你们家的钱!"

"没拿钱?那你跑什么啊?!你不是在容市有个稳定工作吗?之前还打听买房落户的事呢?装得挺像啊,你既然这么想长期生活在这,跑什么呢?"

"我跑是因为我不想结婚!"

大约是被指责、被拖拽、被恐吓了许久,这年轻男人的情绪崩溃了,此前说话文弱的他,这一句爆发竟也有了点震耳欲聋的架势——

"你们也真是欺人太甚!是,我是个外地的,但外地人就该被你们看不起侮辱吗?从头到尾一点不听我的解释,我没你们想的那么无耻!我是离婚带了个孩子,可我没觉得我孩子是拖油瓶,我也没想过走捷径骗钱,我甚至为了孩子也没考虑过再婚,我就想勤勤恳恳赚点小钱,过点安分的小日子。比起你们来说,我是个穷人,可你们别把穷人想得那么低贱,我陆峰没有到为了钱去找个六十岁老太太骗婚的地步!没那么厚颜无耻!"

这叫陆峰的年轻男人咆哮完,仿佛用尽了自身的能量,一下子垮了下来。他看向宁婉和傅峥,有些尴尬:"不好意思啊,两位,给你们添乱了,但希望你们能帮忙调解下,让这家人别再为难我了,我也是受害者啊!"

"你这话什么意思?"

"什么叫你也是受害者?"两兄弟恼了,"还没骗婚?难道是我妈这个六十岁的逼你结婚不成?"

"对,你妈逼的。"

郭建国一听这话,立刻把拳头举了起来:"你不想活了是吗?当着面骂我?!"

陆峰急了:"我没骂你,我是说,结婚这事,真的就是你妈妈王阿姨逼我的啊!"

别说郭建忠、郭建刚两兄弟,就是宁婉看来,六十岁老太强逼二十六岁小伙结婚这种事也够匪夷所思的,以至于此前自己从没想过这种可能,然而事实或许比连续剧还狗血。

"真不是我想骗王阿姨结婚,是……是她以死相逼,一定要和我领证结婚啊!"

Chapter 12 / 我才是她的附属物

陆峰这句话，仿佛一个惊雷，把在场的所有人都劈得外焦里嫩起来。

郭建国、郭建忠脸都涨红了，极度的震惊后就是下意识的反驳："你放什么屁呢你！"

"对啊！而且你一个年轻男人，不想结婚怎么还能被我妈那种六十岁的人威胁？现在都婚姻自由了，我妈也六十了，不可能存在什么大了肚子逼婚的事，还能有什么让你吓得要连夜逃跑？别在这儿放烟雾弹了！不想结婚，不结就是了，还能逼婚吗？！"

陆峰像是有些难以启齿，尴尬地顿了顿，才豁出去般解释起来："我和王阿姨是邻居，她那房子设施有点老了，平时少不了下水道堵住或者灯泡坏了的事，我看见了就会顺手帮个忙，一来二去也认识了。我工作也忙，偶尔加班还会麻烦她带一带娇娇。她有什么需要跑腿买的，我也顺手给买了，看她腿脚不便，平时没事也帮她打扫下卫生，把她家里垃圾清一清。可我就真的只是把她当成个长辈，当成个邻居啊，我……我也是个正常人，怎么会对比我妈妈还大的长辈产生感情啊！

"所以王阿姨和我提出要和我结婚时，我就拒绝了。我以为她是开玩笑的，结果没想到她说，如果我不同意，她就说我……说我强奸了她！"陆峰闭了闭眼，像是不想回忆一般。

"她说，她一老太太，又得了癌症，没多久日子了，也不在乎名声了，反正平时我常常出入她家里，只要她一口咬定我强奸了她，我就百口莫辩，不会有人相信我的……我劝了她好久，甚至跪下求她，可她还是坚持一定要和我领证，说不办婚礼不公开，也不会影响我名声，偷偷领个证就行。如果我不肯，她就说我强奸，还要以死明志，吊死在我家门口……"

陆峰讲到此处，表情也是一脸惨淡："我……我真的是没办法……我是个外地人，在容市也没待多久，人生地不熟，也没什么认识的人能给我出出主意。这种事又实在没脸开口向同事求助，思来想去，只想到先答应结婚稳住王阿姨，再连夜打包行李带着娇娇就准备跑……你们要不相信，我可以给你们搜我带的行李箱，真的就只有我自己的东西，没拿过王阿姨一分一毫。"

郭建忠被惊得沉默了，目瞪口呆地盯着陆峰，像是想从他脸上看出什么破绽来。只是陆峰说得这么硬气，甚至不怕搜行李，那如果真有心骗婚骗财，确实根本不至于连夜逃跑……

"我真的是被逼得没办法了，其实我工作上刚升职，要不是真的没办法了，我也不会辞职离开，我还有女儿要养呢，不信你们可以去我公司打听，我真没必要拿这种事撒谎……"

郭建国心理上还是无法接受："怎么可能……我妈怎么可能会这样逼你结婚啊……她……她是得了癌症身体不太好，但脑子很清醒的啊，没什么毛病啊……怎么会……"

宁婉飞速地看了傅峥一眼，虽然没说话，但她相信傅峥已经明白了她的暗示——果然如她所料，王丽英老人思维清晰，根本不是无民事行为能力人，此前不过是这两兄弟想让老人无法领证结婚胡乱找的借口而已。

只是，虽然老人是完全民事行为能力人，而要和陆峰结婚，听起来却完全不是出于忘年恋，反而是陆峰被胁迫了，这就有些魔幻了……

"老公！妈来了！妈来了！"

也是这时，像是看热闹不嫌事大似的，郭建国的老婆搀扶着王丽英老太太就走了进来。

郭建忠、郭建国一下子像是有了主心骨："妈！这男的我们给你带来了！你来了正好，他正在那儿大放厥词，说什么是你逼他结婚的呢！"

陆峰一见老太，语气也很焦急："王阿姨，求求你说真话吧。我和你真的什么也没有，我不贪图你的钱和房子，如果是哪儿得罪你了，我给你赔不是，求求你别为难我了，我是一个没钱没背景什么也没有的外地人，只想好好过日子。"

郭建国郭建忠两兄弟知道陆峰刚才的一番解释，但郭建国的媳妇不知道，一听这话，立刻就叉腰吵起来，一下子办公室又变得吵吵嚷嚷、鸡飞狗跳。

宁婉没办法，只能使出了杀手锏——提溜出了自己的扩音喇叭，这下闹剧才终于被按下了暂停键。

见眼下有了短暂的平静，宁婉一点时间也不敢浪费，赶紧走到王丽英老太太的面前，简单说了陆峰的主张，然后询问道："王阿姨，请问这是怎么一回事？婚姻不是儿戏，婚姻也需要双方的自愿同意，一方胁迫的婚姻，就算登记领证了，事后被胁迫的一方也是可以申请撤销的……"

宁婉本想给王丽英讲讲这里边的利害，然而话还没说完，眼前的王丽英就突然号啕大哭起来，她甩开了自己儿媳妇的手，一屁股坐在了地上。

"小陆,该说真话的是你,我们俩明明是真心相爱的,你怎么能因为别人的看法就反悔呢?还编了什么理由说我强迫你!我们结婚了一家三口好好过不是很好吗?娇娇我给你带,你和孩子的户口也可以落在我现在这房子里……"

陆峰百口莫辩,整个人看起来也快崩溃了。

"王阿姨,我们什么时候相爱的啊!"他捶胸顿足都有些语无伦次起来,"我……怎么自己都不知道我们俩还有感情啊!"

结果王丽英一听这话,更歇斯底里了:"你这是要始乱终弃了?苍天啊!我王丽英怎么就遇到这种男人啊?!你要不和我结婚,我就上你老家去,让你爸妈给我做主!"

陆峰一听这话,彻底崩溃了,自己父母还没王丽英大,自己又是个封闭小村子来的,到时候村里有了这些风言风语,自己爸妈还怎么继续生活下去。一想到自己从来谨小慎微,作为一个一穷二白的外地人来容市打拼,活得战战兢兢,平日里也乐于助人,从没做过什么坏事,结果到头来竟然被这么赖上了……

一时之间也悲从中来,心里只有后悔,他当时要是不多管闲事,王丽英老人有为难之处视而不见就好了,两人从没熟悉过也从没来往过,就不会牵扯出这档子事了……

陆峰越想越委屈,越想越愤懑,不仅自己被王丽英莫名其妙逼婚,还结结实实挨了王丽英两个儿子一顿打和言语羞辱。不在沉默中死亡,就在沉默中爆发,陆峰一下子情绪失控,一个年轻小伙子竟然也红了眼眶哭起来:"王阿姨,你就放过我吧!"

结果一来二去,这对质没进行下去,两个当事人竟然都情绪失控了,一个号啕大哭,一个默默流泪,各执一词……

眼看着再怎么想查清真相,也是进行不下去了,宁婉只能安抚了两位当事人,让两边暂时达成了临时和解。陆峰领回了自己的行李和女儿,郭建忠、郭建国两兄弟一家则把自己的老母亲给带回家……

等人走光了,办公室才恢复了久违的安静,然而宁婉和傅峥两个人显然谁的心情也安静不下来。

没想到被宁婉一语成谶,这案子的活儿真的没必要干了。

"虽然一开始郭建红委托我们替她母亲做民事行为能力鉴定,这是法律范畴内的委托工作,可刚才对峙你也看到了,王阿姨哪里是无民事行为能力人能有的思维啊?威逼利诱,把陆峰堵得说不出话来,口齿清晰,思维敏捷,所以郭建红这事我们也不用做了。确实如我之前预测,再做这种鉴定申请,也是浪费当事人的钱和精力,等下把郭建红约出来说明情况,解除合同吧。"

傅峥挺雷厉风行的,没多久就把郭建红约了出来,讲明了情况。

郭建红听完这一切,脸上只剩下惊讶:"我……我真没想到还有这么多事……"

宁婉好奇地问:"你对这事怎么看?"

"料说这么听下来,这陆峰都要连夜逃走了,确实也不是骗我妈结婚,说他对我妈始乱终弃……这……我也不知道怎么说……"郭建红尴尬地继续道,"而如果这个陆峰说的是真的,我妈这是何必呢?她平时教我们最多的就是知恩图报,要这个陆峰平日作为邻居这么帮衬我妈,她应该很感激才是,怎么可能恩将仇报,硬逼着他和自己结婚啊?"

虽然这事儿已经和自己无关,但宁婉也挺同情郭建红家里闹出这种纠纷,下意识给出建议道:"陆峰是外地人,他到底说的是真是假你们不好评判,但老太太到底是什么想法,你们要不还是多和老人沟通沟通?搞清楚这事情,要是老人没说真话,陆峰确实很无辜。"

"可……你也知道,我妈一时半会儿压根不想见到我们几个,更别说和我们细聊了。"

"那正好趁机搞搞清楚,不肯见你们是出于什么误会?如果你妈妈在这小区里有什么要好的老姐妹,倒是可以去那里问问,有时候心事不一定和子女说,未必不会和闺蜜说。你妈妈有什么要好的姐妹吗?"宁婉说到这里,顿了顿,不好意思道,"你毕竟长期生活在外地,估计这些细节也不知道……"

没想到郭建红笑着打断了宁婉:"我知道的,我虽然刚回容市,也见不着妈,可妈的情况我很担心,之前在小区里也逛了逛,找几个邻居聊了聊,才知道我妈被确诊癌症去化疗之前,喜欢跳广场舞,和广场舞领队肖阿姨关系很好的,可惜找了几次都没找着她。"

郭建红想到自己母亲的病情,又忍不住有些眼眶发红,她和宁婉、傅峥走完了解约程序,说了几句便告辞离开了。

宁婉却很坚持:"没事啦!也不很贵,你放心吧,每天的菜啊肉啊,我都是买的前天晚上打折的,很多只要半价的!"

"……"听完后傅峥觉得更放心不下了……

"真的不用了……"

"别不好意思了!"宁婉却三下五除二地替傅峥做了决定,"走吧走吧,下班了,上我家去吧!不然你准备晚上吃什么啊?超市的打折快餐吗?我帮你算过了,你这一周在我那吃晚饭,最起码可以节省两百块,可以买好多日用品了!得学会精打细算过日子!"

傅峥心如死灰地跟在宁婉身后,准备拿出手机给高远发个信息,让这位塑料朋友给自己及时打个电话,然后好假装临时有事趁机溜走。

然而傅峥刚跟着宁婉走到小区门口,还没来得及行动,他和宁婉的路就被一辆宝马7系给截断了。

宁婉本来正想着晚上的菜色搭配,结果一阵尾气后,一辆豪车停在了自己面前,阻断了前路。

副驾驶位上,一名穿着贵气、花枝招展的年轻女人摇下了车窗,看向宁婉。"宁婉啊,真是的,你都在忙什么呢?"对方豆蔻色的嘴唇轻轻开合,语气娇嗔,"我都给你打了多少电话,发了多少短信了,你怎么都没看到啊?忙什么呢?"

宁婉抿了抿唇,没想到施舞竟然这么有毅力,堵到了社区门口,只能皱眉回答:"工作太忙了,没顾上看手机。"

施舞是宁婉的高中同学,并且可能是所有高中同学里对宁婉最关注的一个,可惜不是什么好的关注。宁婉高中开罪过她,此后遭到了她极大的报复和挤对,甚至毕业都工作了,施舞还是"深爱"着宁婉,什么事都要强行碰瓷带宁婉一同出场,然后找尽机会奚落嘲讽一番。

此刻,她正挑着细致描摹的眼线,一脸看好戏般地看向宁婉。

"我说老同学,我可真没想到社区律师这么忙呢!"她佯装出不解,"可听说社区律师都是接小案子的,虽然收入不高,也不是律师里多高大上的分工类别,可应该很轻松啊,毕竟不是大案,收费也不贵,怎么宁婉你都忙得没时间看手机了呢?!"

表面听起来挺关切的,但施舞这字里行间的恶意都快溢出来了。

她看向宁婉,假意抱怨道:"算了,你太忙,我这个上市公司的法务反倒挺闲的，那就我来找你好啦。我今晚有生日宴会，都打了好几次电话，发了好多短信，特意邀请你一起去，你都没回。我男朋友今天正好开着新车来接我嘛，想起你没买车，下班这个点又难打车，就算看到我的信息也只能坐公交来，公交得多挤呀，所以就特意让我男友载我一起来接你啦。"

又来了……

宁婉简直想要当空翻一个白眼，施舞算是他们高中里家境相当好的典型，因此虽然不学无术，但靠家里关系被招进了个还行的大学，学的也是法律。毕业后靠家里关系进了容市一家上市公司的法务团队，自此便开始拼命蹦跶嘚瑟，恨不得什么事都踩上宁婉两脚，一把年纪了，还成天眼皮子这么浅薄，这么无聊。

施舞见宁婉脸色不悦，更是眉飞色舞："你也是的，女孩子，要学会照顾自己呀，做个社区律师而已，整天忙得看手机的时间都没，那就更没时间谈恋爱了。你看看你，弄这么灰头土脸的，怎么找对象呢？要知道，女孩子的黄金年纪也就那么几岁……"

宁婉早知道她的套路，看起来是姐妹情深，特意约自己参加生日宴，但实际上不过是叫自己过去，好炫耀她的幸福生活，顺带奚落打击，这当然不能去。

没钱、没前途、没对象，这基本是施舞踩踏宁婉的主要路线。宁婉本来都懒得理睬，可今天大概是火气旺，有些不想忍，她看了看身后正隔岸观火的傅峥，决定把这位群众演员拉来凑个数。

"怎么没男朋友呀？这不就是我男朋友嘛。"宁婉换上假笑，一把将傅峥给拽过来挽进手里，她顶着傅峥愕然之后变得好整以暇的目光，硬着头皮继续道，"施舞啊，今晚我和我男朋友约好一起过了，现在他也来接我了，真的不能去你生日宴了，就祝你生日快乐吧。"

不管怎样，傅峥这个人外形气质上真的基本吊打99%的男人，宁婉看着施舞看到傅峥后从震惊到气急败坏、嫉妒扭曲的嘴脸，一时之间也体会到了扬眉吐气的暗爽。

可惜宁婉到底还是低估了施舞，只见施舞咬了咬嘴唇，然后打开车门，径自走了下来。

"你这么见外干什么？我和我男朋友都特意来接你了，今晚你就带着你男朋友一起来，不就多一张嘴吃饭吗？还帮你俩节省一顿晚饭钱呢！"她笑了笑，眼神傲慢地打量了傅峥一眼，然后佯装温和道，"我男朋友今晚为我在心悦酒店包了场，里面的海鲜可好吃了，你们平时没吃过，一定要去啊，不花钱！"

这话说的，好像宁婉和傅峥没见过大世面似的，直把宁婉气得想打人，结果她没想到，更气人的还在后头——

施舞看了宁婉一眼，又看了傅峥一眼，然后状若同情地叹了口气，凑到宁婉身边，压低声音道："宁婉啊，我说你这男朋友怕不是因为怕丢脸随便在路上拉的吧？怎么平时从没见你提起有男朋友呢？何况你看你俩怎么都貌合神离的，别说甜蜜，看着都不太熟。我都来接你了，也邀请你俩一起来了，你还死活不去，别不是因为这个吧……你放心，我和你老同学了，不会为这事取笑你的，要是你还单身，今晚我就给你介绍几个有钱的朋友认识！"

虽然知道这是施舞的激将法，可宁婉怒气冲天之下还是着了她的道。傅峥确实只是自己拉来的假男友，但怎么说也是自己罩着的麾下小弟，不就是出场应付个生日会吗？还不是对自己言听计从，指哪打哪！那今晚就让自己带兵出征，挫一挫施舞的锐气！

"既然你这么诚心地邀请了，那我就恭敬不如从命了。"宁婉忍着情绪笑了笑，把头就往傅峥身上一靠，"那我就和我男朋友一起来了呀。"

大敌当前，宁婉也顾不得矜持了。她如今靠在傅峥身上，近在咫尺的距离，闻到了傅峥身上的男士淡香水味，以宁婉贫瘠的形容词难以描述这是一种什么样的气味，只隐约觉得这个味道很高级，带了非常讲究的后调……

实话说，这味道……还挺有魅力的……成熟、稳重、冷冽里透着性感，被这样强烈的气息袭击，宁婉都觉得自己的脸忍不住红了起来……

事发突然，自己并没有时间和傅峥对口径和暗示，只能殷切又求助般地看向对方，好在傅峥这厮还挺上道的，在短暂的僵硬和愕然后，他很快就进入了剧本，回手轻轻揽了下宁婉的腰，回了施舞一个漫不经心的笑。那表情，看起来完全像个不可一世、不食人间烟火的贵公子。

大概是因为平时为了面子装有钱人装久了，傅峥这家伙不仅演技娴熟，连台词功底都是一顶一的。他瞥了施舞一眼，用犹如勉为其难给尔等凡人布道的态度漫不经心道："宁婉比较慢热，脸皮也比较薄，不像有些女生会在大庭广众之下肤浅晒恩爱，而且独立女性，本来不依附男性，没必要一口一句'男朋友'挂着，平时没提起我也很正常。再说，秀恩爱，死得快，我追宁婉好久才追到，她不想当众亲密，我当然尊重她。"

傅峥露出一个浅笑："毕竟她不是我的附属物，我是她的附属物才对。"

傅峥此刻温柔迷人，宁婉就靠在他怀里，听着这男人低沉、沙哑、性感的声音从头顶传来，突然在一刹那理解了高远。

高远这色中饿鬼，没想到眼光确实毒辣，傅峥这种男人，虽然没什么钱，可从品相、气质上来说，都是稀有上等品了，难怪高远对他垂涎欲滴，冒死都想潜规则……

宁婉晕乎乎地想，平心而论，自己要有钱，恐怕也是要忍不住潜规则傅峥的……

而等宁婉从晕乎里恢复理智，她已经和傅峥坐在了施舞男朋友的宝马7系里，只是刚一冷静下来，宁婉就深切地后悔了，俗话说得好，小不忍则乱大谋，诚不欺我……

几乎自宁婉和傅峥上车，施舞就没停过炫耀——

"正好给你们介绍下，这我男朋友杨培。说起来也巧，他也是学法律的，现在在天恒律所工作，虽然年纪只比我们大一点，但已经快冲PAR了，创收再努力一把，三年内就能升合伙人了。"施舞说到这里，意有所指地回头看向傅峥，"宁婉，你不介绍下你男朋友呀？"

"哦，他叫傅峥。"

只可惜一个不想说，一个就越想问，施舞乘胜追击般直接对傅峥道："哎呀，那你是做什么工作的呀？"

"律师。"傅峥态度镇定自若，惜字如金。

"这么巧哦！我们四个岂不是都学法律吗？那傅峥你在哪家律所工作呀？"

"他还没确定去哪家律所呢。"宁婉生怕傅峥露馅，赶紧截过了话头，然后脸不红心不跳地继续道，"傅峥呢，宾夕法尼亚法学院毕业的，在纽约工作了几年，是Weil & Tords的资深律师，要不是因为家里有事不得不从美国回来，这两年也要升PAR了。如今回国了，就想先放松一下，虽然邀请他加入成为资深合伙人的Offer很多，但他还没确定好去哪家所呢。"

宁婉这番话，真假混杂，傅峥的学历是真，可履历和合伙人身份则是她随口胡诌的。

外所的合伙人比天恒这样的国内小所合伙人含金量可大了不是一点两点，果不其然，施舞一听到这里，眼里的嫉妒都快变成飞刀插宁婉身上了。

而施舞的男友杨培一听到Weil & Tords的名字，没忍住诧异地从后视镜看了傅峥一眼。

宁婉此前并没有多注意杨培长什么样，如今循着后视镜看去，才发现这男的长得倒算是端正，要平日里路上遇见也算个帅哥，但一摆在傅峥边上，就不太够看了。

没有对比就没有伤害，这话一点不假，如今往傅峥那一摆，杨培原本算得上俊朗的脸，不知道怎么就寒碜了。其实更主要的倒不是容貌长相的对比，让杨培完全被压制的反而是那种气质，虽然长得还算周正，但杨培看起来不太有底蕴，穿着打扮确实都是牌子货，但炫耀外露的意味太过明显，以至于整个人带了点浮躁的气息，反而是傅峥身上，自带一种安静内敛的上位者气质，如果说傅峥像个顶级奢侈品正牌，杨培就像个低配版的仿牌。

嫉妒和敌意这种东西，并不是女人间才独有的，杨培能和施舞走到一起，自然是气味相投，如今在轿车内这么密闭的空间和一个气场比自己更强大的男性共处，这好胜心一下子被激发了起来。

他状若不经意道："你Weil & Tords出来的啊，我有个同学也在Weil & Tords呢！也是纽约Office，叫石成，你既然都在那要升PAR了，肯定认识他吧？他在所里目前是从事什么领域来着？跟的哪个团队啊？"

显然，杨培和施舞一样，都本能地不相信有同龄人能比自己优秀那么多，先入为主就觉得是宁婉在吹嘘……

当然，这也不怪他们……宁婉心虚地想，自己确实是在吹嘘，只是因为这项业务太生疏，一下子吹破天了，把傅峥这人设给造得太逆天了，眼看着要惨遭当场打脸……这可真是小捧怡情，强捧灰飞烟灭……

宁婉痛苦地闭了闭眼，恨不得自己当场消失，这种问题……Weil & Tords只是自己随口瞎扯的，哪里想得到杨培还真有认识的人在里边……这下完蛋，全部穿帮……

然而让宁婉没想到的是，傅峥比她镇定多了，他只轻飘飘地看了杨培一眼，然后四两拨千斤地化解了这个问题。"Weil & Tords里有针对中国市场业务的团队,所以华裔有很多,纽约Office就有100多名律师,我没空每一个普通员工都认识清楚,尤其他的层级不够高的话。"傅峥笑笑,"不好意思,我确实不认识他。"

宁婉本来觉得自己都死了,傅峥这一番话讲完,她觉得自己又好了又能行了,忍不住抬头就对傅峥露出一个赞许的眼神。

瞧瞧这话,说得多么滴水不漏,既没有露馅,还低调地彰显了自己的身份。这小子,装腔作势这方面确实很有天赋!也难怪自己当初都以为他多有钱呢!看看这个装腔作势的专业能力!宁婉觉得,傅峥要把这份敬业用到做律师上,绝对能成大事,是个人才。

杨培被堵得没话说,但施舞自然不是这么轻易就偃旗息鼓的。很快,她的表情就缓和下来,重新恢复冷静,像是识破了宁婉、傅峥的破绽一般,语气再次带上了试探:"宁婉,你男朋友这么厉害啊,做什么法律领域的呀?现在国外经济也不行,也不用迷信外所,最主要的还是要选对从业的法律领域呢!你男朋友选择回国就很对!"

这还真是没完没了!

可如今宁婉骑虎难下,只能佯装镇定道:"商事。"

商事不论在哪儿都是最赚钱的,这口气,宁婉不想输。

"哎哟,这么巧!"结果一听这答案,施舞就打蛇随棍上了,"我们公司最近刚准备收购一家美国公司的股权,条款基本谈妥了,准备和境外卖方deal了,但是就在要不要加保险条款上,遇到了难题。宁婉,你男朋友既然是美国大所都快升为合伙人的商事领域资深律师,那不如给我指点一下?"

"……"

虽然因为一直想从事商业领域,宁婉专业书籍和案例看了不少,可商事领域的保险法律问题是非常专精的,也不单是课本上看看就能弄通透的,需要大量实操经验,尤其涉及境外并购。宁婉虽然很想帮傅峥解围,然而实在是心有余而力不足……

果然,假的真不了……

宁婉心里做好了遭受施舞暴风雨般摧残的准备,努力挣扎道:"傅峥虽然是商事,但是商事也有很多细分啦,保险这块他也……"

"境外并购保险当然是必需的,即便现在双方合作前在协议细节上相谈甚欢,但如果合同中缺少陈述与保证险,交易完成后出现问题会难以追责,尤其境外卖方多数是SPV,当然应该做一个W&I保险条款……"

结果没等宁婉试图解围,傅峥就非常自若流畅地讲解起来,因为语速非常快,专业术语多,稍有不认真听,就根本跟不上他的逻辑。直到傅峥讲完,宁婉虽然一脸了然,但实际根本没有听懂……

施舞脸上呈现出一种全然的空白,连装听懂都装不下去了……

高啊!要不是大敌当前,宁婉差点就拍起手来!傅峥,真的是个人才!

搞一点这种英文专业术语,再随便夹杂点乱七八糟看起来很专业又听不懂的操作把人绕晕,根本装逼于无形,唬唬施舞和杨培这种学艺不精的人足够了!

施舞瘪了,但杨培还是不甘,也不知道从哪儿又想出个刁钻的问题:"面对恶意收购时如果使用毒丸计划,那……"

就在宁婉又开始担忧这个问题怎么糊弄过去之时,傅峥却是抿了抿唇笑笑:"不好意思,我的费率是1200美金每小时,虽然你们是宁婉的朋友,但如果是咨询法律问题或者请教,也都是收费的,如果还有什么想问的,可以打个折,1000美金吧。"

"……"

像是生怕施舞和杨培气不死一样,傅峥姿态倨傲又欠扁地补充道:"你们也算是同行,平时也最讨厌免费咨询对吧?"

这下施舞和杨培哪能再说什么了,只能打掉牙齿和血吞,干巴巴地连连点头称是。

至此,这场戏总算是告一段落,几个人一路无言,安然到了施舞的生日宴酒店。

好在一到会场,施舞作为主办人和寿星,一下被众星捧月般包围起来,她很快招呼这个,又招呼那个起来,生日会场里采取的是冷餐鸡尾酒会形式,除了偶尔几个略眼熟的同学或校友外,施舞还请了很多工作后认识的朋友,大部分宁婉并不认识,也没一进场就去社交换名片,只是拉着傅峥到人少的桌边先吃起来。

"还好有惊无险!"宁婉吃了个生蚝,松了口气,忍不住又愤慨起来,"施舞说我没吃过心悦的海鲜,对啊,我就是没吃过!"说完,她又泄愤地吃了一个,

"好吃！既然来了，我就要吃回本！"

她一边吃一边还要给傅峥拿："你也吃一点，刚才你的表现太优异了！以后做律师要是觉得没前途，考虑下转行去影视圈吧，你这颜值，我看可以！"

宁婉对傅峥的表现非常满意："我和你说，你刚才的临场反应真的绝了！竟然什么梗都能接上！我还以为我编得太离谱，把你吹过头了，毕竟我都拿Weil & Tords的名头出来了……"

结果不提还好，一提Weil & Tords的名字，傅峥的脸上竟然还露出了微妙的嫌弃："为什么用Weil & Tords？不能用Watchtell & Pirkins吗？而且为什么是过几年才能升PAR？"

宁婉差点被一口牛肉噎住，她瞪了傅峥一眼："你还嫌我吹得不够啊？Watchtell & Pirkins那是美国最顶尖的商事所，排第一名的你知道吗！吹你从这里离职的，也太浮夸了吧？而且，不说过几年才升PAR，难道说你已经是美资所的PAR吗？！

"我说傅峥啊，虽然可以理解你艺高人胆大，但演技好也不能太飘。我给你挑这所Weil & Tords是有理由的，那算是美国非常有规模的大律所，作为法律从业人士，多少也听过名头，但因为又非顶尖大所，人员又众多，所以就算施舞起疑想去排查，估计也查不出个所以然来，非常适合浑水摸鱼，编造履历贴金。

"你知道什么是造假的艺术吗？还Watchtell & Pirkins的合伙人呢，现在诈骗犯都有职业道德，都不会这么说了！"

看得出对自己的教训，傅峥是不大服气的，但最终大约觉得自己说的还是有道理的，他抿了抿唇，没再说话。

宁婉想了想，刚才还要多谢他帮自己解围，于是放软语气："当然，你真的思维特别敏捷，刚才施舞问你那个境外并购保险的事，你竟然随口拉了堆术语，胡乱一通把她给镇住了！"

傅峥盯住宁婉，微微抬高了声音："你说……我是胡乱说的？"

"是啊！不过没关系，反正施舞不懂，毕竟境外保险里的法律知识，水很深，就我这样的资深律师，也就略懂一二而已。"

宁婉咳了咳，想起傅峥毕竟是自己新收的小弟，今天自己要靠小弟来救场，有点没面子，于是努力装模作样般挽尊点评道："虽然你刚才说的漏洞百出，不能深究,但听着还挺像那么回事,唬住外行绰绰有余……"

宁婉不知道是不是自己这番吹嘘生了效,她抬头,就见傅峥一脸微妙笑意地看着她。"嗯,你这哪里是略通一二啊……你懂得可真多啊,不过也不能骄傲,境外保险这块,回去还是要多看看啊。"傅峥顿了顿,"毕竟我还等着你教我呢。"

虽然是夸赞的话,宁婉总觉得傅峥的语气里带了点揶揄,那说话的调子拉得老长,一副意味深长的模样。

看看,肯定是刚才的入戏后遗症。

宁婉没多想,又给傅峥拿了两个生蚝:"这个好新鲜的,平时像我这种消费水平是绝对吃不到的,你快趁现在多吃两个。"

傅峥虽然看起来不太感兴趣的样子,但还是很给面子吃了一口,只是很快又吐了出来,一脸一言难尽:"这生蚝哪里新鲜了?一点都不新鲜,最起码死一天了。"

宁婉直接笑了出来:"行了行了,你别太入戏了,适可而止,别装了,现在没人注意我们。"

……

-Chapter 13-
一看就不是正经男人

只可惜很快,宁婉就知道了什么叫好的不灵坏的灵,刚还自得其乐于无人注意呢,在各位宾客间周旋完毕的施舞就杀了个回马枪。

"哎哟,忘了和大家说,今晚宁婉也来了哦。"施舞那做作的嗓音一下子就把全场的目光都吸引到宁婉所在的角落来,"宁婉呢,可是大忙人,以前我组的局她可都不参加呢,这次还是我和我男朋友亲自开车去社区门口接她的。"

说到这里,施舞再次看向宁婉,像是个小姐妹真心为她好一般贴心道:"宁婉你呀,也真是的,我也知道你心理落差很大,毕竟高中时可是学校里的学霸,结果高考没发挥好,就考了个挺一般的学校,后面求职啊自然也受到点影响,但人要学着往前看,你一直回顾过去有什么意义呢?学校和社会本来就是两码事,你得学着接受。"

施舞顿了顿,语重心长般继续道:"虽然对你来说,同学会上看到别人都事业有成,自己却被律所边缘化'流放'到社区去驻点,对比之下心里不好受,觉得大家会看不起你,所以之前死活不肯参加高中同学会这些活动,和我们都疏远了,这些我也都理解。可我们是同学呀,怎么可能会嘲笑你?你要有什么困难,说出来,我们这些同学,现在也有不少人混出点名堂,没准还能给你解决疏通下呢。"

施舞家里挺有钱的,在容市也有人脉,虽然在高中时抱团挤对别人,横行霸道,同学看着都绕道几分,但毕竟现实骨感,如今入了社会,利益也好,金钱也罢,不少同学反倒是自发聚集到了她的身边。如今这来参加她生日宴的,多数是有求于她的,因此施舞这种明褒暗贬、绵里藏针,大部分人保持沉默,其中有几个附和起来——

"怎么不是啊!宁婉,施舞人挺热心的,上次我爸心梗要住院没床位,还是施舞给疏通人脉解决的,你有什么困难,说出来,施舞没准也能帮帮呢。"

"是啊是啊,上次买房首付缺了十万,还是施舞借给我救急的……"

如宁婉所料,在场的同学你一言我一语,愣是把这生日宴变成了施舞大型吹捧现场,大家也都心照不宣知道高中时自己和施舞的那点不痛快,没底线的,还会顺着施舞的心意捧高踩低,言语间夹枪带棒地奚落一下宁婉。

就这样,施舞还可着劲变本加厉,她看向另一边角落里不发一言的一个女生:"宋林霞,你来说说,宁婉这样对不对?"

宋林霞是个很普通的女生,站在人堆里很难有存在感的那种,她也并不喜欢承受人群的注视。因为施舞一番话,所有人都看向了她。

施舞有点不耐烦,催促道:"你说啊!叫你来评评理!"

宋林霞仓皇而难堪地看了宁婉一眼,最后垂下了视线,抿紧了嘴唇,怯弱地摇了摇头。

施舞却不打算放过她:"你没嘴吗?你得说出来,以前高中里,你不是特别喜欢宁婉吗?那你来说说,宁婉对吗?"

这一幕,和高中时候何其相似,宁婉看不下去了:"行了,我错了,是我心理失衡,看见施舞你这么成功,自己这么平凡无奇,不好受,所以一直不来参加聚会,但是圈子不同不要强融,我现在都和你不是一个阶层的人了,以后的聚会你行行好,也别叫上我了。"

自己这番话说完,宋林霞抬起头,感激又抱歉地看了宁婉一眼,她像是想开口,但宁婉眼神示意制止了她。

一贯硬气头铁的宁婉现如今也在自己面前低了头,施舞仿佛终于获得了满足,也没再纠缠,像个交际花一样笑着,端着酒杯飘到了自己男友杨培身边,现场又恢复了一派和谐。

傅峥以往不知道女人之间不带血的厮杀有多么激烈,如今第一次参加这种刀光剑影的聚会,也算是大开眼界,然而被如此当众奚落和踩踏,自己身边这位当事人脸上却很平静。

这就让傅峥有些意外了。宁婉在自己面前挺"横"的,到了自己女同学这种"强权"面前,就躺倒任嘲了?弄半天是个欺软怕硬的?

一时之间,他有些后悔自己竟然鬼迷心窍为她站台撑场面了,看来是自己吃饱了撑着多管闲事,被欺压的当事人本人并没有直起脊梁的打算。

此前的小插曲过去,宁婉不仅没什么生气的表现,甚至还食欲大开拼命吃生蚝，还喝了很多鲜榨果汁，没一会儿和傅峥打了个招呼就去厕所了。

虽然这场生日宴的场地尚可，但食材在傅峥眼里就不太够看了，而现场所有人的品行也令傅峥大开眼界，宁婉一走，他连装也懒得装，兴趣缺缺地拿出了手机……

只是傅峥刚准备看下手机信息，身边就有人走了过来。

傅峥抬头，发现正是宴会的主角施舞。此刻，她的男朋友杨培并不在身边，她抿了抿涂满艳丽口红的嘴唇，对傅峥露出个恰到好处的笑："傅律师你好，之前是我唐突了，没想到你是从美国回来的。我其实特别仰慕Weil & Tords，你太专业了，车上给我讲的那些知识真是让我醍醐灌顶，你看我们能不能加个微信或交换个电话，以后没准有什么可以请教呢。"

虽然这番话听起来道貌岸然，但最后施舞那个轻佻的笑却是无法骗人。

傅峥抿了抿唇，简直有些匪夷所思。他没想到施舞这种有男朋友的，吃着碗里的还想着锅里的，不仅没有和自己男友的恋爱契约观，也没有撬别人墙脚的道德羞耻观。

施舞见傅峥没有反应，又咳了咳加了码。"另外吧，还有宁婉以前的一些事，我也想和你私下说说。"说到这里，施舞压低声音道，"宁婉她其实家里不太好，就听说一直有欠外债，以前甚至有人讨债讨到学校来，就……她和你交往，这些事肯定是不会和你说的，但我觉得你有权利知道真相，你若有什么想问的，我们可以加上联系方式私下再沟通……"

"不用了。"傅峥冷冷地打断了施舞，他抿了抿唇，"宁婉家里的情况我知道，有什么不了解的，我也会直接问她。至于咨询问题，我很忙，也很贵，想要加我联系方式咨询的人太多了，我没有廉价到什么人都加。"

施舞听了这么不客气的话，果然变了脸色，见傅峥油盐不进，只能尴尬地给自己找了个台阶走了。

只是临走时显然不甘心，施舞瞪了一眼傅峥，低声鄙夷道："从美国回来又有什么了不起，连个车也买不起，要不是我男朋友来接你们，你们只能走路来！"

或许从家世等背景来看，宁婉不是良配，但这个施舞则更不是，心术不正倒709口，吃不到葡萄就说葡萄酸，得不到的东西就中伤破坏。

傅峥并没有太在意施舞，唯一让他有些意外的是，虽说知道宁婉家里怕是不富裕，但没想到家境这样不好，高中时不得不打工，恐怕也是为了给家里还债吧。想想即便在学校都要被讨债的人追债,她这么没心没肺的笑容下,其实过得确实不容易。

只是好不容易打发走施舞,没一会儿,傅峥身边又走来个人,很轻地和他打了个招呼:"你……你好。"

傅峥抬头,才发现眼前站着的是此前那个叫宋林霞的。

他愣了愣,也回了个言简意赅的"你好"。

"你……你是宁婉男朋友吗?"宋林霞看起来为人怯懦,明明和傅峥在讲话,但连正视傅峥眼睛的勇气也没有,说完这句,立刻就生怕别人生气似的补充道,"我听施舞说的,说你是宁婉男朋友。"

"嗯。"

面对傅峥的冷淡,宋林霞似乎并没有退缩,她深吸一口气,像是鼓足了勇气一般,说道:"对不起,刚才没有替宁婉说话。"

"这话你应该直接和宁婉说。"

傅峥言语礼貌,但他的心里已经有些不耐烦了,他并没有兴趣参与女生这些过家家一样的明争暗斗。

宋林霞一听脸色有些难堪。

"对不起对不起,我……从高中开始就没有勇气,又普通又怕事,可能因此才会遭人讨厌,被施舞他们挤对和霸凌。那时候大家都怕施舞,她找人堵我打我,别人都视而不见,只有宁婉挺身而出,甚至因为我而被施舞她们报复。宁婉高考没考好,也有施舞她们的原因,最后复习冲刺那阵子,她们成天骚扰宁婉……宁婉都是为了我才会被她们针对,她要是也和别人一样视而不见,其实施舞根本不会找她麻烦。但我这个被她保护的人,反而胆小怕事,施舞她们挤对宁婉的时候,我也一句话也不敢说……"

宋林霞把头压得更低了点,声音自嘲颤抖:"我以为以后就好了,大了就好了,没想到如今过去这么多年,我还和以前一样是个废物。我……我资历一般,现在在施舞叔叔家的公司上班,更不敢得罪她了。宁婉被当众奚落,我还是和当年一样没勇气站出来。"

"我没脸和宁婉道歉,她刚才朝施舞低头也是为了帮我解围。"宋林霞声音哽咽,"我知道我没资格说这话,但宁婉真的是一个特别特别好的人,好到我不配当她的朋友,但请你……请你一定要好好对她,好好爱她。我真的希望她能幸福，也请你相信，她是个很优秀很正直的人，对待什么都很认真。可能她没有施舞这么有钱，也没施舞家这么有背景，但她真的很好……"

宋林霞越说越语无伦次了："我刚看到施舞过来搭讪你，肯定又说宁婉坏话了，但希望你不要听信她的谗言，不要上她的当，她……"

后面的话，宋林霞没有说完，因为宁婉很快就从会场的拐角处往傅峥的方向走了过来，宋林霞大约害怕面对宁婉，只仓促又恳求般地看了傅峥两眼，然后低着头快步走开了。

宁婉的果汁喝得太多了，从洗手间回来，她感觉已经吃不下任何东西了，一看时间也不早了，觉得继续留下毫无意义，便向傅峥建议："要不我们走吧？"

只是她不想引人注意，但施舞却和她死磕上了，宁婉刚要转身，施舞的声音便又响了起来："宁婉？这么早就走了啊？"

她挽着杨培，一脸温柔地走到了宁婉面前："再吃点呗，你男朋友没车，现在这个点，打不到车的，不如再留一会儿，待会我让杨培开他的宝马送你们回去呀。"

施舞今晚本来好好拉踩了宁婉一番，其余宾客也都顺着自己，该是春风得意的，但宁婉面对这种奚落，并没有上蹿下跳，气急败坏，施舞便不痛快了，总觉得自己的目的没有达成。而宁婉身边那个高大帅气、气质冷淡的男朋友，则更让她觉得碍眼了。

杨培往他身边一站，实在是高下立现。施舞在会场走了一圈，已经听到不少人在偷偷打量宁婉的男朋友，言辞间也都是艳羡。

"到底还是漂亮有用啊，宁婉工作再差又怎么样呢，你看男朋友超帅的。"

"那男人气质好好啊，你不觉得看起来像是特别有钱？"

……

这些窃窃私语，让施舞简直嫉恨得面容扭曲："好什么好？刚才宁婉那样，他有为她挺身而出吗？这种男人再帅又怎样？不是怂，就是对宁婉不上心。你们哪只眼睛看出他有钱的！这男的连个车都没有！"

高中时，施舞就嫉妒宁婉，嫉妒她漂亮，嫉妒她成绩好，以至于宁婉为宋林霞挺身而出时，施舞见她就更碍眼了。宁婉像个发光体，好像衬得施舞像个灰扑扑的煤球，而她身上那种自以为是的正义感，更是让施舞痛恨得咬牙切齿，仿佛自己和她一比，就是垃圾。可有正义感又怎样？社会的规则不是这样的，从来有权有势才能书写规则，宁婉的出身配上她的正义感，不过是个笑话。

只可惜自己管不住会场那么多人的嘴，施舞所到之处，总有人在八卦宁婉和她英俊的男朋友……

施舞一想起刚才那男人对自己的倨傲和冷淡，心里更是咬牙切齿，如今见着宁婉竟然想趁自己不注意溜走，心里的恶意更是快要冲破天。

"哦，不行，杨培刚喝了酒，不能开车了，不过他车多，要不这辆宝马借给你们开？现在外面怪冷的呢，走回去容易感冒。"施舞微笑着，然后像是突然想起了什么一样，"哎呀，不好意思，你男朋友可能不会开车吧？"

傅峥抿了抿唇："会开。"

施舞咬了咬嘴唇："不过就算会开车，毕竟也没买车，估计没怎么开过吧？杨培的宝马7系给新手开，心理压力挺大的，你要一直想着这么贵的车怕碰擦到呢，反而容易出事，要不我叫个朋友送你们吧……"

面对施舞的步步紧逼，宁婉也有些忍无可忍，她刚想警告施舞适可而止，身边的傅峥就开了口："谁和你说我没有车的？"他的语气冷淡，充满了上位者的睥睨。

这演得太精彩了……只是……只是自己是个扶不上墙的阿斗……毕竟自己是真的没钱……这一刹那，宁婉突然觉得特别愧疚，自己原本是找傅峥来充场面的，结果最后因为自己，傅峥连带着也受气，但饶是这样，都强弩之末了，傅峥还在拼死战斗，这演技还是杠杠的……

她只能低着头拉了拉傅峥的衣袖："算了，不要理她，走吧。"

大概作为男人，傅峥实在咽不下这口气，他冷着脸拿出手机，然后打了个电话："张乔，你过来接我下，地址我发定位给你。"

挂了电话，傅峥这才看向施舞："不劳你男朋友送我们，我让我的司机来接了。平时宁婉不喜欢我太高调，我也觉得和她像普通情侣一样就很好，所以并不开车。谢谢你的关照，你真的像你同学们说的那样很热心。"

傅峥说到这里，突然笑了笑，用非常单纯的语气继续感谢道："不过加我微信就不用了，因为我会开车，只是平常都交给司机，确实不熟练，但不用麻烦你这么热心还私下想给我指导了。"

傅峥说完，全场一片哗然，都是成年男女了，还能听不出这要微信里的微妙含义吗？

Chapter 13 / 一看就不是正经男人

第一个炸的当然就是杨培，他本来就喝了点酒，今天的风头又各种被傅峥给比了下去，本来自车里开始就憋了气，如今又听到施舞背着自己勾搭傅峥，简直气到失心疯。

"你背着我要他微信？！"

"没有！我真没有说要教他开车！我根本没问他要微信！什么垃圾！"施舞气红了眼，瞪向傅峥，"明明是这个男人想要搭讪我，各种骚扰我，问我要联系方式，我没给，他现在才恼羞成怒污蔑我！"

宁婉实在没料到会这样发展，这下她也有些急了，无凭无据的，就算傅峥说的是真的……这种事，实在很难说清……

然而她急得要死，傅峥却冷静自若，他掏出了手机，然后按了什么，接着手机里就传来施舞黏腻的声音："傅律师你好，之前是我唐突了……你看我们能不能加个微信或交换个电话，以后没准有什么可以请教呢。"

傅峥放到这里，恰到好处地按了暂停键，然后他看向脸色铁青的施舞，斯文却极其欠扁地笑起来："不好意思，律师的职业病，什么都要顺手录个音留个证据。毕竟虽然我比较自律，但也怕有心人泼我脏水，看到异性单独和我聊天，我就忍不住录个音，以防宁婉之后误会。刚才施小姐过来时候正好拿出手机，顺手录音了，没想到还真的用上了。"

傅峥说完，又笑了笑，看了下腕表。"差不多了，我先和宁婉走了，各位再见。"他顿了顿，看了眼施舞，补充了一句，"哦，不，是永远不见，以后我不会让宁婉再来参加这种档次的聚会了。"

……

傅峥拉着宁婉就这么走了，可留下的烂摊子却还要施舞收拾。

这无疑是逻辑满分、物证齐全的当场打脸的，如今施舞在一群宾客面前，仿佛被当众扒光了衣服，然后又结结实实挨了一顿暴打，一张脸青红交错，而杨培则是当场气疯了。

"你这个不要脸的贱女人，我就知道水性杨花，当初要不是我买了宝马7系，你对我还不是不冷不热的？行，以后我也不想见到你，别再来找我，分手就算今晚我送你的生日礼物了！"

施舞自然是咬紧牙关抵赖。"我没有！杨培你怎么就听信外人的谗言呢？"气急败坏下，施舞也不顾逻辑了，只胡乱解释道，"那个什么傅峥虽然是美国回来的,可又没钱,什么司机肯定是胡扯的,我看他就不是什么有钱人,不信你看,他们待会肯定还是打车走!我怎么可能去找那种连车也没有的男人,和我根本门不当、户不对!"

施舞好好一场生日宴,结果最后不仅面子没了,里子也没了,连男朋友都可能要吹了,自然不甘心坐以待毙,当场就拉着杨培走到了会场的窗边。从这个角度往下看,正巧能看到酒店的正门,果不其然,没一会儿,宁婉和傅峥就出现在了门口。

很快,一辆出租车停在了两人面前,宁婉走上前,正准备打开后座车门……

施舞像是抓住了救命稻草,她看了看杨培,又看了看在场的其余宾客:"看到了吧?我就说他俩吹牛的,我刚才说要加微信也是想试探试探对方,我看他说不定是个装穷骗宁婉的,也是替宁婉好,担心她人财两失……"

只是她这句话还没说完,楼下的宁婉就被傅峥拉了回来,那辆出租车开走了,然后很快,驶来一辆极其拉风奢华的跑车,这车停在宁婉和傅峥的面前,从驾驶位上下来个人,朝傅峥点头——像是问好,然后对方把车钥匙交给了傅峥。紧接着,施舞就看着傅峥为宁婉拉开了这辆超跑的车门,然后自己也钻进了驾驶位,接着,一阵轰鸣声后,超跑载着两人扬长而去……

"我的天啊!那是帕加尼的跑车?是帕加尼吧?我没眼花吧?"

"错不了!是帕加尼,我看清楚了!"

"什么车型啊?"

"这个没看清楚,但车型不重要啊,帕加尼没有下千万的车啊……"

很快,现场其余看着楼下正门的同学认出了车型,惊叹之余,又忍不住感慨起来——

"宁婉男朋友是什么级别的有钱人啊……也太可怕了……"

"好爱她啊,为了和她进行一场'普通人的恋爱',都不开车,也太低调了……"

"而且好维护她啊,宁婉真的人生赢家……"

"……"

杨培早就甩开施舞的手径自走了。明明是自己的生日宴,但剩下的宾客却都在艳羡八卦地讨论宁婉,而自己这个丢光脸的正主,既尴尬又狼狈……施舞跺了跺脚,只觉得无颜见人,一个人哭着跑到酒店套房里去了。

Chapter 13 / 一看就不是正经男人

虽然打脸很爽，傅峥演什么像什么，以至于某个刹那，宁婉都被带入戏了，觉得自己是抱住有钱大佬大腿以至于得道升天的鸡犬，当然，这种飘飘然在一走出酒店，被室外的冷风一吹后就清醒了……

她有些犯难道："这破酒店偏得要死，附近没地铁，这个点确实难打车，我们怎么回去？最近的公交站要走一公里……"

而她的话音刚落，正有一辆出租车下了客，然后朝着宁婉驶来。

"天助我也！"宁婉高高兴兴地就要去拉车门，"运气真好，走吧走吧，上车。"

只是自己这手刚伸出去，就被傅峥拽了回来，接着发生的一切，对宁婉来说都不太真实。她只记得有一辆非常非常拉风，看起来特别特别贵的跑车停到了自己面前，车里有人出来，恭敬地喊了傅峥傅先生，然后递上钥匙，再然后等她反应过来，自己已经坐在了这辆豪华跑车的副驾驶位上……

衣服可以买高仿，可没听过跑车还有高仿啊？何况宁婉望去，车里的配饰无一不透露着人民币的清香，宁婉这也不敢摸那也不敢碰，生怕把车里什么零部件给弄坏了。要高额赔偿……

"傅峥，这车你哪儿搞来的？"

傅峥抿了抿唇，镇定道："从高远那里借的。"

这一下不得了，宁婉简直炸了。"什么？！你偷偷联系高远借车了？！"她顿了顿，联想到刚才的情形，磕磕巴巴道，"所以你……你为了帮我打脸联系了高远？！"

"嗯。"

宁婉这一下如坐针毡了，瞬间觉得这豪华跑车面目可憎，每个毛孔都流淌着资本主义剥削的鲜血了……

"你何必呢？！"

傅峥表情冷静，只瞥了宁婉一眼："你为了充场面，让我假扮男友，又给我加了那么多光环，宝马上的针对，我都帮你以其人之道还治其人之身了，结果现在宴会上你就这么当众服输了？你不是跑来耀武扬威的吗？怎么可以灰溜溜地走？"

宁婉干巴巴道："所以你就为了帮我，去联系高远了？"

"嗯。"

宁婉一下子觉得傅峥对自己这份情谊重若千斤,没想到自己收的这个小弟,这么讲义气!

"你……你不会为了借开这个车,要给高远陪睡吧……"

傅峥原本开车开得挺稳的,但宁婉这么一提高远,大约他心里想起了什么,车的方向盘差点没拿稳,车头连带着歪了歪,好在很快,他又恢复了冷静。

"没有,不会陪睡。"

对于傅峥的否认,宁婉并不安心:"高远那种人,哪可能平白无故免费借给你开这么贵的车啊,天下没有白吃的午餐,那他到底准备干什么?放长线钓大鱼?温水煮青蛙?"

"他让我陪他吃顿饭。"

听到高远有所求,宁婉反而松了口气,接着就有些担心:"他不会是准备吃饭的时候给你下药吧?"

"……"

天真的傅峥大概从没经历过社会的丑恶,果然,他听完后车头又忍不住歪了歪……

"当心开车!当心开车!全神贯注!"宁婉吓得心都快跳到嗓子眼了,心有余悸道,"这车看起来比宝马7系贵多了,你可要好好开,别给碰了擦了,那就不是吃顿饭可以解决的了,可能真的要陪睡了……"

傅峥没说话,过了片刻,他像是缓过了神,才有些干巴巴道:"高远……或许没你想的那么无耻。"

看看,这多天真啊!

"你说你这人,难道真的要被高远这样那样了,你才能听得进我的建议吗?卑鄙是卑鄙者的通行证,高远这人不行!你当心点他,他请你吃饭我陪你去,不能让他有机会和你独处,指不定干出什么作奸犯科的事来。"

宁婉骂完高远,看了眼这跑车,心里又有些泛酸了。"不过没想到我们所合伙人这么有钱,都能买这么拉风的超跑了!高远还不是几个合伙里创收最厉害的呢,那你说别的合伙人,得多有钱啊!"宁婉越想越感慨,"有钱的快乐真是难以想象!"

随即一想到这车竟然是品行不端的高远的,忍不住又有些愤慨:"垃圾高远,买这种车,一看就为人不本分,一个不守妇道的男人!亏得平时装得一脸谦虚质朴,没想到骨子里这么嚣张,买这么骚的车!这么高调,开这种车,一看就不是正经男人。"

"……"傅峥抿了抿嘴唇,声音有些不自然,"男人喜欢车,我倒是觉得这很正常,买这种车也不是……"

"高远多懂你们这些男人的心啊,他买这种豪车,还不是为了泡你吗?你看你这不都蠢蠢欲动,为高远说好话了?"宁婉忍不住撇了撇嘴,"我知道男人爱车的心,但你也要理智点,成熟点,傅峥,好好做个人。听我一句劝,买这种车的男人,不可靠,就不是什么好人,虚荣、矫情还装逼!"

"……"

自己明明主力批判的是高远,对傅峥也不过连带一句提醒,结果傅峥竟然不高兴了,宁婉瞥了他一眼,发现他的脸竟然肉眼可见的黑了,嘴唇也紧紧抿出了一个不高兴的弧度,看起来相当介意自己这一番话。

也是,今天傅峥可够意思了,为了给自己出气,都不惜低头找高远借车了。宁婉自我反省了下,觉得自己确实专注攻击高远就好,没必要连带傅峥了。

"不是说你,就说我,其实刚看到这么拉风的车,也是很激动的。人面对这种糖衣炮弹,会心动很正常,但之后理智就好啦。像我,就算有个男的开着这种跑车来求我和他结婚,虽然很感动,觉得虚荣心一时之间得到满足,但深思熟虑后我也会拒绝的,因为就不是良配!"

"……"

宁婉继续批判道:"为什么呢?因为这种男的,太浮夸了,太骚气了!他能这么开着超跑来撩我,当然也能开着超跑去撩别人,毕竟想要坐在超跑副驾上的人可太多了,我何苦呢?"

宁婉其实还有一通感言要发,可惜被傅峥打断了,他的声音不冷不热,似乎有些阴阳怪气:"我觉得,我们暂时还是不要考虑未来不会发生的事吧。"

"嗯?"

"开着超跑的男人跑来给你跪地求婚这种事,我觉得还是不要想太多了。"傅峥含蓄地抿了抿唇,瞥了宁婉一眼,"想太多伤身,容易掉发,你是个律师,对自己好一点,没必要做这种不切实际的假设。"

虽然觉得哪里怪怪的,但说的确实挺有道理,宁婉想了想,也泄气了。现如今,她能接触到的案子都是社区里家长里短这些争执,客户里大部分都靠走法律援助才能获得法律服务,自己首先不可能遇见开这种车的男人,或许想遇见修这种车的男人比较实际。

"所以这车你怎么还回去?刚才开车过来的那个呢,是高远的司机?"

有借就有还,可惜傅峥对自己这些问题,却回答得有些含糊其词。

宁婉这下有些认真了:"能叫刚才那个司机再过来开走吗?"

"那个司机晚上有事。"傅峥一脸不想多谈的模样,"我先送你回家,再把车开到我租的小区停好,那司机说了明早来开走。"

虽然傅峥的意思,这豪车后续不用自己担忧,他会处理好,但既然自己收了他当徒弟,断然没有让他帮完忙还要善后的道理。虽然傅峥刚领了工资,也租了房,可按照那点收入,租的更不是什么高档的小区,更何况——

"你自己都没车,不可能在小区里租车位吧?这个点了,免费的空车位肯定是没了,那你上哪儿停这个车。随便停在外面马路上,晚上被人划了或者碰擦了怎么办?"

宁婉怎么想怎么不放心,生怕这价值连城的车出了什么事,傅峥又被高远拿捏住。她想了想,最终还是拿出手机,勉为其难地把高远给放出了黑名单。

"喂,高PAR吗?我宁婉,是这样的,谢谢你今晚把车借给傅峥和我,我们特别感激。傅峥想今晚请你吃个夜宵,你看你有空吗?"

不知道怎么回事,电话那端的高远仿佛一直处于一种茫然的状态,仿佛根本不知道宁婉在说什么,最后答应来一起吃宵夜都似乎是出于下意识,但不管怎样,宁婉总算是达成了目的。她挂了电话,笑嘻嘻地看向傅峥:"这下行了,高远答应过来了,我们找个地方吃个夜宵。这顿我来请,正好还了他借车的人情,吃完夜宵正好让他把车开走。这样就两清了,他下次也没借口和理由再来骚扰你了!"

这是最好的解决办法,只可惜傅峥看起来并没有露出放松和快乐的表情,倒是显得有些尴尬:"高远同意了?"

"对,同意了。"一想起这,宁婉就有些愤慨,"他对你真的贼心不死,竟然连问了我三遍'傅峥约我吃夜宵',一副完全不敢相信的样子,不过他大概也知道自己是痴心妄想,问我的那个语气,仿佛自己在做梦一样,天上掉馅儿饼都把他给砸晕了!"

"……"

Chapter 13 / 一看就不是正经男人

"走吧，就定这家店，吃烧烤去！"

傅峥心里很绝望，他一想起高远待会还要来，就更绝望了，但人设使然，如今只能心如死灰地任凭宁婉摆布了。

高远是在被窝里接到宁婉电话的，他迷迷糊糊听对方说了一串，什么借车，什么夜宵，一时之间高远都怀疑自己是在做梦，都什么莫名其妙的？自己什么时候给傅峥借过车了？傅峥喜欢开超跑，自己的那些SUV根本入不了他的眼，觉得是已婚中年男性才会开的车，一点血性也没有，怎么还会问自己借车？何况他自己回国就买了一辆帕加尼的Huayra，平时商务用车也有一辆玛莎拉蒂，还配了司机，用得上自己的车吗？

好奇心最终支持着高远从被窝里爬了出来，坚强地出了门。宁婉给他发了个路边大排档烧烤店的定位，这家店挺有名的，特别好吃，但好吃归好吃，以傅峥养尊处优、骄奢淫逸的生活标准来讲，完全不是他会喜欢的类型……

果不其然，等高远赶到大排档的时候，傅峥正一脸生不如死地坐在泛着油光的桌前，满脸都是誓与这脏桌子决一死战的视死如归。

然而高远不知道，这副模样，在宁婉眼里，却是另一番光景了。

宁婉看着傅峥的样子，心里非常微妙地疼了一下，傅峥得是多讨厌高远啊，自坐进这大排档后，就露出了如此心如死灰的表情，要不是为了自己……

一想到这一点，宁婉就下了决心，趁着高远朝这边走来的空当，她拍了拍傅峥的肩，语重心长劝慰道："傅峥，你放心吧，为了报答你，我不仅准备把我在法律上的专业技能毫无保留地教给你，还准备把我毕生的咸鱼绝学一起传授给你：怎么甩锅，怎么摸鱼，怎么对老板阳奉阴违，真心实意，毫无保留……"

为众人抱薪者不可使其冻毙于风雪。

傅峥为了自己宁可牺牲个人，自己不能寒了这个老实人的心，除了一些专业技能，再传他一套职场咸鱼生存哲学吧！虽然希望他一辈子用不上这些，能直接跟个好团队老板，但万一呢……学会后至少能少受点欺负……

宁婉本来还想说点什么，但还没来得及，高远就快步朝傅峥走了过来，一张脸上果然洋溢着微妙的笑，他看向傅峥："没想到你竟然有坐在这里的一天。"

宁婉脸当场就黑了，这都什么话，说得好像傅峥愿意跟他吃这顿宵夜，就是愿意被他潜规则了?

好在落座后,高远自重了很多,没有什么过界行为,也没什么过激言论,虽然因为对他反胃,傅峥这一顿夜宵什么也没吃,但至少这宵夜,算是安安分分结束了。

之后,宁婉买完单,就让傅峥把车钥匙给高远。等高远把那豪车开走,这事儿就结了。可惜事到临头,傅峥竟然十分不情不愿:"还是让司机明天来开吧……"

宁婉把傅峥拉到了一边:"豪车再好,那是你的吗?!"

可惜傅峥还是不太服从,他看了高远一眼:"高律师会开这种车吗?说不定平时都是找司机开的,要自己开起来,万一磕碰了呢?若是路上出了事,这车这么贵,修车费都要浪费很多钱……"

"你一个只有驾照但没车的都会开这车,难道高PAR这种高级合伙人车主自己还不会开吗?!"

宁婉简直气得没脾气了,没想到傅峥事到临头,还是被豪车的糖衣炮弹砸晕了脑袋,男人爱车可以,你也要分清场合啊!

事不宜迟,宁婉直接伸手从傅峥的西裤口袋里掏出了钥匙,然后不容分说地塞给高远:"高PAR,路上当心!车还给你,谢谢你借车!你那么忙,以后没什么事就不用联系了啊!再见!"

……

傅峥眼看着自己的爱车钥匙被攥进高远手里,刹那间终于理解了夺妻之恨是种什么样浓烈的感情。他恶狠狠地看向高远,结果后者带着微妙的笑,然后得意洋洋地拿起钥匙,上了傅峥那辆车,发动,扬长而去。

……

等傅峥最终和宁婉告别,重新在自己下榻的五星级酒店见到高远,已经是半个小时后了,高远脸上八卦的神情已经快抑制不住了。

"傅峥,坦白从宽,你是不是看上宁婉,想追她?"

傅峥当即就是否认:"没有。"

"没有?没有,你怎么舍得把你小老婆都开出来了?你这车不是除了司机和你自己,完全不给别人开吗?我都问你借几次了,想开出来载我老婆兜个风,重温下恋爱的感觉,你都死活不借给我!结果今天开出来,听宁婉那意思是

Chapter 13 / 一看就不是正经男人

给她参加同学会撑场面？后面竟然打掉牙齿和血吞，看着宁婉把钥匙交给了我，你这是为了爱含泪装穷啊！"

傅峥下意识反驳道："我只是为了好好体验生活，体会下国内的法律人文环境，好好了解下基层律师的现状，以及告诉你们，我不仅能做标的额大的案子，做社区案件也完全不在话下。还有，高远，你真的应该收一收你的想象力了，律师有这么丰富的联想能力不是好事。"

说到这里，傅峥没来由地就想到了宁婉，她那满含深意的目光仿佛就在眼前，他揉了揉眉心，觉得有一点头痛："你以后最好少看我两眼，也不要对我笑，或者露出奇怪的表情，因为所里想象力过剩的律师实在是有点多，很容易解读过度。"

高远："？？？"

傅峥从高远手里抽走了自己的车钥匙，反身上电梯之前再次深深看了他一眼："真的，听我一句劝，我是为你好。"

-Chapter 14-
原来自己竟可以如此廉价

宁婉确定高远拿着车钥匙走后,回家好好饱睡了一晚,第二天去办公室,便是神清气爽。

一进办公室,傅峥果然已经在了。

宁婉拍了拍他,然后从自己包里掏出个乐扣的饭盒递给他。

傅峥显然有些意外:"这是?"

"水果。"宁婉眨了眨眼睛,"我早上切的,有草莓、蓝莓和苹果,给你也带了一份。"

傅峥愣了愣,本来英俊到有些冷冽的脸上随即露出了一个轻微的笑,他的眼睛微微弯起来,看向宁婉,模样甚至看起来有些纯真和不谙世事:"谢谢。"

其实傅峥并没有说什么特别的话,但宁婉被他这么一看,竟然没来由地有些心慌,赶紧丢下水果,连直视也不敢直视傅峥,就赶紧偏过头,欲盖弥彰般咳了两声然后照着自己座位坐了下去。

傅峥这个男人,还真的挺有祸水的资本的,自己这么心志坚定的人,盯着他多看两眼,竟然都忍不住有些紧张。

宁婉一直自诩不以貌取人,自己更在意一个人的品行,然而如今这原则在傅峥面前,看起来也不堪一击,因为宁婉发现,当一个人品行还不错又长得好看,那她也无法免俗,确实忍不住对对方更优待下……

尤其……

尤其如今看来,傅峥这人还真的挺不错的,虽然内心有些动摇,但整体三观挺正,不走捷径,宁可被"流放"到社区也不愿意屈服,为人讲义气,为了帮自己打脸施舞不惜牺牲自己:虽然有些爱装逼的小毛病,但人无完人,尤其如今在自己的提点下,人也已经迅速踏实起来了,坐在二十块钱的塑料凳子上,也非常平和……

Chapter 14 / 原来自己竟可以如此廉价

只是一想到这个塑料凳子，宁婉就有些不好意思。

当初为了逼"空降兵"走，自己确实没上心去找老季争取预算，如今再一看，傅峥这么身高腿长的一个英俊男人，只能坐在这种塑料凳子上，实在太掉档次了，都破坏了他的美感，太委屈他了！

宁婉清了清嗓子："你这凳子，下午我找老季，给你换一个好的。"

结果傅峥倒是挺平静，他朝宁婉笑笑："没关系，这个坐习惯了。"

只是傅峥越这样云淡风轻，宁婉就是越愧疚难忍，都没等到下午，立刻就三下五除二跑隔壁老季办公室里敲竹杠争取了一笔预算，搞定了这件事。

她现在看傅峥，越是觉得这人三百六十度都无死角，既肯吃亏还能吃苦，心里更是带了种应该补偿对方的心态，看着傅峥就忍不住埋怨："都怪你当初装逼装太狠了，害得我对你产生误会，以为你是个少爷，你这人嘛，真是的，有时候也不要逞能，向别人展现自己弱势也没什么，生活里还是多的是愿意伸出援手的人啊，你不示弱，人家怎么知道你需要帮助呢？"

傅峥却只是抿唇含蓄地笑。

虽然他英俊得挺有攻击性，但如今这样笑的模样却好像又带了点不好意思的害羞，宁婉看了一眼，就忍不住有点脸红，说实在的，她还挺喜欢这款男生的……

傅峥切换路线以来，就发现宁婉这个人其实确实如高远所言，挺简单也挺好处的，她对和自己不同阶层的有钱人有些天然的距离感，然而对和自己同阶层甚至比自己生活条件更差的，却很友好，甚至对弱者，常常愿意主动帮忙。

说得好听点是善良，说得难听点就是有些过分轻信。

当然，对此傅峥也不能说什么，因为他此刻就在享受宁婉过分轻信带来的福利。

自己一旦示弱装乖，本来和硬骨头一样难啃的宁婉果然完全变得手足无措和愧疚起来，自己越是不张口要，宁婉就越是想主动给，此前的水火不容犹如没有存在过。

傅峥对如今的现状表示非常满意。

他终于能和宁婉和平相处，也确实从她日常处理社区纠纷的手法上得到了不少启发。

而确实，傅峥身边的宁婉如今对傅峥是一点也不设防了，她全然不知道身边这位心里在想什么，还在考虑怎么继续帮傅峥省钱……

好在这省钱的思路被冲进办公室的人给打断了。

"律师，我想委托你们帮帮我！"

宁婉抬头，才发现来人竟然是陆峰。

陆峰这次脸上写满了决断："我想委托你们帮我起诉王阿姨。"他咬紧了牙关，"我想起诉她侵犯我的名誉权！"

"我想了想，我行得正坐得直，这事儿我根本没做过，为什么我要跑呢！"陆峰像是终于下定了决心般，态度挺坚决，"我确实就是个没背景没钱的外地人，本来被王阿姨纠缠成这样也还是怕事，只想着一走了之，但这事我回去想了好几天，王阿姨还是怎么说都说不通，咬定了我和她发生了什么，要我负责，要我和她领证，我看着我女儿娇娇，觉得自己不能这么软弱逃避下去了。"

"没做就是没做，我要是逃跑了，以后王阿姨还指不定会闹出什么风言风语来，我是做程序员的，这行说来也就这么个圈子，就算离开容市，这些消息我也不能保证不会传到我未来的公司，与其这样给自己埋下雷，还不如直接面对，就算我不在意自己的名声，以后孩子上学了如果听到这些闲话，叫孩子怎么抬得起头啊！"

陆峰拉拉杂杂说了一通，说到最后眼眶都红了，总之，辗转反侧思前想后，他还是决定用法律途径来解决问题。

"居委会说你们社区律师可以帮忙解决这些，没错吧？"

没错是没错，但……

宁婉正想开口，傅峥却先了一步。

他抿了抿唇："如果如你而言，那么王阿姨的行为确实对你造成了诽谤，也就是捏造并且散布了虚假的事实，破坏了你的名誉。但要发起名誉权侵权诉讼，虽然王阿姨说了什么很好确认，可要证明这是虚假事实却是案子的关键。"

他顿了顿："所以对你和王阿姨之间的事，有任何或许存在的人证可以证实你的清白吗？"

这个问题一提，陆峰果然沉默了，他的表情也委顿了下来。

"没有，我们是邻居，她是独居，我平时去她家里帮忙，娇娇大部分时候在幼儿园……"陆峰越说越绝望,"所以律师,我是不是……就算想起诉,也赢不了?反而是浪费时间?"

大概率来说确实是,何况名誉权侵权案,就算千辛万苦胜诉了,能获得的经济赔偿也十分有限,像陆峰这种情况,并不属于造成严重后果和经济损失的,大概率能赔个一两千都算不错,更多的是消除影响、赔礼道歉之类的结果。

然而历来都是传谣容易辟谣难,所谓消除影响,基本也很难有特别好的效果,而诽谤他人之后的道歉,虽然形式上能让当事人消气,但多数也于事无补。

他这么委托一遭付出的时间、律师费代价,相比所能获得的结果,实在是毫无性价比可言的。

而别说对当事人是如此,对律师也是如此。

要调查清楚这是非曲直,就要花费不少时间,而名誉权侵权案件的律师代理费就在两千到一万不等,虽说可以约定胜诉后再取得胜诉执行金额的百分之十到百分之三十,但陆峰这个案子,基本没太多赔偿可言,而且就算顺利能拿到这些律师费,还需要和律所分成,再缴个税……

签约社区律师需要免费解答社区居民的法律纠纷咨询,但对于需上庭起诉的案件,也是要正常收费的,如果觉得不合适,是可以选择不代理的。

这案子不管怎样看来,都很难推进。

傅峥在心里过了一遍利弊,然后看了一眼宁婉,等着她婉拒。

"没关系,不去调查取证怎么知道一定做不下去?"

只是出乎傅峥的意料,宁婉并没有知难而退,而是笑着把这个案子接了下来,开出的代理费也几近于律师收费标准的底线,并且约定,要是自己调查取证不到相关的证据,对胜诉没有把握那就再和陆峰协商解除代理合同,分文不收。

陆峰一走,傅峥就忍不住了。

"这个案子你这样操作,大概率最后白忙一场,一点创收也没有,你被调派到社区也有一段时间了,就没想过如果创收上一直没有亮点,是很难被重新调回律所总部的吧?"

大型律所和社区签约提供法律顾问服务,多数是应司法局要求,或是为了亮出所里热衷公益的牌子赢得美名,顺带可以精准宣传进社区,因此签约费一般都是相当低的,律所抽成后,再分给具体驻扎社区的律师。

但因为金额非常少,最后常常导致大部分青年精英型律师不愿意浪费时间接这样的工作,或者就算接了,就挂个名,平时随便派个什么也不懂的实习律师过来装装样子晃一圈拍几张照片,上律所官网发个通稿,然后就走人,形式大于实质⋯⋯

傅峥说的宁婉不会不明白。

她正确的做法,应该利用在社区驻扎的时机,尽可能挖掘社区里代理费高的纠纷,诸如带房产分割的婚姻纠纷、遗产纠纷等等,如果能做出亮眼的创收成绩,自然更容易回到总部,甚至没准还能进个不错的团队。

只是⋯⋯

"你说的道理我都懂,可我要不给他们代理,他们还能找谁啊?"宁婉叹了口气,"社区这样的基层有很多收入一般的群体,这些人法治观念淡薄,更是没什么钱支付昂贵的法律服务,可难道人家就不配得到法律援助吗?"

"当然了,你可能会觉得,现代商业社会,没那个钱就不要找律师了,这话听起来好像是没错,可深想下,内里的逻辑不就和网上叫嚣的'穷还生孩子'一样吗?很多贫困家庭,生了孩子遭遇了困难向社会求助求捐款,结果还可能被网友品头论足:都这么穷了,两个人打打工都快养不起自己了,怎么还好意思要孩子?"

"崇尚仰慕强者是正常的,这才能让社会进步,但对弱者的真实生存状态和微弱呐喊完全视而不见充耳不闻,何不食肉糜地批判弱者,也不见得多对啊。毕竟要按照有钱才能做什么事才配得到什么服务的逻辑,这些穷人一辈子不可能达到所谓能生孩子的条件,那就不配生,让人家就地灭绝吗?陆峰这案子是没钱还麻烦,但也就因为他没钱,就让他真的遭遇这种事,让他好不容易想要在容市安家的计划全部泡汤,被迫逃跑⋯⋯"

宁婉深吸了一口气:"要是我不知道这事也就算了,但既然知道了,总不能视而不见,总不能真的变成社会达尔文主义者,穷的就让人家自生自灭吧?毕竟这个理论下,如果一开始决定让穷的人灭绝,那再之后就是老弱,然后病残,没准什么时候炮火都瞄准自己了。"

宁婉一想起这,就有些苦巴巴地说:"毕竟说实话,我也真的挺穷的,可她至今在正元律所里没有跟团队,除了少得可怜的底薪,就靠自己单打独斗创收的分成过日子,可大半时间都耗费在社区里了,接的都是援助价的案子,穷确实是很穷……

"据我所知,每个所驻派社区的律师应该是轮换的,为什么一直是你在这里?"

"好问题。"傅峥这个问题又让宁婉伤神了,"社区律师就是穷忙,越忙越穷,越穷越忙,所里一开始确实说是轮换的,我一周来两天就行,可最后,另外那三天该别人来的时候,他们都不来,就给社区里负责检查的人多送点小礼就行了,节省下来的时间办别的案子赚多了,回头只要临到年底社区要考核的时候,回来补咨询记录就行了,别看这个咨询记录我和你天天认认真真记,但对别人而言都是形式,一天之内就给你补出全本来,案子全是假的,随便编的,交到社区,再向所里提交一份,要是造假的案子数量不够,还能退回来让你补……"

宁婉无奈道:"你看就安排这种人和我轮岗,我能不来吗?我要不来,这一周里剩下的三天,社区里的法律咨询就没人干,我看不下去,所以最后就变成一周五天都是我来了。"

她想了想,精神胜利道:"不过律师工作本来也有点自由职业的味道,写法律文书材料在哪儿都行,空起来社区也没什么事,完全可以做所里接来的别的案子,其实就是换个地方办公而已,也没什么影响,但我没什么大案,所以还是稳定的穷……"

自己给傅峥科普了内情,结果傅峥皱了皱眉,问的问题很另辟蹊径:"另外三天轮流的是谁?"

宁婉有些意外:"我说了这么多,你就对这个感兴趣啊?"

傅峥很坚持:"哪几个人?名字?"

宁婉想了想,觉得告诉他也没事:"就李悦和胡康啊,本来李悦负责两天,胡康负责一天的,结果就开始时出现了下,后面直接不来了。"

"他们的直属老板不管吗?"

"不管。"

宁婉没想到傅峥还打破砂锅问到底了:"为什么会不管?"

"他俩是一个团队的,跟的是个中级合伙人沈玉婷,女老板,他俩呢,都是男的,还挺年轻,长得还行,嘴巴又甜,把沈玉婷哄得高高兴兴的,外加又会来事儿又能拉帮结派打压异己,把社区这边另一个主任都搞定了,季主任也不好说什么,而他们不用分心来社区,这样节省下来的时间还能帮着处理自己老板安排的来钱的活,沈玉婷心里知道,也睁一只眼闭一只眼,何乐而不为呢?"

宁婉顿了顿:"何况沈玉婷本身自己路子就很野,好几个案子,她都偷偷转走私账了。"

傅峥皱了皱眉:"转走私账?这什么意思?"

"就我们所正常接客户,都有一个所里的收费标准,所里也要抽成的对吧?像沈玉婷这种接私活走私账呢,就会在所里收费标准和正常自己走律所到手的钱里选一个中间值,这样对客户来说,出的钱比走律所少,而对沈玉婷来说,拿到的钱又比被律所抽成多,对他们而言是双赢,何况不少审合同出合同之类的活儿,走个人对个人的私账,都不用缴税……"

"但这是违规的,走律所虽然收费对客户而言相对高,可都有非常完整的代理合同,一旦出现纠纷也有救济方式,走私人账,要是出了问题,私人客户怎么玩得过专业律师?"

宁婉叹了口气:"可私人客户很多时候只看钱啊,走私账钱少,谁能想到后面还会有纠纷?不过可能沈玉婷私活做得都还行吧,我是不太清楚闹出过什么纠纷。"

宁婉只是随口一说,没想到傅峥却对这个话题非常在意。

"沈玉婷的事,你向所里举报过吗?"

"举报?"宁婉瞥了傅峥一眼,"我说傅峥你是不是美国的大米吃多了,你以为什么不公的事情都可以正常走举报就搞定啊?拜托,沈玉婷好歹是个中级合伙人,有固定团队有固定创收,想要撼动她最起码也要有两个以上高伙彻查,可我只是个在社区蹲着的基层律师,何况她这些事,虽然知道她就是这么搞的,但我也没有物证,怎么坐实?举报这事情,可能出师未捷就身先死了,而且就算举报到高伙了,人家也估计会掂量得失视而不见的……"

宁婉叹了口气:"职场哪有你想的这么非黑即白啊。"

宁婉确实是真心实意好心才提点傅峥的。

他看起来秉承了朴素的正义观,觉得做错事就该受到处罚,是个真正的傻白甜,然而职场哪里是这样的啊……

宁婉觉得自己要不多提点提点他,他迟早要在工作里碰壁到怀疑人生。

然而傻白甜本人对宁婉的好言相劝却一点都不明白,他抿了抿唇:"你都没试过举报,怎么知道所有高伙不会处理?怎么就预设了结局?"

"你以为我以前见到所里不公平的事没反映过吗?"

"那为什么不再试一次?"傅峥看向她,"这次肯定会成功的,我可以保证。"

得了,还保证呢,生活又不是靠相信努力会有回报,相信社会真善美这样的鸡汤就可以继续过下去的,宁婉对这个话题有些抵触也有些疲乏。

见傅峥还想问,她赶紧打断了他:"行了行了,到此为止,我告诉你这两人名字和沈玉婷的事,是希望以后你要是回总所了,当心点这两个人,别深交,都不踏实。很会忽悠,业务能力很一般,但胜在会拍马屁,沈玉婷的团队你也不要进,她也不是很专业,路子又野,喜欢嘴甜的员工多于干实事的……好了,我们还是少聊八卦,专注业务,走了走了,去调查陆峰的事。"

傅峥抿了抿唇,像是用力记下了这几个人的名字,然后终于被宁婉的话拽回了当下,他皱起眉看向宁婉:"可陆峰和王丽英的事,各执一词,又没有目击证人,我们还能去哪里调查?"

"当然不直接找两个当事人调查!"宁婉笑笑,"目前的情况,我个人更倾向相信陆峰的版本,但老太太为什么撒谎,我们去找老太太对质,也是没效果的,她既然选择了这个路,就破釜沉舟心里有计较了,那我们从她身边入手就行了。"

"她连自己子女都不想见。"

宁婉打了个响指:"所以我们要接近她的闺蜜!"

"郭建红说了,王阿姨化疗前喜欢跳广场舞,和领舞的肖阿姨关系很好,说实话,很多私人感情方面的事,父母未必好意思和子女说,但人嘛,总是需要有倾诉对象的嘛,不方便和子女讲的话,没准会和闺蜜说呢?"

说干就干,宁婉和傅峥分头行动各自打听,然后碰头交换了下信息,终于拼凑出了肖阿姨的大致情况。

肖阿姨全名肖美,退休前是一名舞蹈老师,如今也保养得当身姿绰约,几年前老公去世了,至今都是丧偶独居,唯一的儿子远在美国定居。

但肖阿姨也不寂寞,她如今是社区广场舞队的灵魂人物,小区里丧偶独居老头的梦中情人,老年社交圈里的知名交际花和社会活动家。

信息收集得七七八八,但新的问题来了……

肖阿姨活泼外向爱好社交,因此常年不着家,左邻右舍都不知道她白天在哪儿活动,只知道晚上七点半是一定会去空地领舞广场舞的。

如此一来,就得加班了。

宁婉看了眼傅峥:"待会下班你就回家吧,晚上我来等,本来接近广场舞老阿姨这种事,也是我这个女的比较合适。"

宁婉顿了顿,有些不好意思:"就是抱歉啊,本来想今晚请你去我家吃饭的,这下你这顿晚饭只能自己解决了。时间有点紧,我来不及回家做好饭再赶回来了。"

傅峥一听见宁婉说要请自己吃晚饭,一颗心都悬了起来,听到她说让自己解决,一颗心才终于放了回去。

他用很乖巧的模样笑了一下:"没关系,今晚那辛苦你了,我自己解决晚饭就行。"

昨晚陪着宁婉去生日宴因为全场海鲜都不够新鲜,几乎没怎么吃,之后又被拉去大排档,也还是没怎么吃,如今傅峥松了口气,今晚总算可以吃顿好的了。

宁婉不知他心里所想,满脸写着愧疚:"不过没关系,明晚开始你都到我家来吃饭就行了。"

"……"

宁婉朝傅峥笑道:"为了报答你生日宴上帮我,我决定做饭报答你,本来只想管你一周晚饭的,现在我宣布,你这半年的晚饭,我都承包了!"

"……"

"……"

"……"

傅峥觉得这一秒自己即将窒息:"你太客气了吧……半年真的太久了,太麻烦辛苦你了……"

宁婉的饭真的不算特别好吃……自己还是吃酒店的西餐比较习惯……

可惜宁婉压根不懂傅峥的内心,她大度道:"没事啦!我又不是买多贵的食材，也就家常菜很普通的啦，你好好干，就当我这是投资你半年了，半年后你可要飞黄腾达啊！"宁婉说到这里，调皮地朝傅峥挤了挤眼睛，"以后要是有案源，一定要带我！"

"……"

大概是见傅峥沉默，宁婉忍不住开起了玩笑："怎么啦？你还不答应呀？"

傅峥挣扎了一下，最终放弃了抵抗，干巴巴地吐出个"好"字。

宁婉得到了满意的回答，兴高采烈地朝傅峥挥挥手，然后走了。

傅峥一个人站在原地怀疑人生。

他从没想过有朝一日竟然被投喂半年晚饭就可以分到自己的案源。

傅峥这辈子从没想过，原来自己竟可以如此廉价……

-Chapter 15-
恃靓行凶就是犯罪

宁婉告别了傅峥,匆匆吃了个快餐,又处理了几个所里的工作邮件,一看时间,都快七点半了,赶忙收拾了东西,急匆匆就赶到了跳广场舞的场地,说起来,这片新场地还是宁婉给开拓的呢。

晚间的风一吹,此刻在这片敞亮的空地,倒是有些惬意,不多会儿,好几个老阿姨便聊着天慢慢聚集了过来。只可惜宁婉探头探脑看了半天,也没见着肖阿姨,这位广场舞领队,还真的是个大忙人,堪堪到了七点四十分才姗姗来迟,而她一来,宁婉还没找着机会搭话,这位灵魂人物肖阿姨就把音响一开,然后就热火朝天地就着有节奏感的音乐跳了起来……

宁婉没法,总不能大家都在跳呢,自己一个人站着,太另类了,于是索性也一起跳了起来……

几首舞曲下来,宁婉跳得气喘吁吁,也终于在中场休息的时候,以自己僵硬的动作、尴尬的表情,还有不伦不类的掉队现象,成功引起了领队肖阿姨的注意——

"你是?"

"肖阿姨,我叫宁婉。"宁婉笑眯眯的,也没直接进入主题,先吹了一波彩虹屁,"我听说你这儿跳舞特别棒,我平时一直坐办公室,身体都僵硬了,跳得比你差远了,今天跟着你一跳,觉得体力都不如你,难怪你身材保持得这么好……"

只可惜肖美并没有显得多心花怒放,只矜持道:"是吗?"

"怎么不是,你看以后我能喊你肖姐姐吗?"宁婉一脸淳朴道,"我之前是听小区里别人喊你肖阿姨,刚才才那么喊的,可见了你真人,你看起来这么年轻这么有气质,叫你阿姨我真的有点喊不出口,要不就叫姐姐吧?"

照道理来讲,这些吹捧对大部分人都挺有用,对夸赞自己的人,人们总是更易产生亲近感，只可惜这位肖阿姨实在是个例外，大约平日里众星捧月被人夸多了，因此见多识广，不论宁婉多么赞美，她始终带了点高高在上的疏离感和矜持，害得宁婉也放不开手脚，无法推进自己的搭讪计划。

倒是肖阿姨开门见山了，她瞥了几眼宁婉，用洞穿一切的眼神径自道："说吧，你来接近我是为了什么？"

行吧……既然喜欢单刀直入，宁婉也不婉转了："是这样的肖阿姨……"

结果话没说完，肖美就咳了咳打断了宁婉，她拨弄了两下自己的刘海："刚才不是要叫姐姐吗？"

"……"宁婉识时务者为俊杰，立即道："肖姐姐，是这样的，我叫宁婉，是悦澜的社区律师，现在接了个案子挺困扰的，王丽英你知道吧？听说她是你朋友，挺想和你打听点她的事。"

结果宁婉把事情的来龙去脉讲完，肖美却并不来劲："说实话，小区里把我当朋友的人太多了，但我也不能每个朋友的事都管吧？王丽英也就是我们广场舞团里比较早的参加人而已，平时没事唠嗑两句，你一年轻人，应该也知道塑料姐妹情吧？"

"……"

肖阿姨卖够关子了，才切入了正题："当然了，要是我出手，自然马到成功，你想打听什么都能成，可这……你也知道我挺忙的，哪里有这么多时间啊……"

宁婉听出所以然来了："委托麻烦你去打听这些事，当然是要有所表示的呀，肖姐姐你有什么需要的尽管说吧？"

说完这话，宁婉就心里祈祷起来，肖美可别来个狮子大开口啊……

肖美叹了口气："房子车子票子，这些我都没什么缺的。"

宁婉松了口气……

"我就缺个男朋友。"

宁婉这口气又吊起来了，不过好在她也有对策："没问题，我和社工委季主任关系好着呢，小区里有什么优质单身资源，要有合适的我给你打听着留意好，下回介绍你们认识，就不知道肖姐姐对男朋友有什么硬性要求吗？"

一说起这，肖美也很大方："没别的要求，就是帅点，高点，二十五岁以下就行了。"

？？？这叫没别的要求？？？还要二十五岁以下？？

敢情现在都流行忘年恋了？可这真的难倒宁婉了，让她上哪儿找二十五岁以下的英俊男青年去配给这位肖阿姨啊……

好在肖美清了清嗓子，又自我补充了起来："其实吧，我也不是要找真的男朋友，我就是不想输。"

"什么？"

肖美瞥了宁婉一眼，"不想输给王丽英啊。"她不满道，"其实不用你讲，最近小区里已经有传闻出来了，说王丽英找了个二十六岁的年轻男人当对象要结婚呢，可她有我长得好看有我看着年轻吗？怎么她就能找到这么年轻的男人？"

肖美顿了顿："我其实本来也早就想去一探虚实了，她这怎么能找到这样的男朋友啊？是不是有什么内情。"

宁婉愣了愣，突然觉得有点回过味来："所以你觉得自己没和她一样找到年轻的男朋友，面子上赢不过，就一直没去？"

肖美有些不自然地咳了咳："总之，就因为她这事，最近把我风头全抢走了！大家都在讨论她顺带议论我，说我再保养得好有什么用，围着我转的还不都是些糟老头吗？"

她看了宁婉一眼："你让我去打听行，但你得给我找一个二十五岁以下的年轻帅哥每天陪着我，也不是真做男朋友，就陪我逛逛街聊聊天，让那群背地里说我的女人酸酸就行了。"

肖美说完，又补充了一句："一定要帅！要高！要看起来有气质！王丽英找了个二十六的，我就要找个更年轻的，二十五以下！"

"所以你要找的其实不是男朋友，就类似是那种陪玩的男公关？"

结果一听"男公关"三个字，肖美的眉头就皱起来了："男公关我不要的，一般没怎么读过书，没气质的，而且油嘴滑舌，没准想骗我的钱呢，我要那种学历好的家世清白的！"

"……"

肖美下了最后通牒："总之，你找到我'小男朋友'的时候，就是我帮你的时候。"

她说完，不再理睬宁婉，结束了中场休息，重新开了音响。

在广场舞醉人的音乐节拍里，宁婉苦思冥想，头大如斗。如今事不宜迟，陆峰还在苦巴巴等着自己调查清楚呢,要短时间内找个英俊帅哥,还愿意陪着肖美逛街聊天,这确实有点难度……

要自己是个男的就好了,那自己绝对愿意为了办案而牺牲……

等等!

顺着这个思路,宁婉突然有种柳暗花明的感觉。

自己如今可不是一个人了,也是有团队的啊!自己这团队里,可不是还有个男的吗?

盘靓条顺,长得帅,个子高,气质好,海外名校毕业,学历优异,同时又和自己一样,是这个案子的被委托律师,绝对愿意为了工作作出一点小牺牲,唯独……

唯独傅峥三十了。

"都三十了?!不行!太老了!"

果不其然,等肖阿姨跳完广场舞,宁婉再次上前"进贡"了人选的信息,就遭到了对方的激烈反对:"三十不行!绝对不行!"

肖阿姨苦口婆心:"你说要是二十六,我还能忍忍,至少和王丽英打了个平手吧,二十七也还行,装装嫩也看不出到底几岁,可你找个三十的,不太行啊,男人过了二十八,就是残花败柳了,这都三十了!我带出去,多掉面子!一下子就输给王丽英了!"

宁婉没想到,三十岁正值壮年的傅峥竟然都能惨遭嫌弃……

但是她还是努力推销道:"我这儿这个虽然三十,但是真的不错,特别帅!帅到没朋友那种!肖姐姐,年龄不是问题啊!男人越老,越是像醇厚的酒,就越有味道!"

宁婉又疯狂吹了一波傅峥的颜值,傅峥的大长腿和傅峥的冷峻气质,肖阿姨总算有些松动:"既然你这么说,那我勉为其难见一面吧,给他个机会。"

宁婉得了这颗定心丸,这才千恩万谢地回去了。

然而宁婉没想到,搞定了肖阿姨,这事的推进竟然折戟沉沙在了傅峥身上。

"不行,我拒绝。"

第二天上班,几乎是宁婉刚说了这个方案,就遭到了傅峥的强烈拒绝,他板着脸:"我是个律师,律师的时间你知道多宝贵吗?律师每一分每一秒应该用来干什么你知道吗?"

"知道知道！可傅峥，你说的那种每分每秒都很宝贵的最起码是合伙人级别的，你知道底层律师最不值钱的是什么吗？就是时间！"

"律师要是没资历，那时间就不是时间，因为人家合伙人能靠着经验和专业花十分钟解决的案子，我们这样的律师可能要花几倍的时间，我们就是靠这样才能去追赶人家的。"

宁婉说得简直都有些口干舌燥了："何况我们现在是社区律师，社区律师的工作内容就很繁复，你要是以后想做民事领域，也免不了和这些事打交道，很多婚姻纠纷中律师在帮当事人办理离婚诉讼的时候，还得跟着当事人一起去抓奸证据呢！"

宁婉说的是道貌岸然，但傅峥简直快要气死。

他，堂堂一个高级合伙人，一个时薪在中美法律市场都是顶尖的商事律师，竟然被宁婉准备派去当"三陪"！

傅峥听到这个要求的时候，几乎震惊到都快说不出话来了。

宁婉说的倒是好听，说那叫深入调查帮助当事人确定法律事实，可实际呢？实际难道不就是叫自己牺牲色相？自己一个专业的律师，最后竟然要去做陪聊一样的工作？

虽然她说的确实有道理，基层律师就必须花这个时间去调查事实情况，可傅峥只是装成基层律师而已，他内心一个高级合伙人的尊严让他没有办法接受这样的安排，一旦自己做了这种事，这将是自己职业生涯里永恒的黑历史……

"傅峥，求求你了，现在陆峰的清白能不能洗刷就看你了！"

傅峥抿紧了嘴唇，不为所动："他的清白是洗刷了，那我的清白呢？我的清白就不要了？"

"你这说的什么话呀，肖阿姨就是找个人陪着聊聊天逛逛街，不是找你当男朋友，怎么就毁坏你的清白了呀？"

"那你花点钱，雇个别的男人去陪。"

但凡自己要是有钱或者要是能找到别的男人，宁婉会找傅峥吗？！

这样下去不行，必须得来个大招！

宁婉眨了眨眼，一脸郑重地开始信口雌黄："其实是这样，肖阿姨是点名要的你，她之前在小区里对你惊鸿一瞥后就念念不忘，没想过世间竟然还有这么帅气的男子,而且不仅帅,身材还好,那个腿那个腰,气质又不同于路上别的庸脂俗粉。"

宁婉不管三七二十一就往死里吹:"曾经沧海难为水,除却巫山不是云。都怪你自己成天长这么帅还在大马路上晃荡,害得人家肖阿姨自此就看不上别的男人了,觉得这小伙子这么帅,特别想认识一下,你知道的,男人的审美很稳定,永远爱十八岁年轻女孩,我们女人也是啊,肖阿姨就从单纯审美的角度出发,喜欢有个年轻帅哥陪着自己逛逛街,有错吗?要是有错,错的那也是你傅峥啊,恃靓行凶就是犯罪!"

"……"

傅峥虽然脸还板着,但看起来表情松动不少。

宁婉再接再厉,又是一通自我发挥地狂吹,直把傅峥也吹得有些头重脚轻,他咳了咳,有些不自然道:"她就真的……这么欣赏我?"

"那是啊!你得转换下思维,什么叫'三陪'呢!你把人家肖阿姨想象成你的妈妈粉不就行了?你作为人家的偶像,给自己铁粉一点福利,陪人家聊聊天逛逛街怎么了?同时又能完成工作,岂不是一举两得的美事?"

……

对于陪肖阿姨,傅峥内心其实是拒绝的,但没想到自己就算隐藏了身份,身上的气质还是遮不住,是金子总会发光,无心让肖阿姨竟然如此欣赏和迷恋……这或许确实是自己的责任……

"你啊,注定了出挑的长相和人格魅力还是让你无法普通,所以傅峥,你要有点社会责任感,干点自己力所能及的事!"

宁婉还在游说,傅峥心平气和地想了想,觉得她说的话确实也有一定的道理,何况总体来说,这也算是难能可贵的一次生活体验……

于是最终,傅峥松了口:"既然这样,那我试试吧。"

他松了口,宁婉也松了口气,事不宜迟,她立刻联系了肖阿姨,然后把傅峥给带了过去。

傅峥见肖美之前其实有些担忧,这位老阿姨都这么迷恋自己了,要是见到真人不知道会不会激动过度,自己要怎样让她保持理智和距离?

然而真的到了肖美面前,傅峥想象的情况竟然一个也没出现……

肖美特别冷静。

冷静得都有些过头。

她不像个粉丝,倒像个挑剔的猪肉买家,打量傅峥的眼神就像是看一块特价猪肉……

傅峥皱着眉看向了宁婉。

宁婉的解释有些磕磕巴巴,她低声道:"这叫近乡情怯!看到偶像太激动以至于还没彻底反应过来,所以表现都异常了,这是一种人的自我保护机制,其实她内心风起云涌着呢!"

傅峥勉强接受了这种解释,肖美又看了傅峥几眼,然后对宁婉点了点头,宁婉露出了松了口气的模样,然后两人就和傅峥打了个招呼号称要一起去厕所。

傅峥没有在意,他坐在原地等,结果等了很久,也不见宁婉回来,他今天中午约了高远,一看时间有些尴尬,恐怕要迟到,于是起身准备给高远打个电话说明,只是傅峥刚绕到一个安静的地方拿出手机,就听到了树丛另一侧传来的声音,竟然正是号称去厕所的肖美和宁婉的——

"肖姐姐,我说了吧,是不是人不错?"

回复宁婉的是肖美冷傲的声音:"嗯,还不错,虽然三十了,但不太显老。"

"???"

"我都和你说了,我介绍的,品质保证,我们傅峥虽然三十了,但是之前一直在学校念书,很天真单纯的,你看,这眼神多清澈是吧?其实男人重要的不是年纪,是清纯!有些男人二十五又怎么样呢?都是社会老油条了,我们傅峥年纪是大了点,但是硬件软件都是特别优秀的,眼神里透着干净!就让他陪你吧?你看行吗?"

"……"

傅峥抿了抿唇,放下了手机。

说好的肖阿姨是疯狂迷恋自己的铁粉呢?这个场景怎么看着宁婉像个强买强卖推销的?什么叫自己年纪虽然大了点?这说的像自己没人要,是推销滞销品跳楼大甩卖似的。

"行吧,就他吧,长得确实很帅,身材很好的。"肖美叹了口气,"就是年纪大了点是硬伤,我和你说啊小宁,你肖姐姐我的过来人肺腑之言,看男人,也不能只看脸蛋的啊,这傅峥都三十了,怎么还在社区做基层律师啊,都说三十而立，这肯定是能力有点不行。"

什么叫能力不行？！什么叫年龄大点是硬伤？

傅峥捏着手机，差点气到升天。

肖美却还在那边长吁短叹："一想到这，我再看他，觉得他魅力都大打折扣了，男人老点也不是不行，但你要有成熟的魅力，不能都三十了，还是个小律师，我这个人啊，看男人也是看内涵的，虽然他这脸真的不错，但一想到这小伙子水平这么差，只是个男花瓶，也是有点提不上劲……不过算了，世人都肤浅，有他这张脸，我在王丽英面前也能抬起头了。"

"……"

肖美拉拉杂杂说了一堆，最后得出结论——她勉为其难接受傅峥了。

这勉强的态度和言辞间的嫌弃，让傅峥再次对自己的价值产生了疑惑——

没多久前，他觉得自己同意宁婉投喂半年晚饭换取自己案源实在是自己这辈子做的最廉价的一件事，但如今他才意识到，自己到底还是天真，永远不要以为生活已经触底了，因为没有最廉价，只有更廉价……

如今的他，去做"三陪"，不仅没有半年的晚饭，竟然还需要倒贴。

傅峥觉得自己的人生观被彻底打碎。然后重塑了。

来社区体验基层工作以来，他的脾气是越来越好了。

还三十岁的自己没魅力？他倒是要让这两个一老一小瞎眼地看看，什么叫魅力。

宁婉并不知道自己和肖美的一席话都被傅峥给听到了，她和肖美达成一致后，就重新回到了傅峥的身边。

"傅峥，肖阿姨特别激动，刚才在厕所拉着我说得都不肯放手，不过她是个害羞的人，所以表现上有些矜持，你不要在意，待会陪她去她们老姐妹聚会的地方一起喝个咖啡就行，你就中规中矩表现就可以！我和她商量好了，就喝一次咖啡，之后都不用你再陪了，让她上她的老姐妹那长长脸，她就帮我们去找王丽英打听。"

宁婉自问自己一席话说得滴水不漏，但也不知道怎么的，傅峥的脸上有些努力克制般的阴沉，他看了宁婉两眼，然后有些阴阳怪气地笑了笑："哦，好。"

宁婉没在意，又关照了他几句，才目送傅峥和肖阿姨离开。

……

肖美的老姐妹聚会没有持续很久，个把小时后，傅峥就回来了，比起刚去时他难看的脸色，他如今的神情看起来……难看的脸色没有那么明显了……

"搞定了？"

傅峥冷哼了声："搞定了。"他看了宁婉两眼，撇了撇嘴，最终像是没忍住，声音阴阳怪气道："虽然三十岁高龄了，能力也不太行，好在老得不太明显，就勉强一张脸能看，是个男花瓶，但好歹不辱使命，超质量高效地完成了任务。"

"……"

宁婉有些尴尬："你听到了啊？肖阿姨有点偏执，之前一定要二十五岁的……"

"你不是说她是我真爱唯粉？指定了要我去？"

"……就……"宁婉真心实意道歉道，"对不起，实在是办案需要，就委屈你了，我其实觉得三十岁一点也不老，正当壮年大有可为，而且你看着确实不太像三十的人，你要是真的很介意，我去帮你和肖阿姨好好论伦理！告诉她男人三十一枝花！另外，我包你一年的晚饭吧！你要是不原谅我，我就一直包下去？"

宁婉以为傅峥可能还会耍耍小性子，没想到一听自己这话，他几乎当机立断道："我原谅你了，做饭大可不必，真的不用了。别人对男人年龄和魅力的误解也不需要你澄清，我自己会用能力证明。"

受了这么大的委屈还不要自己做饭报答，宁婉心里更是充满了愧疚，此刻再看傅峥的身影，都觉得倔强里透着逞能……

"其实……虽然肖阿姨不能欣赏你的魅力，但我那些话，也不全是假的，我自己确实这么觉得，你确实挺帅的……"

宁婉憋了半天，还是没忍住："你气质也真的很好，这些我没骗你……而且你为人特别善良，还愿意帮助别人，学习能力也很快，做什么都挺像那么回事，虽然现在还只是个基层律师，但只要这样坚持下去，一定会越来越好的！"

虽然一开始对着傅峥夸他有些羞耻，但一旦说开了，宁婉倒是也真心实意了："很多人大器晚成的，三十岁没有资历相较于同龄人虽然是个劣势，但保持进步就好了，人生是场长跑，你只要比别人稳得住就好了，我很看好你的傅峥！"

傅峥活到三十岁，不是没听过吹捧，然而面对宁婉如今这种坦荡直白的鼓励和夸赞，反倒有些不自在，宁婉确实十分漂亮，她盯着别人看的时候眼睛会不自觉地睁大，圆圆的。

都说长杏眼的女生容易让人产生保护欲，会觉得既可爱又清纯，虽然宁婉平日里的操作根本和这几个词搭不上边，但傅峥这一刻却发现，是真的。

虽然从工作上而言，宁婉无疑是利索又干练的，这样的人原本应该理智老成，然而宁婉又实在很好骗，傅峥毫不怀疑只要自己愿意，宁婉能被自己骗了还帮自己数钱。

她太轻信自己了，她太大意了。

平生第一次，傅峥产生了轻微的愧疚感。

好在傅峥的愧疚感在和高远见面没多久后就烟消云散了。

高远遇到了一个跨国并购纠纷案，对几个细节和操作实在有些头疼，于是拿来咨询傅峥："你处理这类案件多，你说说这时候应该怎么操作？对方又是恶意收购……"

一讲到案子，傅峥便没闲心想别的了，他开始全情投入地讲起来。

两个人断断续续讨论加分析，等高远露出恍然大悟的表情，已经过去了快一小时。

"你真的不做商事了？这多可惜啊！"

对于高远的惋惜，傅峥倒是淡淡的："没挑战的事继续做下去，人生就太没意义了。"傅峥顿了顿，"何况也不叫不做商事了，做还是做的，只是连带做一下，主要精力还是想用来开拓新的领域。"

他讲到这里，突然看了高远一眼，转移了话题："对了，沈玉婷，你了解吗？"

对于傅峥这个问题，高远虽然愣了愣，但还是答道："知道，不过不太熟，你问这个干什么？是看上她团队里的谁了想要来你自己团队？"

傅峥嗤笑了声："她团队里的所有人，包括她，我都看不上。"

"那你问她的情况干什么？"

傅峥没直接回答，只问道："高伙需要负责对所里的中伙考核，所以这个沈玉婷，这几年来业务和创收怎么样？"

高远主管考核，说起这个倒是有点叹气："她这两年创收和业务量都在下降，丢了好几个老客户，照理说不应该啊，尤其这几个老客户平时都合作得好好的……"

"查查她的老客户是不是和她走私账了吧。"傅峥看了高远一眼,笑了一下,又补充道:"另外除了沈玉婷,沈玉婷团队里两个律师,李悦和胡康,开始不是安排他们也要来社区驻扎的吗?可我在社区这么久,这两个人从来没出现过,所以所里安排的工作,想不来就不来?你们几个高伙邀请我加入的时候,可是说所里气氛多好多好的,现在,就这样?"

高远没想到傅峥会突然对所里的人事发难,捏了把汗道:"知道了知道了,我回头处理,严惩!绝对严惩!但你可记住啊!你答应我加入我们所的!我在几个别的高伙那都拍胸脯了!可不能中途跑别的所去啊!"

傅峥抿唇又笑了一下:"你最好在我入职前把所里乱七八糟的事和人给清理整顿掉,否则等我正式入职,清算起来就不留情面了。"

"正元律所的社区律师项目虽然运作得很顺畅,但三个驻派律师里,只有宁婉一个人坚守岗位,虽然世上的规则不是种瓜得瓜种豆得豆,但我的世界里不会让老实人吃亏。"他看了高远一眼,"你们不能欺负宁婉。"

"没问题没问题!"

"对了。"傅峥却是又想起了什么一样,叮嘱道,"你处理这个事的时候,记得艺术性地不小心透露一下,把沈玉婷情况举报给你的,是个男人。"

"啊?为什么?"

"你问这么多干什么?难道你做不到吗?"

"做得到做得到!我演技那么好,一定会无意间不小心说漏嘴是个男的举报的!"

只是点头保证完,高远又有些语气发酸了:"傅峥,我认识你这么多年,以前我在不知情的情况下被人抄了论文,结果老师误会我帮着人家一起作弊,让我论文也重写,那时候怎么没见你这么'不让老实人吃亏''你们不能欺负高远'啊?怎么换到人家宁婉,你就双标了呢?就因为她长得漂亮吗?"

傅峥皱了皱眉:"你是女的还是男的?你还需要保护?"

高远委屈上了:"怎么了?男人就不该被保护啊?现在还流行猛男落泪呢!"

傅峥嗤之以鼻:"你后来不是搜集证据证明你没有协助作弊,完全是被抄袭的被害人而洗脱冤情了吗?你自己都能处理要我帮什么忙?而且,你是老实人吗?你还老实?你老实能和我做朋友?"

傅峥自然不是个好东西,但能和傅峥狼狈为奸的自己,又能是什么好货?

"……"高远憋了憋,竟然觉得有点无法反驳,他想了想,只好反问道,"那你怎么知道宁婉不能处理啊?"

"她不行,她有点傻气。"

"精明都是历练出来的,傻气么,多碰几次壁就好了啊,你就算路见不平想护着她一时,还能护一辈子啊?授人以鱼不如授人以渔,你还不如教教她怎么搞好职场关系,怎么精明站队……"

傅峥没有再理睬高远:"你很闲吗?不是要处理那个恶意并购案吗?你老婆好像正缺个人陪逛街呢,你这么空我和她打个电话?"说完,他就拿起了手机。

高远一听陪老婆逛街,当下头皮发麻,再也不废话了,赶紧闭了嘴就走。

而另一边,宁婉丝毫不知道她在"傻白甜"傅峥的眼里才是真正的傻白甜,这几天都还非常乐呵地帮傅峥忙前忙后争取利益。

在她的努力下,今天,傅峥的椅子正式从高贵典雅地中海蓝塑料凳升级成了和她一样的同款座椅。

只是就在她拉着傅峥试用这新椅子的时候,肖阿姨袅袅婷婷地走了进来。她左右环顾了下,在看到被电脑遮住的傅峥后,眼睛咻地就亮了起来——

"小傅啊。"肖阿姨撩了撩头发,"这几天怎么都没见你。"她的语气有些哀怨,朝傅峥风情万种地眨了眨眼,"不是说好回头联系我的吗?"

宁婉皱着眉,一时之间有些莫名其妙,她狐疑地看向了傅峥。

肖阿姨此前对三十岁高龄的傅峥接受得还颇为勉强,怎么这就突然热情似火,一日不见如隔三秋了呢?

傅峥倒是挺冷静,三两下化解了肖阿姨的秋波,转向了正题:"王丽英王阿姨那边有什么新情况吗?"

一说这个,肖美就眉飞色舞起来:"当然有,我肖美轻易不出手,出手自然手到擒来。"她又给傅峥抛了个媚眼,才压低声音道,"王丽英那个男朋友,是假的!"

肖美得意扬扬:"我就说嘛,她怎么突然能找到个二十六岁的小男朋友,果然是假的!完全是她杜撰的!"

"那男的啊，就是她邻居，也不知道她怎么的就让人家没反驳，但反正，他俩相爱这种话，都是假的。"

"她和你这么承认了吗？"

肖美抬了抬眼皮："哪能呢？她呀，也藏着掖着，这种事大概吹牛也有点不好意思，当然不会说开咯，可女人谈没谈恋爱，我是看得出来的，她呀，开始说得还有板有眼，说两个人恋爱要结婚呢，结果我越问她越是破绽百出，我看她也是死要面子活受罪，花钱找了这男邻居装情侣……"

肖美并不知道王丽英和陆峰的细枝末节，然而宁婉心里咯噔一下，肖美的话印证了她的猜测，陆峰说的话不假，他确实没和王丽英谈过恋爱，那么……

那为什么王阿姨一定要说和对方谈恋爱了，还要结婚？

傅峥显然也想着这个问题，他皱了皱眉，看向肖美："所以王阿姨还和你聊了些什么吗？"

"当然，也聊了不少，她也不容易，两个儿子都那么不孝顺。"肖美叹了口气，"她吧，也算是辛苦了一辈子，一口气没停过，给这两个儿子都买了房子娶了老婆，结果有了老婆没了娘，儿子儿媳没一个好东西，别说给她钱，不问她要钱都不错了。"

说到这里，肖美也挺唏嘘："我以前不知道，原来她这段时间都没再来跳广场舞，是因为诊断出癌症了……病后这段时间，两个儿子也没照顾她多少，去医院化疗也是她用了自己好不容易攒下的养老钱，两个儿媳妇甚至成天劝她保守治疗，别治了，吃斋念佛抄金刚经就行了，也不知道安的什么心。"

"她化疗后身体差，可两个儿子也不管不顾，有几次她都躺着起不来了，以为自己不行了，都没人管，倒是自己那个男邻居挺热心，一直忙前忙后照顾她，不然她说她早死了！我看吧，她就是因为人家照顾自己，患重病的人又没个心理寄托，所以才把人家想象成了自己的男朋友！"

……

肖美又讲了些有的没的，然后抿唇笑了笑，看向傅峥，又撩了撩头发，拍了拍傅峥的肩，关照傅峥有空一定要联系自己，傅峥虚与委蛇了几句，肖美这才再次袅袅婷婷依依不舍地走了。

肖美一走，傅峥脸色就有些差："我是不是白做'三陪'了？陆峰和王丽英没有恋爱关系至今仍旧是肖美自己的理解推测，其余信息也都无关紧要……"

"没有！我觉得你已经不辱使命了！"宁婉却不这么想，"你不觉得我们离真相已经很近了？"

"什么？"

"人做某件事都会有个动机，你听肖阿姨的话里，王阿姨其实是明明内心很感激陆峰的，对方在她困难时伸出援手，她的言辞里充满了赞美，照道理她没有理由去陷害这样的恩人，但如今对陆峰，却是一反常态死咬着说两个人发生了关系必须得结婚，那么是什么初衷？"

傅峥沉吟了一下："要不要还是给王丽英鉴定下精神状态吧？他们家祖上是不是有遗传的精神分裂？"

宁婉有些哭笑不得，她有时候真是佩服傅峥的思维："社区里哪有这么多精神问题的，社区里人与人之间纠纷的精髓说白了就是钱和利益，你设身处地想一下？"

傅峥摇了摇头："我得不出结论来。"

"那先别想了，我们直接去拜访下王阿姨，我觉得很快就能知道答案了。"

即便宁婉这么说，傅峥其实并不对拜访王丽英有什么期待，按照这位王阿姨此前的表现来看，她会主动承认自己欺骗行为的可能性微乎其微，而个人名誉侵权案件是谁主张谁举证，只要陆峰这边拿不到证据自证清白，这案子就很难翻盘……

傅峥跟着宁婉，实在不知道她葫芦里卖的什么药，如今两个人虽然找了肖美周旋了一番，也得到了一堆零零碎碎的八卦消息，可这些信息根本是无用的。宁婉此刻去见王丽英，无外乎是继续晓之以情动之以理，但傅峥已经做好了她被拒绝的心理准备。

果不其然，表明身份和来意后，王丽英对他俩并没有好脸色，勉勉强强才把人让进了房内，但一脸拒绝对话谈判的模样。

傅峥等着宁婉开口劝诫，宁婉也确实清了清嗓子，然而她一开口，说的内容却与傅峥想的大相径庭。

她一点没有柔声细语和平易近人，而是声音严肃冷酷："王丽英女士，我们已经掌握了你对我们的当事人陆峰先生诽谤造谣的事实证据。"

宁婉还没等王丽英反应，就径自继续道："虽然可以理解你因为儿子不孝不想将房产给予儿子,而想通过结婚给到陆峰的心态,但你的方式无疑对陆峰造成了巨大的困扰和伤害,这是违法的。"

傅峥皱起了眉,一下子都没跟上宁婉的逻辑,这都是什么跟什么?

宁婉却不为所动,只是继续道:"你的行为已经严重影响到了我当事人的正常生活,他原本已经计划和前妻复婚,如今前妻听到了你的谣言,对陆峰造成了误会,已经拒绝谈判沟通了,你的行为不仅使得陆峰失去了本可以美满的婚姻,更是害得他的女儿娇娇失去原本可以团圆的家庭,重新成了单亲孩子!"

宁婉的声音抑扬顿挫,既有威严又带了点肃杀,充满了义正词严,以至于傅峥也脑筋转了个弯才反应过来她是在一本正经地胡说八道。

首先,他俩压根就没有掌握任何证据;其次,王丽英什么时候是因为儿子不孝想把房子给陆峰才提出结婚的?最后,陆峰什么时候要和前妻复婚了?这根本是宁婉的信口雌黄……

律师,最讲究的就是基于事实,不能胡编乱造,宁婉这走的又是哪一出?何况法律事实这种东西,只要对簿公堂,根本不是你胡编就可以被认定的……

只是出乎傅峥的意料,此前丝毫不配合的王丽英皱着眉听完,沉默了片刻,竟然抖着嘴唇开了口,问了个完全不相关的问题:"陆峰要复婚了?"

宁婉点了点头,脸不红心不跳地胡说道:"是的。"

而就在傅峥以为她会继续用官方严肃的态度交涉时,她却在这时放缓了语气:"王阿姨,我们都掌握证据了,也知道你为什么会一定要和陆峰结婚,但也请你设身处地地想一想,你对自己两个儿子怨恨不满,不想给他们房产,但把无辜的陆峰牵扯进来,就不太好了,对陆峰太不公平了。"

"他还这么年轻,就坏了名声,不说前妻,以后还有哪个正经的姑娘肯跟着他?难道你觉得结婚后把房子给了他,他就一定能幸福吗?你都没问过他,他愿意不愿意要这个房子呢?你现在死命拉着他加入你们这个乱局,你到底是感恩他还是恨他?你难道要他为了这个房子,葬送自己一辈子吗?你想想之前你化疗时候,两个儿子不管不顾,反倒是陆峰不求回报,真心实意帮忙的,你怎么能坑他,凉了这好心人的心呢?"

宁婉这些都是猜测而已,傅峥听着都觉得是无稽之谈,虽然王丽英的儿子确实不孝,但真要是不想把房产给儿子,想给陆峰,完全可以通过遗嘱赠予的形式，根本没必要这么大动干戈地拉着陆峰结婚，这都不是报恩，是坏人口碑了，因此这种假设任何一个有逻辑的律师都不会做，傅峥不知道宁婉用这种清奇的思路是不是表示她已经对这个案子自暴自弃了。

然而让他完全没想到的是，听完宁婉这番话，此前一直表情毫无破绽的王丽英竟然眼眶红了："因为我的事，现在他老婆不肯复婚了？"

宁婉一本正经严肃地点了点头。

"是我想得太简单了。"王丽英的神色终于出现了波动，有些愧疚又有些难堪，嘴唇颤抖着哽咽道，"我……我确实……没替小陆想过……"

老人的模样颓丧又悲恸："现在既然你们也知道了，我也不瞒着了，我当时一心想着不想把房子给那两个狗东西。一把屎一把尿把他们拉扯大，最后到头来巴不得我早点死，别拖累他们，还不如小陆这个隔壁的邻居对我好，我真的不想害小陆的，我……我真的只想等我死了房子能让小陆分走……"

……

让傅峥大跌眼镜的是，宁婉这番胡扯竟然还真是戳中了事实，也不知道是该夸她梦想照进了现实还是瞎猫撞上了死耗子。

总之，在宁婉如此一番真真假假的引导下，王丽英最终心理防线溃败，一鼓作气把自己心里那点弯弯绕绕都给交代了，和宁婉所胡乱猜测的竟然几乎分毫不差。

"所以你死活要拉着陆峰结婚，只是为了想报答他把房子给他？"

面对傅峥的疑问，王丽英点了点头，抹了把眼泪："不然我和他非亲非故，怎么把房子给他？等我一死，我那两个儿子肯定要来抢房子，要是陆峰和我领了证，我死了，房子不就归他了？我那两个儿子也没话讲。"

傅峥有些目瞪口呆，他不得不仔细又深入浅出地和王丽英解释了遗产分配问题："要是没有遗嘱，那就根据法定继承，那么如果你和陆峰领了证，你要是不在了，陆峰作为你的丈夫，你的两个儿子和女儿，他们这几个都可以平分你的遗产，也不是陆峰一个人就可以独吞房子。而你想要把房子只留给陆峰，写个遗嘱进行赠予就行了。"

拉拉杂杂讲解了半天，王阿姨才终于恍然大悟，她抹掉了眼泪，有些结结巴巴解释道："我……我虽然没什么文化，但也看过电视剧，里边老头死的时候也写了遗嘱，把房子留给了捡来领养的小儿子，结果等老头真的一死，几个亲生的儿子就不认账了,说是造假的,还打官司,老头都死了,死无对证的,小儿子又不是亲生的,最后就判了他没拿到房子……"

她期期艾艾道:"我就看了那个,知道自己写遗嘱把房子给谁都不中用,等我一死,谁知道我那两个儿子怎么闹事,而且……"

王丽英尴尬道:"而且我也不会写字,我这一辈子只会写自己的名字,别的……什么也不会写,就算让我自己写什么遗嘱,我也写不来,要是我让别人替我写,那我两个儿子更不认了……我想来想去,也只有和小陆结婚把他变成亲人,才能把房子名正言顺给他了……结婚证不是国家法律保护的吗?"

原来如此,傅峥直到这时才恍然大悟来。

社区律师的工作确实是与他平时做的全然不同的,难处往往并不在法律的运用上,而是在与当事人的沟通和取证上。

商事纠纷的当事人往往受过良好的教育,法律观念成熟,因此傅峥交流起来从没感觉过障碍,他完全可以用自己的逻辑去推断对方,因为是处于同一水平线和理解能力上的。然而社区居民的法律理念却是参差不齐,或许有很多教育水平不错的年轻人,但也有大量如王丽英这样,并不识字没太多文化,对法律理解完全一知半解,大部分甚至是从一些不靠谱的电视剧上知道的……

也是这时,傅峥才后知后觉地意识到,宁婉此前那番话,或许并不是天马行空胡扯的,而是她很好地代入了王丽英的立场,根据肖美提供的蛛丝马迹,用王丽英的思维方式在推断问题所在的点。

让她一击即中的从来不是瞎猫撞上死耗子的侥幸和狗屎运,而是丰富的实践经验和灵活转换的思维方式。

Chapter 16-
大型弃犬求帮助

傅峥现在开始真正理解了高远的话,某种程度上来说,宁婉确实很优秀。

"王阿姨,这些电视剧都是骗人的,法律哪里是这样的呀。"

宁婉的声音打断了傅峥的思绪,他重新整理了下情绪,顺着宁婉的话,也开始介入案件,认真解释起来:"王阿姨你说的是自书遗嘱,自书遗嘱确实必须由立遗嘱的人全文亲笔书写、签名,也不需要任何见证人就可以生效,但除了这种遗嘱方式,还有几种别的方式法律也是认可的。"

"第一种就是代书遗嘱,简单解释,就像王阿姨你这种情况,不会写字,那就让别人替你写,只要订立遗嘱的过程里有至少两个见证人就行,这两个见证人要和你这房子没有利害关系,最后你和见证人都得签字,这也有效。"

"第二种更简单,是录音遗嘱,也就是通过录音的方式把你的遗嘱记录下来,也需要至少两个没有利害关系的见证人,见证的方式和情况呢,可以采用书面记录,最后也是都签字就行。"

"第三种口头遗嘱,但这种一般不推荐,因为这种只有在病危时没遗嘱临时口头说才能成立,但也需要至少两个没有利害关系的见证人,而且一旦病危的情况没有发生,口头遗嘱就无效,所以很容易引发纠纷。"

傅峥笑了笑:"我比较推荐的是公证遗嘱,你完全可以到户籍所在地的公证机关申请办理,收费也很便宜。"

王丽英也来了精神:"只要这么办一下法律上就有效?真的不用和陆峰结婚了也行?"

"当然。"宁婉眨了眨眼,"你要是能澄清和陆峰的关系,我们也愿意帮你和他沟通,就没有必要上法庭了,这不是双赢吗?"

王丽英颇为动心,但脸上很快又出现了难色:"可……虽然我的孩子都是上的容市本地户口,我的户口还是老家乡下的,我现在身体又不行,让我回老家公证,感觉吃不消啊。这能找人代办吗?"

宁婉摇了摇头:"公证遗嘱必须亲自办理,但如果遗嘱订立人因病或者别的特殊原因不能亲自去的,可以要求公证机关派公证员到你这儿来办理,不过,一旦办理了以后,如果你想改的话,也得通过这家公证机关才行,这点上其实有些不方便。"

宁婉顿了顿,看向王丽英。

老年人的想法很多变,没准现在死活不想给儿子,但临到生命的尽头,却改了主意呢?

"考虑到王阿姨你说的老家是农村,可能和当地的公证机关沟通也比较麻烦,外加之后变更或者撤销遗嘱也会增加难度,我其实推荐你可以做律师见证遗嘱。"

"这是什么意思?要怎么办?"

"我们可以接受你的委托,按照你的意思给你写清楚遗嘱内容,并且作为见证人做出见证,所有法律流程和文书交给我们就行,收费也不会很贵。"

律师见证遗嘱也需要至少两名律师,其中至少一名是执业律师,这些宁婉和傅峥正好都符合,完全可以接受这项委托。

王丽英又问了不少细节,傅峥和宁婉都一一耐心给予了解答,只是王丽英显得还是有些不安和吞吞吐吐:"我两个儿子都是没良心的,现在我又得了这个恶病,往后虽然没几年日子了,但一辈子没吃过好的用过好的,也想最后几年好好过,我要是说把房子给了小陆,我这两个儿子更不会管我死活了,小陆虽然是个善心人,可要我真把房子给了他,他也变了,觉得吃定这套房子了……那我怎么办……"

"我化疗以后,身体就很差,到时候叫天天不应叫地地不灵的……"

王丽英虽然点到为止,但宁婉立刻就懂了:"所以你之前死命拉着要和他结婚,也是存了这个心思?"

王丽英点了点头,有些赧然:"我想着结婚了,法律上有了证,不是都说规定夫妻之间得互相照顾吗?领了证,我们就是亲人了,我房子给小陆正常不过,小陆也得照顾我给我养老送终……"

她这么一说,宁婉就都懂了。死命拉着陆峰要结婚,一来是王丽英不懂法,被那些胡扯的电视剧荼毒了;二来也有自己的私心在里边,她觉得结了婚,陆峰就对她有扶养义务，自己养老送终就有保障了，作为补偿和回报，她死后房子也能给陆峰，在她看来，就觉得很公平。

"你这种情况也很好处理，只需要签订个遗赠扶养协议就行了。"宁婉笑了笑，"就等于你和陆峰签个合同，陆峰得给你养老送终，这样之后才能拿到你的钱和房子。"

"这……这协议是什么意思？这国家法律保护吗？作数吗？"

王丽英显然没有完全理解，傅峥于是补充着又细细解释了不少，用更平易近人的语言给老人科普了一遍。

王丽英脸上渐渐从似懂非懂开始有些了然，傅峥也没嫌弃，继续耐心地解答了好几个问题，直到王丽英完全搞明白了这个遗赠扶养协议。

她的眼睛果然全亮了，一个劲道："这个好，这个好！法律真是好！还有这种规定！我想要的就是这个！"

"不过，刚才我就想说了，不管是立遗嘱进行遗赠还是签订遗赠扶养协议，王阿姨你也得问问陆峰的意见，否则遗赠他可以不接受，遗赠扶养协议是个合同，就更需要双方协议一致了。"

两个人又和王丽英确认了不少细节，这才决定事情一件一件处理，先把名誉权纠纷这个事给调解了，再叫上陆峰好好谈谈。

如此一遭，终于这案子有了眉目，再走出王丽英家，宁婉也总算松了口气，笑着对傅峥道："还算运气好，蒙对了！这样陆峰就不用背负莫须有的罪名抬不起头了。"

宁婉说得挺谦虚，但傅峥却知道她并不全是蒙的："刚才那么说，有几成把握？"

宁婉愣了愣，既而就有点欣赏傅峥的孺子可教也："大概八成把握吧。"

"你经手的社区案子还少，但社区里每个居民其实法律知识都不太健全，很多人对法律的偏差性理解或者误会可能会让你叹为观止。案子做得多了，有时候就能以他们的视角去想问题了，偶尔这么代入一下，办理案子起来反而顺利很多。"

宁婉想了想，回忆道："我以前还遇到过这样的当事人，认为只要自己不知道某条法律，就不知者无罪的；还有认为法不责众的，大家一起犯法干一件事，只要人够多，法律就管不了。"

"所以基层普法其实还任重而道远。"她笑笑，"也因为这，才需要社区律师吧，每个案子潜移默化去改变一些大众的观点，定期开办普法讲座去扫盲，虽然钱不多事很烦琐是真的，但真正能帮别人切实解决问题的时候，那种自豪也是真的。"

宁婉说着就看向了傅峥："现在是不是觉得浑身轻松？很有成就感？"

宁婉也没等傅峥回答，只是活动了下颈椎，犹自看向了天空："我刚被派到这里的时候，其实也怨天尤人过，也看不上这工作，觉得律师应该像电视剧里那些光鲜的形象一样，足够精英，只处理几千万几个亿的标的额的案子，每天嘴上说的都是别人根本听不懂的行话，邮件全是中英文双语的，接触的也都是企业高管或者行业尖端人物。"

"可后来我知道，这些电视剧的律师，虽然确实存在，但这些律师行业的金字塔顶端，也只服务人口百分之二十的上层，全国百分之七八十普通群众的法律纠纷，确实非常缺少好的基层律师，但基层律师太穷了，大部分优秀的人都不愿意干这个基层的活。"

宁婉看了傅峥一眼："我们现在处理的虽然看起来真的是一点点鸡毛蒜皮的小事，但关系的却可能真的是别人的人生，所以这么一想，是不是觉得自己在做的小案子也一下子伟大了呢？"

傅峥是个很高傲的人，即便留在社区，也更多的是抱着不服输的心态，但扪心自问，打从心底里，他并没有多看得上基层律师，以往的经验来说，基层充满了毕业院校不够优秀、履历不够好的法学毕业生，能力不行，但每天哀号怀才不遇。

宁婉这种经验丰富思维活跃办案灵活，每天操着卖白粉的心拿着卖白菜的钱，不需要别人洗脑，还能自己给自己大灌鸡汤，穷，且努力继续穷着的人，傅峥还真是第一次见。

有点新奇，也有点佩服。

一直以来，在做了那么多年商事后，傅峥一度觉得自己失去了对法律工作的热情。

商事非诉领域对他而言不再充满挑战，按部就班，用过往的经验完全能处理百分之八九十的问题，剩下的那百分之一二十，稍微动动脑也能搞定，这状态其实非常稳定——有好的案源，有好的口碑，然而傅峥却觉得随着日子的推移越发提不起劲来，好像完全感觉不到初次从业时法律的多变和美妙来。

然而跟着宁婉处理社区案件的这些天，他却渐渐觉得，以往那种对工作的期待和热情重新被点燃了，社区案件就好像一盒巧盒力，你不知道下一颗会拿到什么奇怪的口味，因为不到最后，你根本不知道案子会是什么走向。

这样想想，倒还挺刺激的。

他侧头看了一眼宁婉，因为沐浴在阳光下，她周身像是都在发光，加上无法否认的肤白貌美，确实称得上耀眼，初见时为此傅峥也先入为主觉得她是个小心眼的花瓶，但这一刻望着宁婉的侧脸，傅峥却有些晕头晕脑地想起来，自己正在装修的别墅里确实缺个花瓶，房子里放点花挺好的……

宁婉回了办公室，刚给陆峰打电话约了时间当面沟通，然后去了趟洗手间，结果刚出洗手间门口，竟然被肖阿姨给截住了。

"小宁啊，我可要多谢你！"

肖阿姨一脸喜色，满面春风的，一边说，一边从包里掏出个LA MER的面霜塞给了宁婉："一点小意思，算给你的谢礼了。"语毕，又探头探脑道："小傅回来了吧？"

宁婉有些茫然地点了点头："是啊，回来了，不过你谢我什么呢？送这么贵重的东西？"

肖阿姨有些不好意思，她娇嗔地拍了宁婉一把："还不是谢你把小傅这么好的男人介绍给我吗？"

？？？

肖阿姨却没感受到宁婉的情绪变化，径自娇羞道："我啊，平时身边也不是没人追，但都不动心，现在见了小傅，才知道什么是爱情的滋味。"她振聋发聩地宣布道："我要追小傅。"

？？？

宁婉惊呆了："什么？你当初不是嫌他老看不上吗？"

肖阿姨却是有些懊悔："这就是我的偏见了，谢谢你啊小宁，要不是你坚持，我差点错过好男人。是小傅，让我看到了三十岁男人的魅力！"

肖阿姨娇羞地笑了下："他呀，谈吐学识眼界，各方面都真是太优秀了，我这辈子就没见过这么好的男人，长得还没话说，之前他就陪了我一会儿，你可不知道,我这几个老姐妹啊,都羡慕死我了,有一个甚至还想背着我偷偷问小傅的号码呢!现在我已经和她绝交了!咱俩都十几年姐妹了,没想到在男人面前,女人的友谊就这样不堪一击!"

宁婉没想到,傅峥这招花引蝶的,只是出去陪了人家没多久,竟然还搞出了一段老年三角恋,害得人家老姐妹反目……

肖阿姨控诉了会儿姐妹的见色忘义,又把话题给转了回来:"小宁啊,总之,我是正式打算追求小傅,你和小傅是同事,能帮我打听打听小傅喜欢吃什么吗?我以后准备每天给他送饭呢!还有,你再问问他,他喜欢什么颜色,我给他买点毛线打个毛衣……"

"……"宁婉觉得有些窒息,她委婉道,"肖姐姐,你这……你要不要先打听下,傅峥吃不吃姐弟恋呢?有些男生是不太愿意姐弟恋的呢,要是这样,你还追他,那肯定追不成,对你不也是浪费精力和情绪吗?"

只可惜肖美不为所动:"沈从文说了,'一生至少有一次,为了某个人而忘了自己,不求有结果,不求同行,不求曾经拥有,甚至不求你爱我,只求在我最美的年华里遇见了你'。小宁,你还太年轻,不懂这种为了爱情不顾一切的感受,我感受到了,小傅就是我的某个人,绝对没错,不会再变了……"

宁婉没忍住,打断道:"徐志摩。"

"什么?"

宁婉面无表情道:"这话徐志摩说的,肖姐姐,他每次遇到下一任可能都这么说,每一任都是对的人。要我给你科普下他的情史吗?"

肖美被打了脸,不想搭理宁婉,咳了咳:"这话谁说的不重要,重要的是,之前我也问过了,小傅是单身,那他未婚我丧偶,我俩怎么不能是天造地设的一对了?"

"……"

"他,我追定了!"

肖美丢下这枚重磅炸弹,又朝宁婉眨了眨眼:"过会儿中午我就来给小傅送饭,你帮我和他说一声,以后每天中午,我都跟他不见不散。"她说完,又把LA MER不容分说往宁婉手里塞了塞,"这份小礼物你先收着,等我和小傅好事成了,你就是媒人,我要给你包个大红包的!"

"……"

Chapter 16 / 大型弃犬求帮助

宁婉手里拿着LA MER，迈着沉重的步伐走回了办公室，办公桌前，蓝颜祸水傅峥还不明所以，正低着头看着法律文献。

宁婉实在不明白："傅峥啊，你对肖阿姨到底做了什么？我让你去陪人家聊聊天，没让你假戏真做把人家搞得春心萌动啊！"

听完宁婉对刚才路遇肖阿姨前因后果的叙述，傅峥也有些意外，随即脸色就有些不自然和尴尬。

宁婉如今回想，才觉得此前肖美来分享王丽英的一手消息时，对傅峥态度就略微暧昧，当初自己没在意，现在一想，可不都是蛛丝马迹吗？而此刻傅峥这神色，感觉很有问题啊……

肖阿姨之前对他这么勉为其难，怎么陪了会儿就爱上了？再看傅峥这神情，肯定是使了什么手段，这才把向来冷傲的肖阿姨也迷得丢了三魂七魄。

傅峥抿着唇不说话，宁婉质问了挺久还是一句话不肯说。

"现在肖阿姨追定你了，你想好怎么收场了吗？你要想解决这件事，就得告诉我你到底做了什么……"宁婉语重心长道，"你这样拒绝对话是没用的，待会中午肖阿姨就要追上门了，你要是当初真对人家有什么暗示和勾搭的，赶紧回想下，澄清才是。"

傅峥又倔强地沉默了片刻，终于不太自在地开了口："我也没做别的什么，只是略微向她们展现了下我的人格魅力而已。"

？？？

傅峥清了清嗓子，眼神瞟向了远方："说什么三十岁的男人就老了没能力没魅力，我只是凭自己的本事论证这一点是错的而已，让一些没品位的人见识一下而已，并没有蓄意对任何人抛出橄榄枝，只是……"

宁婉都气笑了："只是什么？只是没想到你魅力太盛，流水无情落花有意啊？"

傅峥抿了抿唇："虽然你这话像是要讽刺我，但事实确实这样，我也没想到会有这个后遗症，我毕竟只展现了自己百分之十的实力而已……"

宁婉都快给气笑了："你只展现了百分之十的魅力就把人家肖阿姨迷得七荤八素的，你还挺骄傲是不是？那你怎么不展现百分之百的魅力把全社区的老太太都给迷晕了为你争风吃醋啊？"

傅峥抿了抿唇，客观地纠正道："要是展现百分之百的魅力，我怕你社区纠纷处理不过来。"

"什么？"

"你要听实话吗？"

宁婉点了点头："说。"

傅峥声音淡然道："离婚纠纷可能会增多。"

"？"

"有人为了我可能会想离婚的。"

"……"傅峥啊傅峥，你这么行，怎么不上天呢？留你在社区真是委屈你了……

结果傅峥这还没完，他意有所指地又看了宁婉一眼："三十岁的男人，没有你想的那么滞销，还需要拼了命去推销，有些产品，虽然不营销，但口碑一旦出来，是势不可挡的。"

"……"

都说女人爱攀比爱虚荣，宁婉觉得这话就是错的，看看，男人攀比虚荣起来哪点比女人差了？问题宁婉很想问问傅峥，这是争强好胜的时候吗？在案子工作上争强好胜也就罢了，在三十岁老不老、有没有魅力上竟然还要争强好胜？！结果呢，结果和公孔雀开屏似的炫耀，硬生生把人家肖阿姨给撩出悸动少女心了！我看你怎么善后！

傅峥当时不懂事也就算了，结果至今宁婉也没觉得他认识到了自己的错误："算了，我不管你了，你这么行你自己处理吧。"

傅峥显然并没有意识到事情的严重性，他点了点头，并没当回事——

"没事，要是肖阿姨有什么表示，我会和她明确讲清楚的，这种事很简单，讲明白就行了。"

傅峥是在当天中午才意识到大事不妙的。

本以为是开玩笑的肖阿姨竟然真的花枝招展端着食盒出现了……

她竟然是认真的？！

"小傅啊，来，这是我顺手做的菜，想着你之前陪我聊天也怪辛苦的，尝尝我的手艺？"

肖阿姨倒是个见好就收的，她放下了食盒，也不多话，笑了笑，佯装还有事道："哎哟，我们广场舞社还有个会要开，我先走了，你先吃，吃好下午我来拿食盒,顺带给你带点水果。"

说完这些,她就不容分说地丢下食盒,径自走了。

肖阿姨走了,傅峥只能盯着眼前的食盒发呆。

只是傅峥不说话,宁婉却是说上:"这还顺手做的?肖阿姨睁眼说瞎话上还真是个人才!"她啧啧有声盯着这壮观的食盒绕了一圈,"七层!这食盒有七层!"

傅峥抿着唇,宁婉却是看好戏般怂恿他:"快,打开看看都有些什么啊,我还第一次见识七层食盒呢!"

见傅峥没动,宁婉索性动手帮忙了,她把食盒一层一层在傅峥面前摆了开来。

第一层是鲍鱼,第二层是乳鸽,第三层是山药炒蛋,第四层是韭菜,第五层是羊肉,第六层是黑木耳,最后一层才是米饭……

说实话,肖阿姨手艺确实是不错的,眼前一层层菜肴,色香味俱全,光闻着就让人食指大动,不管如何,被人追求总是能让人更加自我感觉良好。

可惜傅峥正忍不住为自己的魅力而骄傲,却听宁婉看向这菜色探头探脑道——

"哎?鲍鱼、乳鸽、山药、韭菜、羊肉、黑木耳,这都是壮阳补肾的啊!"宁婉的声音充满了恍然大悟的幸灾乐祸,"说来说去,肖阿姨再不肯承认,内心到底还是觉得三十有点老了,都得这么补补了。"

她看向傅峥:"她到底还是有点介意你的年龄啊,你这人格魅力,好像也没强到打消肖阿姨顾虑的地步?"

"……"傅峥瞬间自我感觉良好不起来了,看着眼前这么多壮阳补肾的菜,听着宁婉的打击,恍惚间连他自己都觉得,三十岁真的是老了……

宁婉却还要给傅峥雪上加霜:"你快趁热吃吧,三十虽然说现代社会也算年轻,但怎么的也是奔四了,是该补补。"

傅峥抿了抿唇,觉得自己就是饿死,也不能吃这个饭,他梗着脖子,干巴巴道:"我不饿。"

"不饿吗?都十二点了?"

傅峥冷冷坚持道:"不饿。"

这怎么能吃,吃了就是不行!男人,可以被批评业务能力不行,但绝对不能被批评那方面不行!"

宁婉看向食材的眼神惋惜多了:"那你不吃,浪费多可惜啊!"

傅峥咬牙切齿道:"我不需要补,要补你补。"

宁婉大概等的就是这句话,听见自己这么一说,立刻拿起了筷子,就开始饕餮起来:"我补,我补,你不需要壮阳,我需要,我壮壮!"

"……"

为了破除三十不行的偏见,傅峥愣是咬牙切齿没吃饭,但成年男人,到底需要能量,到了下午一点,傅峥就饿得快不行了,为了转移注意力,他给陆峰打了电话。

对方最近临时出差,因此王阿姨这件事后续还没法当面聊,傅峥便在电话里简单解释了来龙去脉,陆峰一听不用再被逼婚了,松了一大口气,也很通情达理,当即表示愿意和解不再提起名誉侵权诉讼。

"不过房子的事是什么情况?我听不太清。"

陆峰大概在什么交通工具上,信号不太好,电话里傅峥也没法把事情全交代清楚,只和他另约了时间:"那等你出差回来后和王阿姨当面沟通下,也免得我们律师作为第三方转告有什么遗漏的地方。"

陆峰得知王丽英不会再揪着他号称两人恋爱要逼婚,已经松了一口气,如此便安心下来,再三道谢后才挂了电话。

陆峰是高兴了,可傅峥却高兴不起来,一旦手头没了正事忙,饥饿的感觉就更明显了……

但都嘴硬说了不饿,那就是不饿,傅峥整了整情绪,继续冷着脸坐坐着。他再看宁婉,平白吃了一顿大餐,倒是神清气爽,完全不顾自己死活,见没有咨询电话,竟然哼着歌出了门。

傅峥正在心里给她记上上班中途溜走的劣迹,宁婉就哼着歌回来了,然后她随后抛了袋东西给傅峥。

傅峥板着脸:"这什么?"

"刚外面买的煎饼。"宁婉眨了眨眼,补充道,"没有壮阳的东西,你快吃吧。"

傅峥皱了皱眉:"我怎么不记得外面有哪家店卖煎饼?"

"流动摊点买的啊。"

一听这个,傅峥当下拒绝了:"那都是地沟油,而且都没有卫生许可证,谁知道卖煎饼的小贩有没有洗过手，这个煎饼上有没有大肠杆菌和金黄葡萄球菌？我不吃。"

……

只是傅峥这辈子没饿过，没料到饥饿的威力会这么大。

半小时后，傅峥咬着煎饼，愤恨地觉得，这都是宁婉的诡计，明明本来自己还能忍着，就她多事，买个热腾腾的煎饼放在自己面前，香气撩人的，搞得自己更饿了，最终没有忍住……

不过一个煎饼下肚，傅峥确实觉得好了不少，然而这感觉没持续太久，因为五分钟后，肖阿姨又来了。

这次，她除了如约带来了饭后水果，竟然还捧着一束香水百合……

她见了都被风卷残云一空的食盒，非常欣慰："看来小傅你很喜欢，明天我再给你做！对了，这束花，是我刚才顺手买的，百合的花语和谐音，我觉得特别吉利。"

肖阿姨抿唇娇羞地笑了下，放下百合和水果，拿起食盒，在傅峥拒绝前再次见好就收就走了。

傅峥觉得自己有点讨厌香水百合的味道，直觉鼻子有点痒，皱着眉盯着这束百合花："这花语和谐音是什么？"

宁婉查了查手机："伟大的爱？百年好合？"

"……"

宁婉盯着手机又翻了翻，才从屏幕上抬起了目光，只是不看不知道，一看吓一跳，此刻站在自己眼前的傅峥，盯着香水百合，已经红了眼眶，他一眨眼，那晶莹的泪滴就从他的眼眶里滚了出来，宁婉这才发现，他的鼻子微微发红，像是努力抑制着什么，微微吸了吸鼻子……

要命！肖阿姨这伟大的爱竟然把傅峥都感动哭了？！

自己怕不是真的阴差阳错要成就了一段美满忘年恋？？？

看来女追男隔层纱还真是诚不欺我啊！

宁婉心里感慨的同时，不知道怎么的也有点复杂的失落，早知道傅峥这么好追，送个"伟大的爱"就能哭成这样，自己就先下手为强了，毕竟肥水不流外人田，傅峥确实帅啊！宁婉开始觉得这样等级的帅哥是不太好追的，结果没想到这男人长得这么人模人样，这么好骗到手？搞个花送个壮阳菜就行？？？

不过失落归失落，宁婉还是深明大义地抽了张纸巾，递给了傅峥："擦擦吧，你放心，我会祝福你们的。"

结果傅峥明明流着眼泪，却咬牙切齿恶狠狠地瞪着宁婉："你祝福我什么？之前为了案子让我去'陪聊'，现在难道又有什么要让我'和亲'了？！"

宁婉有些犯嘀咕："你不是都感动哭了吗？我以为你接受肖阿姨了……"

结果这话下去，傅峥表情看起来都快气到当场去世了："我是过敏！过敏！这个'伟大的爱'，让我过敏！你快把花拿开！"

而像是要验证他话的真实性一样，傅峥刚说完，就开始疯狂打起喷嚏来……

肖阿姨的爱有多伟大傅峥不知道，他知道的是，没几分钟后，他刚才只是发痒的鼻子开始整个不好了，想要打喷嚏，眼睛也变得不正常，像是水龙头一样自动地开始流出眼泪，也是这时，傅峥才发现自己竟然对百合过敏。

好在宁婉很快把花给弄远了，傅峥的症状这才慢慢减轻。

只是肖阿姨和她"伟大的爱"走了，傅峥的心情却平静不了，看肖阿姨这个架势，他开始觉得事情有些大条了。

"宁婉，我这也算为事业献身吧？"傅峥咳了咳，不自然道，"现在出了事，你是不是要帮我善后？"

宁婉看着傅峥就笑了："你刚不是挺硬气地要自己解决？我让你中规中矩陪下肖阿姨聊天就行了，没让你这么超常发挥啊。"

宁婉还想批判，结果一抬头，撞上了傅峥可怜巴巴的眼神，他一扫之前的冷傲，流露出了受伤的模样，像个大型弃犬似的看向宁婉："你会帮我的是不是？像你这样有正义感的人不会看着我为这种事困扰吧？"

宁婉一下子凶不起来了，傅峥一示弱这样，她就有点没法狠心，只能移开目光，佯装自然地咳了咳："行吧，谁叫我是你带教律师呢，但你以后可给我悠着点，我的话你要听，知道吗？"

傅峥乖巧地点了点头。

事不宜迟，既然接了这个活，宁婉也不想拖延，当即拿着LA MER就把肖阿姨给约到了附近一家咖啡馆。

她本来计划以坦白真诚的原则打动肖阿姨，让她打消追求傅峥的念头，

Chapter 16 / 大型弃犬求帮助

再退还贵重的LA MER，然而宁婉口干舌燥地说了半个小时，肖阿姨还是岿然不动。

"不行，我又没伤天害理，追求自己的爱情还违法吗？"肖阿姨越说越委屈，"难道我年纪大了，就不配享受一个女人的权利吗？我就是欣赏他，我就想让小傅出现在我家户口本上，人有多大胆地有多大产，梦不去做的话，怎么知道不能实现呢？"

"……"

都说广场舞是个刀光剑影的江湖，能成为广场舞领舞的，放在古代武侠世界里那至少是个门派的掌门人，实力都不是盖的，宁婉口干舌燥，却没想到完全说服不了肖阿姨别为爱痴狂……

好在宁婉早有准备，她抿了抿唇，一脸高深地看向了肖阿姨："肖姐姐，有些话也不能说得太明白，不知道你听过一句话吗？有些人，性别不同，不能谈恋爱啊。"

肖阿姨皱了皱眉："这什么意思？"

宁婉也不回答，只看了肖阿姨一眼："肖姐姐，我听说你有个二十二岁的儿子？"

肖阿姨不明所以："是啊，怎么了？不过没关系，我儿子不会干涉我第二春，鼓励我找男朋友呢。"

"哦，那挺好啊，说明小伙子思想挺包容的，你看如果你这么欣赏傅峥，死也要把他的名字放进你们家户口本，不如换一个思维，要不把你儿子介绍给傅峥认识一下？毕竟小伙子这不是接受度挺高的吗？"宁婉含蓄地笑了笑，"虽然国内是上不了户口本，但国外很多地方这都合法了……"

肖阿姨一开始有些跟不上节奏，但很快，越听，这脸色就越发不好了起来，她压低了声音，看向宁婉："你是说小傅他……"

宁婉一脸沉痛地点了点头："是啊阿姨，傅峥他……总之，还请你多保密，也……节哀顺变。"

肖阿姨沉默了，肖阿姨流泪了，肖阿姨的第二春刚开始就灰飞烟灭了……

她同样沉痛地叹了口气："没事，小傅在我眼里还是很优秀的，我不会歧视他，我一定会为他保密的……"

这悲伤的气氛，听起来像是傅峥都驾鹤归西下一步就该给他烧纸了……

肖阿姨悲痛欲绝:"纵然缘深奈何情浅,没想到我……我竟只有福分和小傅当姐妹……"

嗯……

不过不管怎样,虽然手段有些非常规,宁婉总算是不辱使命,把肖阿姨的情丝给斩断了。

傅峥在办公室里等了个把小时,终于等到了宁婉回来。

"搞定!"她朝傅峥比了个OK的手势,看了眼时间,"哎,都快下班了,走吧,今晚去我家吃,包饭业务正式开始!"

只可惜对于她的热情,傅峥内心是拒绝的,"包饭就算了。"他看了宁婉一眼,镇定道,"我最近手头不紧了,有了笔闲钱,就不用麻烦你了。"

"可你家里不还欠着外债吗?不麻烦的,来我这吃好了,苍蝇再小也是肉,能攒下几百块也是钱啊!"

傅峥这一刻只怪自己以前造人设用力过度,如今为了婉拒吃一年宁婉做的饭,他只能努力求生道:"家里之前的企业突然有点起色,正好把外债给还清了,还多剩下些钱,都快够买房买车了,所以也没那么缺钱了。"

他朝宁婉笑了笑,摆出了坚强的表情:"你也知道,男人就该有担当,我现在也没有那么困难,不应该再接受你的好意了,这世界上比我困难的人多了去了。"

"那你今晚去哪里吃饭啊?"

傅峥抿唇笑了笑:"你放心,我自己昨晚做了几样清淡的小菜,回家热一下就可以,价廉物美,又比在外面吃得干净,穷人的孩子早当家,我也早就学会照顾自己了,不用担心。"

这番说辞,才终于打消了宁婉的热情邀约。

宁婉确实挺好骗,总之最终,她不仅相信了傅峥的说辞,甚至还对他自强不息的作风非常感动,又鼓励了傅峥两句,这才与他告辞。

傅峥母亲自手术成功恢复良好后,就一直在外旅游,以至于等傅峥落地容市,自己母亲远在海外游山玩水,除了高远给自己接风洗尘外,其余几个亲戚又都在世界各地度假,没一个有空欢迎他的。

因为他母亲走得急,甚至连家里钥匙都没留给他,其余几个房子不是没装修就是闲置着压根没必需的生活用品,傅峥因此索性暂时找了个酒店落脚,这一住就是好久，好在今晚他妈晚上航班落地容市，傅峥总算也能告别酒店生活了。

而他今晚其实也约了人。

他的表妹周莹莹终于从北海道滑雪回来了，在去机场接自己母亲之前，傅峥和她约好一起吃个饭。

地点定在一家小众的西餐厅，老板是米其林三星主厨，虽然价格昂贵，但餐厅环境优雅，宾客不多。

傅峥到得比周莹莹早，便先坐了下来翻看菜单，并没有在意周边，因此完全不知道自己的身影，已经落入了有心人的眼里——

宁婉正站在这家高档小众餐厅的玻璃门外，瞪着眼睛死死地看着他。

-Chapter 17-
你已被群主移出群聊

和傅峥分开后，宁婉本来是打算回家的，结果途中接到了学弟陈烁的电话，说有个案子想请教请教她，今天他刚出差回来，想约宁婉吃个饭顺带讨教。

宁婉想了想，上次和陈烁吃的那顿饭因为傅峥这个程咬金最后也没尽兴，择日不如撞日，便也答应了下来。

陈烁也挺爽快，在电话里就笑起来："好，地方我订好了，地址我发你，过会儿见。"

两人约了七点，然而宁婉没什么事，提前半小时就到了。

陈烁今晚约的地方是容市的高档商区，而宁婉正准备往约好的餐厅走时，却突然接到了陈烁的电话。

"学姐，不好意思，团队临时有个会，可能会迟到个半小时，你先点菜吃起来，我尽快赶过来。"

陈烁的声音充满抱歉，宁婉倒是不怎么在意，安慰了他两句就挂了电话。

只是因为还不太饿，宁婉也没准备先进餐厅点菜，既然时间充足，又难得来这片商区，不如逛逛，于是也漫无目的地走着。

这儿是容市最繁华的地段，寸土寸金，高档商店林立，有几家女装精品店，宁婉本来想进去随便转转，但一见着标价，自觉消费不起，赶紧退出来了，她看了眼时间，决定往陈烁订好的餐厅走去，结果正准备走，不经意一抬头，却看到了傅峥。

这人此刻正坐在一家看起来就很贵的餐厅里，透过落地玻璃窗，宁婉甚至能看清他微微皱眉的弧度。

为了生怕自己认错，宁婉掏出手机就给傅峥打了个电话，而同步的，昂贵餐厅里坐着的人也接起了手机……

是傅峥没跑了。

宁婉想想此前这家伙一脸坚强竭力婉拒自己邀请,号称自己要回家清粥小菜穷人孩子早当家时的模样,简直是气不打一处来。

她掏心掏肺把傅峥当成了自己人对待,尽想着给他省钱谋福利,结果傅峥倒好,刚得到一小笔钱就忘了本,嘴上说着要努力存款买车买房,结果转头就跑这么贵的餐厅来挥霍!果然一日资本主义,终身资本主义,以前有过钱的人,就是没法养成良好的消费观!

宁婉觉得自己受到了欺骗,一边生气,一边又觉得不能看着傅峥堕落,她深吸了一口气,走进了餐厅,站到了傅峥桌前,板着脸,拉开了傅峥对面的座位坐了下来。

傅峥本来在看菜单,听见对面椅子拉开的声音,头也没抬,以为是周莹莹到了,等宁婉的声音响起,他才有了正做着好梦却被人当头一棒的实感……

宁婉黑着脸,声音也阴恻恻的:"不是回家省吃俭用了吗?"

"……"

而还嫌翻车不够似的,也是这时,周莹莹推开门,周身珠光宝气,往傅峥这里走了过来……

傅峥一瞬间有了种天要亡我的预感……

他拼了命地给自己表妹眼神暗示,然而周莹莹大概今天没戴隐形眼镜,眼神不太好,见了傅峥,一脸欣喜就快步走了过来,她走到桌前,见傅峥对面已经坐了个人,愣了一下,刚要开头,对方倒是抬头看向了她。

一瞬间,同为女性,周莹莹立刻有了种危机感和竞争意识。

这女的!虽然周身没什么值钱的装饰,但这脸,周莹莹只觉得棋逢对手,劲敌中的劲敌!她在对方的目光里下意识挺直了腰杆,把头昂得更高了。

这绝对不能输!长得没她好,气势上比她强也行!

一时间,周莹莹的脑海里混杂着嫉妒和不解,坐在自己表哥傅峥对面,这女的是谁?

结果自己还没开口,对面那女的倒是开了口:"这谁?你约的?"

对方皱着眉,脸上难掩的不悦,看向了自己表哥,语气也很兴师问罪。

周莹莹在心里叹了口气,瞬间就卸下了戒备,反而在内心同情起这女生来,长得是挺漂亮,可惜没什么情商,脑子不太灵光。

自己这位表哥,各方面都挺好,唯独脾气不怎样,长得再漂亮,用这种语气和他讲话，就算现在是在热恋或是暧昧，下一秒也瞬间得出局，没得商量。

周莹莹也不开口，就站着，看戏似的等着傅峥摆出冷脸让对方认清自己的位置。

只是……

只是事情的发展好像有点不太正常。

自己那位脾气奇差的表哥，不仅没有冷脸训斥，还竟然挺平静地回答了这个问题——

"不知道，不认识，我没约人。"

他像完全不认识般冷淡地看了周莹莹一眼，然后回头又看向了自己对面，镇定自若道："可能是个路过的想要问什么问题吧？"

说完，他再次抬头看向了周莹莹："你是有什么问题要问，对吧？"

"……"

周莹莹有很多问题要问，但是她知道，如果现在问，迎接她的将是灭亡。傅峥虽然语气温和，但眼神里已经带了死亡威胁……

周莹莹在自己表哥杀意腾腾的眼神里磕磕巴巴道："我……我想问下你们知道这家店里的WiFi密码吗？"

"不知道。"傅峥言简意赅说完，给出了"你可以消失了"的眼神暗示。

虽然怕死，但这种机会千载难逢，周莹莹决定不走，冒着枪林弹火的危险，她转身拉开了傅峥边上一桌空桌的餐椅，大刺刺地坐了下来："啊，那没事，密码我待会问服务生。"

周莹莹朝着对面笑了笑，然后假意看起手机来，两只耳朵却完全竖起来在听对面的声音，手也立刻点开家庭微信群："震惊号外！表哥……"

只是她还没打完字，隔壁桌传来的声音就把她震惊得手机都吓掉了。

"傅峥，我对你太失望了！人对待钱要有底线，要有正确的消费观，你不能财务问题刚有点转机，结果就想着来挥霍，不是说好了存钱买房买车吗？结果呢？结果背着我跑到这里来一掷千金！"

对面那女生竟然一本正经开始训起自己表哥来了！

而傅峥黑着脸，但竟然一句反驳的话也没说，只死死抿着唇低着头。

那女生喝了口水，像是越说越气："你可能要辩解只是今天吃一顿这样的饭，以后不这样就好了，可物欲是个无底洞，由奢入俭难，等你把手头的钱使劲造完了,你怎么办?那时候高远要再对你提出特殊要求,你会不会为了继续享受,就从了?!就出卖自己的肉体了?!"

"亏我还觉得你人不错,结果真是瞎了眼,而且你就算要挥霍,怎么可以一个人躲起来吃独食,你妈呢?你对得起你妈吗?一把屎一把尿把你拉扯大,享受的时候只顾着自己,连自己的妈都抛弃了!这符合社会主义核心价值观吗?!啊?!"

"我真是想不通,我都这么挽救你了,你怎么还是失足了?!"

……

其实这女生声音并不响,显然顾及表哥脸面还刻意压低了声音,但奈何周莹莹听力太好,她之前又做过聋哑儿童的公益活动,学了点唇语,如此连蒙带猜,只觉得越听越惊心动魄。

傅峥堂堂傅家一霸,如今竟然沦落到被耳提面命训得连个屁也没敢放!

这女的到底何方神圣?什么来历?而且骂的这都什么跟什么啊?

周莹莹捡起了手机,在爆棚的八卦心驱使下飞快点开家庭群——

"傅峥表哥被人骂了!"

几个表弟表妹立刻探出了头——

"所以?"

"表哥骂人很正常。"

"是啊,请问在座的兄弟姐妹谁家庭聚会没被他骂过的?"

"这次表哥骂的谁啊?骂哭了吗?"

……

周莹莹恨不得呐喊:"睁大你们的狗眼!是傅峥被人骂了!不是他骂人!"

为了防止群里各位不信,周莹莹发完,调整了下坐姿,假意在自拍,实际开始直播起来。

傅峥被骂,千载难逢,错过这一波,再等二十年!

宁婉把傅峥当场抓获后,本着惩戒为辅教育为主的理念,苦口婆心说了不少,傅峥虽然脸色难看,但至少抿紧了嘴唇没有回嘴,只是这眼神不知道为什么,老是瞟向自己的邻桌,表情不自然,犹如便秘,而且每看边上一眼,脸就黑上一分。

宁婉皱着眉,循着傅峥的视线看过去,对面那女孩看起来非富即贵,穿着昂贵的高档品牌，正举着手机自拍的模样。

宁婉没忍住："傅峥，我在和你说话呢，你看别人干什么？"

都这个时候了，毫无羞耻心就算了，还想着在邻座白富美面前丢面子了觉得介意？而且对方还没自己好看！有空看她，怎么不看看自己呢！

宁婉揉了揉眉心，不太开心但也不想再纠缠："算了，虚荣心人人都有，这次就算了，但你真的不能这么铺张浪费了，你还没点菜吧？"

傅峥大概还是很在意邻座的美女，瞟了对方一眼，朝对方非常刻意地咳了咳，才有些心不在焉回答宁婉道："还没。"

欣赏美的东西是人之常情，多看美女两眼也正常，但事情到傅峥身上，宁婉就莫名觉得特别不开心了。

好在还没点菜的答案让她先松了口气："还没就好！那这饭你也别吃了，我们走，今晚我请你，吃个别的。"

宁婉心里做了决定，今晚和学弟的这顿饭，她带傅峥一起去，最后由她请就是了，反正都是一个所里的，带傅峥认识认识陈烁也挺好，未来他有什么不懂的，还能请教陈烁呢。

"这样，待会你先走，假装接电话信号不好然后到门外去，我呢，再过个十分钟也如法炮制溜出来，这样也不尴尬，就能轻松地离开餐厅了……"

可惜宁婉没想到，自己这么个两全其美的提议，竟然遭到了傅峥的坚决拒绝："进都进来了，连菜也不点，直接溜走，实在太猥琐了，完全不像个正常男人能做的事。"

傅峥看了宁婉一眼，抿了抿唇，表示了自己的誓死不从："万一以后再来这家店被人家想起来，脸都丢尽了，我做不到。"

宁婉都快气笑了："你还想着以后再来这家店挥霍啊？！不来不就行了吗！而且你以为你是什么名人啊，还想着别人能记得你呢？都想什么呢？"

只是傅峥抿紧嘴唇，一言不发，以行动表示了不合作。

他这么大个人，不配合，宁婉也不能把他拖走："你今天就一定要在这里吃了是不是？"

傅峥用无言默认了答案。

"行吧，你要真这样，我也没办法，那好吧，我来点菜。"宁婉没法，径自抽走了傅峥手里的菜单。

结果不看不要紧，一看吓一跳。

"这什么黑店啊？！"

随便一个主菜都上千？！连蘑菇奶油浓汤都要一百？！抢钱吗？！

宁婉看着价格，简直惊呆了："傅峥，你真是不选对的只选贵的啊！"

"……"傅峥挣扎道，"贵也有贵的道理，口味确实不同。"

"你吃过？"

傅峥看起来有些不甘心，很想回答吃过的样子，但最终好在他还算诚实，内心的良知让他选择了闭嘴。

很快，宁婉就叫来了服务生开始点菜："一个三文鱼沙拉。"

服务生笑着记下，见宁婉不继续，礼貌地问道："这位客人，沙拉选好了的话，开胃菜、汤品、主菜和甜点都想点哪些呢？"

宁婉笑了笑："不用了，就点一个沙拉就可以了。"

"……"服务生愣了愣，看向了傅峥，眼神询问道，"就一个沙拉？"

宁婉心里不太满意，看傅峥干吗，点菜的不是她吗？这服务生怎么回事，两个人吃饭就一定是男人做决定吗？这看傅峥看得都像是认识他似的……

宁婉不太高兴地重复道："就一个沙拉。"

可惜服务生显然不是个懂事的，宁婉都那么强调了，她还是看向了傅峥再三确认："您确定吗？"

宁婉也看向了傅峥，瞪着他，傅峥显然还贼心不死，死死咬着嘴唇不说话，宁婉在桌下踢了他一脚，他才终于悲痛欲绝心如死灰般点了点头。那样子，壮烈得宛若当众被人凌辱了恨不得要寻死明志似的。

好在服务生见傅峥也点了头，终于不再纠缠，收起菜单走了。

等了挺久，服务生过来上了餐前现烤面包，然后上了沙拉。

宁婉看着一丁点的沙拉，简直叹为观止："这破沙拉，不就一盆草吗？这么贵！要两百！才这么点？！"

傅峥揉了揉眉心，像是最终忍不住般解释道："这三文鱼是用空运最新鲜的材料腌制的，配上西柚、藜麦、西洋葵、水培生菜、羽衣甘蓝和手工自制的希腊酸奶，不是一盆草，这个口感才收两百还算便宜的……"

宁婉脸上露出了极大的不认同："你看看你，你都被这些营销给洗脑了，而且还西洋葵呢！你知道西洋葵别名叫什么吗？人家叫辣根！辣根！"

"……"

宁婉嫌弃地看了眼沙拉:"你吃吧,这破草我不要吃。"

"一份沙拉肯定吃不饱,既然都点了,就再点些。"

只是傅峥刚准备叫服务生,宁婉就制止了他,她指了指眼前的餐前面包:"怎么不够吃?吃这个啊,这个面包多垫肚子,还是免费的,吃完了你不够再问人家要就是了,赶紧的,把你那辣根吃了,这地方太贵了,结完账我带你去性价比高点的地方再吃第二顿。"

傅峥显然不死心,他又努力了几次,可惜宁婉下定了决心,油盐不进,最终什么都没再点。

不过不得不夸奖一下,或许是心理作用使然,宁婉坐在这么贵的餐厅里,连手里的免费餐包好像也显得比别家的更好吃点,吃完了一份,她又问服务生要了第二份,而这过程里,傅峥看起来不自在到恨不得躲到桌子下面去……

在邻座周莹莹探照灯一样的目光里,傅峥硬着头皮,神情麻木地吃着沙拉,深切地开始反省和后悔。

吃完一份沙拉两盆餐前面包后,傅峥用最大程度的面无表情来武装自己羞愤要死的内心,顶着几个相熟服务生不解的眼神,掏出了钱买单。

人均两千的餐厅,而傅峥一看自己的账单——

很好,两百,竟然生生少了一个零。

早知今日何必当初,要知道自己会沦落到如今的模样,傅峥觉得自己还不如刚才就乖乖听宁婉的话走了……

而最让他难以忍受的是表妹周莹莹幸灾乐祸的目光,碍于人设,他无法发作,只能给了周莹莹警告的一眼。

可惜大概他出国多年未归,当初的积威已经不在,周莹莹竟然肆无忌惮在群里直播。

趁着宁婉接到那什么学弟电话的时候,傅峥掏出手机一看,差点没被当场气到升天。

"天啊!这个女的真的猛!狼人!"

"表哥不是平时挺横吗?结果在她面前怂得怎么和个狗熊似的?"

"跪求介绍这个人才!"

"这个女的挺漂亮的啊,不过你们听听,人家说的那话,好像不太清楚我们表哥家里的情况？以为他很穷似的？表哥不是去骗财骗色了吧？诈骗是犯罪吧？"

"表哥可能爱上了COSPLAY角色扮演，觉得很有情趣？毕竟表哥这种人，平时太压抑，有些奇奇怪怪的爱好很正常。"

"你们别说，表哥怕不是个抖M吧？平时我们家里没人虐他以至于他其实一直没有找到自我，如今找到了属于自己的S，才真正放飞了灵魂。"

"那我们给表哥点爱，以后齐心协力羞辱他，作践他，殴打他。"

"哈哈哈哈哈哈哈哈哈哈，傅峥表哥被骂得好惨啊！！！"

"辣根！！看傅峥表哥听到辣根整个脸都扭曲了！！！"

"表哥哭了，表哥受伤了，表哥认输了，表哥败了……"

"傅峥表哥以后还有脸去这家店吗？估计不会了吧哈哈哈哈哈哈哈，下次我们约家庭聚会就去这家店吧！让表哥温故而知新，不要忘记过去美好的回忆啊！"

……

这个群是傅峥这些小辈建的容市吃喝玩乐群，起初傅峥并不在里边，也是回国后才被一个表弟拉进来的，进群后从来没发过言，以至于如今群里众位大概都没反应过来傅峥本人也在群里，还在肆无忌惮地哈哈哈哈。

而傅峥板着脸往下拉，这才发现自己这群表弟妹们在嘲笑了自己几百条后，竟然还不怕死地把周莹莹直播的画面截图加工后做成了表情包。

呵呵。

傅峥冷笑着打了一行字——

"提醒你们一下，我也在这个群里。"

自己这句话一出，群里果真立刻闭麦消停。傅峥扯了扯嘴角，刚准备继续在群里恐吓，狗胆包天的周莹莹竟然还冒头了——

"你马上就不在了。"

这句话刚发出，还没等傅峥反应过来，一条消息就跳了出来，傅峥低头一看——

你已被群主移出群聊。

好，太好了，好极了。

傅峥觉得自己的人生真是达到了巅峰。

-Chapter 18-
知道你家里困难

宁婉接完陈烁的电话回来，就见傅峥站在餐厅门口黑着脸皱着眉死死盯着手机屏幕正全神贯注地看着什么，直到自己走近，傅峥才有所觉察般有些不自然地立刻把手机给息屏了。

只是宁婉眼尖，刚才随便那么一瞥，就已经看到了他屏幕上的内容："如何重建威严？"宁婉有些不解，"你看这干什么？"

傅峥的脸色更不自然了，他咳了咳，移开了视线，颇为不经意般道："哦，就随便看的，有个朋友遇到点事，可能需要重建下威严，让我给他建议，我就随手查查。"

"这样啊。"宁婉理解地点了点头，"不过威严这东西，一旦失去，就找不回来了，就像是下海拍片，脱下的衣服，再也穿不起来了……"

自己不过是随口说了两句，结果傅峥听完，竟然整张脸都黑了，看起来这朋友大略和他关系挺铁，因此如今一听自己的话，就痛朋友所痛起来。

宁婉这么一想，就忍不住安慰傅峥几句："也没事啦，你看那些下海拍片的，最后索性也就当艳星了，只要在他们国家合法，其实也没什么，生活也很滋润不是？威严没有了也不一定是坏事啊，那让你朋友走走亲民路线呗。"

明明是朋友的事，但傅峥却特别上心和固执，他看向宁婉，"威严肯定可以重建。"他抿了抿唇，像是说服自己般地辩解道，"不是有句话说的吗？就算以前因为生活所迫被逼下海拍片，只要自己努力，那些脱掉的衣服，自己一件一件都能穿回来。"

"傅峥，没想到你竟然会信营销号鸡汤文。"宁婉没忍住哈哈哈哈笑起来，"口碑和标签这种东西，一旦打上了，真的是很难摘掉的，就等于你有一段黑历史，除非别人都失忆了或者知道的都死了，否则总要时不时被挖出来嘲一下的，脱掉的衣服一件件穿回来，那也是为了让你下一次再脱啊！"

Chapter 18 / 知道你家里困难

"……"

明明只是个类比,但不知道为什么,傅峥的脸色一下子变得更差了,似乎连精神都遭到了打击,整个人看起来竟然有一种风烛残年的摇摇欲坠感,那模样,要不是宁婉知道实情,还以为是他本人被人按头去下海拍片了呢。

"行了行了,别想你朋友的事了,你是不是没吃饱?走吧,带你吃别的。"宁婉看了看时间,"我学弟马上也到了,走走走。"

等宁婉拉着傅峥赶到餐厅的时候,陈烁已经在了,他一见到宁婉,就笑起来,只是等看到了她身边的傅峥,表情顿了顿:"这是?"

宁婉立刻笑着做了介绍:"这个就是我刚才电话里和你说的想带来一起吃饭的朋友。"

宁婉说完,拍了傅峥一下,眼神示意他自我介绍。

也不知道怎么的,从刚才开始,傅峥就有点心不在焉魂不守舍的模样。

好在自己这么一拍,傅峥终于回过神来,他伸出手,对陈烁道:"你好,我是傅峥。"

那模样,一板一眼的像是在进行什么高档商务活动。

宁婉有些无语:"搞这么正规干什么?陈烁是我学弟,熟人,你不用装了。"说完,她看向陈烁,介绍道,"傅峥就是之前顶替你来社区的那个实习律师,以后也是一个所的同事,大家提前认识下也好。"

陈烁也向傅峥做了简单的自我介绍,三个人落座后就点起菜来,傅峥正好有个电话,便离席出去接听,于是桌上就剩下了宁婉和陈烁两人。

陈烁一边点菜一边询问宁婉的意见:"秋刀鱼要吗?这家秋刀鱼不错的,秋葵可以吗……"

宁婉几乎没有多想打断了他:"要一个三文鱼吧。"

陈烁愣了愣:"我记得你不喜欢吃三文鱼的。"

"鱼我都不太喜欢吃,不过傅峥好像喜欢吃三文鱼,给他点一个吧。"

宁婉这话说得自然,一点没意识到有什么问题,然而听在陈烁耳朵里就不是这么回事了。

宁婉和自己说要带个朋友一起的时候陈烁下意识觉得是个什么女性朋友,见到傅峥第一眼他就心里不舒服。

就像是同一片领地内不能有两个强壮的雄性动物一样,陈烁天然地不喜欢傅峥，虽然宁婉介绍他只是个实习律师，还正被宁婉带教着，但无端的，陈烁在他身上却嗅到了上位者的那种傲慢气息，让他下意识有一种被挑衅的竞争感。

而明明自己才是和宁婉认识更久的一个，宁婉对待傅峥的态度却更熟稔，宁婉对他的眼神和肢体动作都很随意，完全没有距离感。

陈烁心里不是滋味，他抬头，看向宁婉，用开玩笑的口吻道："学姐你都知道人家喜欢吃三文鱼了？那你知道我喜欢吃什么吗？"

宁婉果然愣了愣。

陈烁内心叹了口气，笑了笑："我开玩笑的。"他翻着菜单，自己转移了话题，"学姐之前不是挺排斥顶替我来的人的吗？怎么现在感觉关系处得还不错？"

"傅峥啊。"宁婉果然笑起来，语气放松，"他也不是什么'空降兵'，不是关系户，是我之前误会了，其实他人不错，就是有时候有点爱装，不过也可以理解，因为他年纪比我们大，但完全没有工作经验。年龄大点的人嘛，肯定面子上容易端着，大概觉得三十了还是个菜鸟不太好意思吧，你知道就行，别戳破，也别介意就行，他人挺可靠，工作也挺认真。"

陈烁皱着眉听着宁婉为傅峥辩解说好话，只觉得心里黑云压城一样，这个傅峥也才过去没多久，怎么会让宁婉这么维护了？

宁婉并没有意识到陈烁情绪的变化，没多久，傅峥从外面回到了桌前，她又把菜单递给傅峥："你看看要再加点什么吗？想吃什么点就好了。"

不是宁婉多心，傅峥从刚才离开那高档餐厅后，脸色就一直阴晴不定，这都不是一般的黑着脸了，仿佛受到了什么巨大的打击，人生观都被生活重锤到破碎，以至于如今脸上都显露出了自暴自弃的恍惚……

这模样，没来由地让宁婉有些不好受，她反省了下，觉得傅峥这样子，自己八成脱不了干系，是自己刚才在餐厅训他训得太狠了吧？虽然恨铁不成钢，但用词是不是太激烈了？傅峥毕竟都三十了，被一个比自己小的女的劈头盖脸批评成这样，大概男性自尊受到了重创……

宁婉越是回忆，越是觉得自己不对，想了想也是，傅峥又不是自己，自己内心是铁汉，还不容许人家是朵娇花吗？虽然家道中落，但人家傅峥此前一直没有工作过，没遭受过社会的毒打，内心比较娇弱也不是不能理解，自己之前一顿猛如虎的操作，实在是有点不够怜惜他了……

Chapter 18 / 知道你家里困难

这么一想,宁婉就有些坐立不安了,她不断瞟向傅峥,果不其然,等菜上了,刚才明明没吃饱的傅峥还是兴趣缺缺,两个眼睛都有些空洞,脸上还是一派心如死灰的惨淡模样,席间宁婉和陈烁聊天,他也是一脸神游的状态……

"傅峥,你尝尝这个鸡翅,很好吃的。"

"这个日本豆腐也要趁热吃!"

"茶碗蒸要加点虾吗?"

结果不论宁婉多关怀备至,傅峥神情都有些惨淡,抿着唇角,整个人沉默地坐着。

本来自己想让傅峥认识认识陈烁,毕竟陈烁在所里跟的团队不错,为人也可靠,以后没准能带带傅峥,但傅峥这家伙也不知道怎么的,被自己说了两句就完全痛不欲生了。一顿饭,都没主动和陈烁聊,宁婉有点无奈,决定不去管他,起身去了厕所。

她一走,陈烁倒是看了眼傅峥开了口:"傅峥是吧,听宁婉说你之前都没工作经验?"

陈烁微微笑了下,清了清嗓子:"那你是怎么想到三十岁来从事法律工作的呢?要知道,三十岁才开始在这行业里钻研,确实起步会比别人落后,虽然学习不怕晚,但不太容易在律师行业做到顶尖了。"

傅峥今天受到的暴击实在太多,以至于一开始确实有些浑浑噩噩,他的脑海里完全萦绕着宁婉的"衣服一旦脱了就再也穿不回来"的魔咒,恍惚间甚至都觉得自己能和被逼无奈下海的AV男优共情了……

他对宁婉给他介绍的学弟没什么兴趣,但没想到对方对自己倒是挺有兴趣。

只是这个问题,问得就不太客气了。

明着听起来像是替自己担忧,但是对方的眼神和语气,傅峥都嗅到了努力抑制的攻击性和敌意。这把傅峥从心不在焉里拽了出来——

"律师本来是经验至上的工作,就算七八十岁,只要身体健康逻辑清晰,完全仍然可以工作,甚至会比年轻的律师更吃香,用年龄来定义工作成就没有什么意义。"

他看了陈烁一眼:"很多人可能有个误区,觉得年轻就是资本,在更年轻的时候就从事某个工作,比别人多干上两年,就觉得了不起,就能指点江山,是老资格能倚老卖老了,但说句实话,有些人没有天赋没有能力,在某个领域深耕上十年,甚至没有别人做一年得到的成长多。"

傅峥笑了笑:"就像你,虽然看起来三十好几了,但我看你的谈吐,就觉得要是像你这样的人才,就算这个年纪才刚进入法律领域,也能干出一番天地的。"傅峥说到这里,佯装不解地真诚问道,"不过听你喊我们宁婉学姐,是你上学特别晚还是高中复读过几年?"

陈烁只觉得自己快要气炸了!他确实长得偏向成熟,平日里走在路上看起来还比宁婉大些,但被说成三十好几还复读过好几年,这就真的难以容忍了!

自己的直觉果然没错,这个什么傅峥果然不是个省油的灯,还我们宁婉?!陈烁只觉得一口恶气都快冲破胸膛了,宁婉是他家的吗?他也配? 一个三十岁刚开始实习的助理律师,还觉得自己挺行的?

陈烁皮笑肉不笑道:"等你再做两年律师,你就知道了,律师工作强度大,确实催人老,我好歹二十几岁的年轻人,底子不错,你看都觉得有点显老,被你误解成三十多了,你这样已经三十的,就更要注意未来保养了,不然多干两年,三十看起来像四十五十都不是没可能。"

……

宁婉去完洗手间回座位,倒是发现自己一走,陈烁和傅峥似乎是聊上了,并且感情进展神速,两人竟然热火朝天地聊起保养和保健品了。傅峥一派温和地给陈烁推荐男士除皱精华,陈烁一脸友好地向傅峥推荐安利抗衰胶囊,你来我往,你推一个,我也一定要回馈一个,两人之间礼尚往来的样子,完全诠释了中华民族投桃报李的传统美德。

看着傅峥振作起来,不再沉溺于没能去到高档餐厅的不舍和被训话的沮丧,宁婉感到由衷的高兴,她觉得自己引荐傅峥和陈烁认识真是太对了——

"我就知道你们一定彼此欣赏,能做好朋友!"

或许是聊得热情过头到都有些失控,宁婉这话下去,傅峥和陈烁都显得有些不自在,宁婉没想到,这两个男人之间惺惺相惜原来还带不好意思和害羞的呢,好在在她的坚持下,傅峥和陈烁还是互相加了微信好友。

"这样你们就可以畅所欲言交流男性保养品了!"宁婉感慨道,"真没想到你们竟然对保健品这么有研究,完全爱好一致!以后多多交流啊!"

可惜回答宁婉的,是两个男人诡异的沉默,这不刚还聊得热情似火呢,怎么自己一来还害羞了?

男人的友情,还真是奇怪,男人的爱好,更是奇怪。

傅峥和陈烁这一晚的插曲很快就被宁婉抛在了脑后,社区律师工作总是忙一阵空一阵的,昨天挺空,今天就报复性忙起来。

第二天自上班开始,宁婉就轮流和傅峥接了总共快二十个电话咨询,还抽空接待了两拨现场咨询。而事情都像挤在这一块似的,出差回来的陆峰也把和王丽英面对面沟通的时间约在了今天。

在宁婉和傅峥刚送完上一拨咨询的客人后,陆峰和王丽英也先后到了办公室。

王丽英再见陆峰,百感交集,脸上尴尬又愧疚:"小陆,是我对不住你,是我没文化,以为……"

这事情能水落石出,两个人当面沟通,这本来是个皆大欢喜的事,一旦解除误会,这之后的事处理起来也就简单多了。

然而宁婉没想到王丽英老人刚开口,就被一声粗犷的男声给打断了——

"要把房子给别人,想也别想!"

伴随着这戾气十足的声音,是门被猛烈踢开撞上墙的声音,宁婉抬头,才见郭建国铁青着脸,身后跟着他同样脸色难看的弟弟,两人鱼贯进入办公室后,他们的老婆也板着脸走了进来,最后跟着走进来的是郭建红。

"妈,你真是中了什么邪,好不容易我们把你劝住了这婚不结了,结果现在说要签个什么协议把房子留给这个非亲非故的人?"郭建国老婆瞪着吊梢眉的眼睛,声音尖锐愤恨道,"你又不是绝户,家里两个儿子呢,就是不给我家建国,给建忠家,我们也气得过!"

一听这话,郭建忠的老婆立刻附和起来:"怎么不是,妈,大哥大嫂和我们可是你的亲人,你现在二话没说,要把房子给这个半路杀出来的家伙,你这是什么意思啊?"

郭建国、郭建忠这两家媳妇平时一直不对付,然而到了这种时候,竟然空前一致地团结起来,两个人又是骂又是叫又是喊冤,郭建忠郭建国两兄弟又不时帮个腔,现场一片混乱……

"妈!这事我们绝对不同意!"

"妈,你这是老糊涂了!我们才是你的亲人啊!我们才是给你养老送终的人啊!"

见好言相劝没有得到反馈,这两对儿子儿媳就开始话语里带了点威逼利诱的暗示了——

"妈,你这病以后治疗不还要靠我们儿子儿媳照顾吗?你要是把房子给了别人,那我们可能就没钱照顾你了,毕竟我们过得也不多宽裕,现在养个孩子太花钱了,而且我们还准备要二胎呢,这不努力给你生个大孙子传宗接代吗……"

"照顾我?"在长久的沉默后,王丽英终于开了口,她的声音疲惫里带着点恨意,"我没打算把房子给小陆前,你们就照顾我了?"

"我是没文化,是得了癌症,但我不是傻子,你们在想什么以为我不知道?"王丽英沧桑地笑了笑,"就你们还能给我养老送终?你们巴不得我早点死,好早点分了这房子和我留下的钱。"

"我想去治病,你们是怎么说的,叫我别化疗,保守治疗就行了。"

郭建忠脸上有些难看,但还是辩解道:"妈,那我们也是替你着想,化疗真的伤身体,你年纪大了,不一定吃得消,我们咨询过医生,有些病,治不治其实存活时间都差不多,要是去治还是个折腾,化疗那药水是毒啊,把你身子都要掏空了更容易出事,都说老年人不如保守治疗,最后那几年生存质量还高些,我们真是为你考虑的……"

"建忠,这种场面话就不要说了,你和你媳妇那天在医院外面是怎么说的?说本来过年计划去哪儿旅游,现在结果都不敢订机票了。"王丽英干瘪的病容上露出个嘲讽的笑,"你怎么不说说为什么不敢订机票?"

郭建忠夫妻俩一听这话,也不知道怎么的,脸上一阵青一阵红,但都不说话了。

王丽英干涩的眼角泛出泪意:"我一开始听你们说,以为你们是觉得我时日不多过年不出去玩准备留下陪我,心里还恨自己不争气,怎么就得了这个恶病,结果你们说了什么?"

"你们说,看我这样就熬不过过年,怕过年期间死了,要是在外面玩还得改签机票回来奔丧,太浪费钱了,但不回来又怕建国一家趁势先抢走房子和钱的大头,担心和埋怨我死得可能不是时候。"

王丽英话到这里，整个人哽咽了："建忠，那我就问问你，妈什么时候死才叫是时候呢？"

郭建忠脸色难看，被质问到一言不发，他的老婆也移开了目光。

郭建国趁机表态道："妈，我们和弟弟家不一样，我们……"

"你们是不一样。你们虽然治疗费一分不给我出，平时也一分钱没给过我，反倒明着暗着问我要钱补贴你们，但我病了还会带水果来看我。"

郭建国刚舒缓了表情想要附和，就听王丽英继续道——

"可每次水果都是已经烂掉的，一看就是你们家来不及吃又觉得扔掉可惜的，你的媳妇我还不知道？东西要是不烂不坏，就算扔掉也不愿意拿来给我，你们家养的狗，吃的还是很贵的叫什么进口狗粮，我呢？我是你们的妈，在你们眼里比狗都不如！"

"我活了一辈子，总是不断反省自己，看别人去打工赚钱了，恨自己错过机会做决定的不是时候；给你哥和你买房子，又恨自己没赶上房价最低的那两年下手的不是时候；自己病了没法给你们带孩子了，恨自己病的不是时候……没想到到头来，还被你们嫌死的可能不是时候。"

王丽英老泪纵横："我没想到，我这么喜欢的两个儿子，一个比一个没良心，我现在也想通了，我都快死了，不想再委屈自己，不想把房子和钱留给你们两个不孝的东西。"

宁婉虽然听肖阿姨也提及过王丽英儿子儿媳不孝的事，但实打实地听老人如此带着细节的控诉，还是令人叹惋。

郭建红脸上则随着自己母亲的控诉从诧异到自责和愧疚，她常年在外地，显然没料到自己的哥哥嫂嫂竟然是这样对待母亲的。

事已至此，郭建国、郭建忠两家被驳斥得哑口无言，宁婉清了清嗓子，准备就王丽英计划的遗赠扶养协议和陆峰沟通，然而她还没开口，此前无话可说的郭建国却突然开了口——

"妈，你这房，不能留给陆峰。"他顿了顿，然后抬高了声音，"你想走遗赠扶养协议，可以，那咱们就都按照法律走，你要知道，这房子虽然写的是你一个人的名字，可这是你和爸的婚内财产，那就是一人一半的，爸现在走了，我们顾及你没房子住，也没说什么，把房子继续留给你用着，但真严格说起来，这房子里归爸的那一半，可是爸的遗产。爸也没留下遗嘱说自己的遗产都给你一个人,那按照法律,我、建忠、建红和你,可都是这遗产的法定继承人,对这房子的一半,是可以要求一分为四的,我们每个人都有权利要这房子八分之一的钱!"

郭建国显然早有准备,说起来头头是道:"你现在对房子里那一半归你的想要给别人,那可以,可另一半爸的遗产,就不是你说了算的,我不同意你把另一半里属于我的份额给别人,那可的的确确该是我的!"

郭建忠见哥哥这么讲,立刻附和道:"我也要拿回属于我的那份!"

两个人唱完白脸,两家的媳妇立刻唱起了红脸——

"妈,就算你对我们有意见,那你也得顾及爸的脸面,你这样虽然不和这陆峰结婚,但想把房子留给非亲非故的他,以后不被人说闲话吗?哪有房子不留给自己的儿子的?"

"爸要是泉下有知,肯定气死了!你这样对得起他吗?他可肯定不想自己一辈子辛苦买的房便宜了外人!毕竟虽然说这房是你和爸生前的共同财产,可钱都是爸出的。"

这两个儿子也立刻紧跟自己老婆其后步步紧逼道:"妈,你要是写遗赠扶养协议给陆峰,那我们就要求立刻分割这房子,毕竟爸的那部分,我们要分是合法合理的,所以要么你把这房子马上卖了,把该给我们的那份钱给我们,要么你不卖房子,那就拿出这房子同等市价八分之一的钱分给我们。"

宁婉完全没想到这两儿子竟然会当场发难逼迫老人分家,这明摆着就是刁难了,老人名下就一套房,要是卖了,以后上哪儿住?要知道独居生病的老人可并不容易找房租,人死家里房东可都怕晦气,可要是不卖,想要签遗赠扶养协议,儿子又逼迫她必须直接拿出等额的钱来,老人手里哪有那么多现金?

家庭遗产继承纠纷之所以难办,常常就是因为这些问题,房产不像现金一样容易分割,继承人每人想法又不同,想要平衡好真是挺难。

只是宁婉刚想开口调解,却听王丽英开了口。

老人神情激动,语气甚至有些嘶哑:"我死了就算和你们爸到下面相见,没脸见人的也不是我,是他!我辛苦操劳了一辈子,给他拉扯大了三个孩子,他呢?在外面养了个小的!"

一席话,几个子女都呆住了。

"这不可能！你别污蔑爸！"

"爸什么时候出轨了？！妈，你别胡说八道了！"

王丽英却是冷笑："你们当然不知道，你们爸做的这些丑事可还多着，我为了你们，忍了，不想影响你们，也一句话没说过。可现在想想，我都过的什么日子？到头来你们也没承我的情，最后还拿他来压我，我这辈子有哪里对不起他了？"

"至于这房子，就是我一个人的，和你们爸没一点关系，我想给谁就给谁，也不用给你们分家产！这房子，是我受不了你们爸和他离婚后，他当时正遇上个升迁的机会，怕出轨离婚这种事闹大了影响他在单位的名声，想求和，才在离婚后给我买写我名字的！所以这房子就写在我一个人名下，买完房了，我看在这份上，才复的婚。你们要不信，我可以把那时候的离婚证、房产证都拿出来给你们看。"

王丽英这番说辞，把儿子儿媳都给震傻了，他们千算万算，没算到父母之间还有这一出，这房子竟然是归属王丽英一个人的，这下用父亲遗产要求分家产逼迫阻挠的方法，也完全没用了。

事已至此，郭建国、郭建忠也不管不顾礼义廉耻了，在金钱面前，亲情对他们而言显然并不重要，两个人彻底撕破了脸——

"行，房子是你的，你想怎么处理是你说了算，可你要一意孤行便宜外人，那也就别怪我们不再管你的养老，到时候这个外人有了你的房子不管你死活，你可就叫天天不应叫地地不灵了，那时候别再想找我们！"

"以后你的墓，也找他扫，每年祭祖，也别找我们！遗赠扶养协议只能保证他在你死前管你，你人一死，又不是亲生儿子，我看以后谁给你上坟！以后在下面，别人都有祭品，就你变成孤魂野鬼！"

这两个儿子，一个比一个咄咄逼人，王丽英这样的老人，没什么文化，活着的时候一辈子过得艰辛，但对养老送终和死后葬礼扫墓却很在意，郭建忠、郭建国的话，完全是在老人的心上戳刀子，果不其然，这几句话，让王丽英脸上露出了痛苦的纠结和迟疑。

"妈，没关系，你想怎么做，就怎么做吧。"也是这时，一直没开口的郭建红终于开了口，她的声音不大，却挺冷静镇定，"两个哥哥不给你养老送终，我给你。你好好活着，好好治病，别讲什么扫墓不扫墓的事，而且就算两个哥哥不管你，我管。"

其实从头到尾，她作为不受宠的女儿，几乎在这个家没什么存在感，如今的语气也并不昂扬，然而却仿佛自带一种力量。

郭建红看向了王丽英，红了眼眶："妈，我不要你的房子，不要你的钱，我就是心疼你，是我不孝，是我外嫁后都没关心过你，都不知道哥哥嫂嫂这么对你，你房子想给谁给谁，我什么都不要，但我是你的女儿，是你抚养我长大，我给你养老，你别怕。"

她说到这里，语气里带了点愧疚："我已经在容市找到工作了，虽然不是多有钱的活，但足够我们几个人吃饭。"郭建红抹了抹眼泪说，"你受了很多苦，我不想你再受苦了。"

郭建国郭建忠拉着郭建红一起来本是想妹妹能帮腔周旋说服母亲的，结果到头来郭建红却完全倒戈了，简直气不打一处来——

"女儿真是泼出去的水，胳膊肘往外拐，你不帮着你两个哥哥，却帮着个外人？！"

说完，大有撸起袖子想打郭建红的意思，傅峥冷着脸架住了郭建国抬起的手，才把人隔开，然而郭建红的两个嫂嫂都气炸了，当下用尖酸的话骂起郭建红来，更是大有手撕郭建红的架势，傅峥不好直接和女人动手，即便帮郭建红挡着也有些力不能及……

"你们能不能别吵了？！"

宁婉刚想去拿扩音喇叭，没想到陆峰平空一声吼，竟然把场面给镇住了。

因为一反常态地大声嘶吼，他的脸和脖子都有些泛红，被一屋子的人盯着，也有些不自在，但最终，他还是鼓起勇气道——

"你们能不能尊重下别人的想法？"陆峰一脸的怨愤，他看向了王丽英，"王阿姨，当初是你自说自话要逼着我结婚，给我造成了好多困扰，好不容易把事情给讲清楚了不逼我结婚了，又自说自话要让我拿房子。"

"依我看，你们这些都没什么可吵的，因为我根本不要房子！"

这话像个惊雷，王丽英愣了愣后，直接急了："小陆，我问过律师了，你只要在合同上签字，到时候我看病多照料照料就行了，你要有了这房，你们家娇娇就可以落户，这是学区房，以后孩子上学也不愁……"

"阿姨，我知道房子很好，可我不想要啊！"陆峰的语气听起来都无奈了，

Chapter 18 / 知道你家里困难

"我确实是外地人，确实没什么钱，也确实需要学区房，但我可以自己一分分地挣，我不想牵扯到你们的家务事里，这个什么遗赠扶养协议，我不签。"

这下王丽英乱了方寸，她求助地看向宁婉和傅峥："律师，你们能帮忙说服小陆吗？"

宁婉摇了摇头："王阿姨，合同订立本来就不能强迫，这不是我们能说服的问题。"

"可小陆要不签，我这房子以后给谁呢？"王丽英彻底没想到这一茬，一屁股瘫坐在了地上，带着哭腔道，"我是死也不要给这两个不孝子！"

王丽英完全沉浸在痛苦里，觉得山穷水尽，陆峰却一脸不解地开了口——

"王阿姨，你两个儿子是不孝顺，可我看你女儿挺好的啊。"陆峰说着看了一眼郭建红，"你说要把房子给我，你两个儿子狠话说成那样了，可你女儿却是支持你的，甚至也说了，就算房子给了我，她也会孝敬你，你这女儿实实在在为你考虑，也没贪图你的房子和钱，你有这么好的女儿为什么却只看到两个不孝的儿子呢？"

王丽英愣了愣，随即下意识摇头道："这养老的事当然还是得男的来，女儿怎么养老啊，女儿没用……"

陆峰抓了抓头："我知道这是你的家务事，但既然我也被牵连进来了，我这个局外人就讲讲心里话，王阿姨，你完全可以把这房子给女儿啊，我觉得是她的话，绝对会给你养老，也会带你看病，好好对你的，你与其找我这么个外人，为什么不和你女儿签个什么遗赠扶养协议呢？"

这话不说还好，一说，郭建国、郭建忠两人又炸了——

"这怎么行？建红是女儿！爸当初就说了，女儿是嫁出去的，都不能算自己人，更不能分房子！"

"建红，以前就说好了，爸妈就在你结婚时给你贴了十万块嫁妆，这就两清了，家里的房子和钱你不能分，你可别忘了？！"

"法律从来没有规定女性就天然地失去继承权，刚才你自己援引法律说到法定继承人时不也承认了郭建红的继承地位？怎么现在就反过来不认了？"

宁婉本想开口，没想到倒被傅峥快了一步，他看着郭建国、郭建忠两人冷哼了一声："你们倒是人才，法律对你们有利时就强调法律，事实对你们有利时，就强调事实，都不利时就搅浑水。因为女性要外嫁所以失去继承权这都是多少年前的陋习了？"

郭建国的老婆立刻不服起来："这怎么是陋习？我们不都是这么过来的吗？我家里有个哥哥，我家的家产就也全是哥哥的，那我嫁进郭家，公平起见，我老公家的钱不也应该只给男丁吗？这样才能一碗水端平，才能平衡！社会才能和谐！"

"可这就是错的啊。"宁婉也忍不住了，"你作为女性，在你们家的财产里，也应该有继承权，这是法定的权利，你自己不仅不去抗争，还顺水推舟成了这种陋习的拥护者，反过来维护这种陋习，你自己作为女性被剥夺了财产权，你就从别的女性那里剥夺回来，你觉得这对吗？这怎么就是一种平衡和公平了？"

"我不管，我们历来都是这样的规矩！这是祖上传下来的！建红绝对不能拿这个房子！"

这话一出，陆峰倒是比宁婉更先火了："你们这说的什么话？你自己就是个女的，难道女的就天生比男的低一等？"他看向王丽英，"王阿姨，我这个外人说句不中听的，你就是把儿子看得太重了从小对儿子太宠了，家里什么都以儿子为先，才酿成现在这个后果的。"

郭建忠不乐意了，他粗哑着嗓子道："你一个外人，还是个男人，还以为自己是个平权斗士妇女主任了？"

"我虽然也是个男的，但我是个女孩的爸爸，我不觉得女孩就该比男孩差，生男生女都一样，教育才是关键，生了儿子但是不好好教育，太过溺爱，未来别说养老，不把自己气死就不错了！女儿才是小棉袄，多贴心。"

陆峰说到这里，看向了王丽英："王阿姨，你难道事到如今还执迷不悟吗？谁才是子女里真正对你好的，你还看不出吗？你自己也是个女的，操劳了一辈子，在养育这几个孩子的事上，是你男人做得多还是你做得多？女儿怎么就不如男的了？女儿怎么就没用了？你这一路过来，也知道女人有多苦，怎么就不能多看几眼自己的女儿呢？你女儿总比我这个外人靠谱多了！"

王丽英一张脸上糅杂着纠结和挣扎的复杂表情，像她这样的农村出身没有文化的妇女，很多时候真是应了那句"可怜之人必有可恨之处"，如她的媳妇一样，自己本身是重男轻女思想的受害者，但因为长久浸淫的洗脑，已经没有了正确的是非观，反过来摇身一变又成了同等制度的加害者，并且完全不自知。

王丽英没下定主意，郭建红倒是很深明大义，她的眼眶还红着："妈，房子你也别给我了，你这么多年辛苦了，等病治好了稳定了，就把房子卖了，到处去旅游旅游，你不是说过想去海边吗？我带你去海南看海……"

想去海边只是王丽英曾经随口一说，甚至连她自己都没当真，然而没想到常年被自己忽略的女儿却记得那么清楚，一时之间，她也百感交集。

这个女儿，对王丽英来说完全是个添头，本来就不是计划内的产物，生出来又是个女的，她也从没重视过，还真是添双筷子给口饭吃养大的。平心而论，这女儿其实学习成绩一直比两个哥哥强，不仅更聪慧也更懂事，两个儿子没让她少操心，女儿却早早就出去做家教帮着补贴自己了……

本来女儿是能上大学的，但当时为了给两个儿子买房娶媳妇，愣是让她去打工了，后来两个儿媳妇陆续进门，王丽英生怕闹出矛盾，又急忙找了个外地的适龄男青年把女儿给外嫁了……

如今真的细细打量，才发现自己女儿站在两个儿媳身边一对比，苍老得多，然而唯独她，看向自己的眼神里透露着关心和焦虑。

王丽英的眼眶突然有点湿，她看向了两个儿子："既然小陆不要这个房子，那我也不是不能给你们，但这房子我就只给一个人，不分割，至于给谁，我问五个问题，谁答出来的多房子就是谁的。"

她这话并没有对郭建红讲，按意思，郭建红连回答的资格都没有，两个儿子自然是喜出望外，立刻就换了副面孔——

"妈，你放心吧！这房子交给我们，绝对不会乱来，到底是你亲儿子，肯定给你养老送终的，刚才那些也都是气话！"

"妈，以前我有做得不到位的，以后都能改！"

郭建国郭建忠立刻变脸表起忠心来，郭建红则还是很温顺，并没有表达异议。

眼见没人反对，王丽英开始问了："我是哪天生的？"

"啊……这……8月……8月……"郭建国抓耳挠腮，他平时从没给自己妈过过生日，又背不出身份证号码，自然是记不得，只隐约记得是8月。

郭建忠也是一样，第一个问题，这两兄弟竟面面相觑，一个也回答不上来。

王丽英也没在意，又问了第二个："我在这小区里，关系要好的姐妹有谁？"

"……"郭建忠脸上挂不住了，"妈，你这是存心为难我们呢，我和大哥怎么会知道这些啊！"

王丽英没表态，只抿着唇继续问了第三个，第四个，第五个问题，这五个问题都是关于王丽英的一些生活细节，只要稍稍能关心下老人，其实并不难回答，只是出乎意外，这两个儿子一个也答不上来。

"你们口口声声说房子给你们，你们就给我养老送终，可就连这些问题你们都答不上来，你们平时除了心安理得地问我要钱，关心过我什么？我能安心把房子给你们吗？"王丽英颤抖着手抹了抹眼泪，"小陆说的没错，是我家门不幸，是我没教育好，是我自作自受啊！"

王丽英哽咽着看向郭建红："建红，你来回答。"

郭建红愣了愣："我？"

"对，你答。"

"妈的生日是8月16日；妈生病前在小区爱跳广场舞，和领舞的肖阿姨关系挺好；妈喜欢蓝色；妈左边腰有些不好，是一次雨天摔的；妈最喜欢吃蚕豆。"

虽然不明所以，但郭建红还是一口气流畅地就回答完了问题，而从王丽英的表情来看，她回答的也都是对的。

两个儿子一个女儿，谁是谁非，不用多言，已经一目了然。

王丽英深吸了一口气，看向了宁婉和傅峥："律师，我觉得小陆的建议挺好，房子就给我女儿，写那个什么协议吧。"

"王阿姨，你女儿是你的法定继承人，对你在法律上就具有赡养的义务，所以不能也用不着用协议的方式来确定。"傅峥抿了抿唇，解释道，"法定继承人和被继承人之间不能签订遗赠扶养协议。"

傅峥又用简单的语言再次解释了一遍。

王丽英听是听懂了，可又疑惑上了："那我该怎么办？"

"那就做个律师见证遗嘱就好，确定遗嘱把房子留给女儿。"

郭建国直接炸了："这我不同意！"

郭建红也连连摆手解释："哥，我没想独吞房子，我……"

……

虽然郭建忠、郭建国两家铆足了劲地上蹿下跳反对，但王丽英老人相当坚持，最终，宁婉和傅峥为她做了律师见证遗嘱。

搞了这么一出,王丽英也有些累了,最后,郭建红和陆峰两人一起把她搀扶着回了家。

眼看着事情告一段落,傅峥正准备送客把郭建忠、郭建国两家请出去,宁婉倒是制止了他:"等一下,我还有些话要和他们说。"

傅峥愣了愣:"事情都解决了,和他们还有什么能说的?"

郭建忠郭建国显然也是这样想,两人当即愤恨地放狠话道:"我们没什么想和你说的。"

"你们这些律师没一个好东西,你们这么帮着我妈把房子给了建红,那也行,那以后养老送终这些就都归建红了,谁让她拿了房子!"

宁婉倒是不急不慢开了口:"你们两位也别急着撇清,法律规定你们对自己妈妈就是有赡养义务的,就算王阿姨没给你们买过任何一套婚房,没贴过钱给你们,你们一样跑不掉这个赡养义务,否则一告一个准,连自己亲妈也不肯赡养,以后闹到你们单位,你们脸上有光?还怎么做人?"

郭建国直接炸了:"那凭什么?法律既然强迫我们要养老,那房子为什么就给建红?!"

宁婉打断道:"律师见证遗嘱说白了也是遗嘱的一种,只要是遗嘱,就是可以更改的,你们妹妹的性格你们也了解,她本人明显并不是急着独吞房子的,所以房子到底最终怎么分,这都得看你们母亲的意思。"

宁婉看向郭建忠郭建国:"我什么意思,想必二位也明白吧?只要王阿姨的想法有变,房子的分配随时就可以改,后订立的遗嘱效力优于先订立的,你们与其现在这样和王阿姨对着干,不如好好想想,自己是不是确实有做得不够的地方。"

"好好对待王阿姨,好好赡养她,好好关心她,她毕竟内心是偏着儿子的,要体会到你们的改变了,她改变遗嘱里房子的分配方案,又不是不可能的事。人的感情和决定都是能变的,但变不变,就看你们的努力了。"

宁婉这话下去,屋内剩下几人的表情果然出现了变化,几个人的神情立刻活络起来,眼睛一下又重新放光了。

"几位的年纪对我来说都是长辈,子欲养而亲不待这种话想必早听过了,王阿姨本来就已经得了重病,最后这几年,还是好好对她吧。"

"那律师,之后改遗嘱,还能找你改吧?"

宁婉点了点头,这几人得到了肯定的答复,当下也不吵闹了,脸上都合计着什么,交头接耳了一阵,然后这才好声好气地和宁婉告辞离开了。

他们一走,傅峥却是皱了皱眉:"为什么多此一举和这些贪婪的人聊这个?"

宁婉抬头看了他一眼:"你为什么觉得是多此一举?"

"这几个人明显动机不纯,就算现在按住不表装孝顺对老人好,也都是假的,明显就是为了房子,你又何必去说这些?"

宁婉笑笑:"我要是什么都不说,郭建国、郭建忠两兄弟,肯定恨死了王丽英也恨死了郭建红,以后这一家子,肯定是和谐不起来了,这样就算处理掉了眼下的这件事,可这两兄弟和妹妹母亲之间却算是断交了,以后相见也和仇敌似的。"

"王阿姨嘴上不说,心里该多难受,生养又偏心喜欢的两个儿子最终就这样对自己?郭建红也是个老好人脾气,这样得罪了哥哥嫂嫂,一定也是坐立难安,而郭建忠郭建国两兄弟,也每天生活在仇恨和憎恶里。"

"虽然从法律层面来说,我们完美解决了当下的问题,可从后续来讲,这根本是三输。"宁婉顿了顿,"如果是普通的民事纠纷,我们做到这一步其实就无可指摘了,但我们的身份又比民事纠纷律师更特殊一点,是社区律师,很多时候看起来一件小事,但关系到一个家庭的命运,所以我一直说,社区无小事,标的额再小,也要仔细对待,因为你很可能会改变别人的人生。"

"法律虽然能处理大部分事,但做社区律师千万不能有法律万能主义的误区,还是要通达人情世故,除了用法律,还要辅助用别的手段来缓和法律纠纷和家庭矛盾。"

宁婉看向傅峥眨了眨眼:"我知道郭建国、郭建忠不是什么真心孝顺的人,但王阿姨也没几年了,这几年里,他们能好好表现,全家关系更缓和,即便是虚情假意的,确实没什么坏处,何况很多事,做着做着,或许人还真能改变了呢?毕竟不管怎么说,人在情绪对抗的状态下肯定没法解决问题,但缓和的关系里,却没准摸索出新的方案?"

"至于老人遗嘱到底改不改,相信她也自有一个判断,真心对她好和虚情假意,不会判断不出来。"

宁婉说完,拍了拍傅峥的肩:"好了,宁老师小课堂结束了,现在帮我去买杯奶茶。"

傅峥愣了愣,显然没反应过来。

"讲了这么多,都口渴了,所以上面这些工作经验和至理名言,就用你的奶茶跑腿服务抵了!"

宁婉笑嘻嘻地看了傅峥一眼:"要知道,一般的带教律师才没我这样事无巨细手把手解释清楚,毕竟我们这样的资深执业律师,平时都是按小时收费的,按照我的费率,刚才这一些,最起码也有两百块呢!知道你家里困难,不向你收费了,你就帮我买杯奶茶好了,我这个领导是不是很体恤下属?高兴吗?"

"……"

高兴,怎么能不高兴?屈尊一次去跑腿买奶茶,竟然价值"高达"两百块,这一刻,时薪一千二百美金的傅峥都快高兴坏了。

-Chapter 19-
他怕不是祸国妖姬投胎吧

虽然心里是拒绝的,但傅峥还是任劳任怨去买了奶茶,因为平心静气地想一想,宁婉确实在某种程度上填补了傅峥的知识空缺,或者说是一贯以来的某种偏见。

资深律师做久了,对于法律的运用和操作会驾轻就熟游刃有余,很多时候也像一门艺术,自我也更容易产生一种优越感,站的位置高了,很多时候更是会一叶障目。

一直以来,傅峥确实深信法律可以解决一切纠纷,即便如今法律没有面面俱到,但总有一天随着法治的健全,法律将可以包罗万象,规范人类的所有行为。他把这样的观点归类为对法律的信仰和尊重,对那些用调解或者道德来化解纠纷的律师嗤之以鼻,然而今天宁婉这番话,让他却是有些意外。

傅峥第一次意识到,法律或许确实并不是万能的,法律只能调整人类社会有限的合意行为,有一些领域,是法律不论怎么发展都永远无法涉足的。

因为从来只过百分之十的人生,起点一直很高,傅峥以往没有下到基层工作的经验,如今看来,倒是真切觉得在社区历练一阵,对于自身的完善也有帮助,宁婉很多案子确实办得可圈可点,法律和人情能做到完美结合,处理得也堪称优秀。

一路这么想着,傅峥已经端着奶茶往办公室走,结果没想到,在离办公室不远的门口,竟然还看到了个熟人。

拿着一束花左顾右盼等在不远处的,不是肖美是谁。

看着对方手里的花,傅峥内心警铃大作,宁婉不是说已经搞定肖阿姨了?怎么看样子她还没死心?

而也是这时,肖美一眼看到了傅峥,她收拾了下表情,然后快步迎了上去。

"小傅啊!"肖阿姨看向傅峥,眼神复杂,声音感慨,"没想到……你我终究是有缘无分……"

傅峥愣了愣。原本以为的追求剧情竟然没有上演，他心里松了一口气，也好声好气安慰道："肖阿姨，我们不适合……"

结果话还没说完，就被肖美打断了："是啊，不适合……我们当不成男女朋友，那就当姐妹吧！"

姐妹？这跨度也有点太大了？

肖阿姨却没有在意傅峥的不解，只继续道："不过小傅啊，听阿姨一句劝，世间一切阴阳调和，这不是没道理的，你说两个阳的吧，这加在一起阳气也太盛了，对身体不好，得上火！"

傅峥简直莫名其妙："我挺好的，我没上火。"

结果这话下去，肖阿姨看自己的眼神更怜悯了："哎，算了，你们年轻人的想法我不懂，这可能也不算是个病，纠正不过来。我前几天睡不着看了挺多文章的，说你这事吧，很可能是基因里注定的，是娘胎里带出的毛病，也不能怪你，小傅，你也是个受害者啊！"

这都什么跟什么？自己娘胎里带了什么毛病出来？

傅峥正想开口询问，结果抬眼看了办公室一眼，就被宁婉面前坐着的两人给震得七魄少了三魂——

他看向其中一个，这不是他大姨？！

而再看另一个，这不是他二姨？！

……

傅峥在魂不守舍里根本没在意肖阿姨在说什么，只记得她拍了拍自己的肩，一边道："万事有始有终，小傅，你是我这么几年来唯一心动的人，现在既然我们没法走到一起，我也和你告个别。雏菊的花语是离别，就让它，给我们的相遇画上完满的句号吧！"

这么一番文艺悲情的话讲完，肖阿姨仿佛连再看傅峥一眼都心痛，把花往他手上一塞，就迈着小碎步走了。

宁婉本以为顺利处理掉王丽英老人的案子后，总能稍微缓一口气，可也没想到今天到底是什么日子，来现场咨询的人竟然络绎不绝，左等右等，没等来傅峥把奶茶买回来，倒是等来了一位新的客户——

傅峥走了没多久，一位珠光宝气的中年贵妇就袅袅婷婷走了进来。

她一见宁婉,来回打量了几遍,就试探性地询问起来:"你是这儿的社区律师?今年多大啦?刚毕业吗?"

这种客户并不是第一次遇见,很多居民误会越老的律师越是经验充足越是可靠,而因为宁婉长得显小,常常第一印象上就遭到质疑,因此对这个问题,宁婉也不觉得有什么意外,心态挺平和:"这位阿姨,我叫宁婉,已经工作一阵了,你放心,我是专业律师,有经验,你有什么想咨询的直接问就行。"

平时的客户,一旦开门见山这么问,基本上倒豆子似的就诉苦起来,然而眼前这位中年贵妇却不太一样⋯⋯

"我啊,我是有法律问题想问,就⋯⋯就⋯⋯"对方像是磕磕巴巴憋了半天,才憋了出来,"就我一个月前借了十万块给邻居,但是没写借条,现在她不认了,我还能把钱要回来吗?"

"你住在悦澜的哪栋楼里?"宁婉有些疑惑,"我在这儿做社区律师有一阵了,好像没怎么见过阿姨你?你借钱当时有转账记录吗?转账用途里写明了借款吗?要都没有的话你邻居是谁?兴许我认识,我直接找她沟通谈谈,十万块可不是一笔小数目⋯⋯"

"我⋯⋯哈哈哈哈⋯⋯我新搬来的!"

而就在宁婉想继续深问之时,门外又走进了一个人——

"律师,我有个法律问题想要咨询⋯⋯"

宁婉抬头一看,竟然又是一个珠光宝气的中年贵妇,手里挽着个爱马仕,让宁婉不得不感慨,悦澜社区真是藏龙卧虎,这有钱人竟然这么多!都这么有钱了,竟然也不找收费昂贵的大律师,而是来征求社区的廉价法律服务,可见有钱人之所以能有钱,看来都是因为这份令人动容的精打细算和节省!

这新来的中年女子体态优雅,进来后第一时间就把宁婉从头到脚打量了几个来回,刚想坐下来,结果这才看到了已经坐着的另一位中年贵妇,两人彼此一对视,显然都吓了一跳。

"两位认识?"

先来的贵妇连连摆手:"不认识不认识。"

后来的贵妇一口承认:"认识⋯⋯"

"⋯⋯"

不得已,宁婉又问了一遍:"两位到底认不认识呀?"

Chapter 19 / 他怕不是祸国妖姬投胎吧

这次，先来的贵妇连连点头："认识认识。"

后来的贵妇却径自否认"不认识！"

这可真的有鬼了。

宁婉盯着这显然有鬼的两人，清了清嗓子："我们这儿咨询也讲个先来后到，不好意思阿姨，前面这位客人的咨询还没讲完呢，为了隐私，能麻烦您先去外面转转等会再来吗？"

可惜自己这话下去，先来的那贵妇竟然谦让上了："不用不用，宁律师，要不就让后来的姐妹先咨询吧？"

后来的贵妇也很好说话："律师，这位先来的姐妹也不用回避，大家一起聊聊！"

"……"宁婉噎了噎，没见过这么奇怪的客户，"那阿姨，你说说你有什么事想咨询呢？"

"我……我……我借钱给邻居了人家不还……"

宁婉心里有些难以形容，怎么，如今的中年贵妇都这么好骗的吗？刚来一个给邻居借钱的，这又来一个？搞得宁婉都有些忍不住想问，你们还缺邻居吗？

只可惜上天是公平的，这两位贵妇虽然有钱，但看起来不太聪明，宁婉针对民间借贷纠纷的特点问了案子的一些细节，结果这两人竟然一问三不知，那磕磕巴巴的模样，甚至像整个案子都是胡诌乱编的……

而很快，这两人的行为就验证了宁婉的猜测——

在自己记录的间隙，这两人就左顾右盼起来："小宁律师啊，你这儿，难道就你一个律师？"

宁婉头也没抬："不止，还有个男律师。"

两位贵妇果然来兴趣了："这男律师人呢？"

宁婉也觉得傅峥买个奶茶太久了，下意识抬头，结果就在门口不远处看到了傅峥，这么一看，她才意识到为什么傅峥去了这么久没回来，敢情是被肖阿姨给堵住了，两人正在一块说话呢。

宁婉下意识指了指傅峥："人在那儿呢。"

结果自己不说还好，这一开口，两位贵妇循着目光一看，当下连自己的借款纠纷也不想聊了。

"这位男律师可真是一表人才人中龙凤器宇轩昂英俊潇洒风流倜傥……"

宁婉不得不打断了这可怕的成语连珠:"阿姨,我们先来说说你的法律纠纷。"

"哦……"这俩中年贵妇挺不甘心的,但好歹回过神来,可惜好景不长,宁婉刚给她们讲了几句,她们的眼神又忍不住朝傅峥那边瞟去。

结果自己还没讲两句,这两个中年贵妇相互对视了一眼,又开始吹捧起傅峥来了:"宁律师啊,我看你这同事,真的好帅啊!是不是?你看这身材,一级棒吧!气质也特别好啊,光是一看,就显得庄重有文化……"

……

这傅峥怎么回事?虽然是比别人长得帅一点身材好一点气质也好一点,可至于吗?

宁婉的心里充满了真实的疑惑,说实话,傅峥如今离办公室还有段距离,连自己看他的脸其实都不太清晰,这俩中年贵妇视力这么好?何况因为被肖阿姨堵着,大概对中老年追求者有点心理阴影,此刻傅峥的表情并不多好看,但就这,都能吸引中年贵妇折腰?自己眼前这两位中年贵妇,显然问法律咨询心不在焉,但对傅峥的夸赞却是全方位无死角……

得了,至此,宁婉算是确定了,这不是正经来咨询的,而自己从没见过也是因为这两个中年贵妇恐怕就不是悦澜社区的,也不知道是哪儿看到了傅峥本人还是他的照片,这又是傅峥的追求者!醉翁之意不在酒啊!

果不其然,其中一位又看了傅峥两眼,看向宁婉,试探道:"小宁律师啊,你这个帅得不行的同事,单身吗?

傅峥到底是什么中老年妇女吸铁石?怎么来一个看上他一个?他怕不是祸国妖姬投胎吧?

但埋怨归埋怨,作为傅峥的带教律师,宁婉觉得自己还是有义务为他解决这些困扰,不能让肖阿姨的闹剧,在傅峥身上重演!

此刻傅峥还在和肖阿姨说着什么,电光火石之间,宁婉灵机一动,何不将计就计?

"我这同事,他有人了!不单身!"

自己这话下去,两位贵妇眼神都变了:"他不单身啦?!"

"那对象是谁呀?"其中一个打量地看向宁婉,"是你吗小宁律师?"

"不是我。"宁婉镇定地拍了拍对方的肩膀,"你们看到我这同事边上那个阿姨了吗?"

"看见了啊。"

"那就是我那同事的对象。"

两位贵妇的神色果然崩塌了:"这……这……这女的看起来比我们年纪还大!比你……比你这同事都大上几轮了!他怎么会找这种女朋友啊?"

宁婉瞧着这两位的表情,觉得自己这一波轰炸打击得差不多了,再给个致命一击,就能把她们心里对傅峥的那点垂涎打消干净了:"我这同事吧,就喜欢老的,觉得越老越有韵味,就和陈年好酒似的。"

对面两人一对视,脸上果然露出了三观炸裂的表情。

宁婉再接再厉暗示道:"别说我,阿姨,就是你们,在我那同事眼里,也是太年轻了,没有味道!"

"这……可这……这小伙子一表人才,这……"

"他女朋友也是一表人才啊!"宁婉生怕这两贵妇不死心还想着撬墙脚,振聋发聩道,"他这女朋友,可是我们小区广场舞领舞王者!"

两个贵妇脸上露出了想死的表情……

宁婉有些忍不住内心感慨,瞧瞧,这些中年贵妇都怎么想的,恋爱只是人生很小的一部分,不过就是失去一个潜在追求对象,大可不必想死啊。

她拍了拍两位,语重心长安慰道:"总之,谁对上我这同事的现女友,决计没有胜算。你们要是想在我们小区广场舞舞团里有一席之地,还是要和我这同事女友搞好关系啊……"

仿佛为了验证傅峥和肖阿姨之间你侬我侬的气氛一样,正是这时,肖阿姨把手中的雏菊塞给了傅峥,这才依依不舍和他告别。

宁婉便趁机佯装羡慕道:"看看,两人这感情特别稳定,不是你送我花,就是我送你花,浪漫得不行,正热恋着呢,小区里别人想撬墙脚啊,也都失败了!"

想来想去,这样的暗示,应该是很足够了。

可不知道怎么的,这两位贵妇竟然都没死心的模样:"可……小宁律师啊,这……这个女朋友,你说怎么带回家交代啊?这年纪,比……应该比你这同事的妈都大,以后两人怎么称呼呢?而且这么大年纪,难道以前没结过婚?"

怎么看也怎么不相配啊。"

"阿姨，这就是你们视野局限了，两人怎么不相配了？我这同事未婚单身，他女朋友丧偶单身，天造地设的一对啊！至于人家未来要结婚了，这婆媳问题，我觉得你们也多虑了，婆婆和媳妇年龄差得少，还能以姐妹相称，没必要有那种婆媳之间上一代和下一代的隔阂，同龄人也更有共同话题，更能互相理解，人家没准是其乐融融的一家呢！"

"……"

这话下去，两个中年贵妇大概是彻底死心了，你看看我，我看看你，脸上露出了震惊到无以复加的表情，大概大有同是天涯沦落人的共情，很快交流了下眼神，颇有一种共沉沦的悲怆感……

而也是这时，傅峥终于从外面走了进来，大约被肖阿姨中途拦过，他手里拿着束雏菊，脸色相当难看，而刚刚隔着距离就疯狂吹捧傅峥的这两个中年贵妇，也不知道怎么的，一见到傅峥本人，竟然叶公好龙似的，不仅没敢抬头正眼打量他，甚至变得唯唯诺诺的。

"小宁律师啊，谢谢谢谢，今天的咨询对我很有用，我还有点事，先走了！"

"我也有点事，再见再见！"

……

两个中年贵妇落荒而逃，傅峥倒挺从容，他把奶茶放下："我送下这两位客人。"

说完，就阴沉着脸紧跟其后出门了，那模样倒不像是去送客，说是送人归西还比较实在……

傅峥是在路口的拐角处把自己大姨、二姨给堵住的。

傅峥的大姨二姨见已经暴露了，也索性说开了："峥峥啊，我们就是听你莹莹妹妹说，你这最近为了追个女孩都隐藏身份在社区这种恶劣的环境里来办公了，我们就特别好奇未来外甥媳妇，想来看看……"

周莹莹这兔崽子，真是活腻了。

傅峥简直没脾气了："什么外甥媳妇？我哪儿来的女朋友？我自己怎么不知道？"

他揉了揉眉心："总之，我在社区这事说来话长，我就问你们，还有别人知道吗？"

"没了没了，你放心吧。"傅峥大姨压低声音安慰道，"我已经让你二姨、三姨、四姨还有你几个婶婶全保密了！"

傅峥想，这可真是令人安心……

结果这还没完，大姨、二姨交换了下眼神，随即脸上就露出了一言难尽的尴尬："另外，有些事，你也不用瞒着我们，我们都懂，我们家一贯是很包容的，接受度很大，但是吧……"

大姨一脸同情："姨妈还是有一句要劝你啊，虽说女大三抱金砖，但是大了太多……这金砖都能抱上七八块了……那你还是要考虑你妈的承受能力的。"

二姨满面怜悯："峥峥啊，姨没想到做律师这么不容易，人面对压力，还真的不是爆发就是变态，你变成这样，到底是受了多大的刺激啊？"

两人一脸神情复杂地拍了拍傅峥的肩："你自己好好想想吧，但这事，真的不行。"

今天大家都被下降头了吗？怎么都莫名其妙的，傅峥简直摸不着头脑，一个两个的，肖阿姨是这样，自己大姨二姨怎么也这样？这说的都什么跟什么啊？

傅峥的不解直到送走姨妈，回到办公室后才得到了解答。

办公桌前，宁婉正在翘首以盼，一见他回来，脸上得意之色尽显，立刻冲上来邀功道："傅峥，你得好好谢谢我！"

傅峥皱了皱眉，不明所以："什么？"

"就刚才你送走的俩阿姨啊！"宁婉挤眉弄眼道，"她俩不是正经来咨询的，明眼人一眼就知道，她俩……"

傅峥心里一惊，难道宁婉发现了自己大姨、二姨的身份？她竟然如此慧眼如炬？

结果他还没来得及深想，就听宁婉豪情万丈道："她俩看上你了！"

"……"

宁婉，你眼瞎了。

可惜宁婉显然没有意识到傅峥表情里的复杂意味，她摸了摸下巴像是名侦探般沉吟道："你发现没有，那两个中年贵妇，其实仔细看看，都和你长得有点像，难道你们这是传说中的夫妻相？有夫妻相的人之间是不是有什么特别的磁场和荷尔蒙？所以这两个阿姨都不可自拔地被你吸引住了？人类是不是有一种本能，就是长得像的人，就自动想凑成一家人？"

"……"

谢谢，我们本来就是一家人，那就是我大姨和二姨。

只是还没等傅峥彻底缓过来，宁婉就看向了傅峥，继续抑扬顿挫豪情万丈道："不过你放心吧，我已经把她们对你的不轨图谋掐灭在摇篮里了。"

傅峥艰难道："你说了什么？"

宁婉眉飞色舞地看了他一眼，"还能说什么？"她解释道，"刚才你不正好和肖阿姨站在那吗？我就顺水推舟了一下……当然说你名草有主啊！"

这下，傅峥终于能理解自己大姨、二姨那一脸一言难尽是什么意思了。

这一刻，傅峥觉得自己都能即兴表演一段当场去世。

而仿佛还嫌这不够，宁婉推了推他，邀功道："虽然大恩不言谢，但你好歹应该有所表示吧？我可真的尽力了！"

傅峥憋了憋，最终在宁婉鼓励的眼神里干巴巴地蹦出了一句忍辱负重的"谢谢"……

他这辈子没想过，有朝一日自己竟然还要含泪跪谢给自己造谣的人，如此卑微，如此沦落，宁婉有一句话说得对，威严这种东西，就和下海拍片一样，一旦衣服脱下了，就真的再也穿不起来了……

宁婉优哉游哉，伸了个懒腰，然后拿起了奶茶："哎，总算帮你把烂桃花给掐灭了，你不知道，我刚才也是急中生智，就直接说你有人了，没想到还真的镇住她们了，那表情，啧啧……"

傅峥心里只想冷笑，他忍了忍，最终还是忍不住，趁着宁婉刚插进吸管，不容分说一把就从她手上夺走了奶茶，然后泄愤般吸了一大口，宣告了自己对奶茶的先行占有。

还自己已经有人了！

行，宁婉，那这奶茶也已有人了。

-Chapter 20-
甩锅摸鱼都是生活所迫

虽然对自己的大恩大德，傅峥这个白眼狼不仅没有真心实意好好感谢，还抢了自己奶茶，但宁婉毕竟是个大度的上司，最终，她还是决定大人不记小人过，毕竟在工作态度上，傅峥最近非常勤勉，认真干练，很是让自己如虎添翼，原本一个人的工作，如今有了个靠谱的助手分摊，几乎所有的电话咨询和现场咨询都分包给傅峥了，以至于宁婉社区律师的日子，过得越发逍遥起来。

这天难得既没电话也没现场咨询，宁婉想了想，专业部分要提点傅峥的也差不多了，实操还是要在案子里学，如今既然没案子，不如把自己毕生的咸鱼绝学再向他传授一下。

也是赶巧，正在这时候，宁婉就收到了所里的邮件——

"亲爱的宁婉，感谢你选择并加入正元律所，2019年，我们感恩有你……"

宁婉一看："啊，所里的例行感谢邮件来了，时间过得可真快啊。"

正元律所有个传统，新年开年后，在发年终奖之前，所里会以所有合伙人名义向每个律师发一封邮件，对每个律师上一年度的工作进行肯定鼓励，并且再画个饼，呼吁每一位律师展望美好的未来，继续加油努力。

傅峥入职没满一年，是收不到这样的邮件的，但这位职场菜鸡显然对这封邮件非常有兴趣，一听宁婉提及，当即就流露出了不太自然的好奇："写得怎么样？"

傅峥确实是在没多久前才第一次听说正元律所的这个传统的。

高远分管人事，因此每年的感谢邮件虽然说偶尔几个高伙轮流写，但大部分其实都是他负责写的，今年这活儿又落在他身上，但他被并购案牵绊住了手脚，又临时需要出差，实在没空，最终死皮赖脸威逼利诱求了傅峥来代笔，因此严格意义上来说，今年宁婉收到的这封感谢邮件，是出自傅峥之手。

傅峥自认为自己的初登场作品是不错的,既兼顾了鼓励赞美,饱含了人情味,又展望了未来,因此他咳了咳,等着宁婉的感叹和赞扬。

宁婉果然表现出了高度认同:"这写得太好了!"

只是傅峥还没来得及得意,就听宁婉振聋发聩道——

"这完全就是资本主义剥削的完美样板!满口仁义道德掩盖的却是这些老板们险恶的用心!"

"……"

原本宁婉对这种邮件是基本视而不见,但傅峥这么好奇,她没忍住扫了扫内容,倒是觉得可以利用起来因材施教。

"来,傅峥,你过来一下。"宁婉一边这么想,一边就朝傅峥招了招手,"既然正好收到年度邮件,那今天我就给你讲讲职场求生第一课——如何识破老板的骗局吧。"

可惜傅峥显然不太领情,他的脸上露出了一言难尽的表情:"老板能有什么骗局?给你发鼓励邮件这多有人情味?怎么叫险恶用心呢?"

"我这么和你说吧,你这就是天真,觉得自己和老板穿一条裤子呢,可其实再好再通情达理的人,一旦成了你的老板,你们之间就已经有了天然的阶级矛盾,老板的立场就是,花最少的钱压榨你最多的劳动量,而且吧,老板们不会到基层来体验,比如没人会觉得做社区律师有多难,毕竟都是些标的额不大鸡毛蒜皮的小案子。"

宁婉喝了口水,说到这里,就忍不住自我吹嘘下:"你要知道,像我这样和下属共同进退的领导,已经基本绝种了!"

"……"

"所以现在,对照着这封所里的年度邮件,我给你讲一讲职场三大幻觉。"宁婉一边说一边啧啧称奇,"你还别说,这邮件还真的是太典型了,简直是教科书级别的。"

"……"

"来,我念一句,给你分析一句。"宁婉说完,清了清嗓子,当即阅读起了邮件,"'你是我们正元律所团队最重要的一分子,正如一个大家庭,无法缺失任何一个成员一样,we are family'……"

"这一段,完美展现了职场第一大幻觉——老板很讲义气,把我当亲人对

Chapter 20 / 甩锅摸鱼都是生活所迫

待!"宁婉严肃认真分析道,"一般给你这种幻觉的老板,下一步就是要洗脑你,他把你当亲人,潜台词让你也把公司当成自己家,但你一听到这话,就要警觉了,这意思就是,以后你别回家了,可以在公司通宵,然后睡睡袋。"

"……"

"好,我们接着念下一段,'2019年,你的表现可圈可点,通过自己的努力赢得了合伙人团队的一致认可。2020年,也请抓住新的工作机遇,继续发光发热'。"宁婉顿了顿,"这就是给你营造第二大幻觉了——老板很器重我,马上要给我升职了!这个幻觉就像是挂在驴面前的胡萝卜,听听就行了,因为老板会对每个员工都给出这种暗示,就和渣男一样,你只是我心动的第100987个女孩,懂?你以为你是老板唯一的正宫,但其实你只是个妾。"

"……"

讲到这里,宁婉也有些感慨:"你知道吧?我第一年进正元,收到这邮件的时候心里其实挺激动的,你看看,这所多好,都不是群发,是合伙人团队单独发给每个律师的!给每个人量身定做的!顿时就觉得不能辜负老板的认可!"

"不过半天以后我就冷静了,因为我发现,单独发给每个律师只是形式主义而已,其实每个律师收到的邮件内容都是一样的……"宁婉说到这里,敲了敲桌面,"所以你说,这不就是形式主义吗?这种邮件有什么好发的?这就像渣男一样,给每个意向女生都群发一模一样暧昧的话,其实一点真诚也没有,那不是谁上钩谁傻吗?"

傅峥抿了抿唇,看样子显然不信,想要挣扎:"也不能这样说……"

看看,初入职场的小白都这样,老板一句话就恨不得掏心掏肺似的,说到底,还是天真!还是要多敲打敲打!

"那还能怎么说?总之我们做员工的,要贵在有自知之明,千万别觉得你对老板而言是不同的,相信我,你在老板眼里,就是一驴!邮件里老板赞美你是一头好驴,背地里指不定在骂,这届驴不行呢!"

"……"

大约宁婉这么一番分析,傅峥也终于有些感悟,他的脸色变得有些难看,但犹在抵抗:"老板也有好的……"

"或许有吧。"宁婉撇了撇嘴,"但反正写这封邮件的合伙人肯定不是个好东西,你看看,写的都是什么?鬼话连篇,'最优秀的律师,往往是承担最艰辛的工作还能坚持下来的'。"

"这就不得不提到职场第三大幻觉了,你这样的职场小白,看了刚才那段话,肯定觉得天将降大任于斯人,必先苦其心志,老板把最脏最累的活给我,是考验我,是因为员工里就属我靠谱,只要我吃得苦中苦,就能成为人上人是吧?"

"我告诉你,你一有这心态你就完了,最脏最累的活给你,那单纯是因为你最蠢,你不反抗,别想多了。"

宁婉说到这里,忍不住翻了个白眼:"而且这都什么老土的话,你说这写稿子的合伙人怎么回事?你还不如直白点说,只有吃苦,才能赚大钱呢!这让人看了动力还大点,说吃了苦能成为优秀律师,大家现在都很懒,思考的时候都不愿意拐弯,成了优秀律师干吗?变成秃头吗?画饼就要画得具体一点,你变强了,不仅变秃了,你还变有钱了!你得写出这个!简单粗暴!才吸引人!"

宁婉一边点评一边摇头:"这都是什么文字水平,难以置信,这样的人竟然是合伙人!完全不懂员工的心态!"

宁婉说完,再瞟向傅峥,才发现他的脸色是越发难看,甚至都有点阴沉。

她忍不住内心叹了口气,职场里最容易黑化的就是傅峥这类人,平时是个傻白甜,一旦突然知晓了社会的黑暗,根本接受不了,三观都炸裂了,得缓很久才能缓过来。

宁婉正准备安慰傅峥几句,就听到他声音低沉道:"你知道是哪个合伙人写的这封邮件吗?"

"我不知道,所里有时候会让高伙轮流写。"宁婉怜悯地拍了拍傅峥的肩,"但我可以确定,这人是个傻子,我合理怀疑是高远。"

一瞬间,也不知道是不是宁婉的错觉,她总觉得傅峥一双含怨带恨的眼睛里,射出了记仇的光芒。

她忍不住劝慰道:"把你的表情收一收,你这仇恨太明显了,你即便知道了这个合伙人是高远又怎样呢?谁叫我们技不如人,人家是金主爸爸?好了,学会识别老板的骗局是为了自保,那么下面我们可以进入进阶课堂了。"

宁婉说完,打开电脑,当着傅峥的面,开始一字一顿地回复所里那封例

Chapter 20 / 甩锅摸鱼都是生活所迫

行邮件——

"谢谢老板们的鼓励！我会努力向每位老板看齐！以所为家，吃苦耐劳，踏踏实实学本事，以成为一个优秀律师为己任！"

在傅峥的目瞪口呆里，宁婉流畅地写完，点了发送。

傅峥果然立刻质问起了宁婉的两面派来："你不是刚还三百六十度无死角喷了这邮件？"

宁婉孺子不可教也般地看了他两眼："这就是我要讲的职场新技能——如何对老板阳奉阴违。老板说的再傻，你也不要当面反驳，只管么哒就行了，你看看，我这封邮件，是不是能给领导乖巧听话的深刻印象？"

"……"

"学会了吗？"

"……"

"你知道什么样的下属最讨老板欢心吗？不是聪明的，而是笨一点木一点的，你要太有思想太有个性，在职场里未必是一件好事，因为这代表你有棱角，你很可能不听话也不太好忽悠，如果老板扶持你出头了，你可能不好管，因为你不够愚忠，老板不想给自己培养一个竞争对手或者给别的所培养未来的律师，老板希望你是那种只一门心思干活，别的什么都不想的傻白甜，所以呢，我们适度要给老板营造这种形象，在专业办案领域可以发挥你的能力，但在别的事情上，对老板的话不要去较真反驳，就嗯嗯啊啊地敷衍装乖就好了，多拍拍老板马屁。"

看着傅峥面无表情的脸，宁婉宽慰地拍了拍他的肩："没事，进阶课程可能是有点难，你回去先消化消化，这都要靠熟能生巧，你要真学不会，也可以实操里多演练演练，我也不是不能勉为其难给你当一下实践对象。"

宁婉大义凛然道："你那些彩虹屁，就往我身上吹吧！没关系，我撑得住！"

"……"

傅峥完全被宁婉的厚脸皮给震惊了，一时之间都说不出话来。

宁婉却是挺得意，职场小白就是单纯，看看，自己今天这番教导后，傅峥肯定内心已经对自己五体投地了："下次有机会，我再给你讲讲怎么摸鱼怎么甩锅……"

傅峥抿了抿唇，沉默了片刻，终于忍不住地开了口："你办案子挺好的，能力也有，就算和老板之间确实存在天然的阶级矛盾，但何必学那些坏风气，研究怎么甩锅怎么摸鱼？"

"你看，你这就典型没受到过职场重拳打击的人的言辞。"宁婉眨了眨眼，这次是真心语重心长了，"如果能跟着好的带教律师，能进好的团队，谁不想好好干活天天向上呢？可问题是，好的带教老师和团队都是非常难求的，很多时候和老板契合不契合也是靠缘分和运气，如果你跟了不太行的老板，你要没学会甩锅摸鱼，那别人就会把脏活累活都甩给你。"

"如果你跟的团队风气本来就不行，你要坚信出淤泥而不染，那你只会被边缘化，没什么好处，甩锅和摸鱼有时候是不得已下的自保，你学会了，别人要扣屎盆子到你头上，你能把脏水给甩出去，老板给你安排了除了消磨时间但毫无意义和成长性的工作，你别像个老黄牛一样吭哧吭哧就去干，先甩锅，甩不掉，那你就要学会忙里偷闲，把你的时间用到刀口上去。"

宁婉笑了笑："所以也别看不起甩锅和摸鱼的技能了，我也不想用啊，都是生活所迫。"

这话下去，傅峥倒是安静了，他像是第一次从这个角度理解了甩锅和摸鱼，脸上露出沉思的表情，就在宁婉以为这家伙悟了的时候，他就再次给了宁婉重拳一击——

"好的律所不应该让员工为了自保而学会摸鱼和甩锅，如果是这样，那这个律所就需要整顿。"

傅峥这话，那语气那立场，说得和自己是老板似的，差点没把宁婉给气死。

"你还真的是个傻白甜，生活哪有这么单纯，外部环境不好，我就把环境给改了？想得倒是美，生活只有我们去适应的份！"

傅峥却只看了宁婉一眼，语气挺笃定："会改的，我保证。"

宁婉忍不住摇了摇头，自己还是多罩着傅峥吧，幸好现在沦落在天高皇帝远的社区，不然这种傻白甜，以后入了人际关系复杂的总所，都不知道是怎么死的！

-Chapter 21-
没想到我在你心里这么值钱

大概波峰过后就会跟着波谷,忙过此前一阵,这两天宁婉竟然意外地闲了下来。

人忙的时候就盼望着闲,结果真的这么闲下来,宁婉又浑身不舒服起来,甩锅摸鱼的技能,能给傅峥传授的,也都倾囊传授了,眼看着没事可干,宁婉都开始看起法院经典判例来了。

结果自己在这看案例呢,起身一瞥,傅峥电脑上竟然在看车。

一时之间,宁婉有些恨铁不成钢:"好不容易空了就该多充充电,看看案子参考下别人的办案思路也行啊,你没事干看什么车啊?傅峥,你给我解释下。我虽然给你倾心教授了摸鱼技能,也没让你立刻学以致用啊!"

"……"傅峥显然没料到被宁婉当场抓包,一时之间脸上也有些尴尬,毕竟上班时间看车,确实属于摸鱼,于是下意识解释道,"我看车是因为想买车……"

只可惜他潜意识的真心回答给他埋下了祸根,宁婉一听这个,当下冷笑了两声:"你以为我瞎吗?你看的是豪车论坛,买车看这个?你看的那些车都上千万了!"

……

傅峥其实说的并不是假话,他确实豪车收集瘾又犯了,本想着社区最近都没什么事忙,因此忍不住看了眼豪车信息,没想到失策被宁婉给发现,以至于现在被她训得和个孙子似的。

"傅峥,你最近进步是挺大的,我也知道很多男的确实喜欢看看车,但你年纪比我还大些,时间很宝贵,还是要利用起来啊。"

傅峥早就摸清了宁婉的脾气,深知宁婉吃软不吃硬,这种时候顺着来就行了,于是露出悲恸羞愧的表情,深深地低下头,声音低沉道:"本来是想看二手车信息的，但不由自主就看到豪车那块去了……"

宁婉这人特别容易产生同情心，只要让她同情，不仅不会再训话，没准还会主动安慰。

傅峥决定把自己的人设营造好，为了增强真实性，他看向宁婉，脸上露出了些许恰到好处的寂寥感，语气淡淡道："我也知道，自己这样是不自量力，我怎么配看豪车，我根本买不起，人贵有自知之明，不要肖想不属于自己的东西，只会加剧痛苦。谢谢你的提点，我知道了，我下次就专注好好研究二手车就行了……"

自己这话下去，宁婉脸上果然露出了懊悔和自责的表情，手忙脚乱地开始解释道歉，继而又表现出了对傅峥二手车买卖的关心："你对二手车有什么要求？我帮你一起留意留意？"

这种就是客套话了。

傅峥见宁婉果然被转移了注意力，随意道："不要太贵，就代步工具，性价比高点。"

傅峥说完，宁婉果然不再追问了，他也没当回事，径自把电脑开到判例网开始勤勉了。

过了一个小时，宁婉微信上推送过来一个链接。

"你看看，这车怎么样？"

傅峥皱着眉点开一看，是辆……二手Polo，还是辣眼睛的黄色。

宁婉热情道："我找我懂车的朋友帮你在二手车论坛看了会儿，精选了几辆，这辆吧，才三万元！性能也不错，上路开的里程数不多，是我的首推！"

傅峥看了看，有些一言难尽道："这颜色……不太行吧……"

"这颜色，极速黄！我知道有些非主流，但是吧，显眼，平时开着不容易出事故，大老远人家就瞧见你了，而且就因为这颜色大部分人不喜欢，才便宜这么多！一般这个车况，别的颜色得四万元呢！"

"现在扫黄打非，这颜色……我看着心里有点阴影，而且男人还是开低调的颜色好，换个白色黑色的车吧……"

傅峥没想到宁婉说干就干，还真的帮自己物色起二手车了，本想靠自己的委婉拒绝打消她的念头，结果宁婉丝毫没有气馁："我就知道你眼光高，没事，这辆Polo只是我的抛砖引玉，为了先降低下你对二手车的预期，其实下面这辆才是我真正的主推——二手黑色马自达！"

"……"

"预算稍微高一点，这儿报价五万元，但是我觉得可以砍价。"

看来宁婉是来真的了……

傅峥忍住了窒息的心情，艰难求生道："这……要不算了，马自达在同价位的车里比较小众，外观、舒适度和内饰都不太行，动力更是差，我要不还是再存存钱，买辆更好的吧……"

"别别别，你这就是对马自达的偏见，人家虽然小众，但品质绝对没问题，动力虽然逊色了点，但人家油耗低！而且马自达的操控性是不错的！你这个款有个加速度矢量控制系统，被称为弯道之王呢！"

问题是，开过帕加尼的自己，再去开马自达，还能体会弯道之王的快感？

傅峥早就被各种豪车给养刁了口味，别说马自达，一般的非跑车在他看来开着都和拖拉机差不多……

只是如今望着宁婉真诚又认真的眼神，听着她明显经过了研究的说辞，傅峥觉得实在无法直接拒绝，然而让他花五万块买一辆马自达？这已经不是钱的问题，这是对他品味的羞辱……

好在急中生智，自己到底是个高伙大PAR，傅峥很快就想到了完美的拒绝理由，他假意认真考虑了下这辆黑色马自达，沉吟了片刻，然后……

"我还是不买车了。"

宁婉果然有些惊讶："怎么了？这车不喜欢吗？不喜欢没事，我再给你看看别的，二手车就是要靠淘，但只要肯花时间，还是能找到性价比高又实用的车的……"

"不是。"傅峥露出沉思熟虑后决断的表情，"我决定不买车了。"

在宁婉愕然的目光里，傅峥脸不红心不跳地开了口："我想来想去，车这个东西，贬值很快，我虽然手头是有了点钱，但是也没有宽裕到可以想买什么就买什么的阶段，我觉得男人首先应该有的是房，有了房再谈车不迟。"他看向宁婉，一本正经道，"刚才是我太不理智了，现在冷静下来，觉得比起二手车，我还是更想买房。"

傅峥这话下去，宁婉果然愣了愣，随即她就笑了起来，脸上颇有些欣慰的模样："傅峥！你终于接地气了！你有这个想法就很好！买房还是最保值的！何况对你来说，一个房子也是刚需！"

如此，她果真不再给傅峥推荐二手车了，倒是对傅峥的房子关心地随口问了几句，想买多大的房子，有没有心仪的地段，首付凑得怎么样……

傅峥也没在意，随口应付地编了几个合理的答案，想买个小户型的，交通方便的，首付嘛，也编造了个不算多也不算少，但绝对离自己"想买的房"还差点距离的数字，这样既回答了宁婉礼节性的关心，也杜绝了她给自己再看二手房的可能性，毕竟自己"攒的首付"，以目前的市价，可买不起自己想要的二手房。

宁婉果然没再细问，只关心鼓励了傅峥几句，就回头重新看起判例来了。

都说人一天里能够集中精神学习的时间是有限的，超过这个时间值，就进入边际递减效应了。

宁婉看了一上午的判例，一开始还能好好分析，到后面，也有些头昏脑涨了，眼看着不看案例也没事可干，与其在办公室里枯坐，下午便跑去隔壁老季办公室里唠嗑了。

老季最近在忙着宣传防治社区金融诈骗，每天出去贴广告发传单，一张脸都晒得更黑了，他忍不住和宁婉吐了一肚子苦水，又讲了些社区最近的动向，倒是突然想起了什么。

他神秘兮兮地看向宁婉，压低了声音道："宁婉，我这儿有个投资发财的好机会……"

宁婉眨了眨眼："你不是最近宣传防治社区金融诈骗吗？怎么这开口的模式就和金融诈骗似的？"

老季没好气地瞪了宁婉一眼："说正事呢。"

宁婉从善如流给面子道："什么发财机会？"

"买房！"

"买房那叫消费！那怎么叫发财？！"

老季瞪了宁婉一眼："竖子不足为谋！你们这些小年轻，眼光短浅，以后结婚生孩子，学区房总是得买的，如今趁着房价正好在低谷，买到就是赚到，我手头啊，现在有个房源。"

老季说到这里，故意卖个关子，这才慢吞吞道："就我们悦澜社区的房，房主人移民了，现在说家里要在美国买房，看中了个房子正好缺钱，但那房源也几个人抢,为了赶紧把那房产盘下以免生变故,急需用钱把自己国内这房产给倒手了,所以联系到社区,委托我们寄售他的房呢。"

"因为急着用钱,所以这房子比小区别的房子都便宜点,又是小户型,以后就算想转手也方便,你也知道,我们悦澜的学区可是容市数一数二的,要不是我自己限购没名额而且帮我孙女都买好学区房了,我就自己拿下了。"

听着确实不错。

老季说的不假,悦澜社区的房子如果能买下,就算不涨,也绝对保值,而且实用性很高,悦澜是成熟的社区了,周边超市、地铁站、商圈、医院、学校这些配套设施都齐全,生活确实很方便,为此,悦澜的二手房一直相当紧俏,要真有老季所说的房源,就算不是刚需,有钱盘下来,过阵子房价高的时候脱手,这么一来一回就能赚上不少钱,倒确实是个发财的机会。

只是……

"可老季,我去年不都买了个小户型吗?手里也没钱再盘房子了。"

老季果不其然地露出一脸惋惜:"我几个亲戚不是没钱就是没名额,这么好的房源,等房子信息挂出去肯定一会儿就被抢走了,本来还想着肥水不流外人田呢……"

他是说者无心,宁婉倒是听者有意。

这房子自己不能买,但这种好事,便宜不了自己,也应该便宜自己人,她本来没多想,如今倒是脑海里突然冒出个人选来。

傅峥他不是正好没房,想着攒钱买房呢吗?悦澜社区的房子,不正完全符合傅峥想要的条件吗?

他那首付原本想买这儿小户型的房还差一点,但老季手里这房源正便宜甩卖,粗粗一算,傅峥攒的首付只差个小几万,就能拿下这房子了……

"老季,我们傅峥倒是想买房,这房也合适。"

老季一听,也来了精神:"那敢情好,小傅这小伙子长得一表人才的,我看着就挺喜欢,那要给他们牵个线吗?"

"可有一个问题……"宁婉抿了抿唇,"傅峥买的话,肯定得走贷款,这房主这么急着用钱,会不会一定要全款啊?毕竟贷款批下来还要点时间的。"

这是个很现实的问题,老季也皱了皱眉:"这样吧,我给你问问这房主,能不能走贷款,要能走,我几个银行批贷款的都有熟人,小傅要这房,我打个招呼,走起来很快。"

事不宜迟,宁婉告辞了老季,立刻跑回了自己办公室里把这个好消息告诉了傅峥。

"这房子情况就是这样,总之,完美契合你的要求!价格也真的低了一大截,既然你想买房,那我觉得可以考虑买入这套!"

可惜宁婉的激情澎湃看起来并没有引起傅峥的什么共情。

他初听到这消息时也被惊讶得愣了愣,然而之后的样子虽然表现了恰到好处的积极,但是总觉得内心并没有提起太大兴趣的模样……

"虽然这房子确实很划算,我也攒了点钱,但一个是对方急用钱未必能同意贷款,另外,就算能贷款,我这首付还差了几万。"傅峥抿了抿唇,低下头,用略微低沉的声音道,"看起来还是只能和这房子有缘无分了。"

这一下,宁婉就悟了,傅峥这哪里是不感兴趣啊,原来是不敢感兴趣,这情绪的低落,都是出于囊中羞涩……

"你差了几万?"

傅峥愣了愣:"什么?"

宁婉也不问了:"算了,差几万最多最多也就九万,十几万的存款我还是有的,这房子你既然想要,这个价位真是千载难得,要是房东能给你贷款,我就借给你凑足首付,你一举拿下这房子吧!"

自己这话说出口,傅峥脸上果然露出了毫不掩饰的匪夷所思和完全没进入状态的茫然:"你说……"

宁婉点了点头:"是的!我借你!不要太激动!也不要哭!你只要记住,以后跟着我好好混,用更认真工作报答我,好好努力早日出人头地,把钱还了,要是能顺带滴水之恩当涌泉相报就更好了……"

"……"

回答宁婉的果然是傅峥的沉默。

都说大部分男人不擅长表达自己的感情,如今这世道,别说亲友之间四位数的钱都未必肯借,宁婉这一借就是几万块,这么大手笔,傅峥果真感动到连话都说不出来了,只用复杂的目光盯着宁婉。

大约太过激动,他的声音有些干巴巴的:"你确定?很多人借钱了可是不还的,这不是一笔小钱,是几万块,我借了钱,你不怕我跑了?"

看看,傅峥这家伙,没想到感情还挺细腻的,而且也有自尊心,都这时候了,换别人,那赶紧千恩万谢地顺水推舟了,但傅峥却还认真确认自己是不是想好了,是不是真要借钱给他。

还真别说,本来宁婉确实心里还有点犹豫和顾忌,但傅峥如今这个表现,她倒是坚定了决心,傅峥在唾手可得的利益面前没有迷失自我立刻露出垂涎三尺的嘴脸,反而冷静克制,宁婉相信,这样的人,是不可能借钱不还的。

"没事,傅峥,我相信你。"宁婉看着傅峥的眼睛,"现在好不容易房价低谷,这套房又便宜,你要是这时候没赶上买房这波,以后房价暴涨货币贬值,你手里那点首付越发不值钱,很多人就因为没当机立断买房,有时候一辈子就失去买房机会了,因为工资永远涨不过房价,既然你是我的下属,我能帮一把就帮一把吧!"

傅峥却是抿了抿唇,仿佛还想说服宁婉放弃一般,"谢谢你相信我,但你也知道,我家里比较困难,收入也不高,又是个没什么前途的大龄社区律师,几万块也可能要还很久,没准我见到几万块就道德沦丧跑路了呢?"他真诚劝诫宁婉道,"你还是别借给我了,我怕我经不起金钱的诱惑。"

可他越是这样,宁婉就越是相信他。

"你不会的傅峥,你不是特别想买房吗?我们就写个借款协议,几万块而已,未来你慢慢还我就行了,又不是几百万,以后你每个月工资,留下你的生活费,别的都打给我就行了!"

……

傅峥完全没料到,自己随口一说,竟然还真的立刻就有完全契合自己"要求"的二手房出现,宁婉傻乎乎的还一定要借钱给自己,以至于自己现在骑虎难下,完全没法想出合理的理由拒绝。

毕竟从性价比、契合度、便利度、房屋大小来说,这套突然出现的二手房简直就像是为傅峥此前随口一说量身定做的,只要是个正常人,在这种情况下,至少不可能连房也没看就直接拒绝……

那就只能期待房主人不接受贷款了。

既然都急着用钱到甚至降价出售了,一定不会接受贷款要当场全款的……

只可惜,这一次,幸运之神显然没有站在傅峥的身边。

几乎就是几分钟后,季主任一脸激动地推开了办公室的门——

"宁婉,小傅,我搞定了!我找了我银行的朋友,关系够硬,一个礼拜贷款就能给你批下来。"老季一边邀功一边笑,"我可是拿我的人品做担保了,说买家绝对靠谱,房东一听贷款一个礼拜,也觉得还行,就同意了!现在就催我,什么时候带你们去看看房?"

老季一番话,正式宣告了傅峥的祈祷落空。

宁婉不知道傅峥所想,倒是脸上露出了毫不掩饰的兴奋:"傅峥!那赶紧的,反正就在小区里,约下看房,都是房型什么的还可以,当机立断,赶紧拿下!"

"……"

结果傅峥都面无表情了,宁婉还是大力地拍了拍他的肩:"真羡慕你,年纪轻轻就能拥有均价五万一平的豪宅,完成阶级跃迁!"

傅峥看着眼前的"豪宅",内心有些绝望。

悦澜社区不算多老,但也绝对没多新,这"豪宅"的外立面上都有些泛黄了,而且这里所有的小户型才五十平方米!五十平方米!自己家别墅几个厕所合起来面积都比这个大……

但有一说一,宁婉阶级跃迁这一句倒是没说错,可不是吗?自己就要从坐拥十万一平方米大别墅一下子掉档次到拥有五万一平方米老破小了,真是可喜可贺可喜可贺。

也是这房东大约真是急着用钱,老季刚说完没多久,房东就当即约定下午看房。

等傅峥反应过来,自己已经跟着宁婉和社区季主任到了房子门口。

没一会儿,房东也赶来了,他是个看着三十五六岁的男人,保养得当,穿着打扮挺讲究,梳着个大背头,大概是为了符合自己移民的人设,一见傅峥,就笑着握手问好。

"Nice to meet you啊,傅先生,我一见你这个小伙子就很欣赏的,长得一表人才,very handsome,都说买房卖房有时候也讲缘分,既然你是季主任的friend,那也就是我白胜的friend了!"

"……"

这一口洋泾浜英语发音还不算,这位房东骨骼清奇还喜欢中英文混杂着说,傅峥听他介绍了几句,实在忍无可忍:"白先生,能方便都用中文吗?"

Chapter 21 / 没想到我在你心里这么值钱

白胜本来正满口这个house的location、transportation和neighborhood，一听傅峥这话，顿了顿，随即脸上露出了了然的善解人意："No problem！哎！不不！没问题！"他笑眯眯道，"不好意思啊，我在美国待久了，讲话就是忍不住飙英文，英文语言模式在我脑子里根深蒂固了，一下子没意识过来你们听不习惯，我的错我的错，我马上切换中文！"

虽然嘴上说着不好意思，然而这白胜脸上是一点抱歉都没有，只有浓浓的优越感，好在在傅峥的强烈要求下，他总算是改掉了那可怕的中英文夹杂模式，正正经经开了门。

"我们这楼虽然看起来老了点，是悦澜一期的，甚至连电梯都没，但一共也就六层，住户少，更安静，人也没那么杂，而且没有电梯，公摊面积也少啊，性价比可高了！"

虽然悦澜社区对于普通工薪族来说确实已经属于性价比非常高的小区，但即便急需用钱，能降价这么多卖，傅峥一开始对房子的预期是很低的，觉得大略是个装修很差劲或者维护很糟糕的二手房，房东也不愿意花钱重新包装下再卖，因此索性降价脱手了，本来傅峥也准备以此作为切入点，最终找借口不买这房。

只可惜等房东把这门一开，别说宁婉和季主任，就连傅峥本人，也愣了愣。

出乎意料，这房子保养非常好，虽然长期没人居住，但显然此前房东打扫过，窗明几净的，别看房东本人讲话中西结合，但这房子倒是完全用了相当统一的中式装修风格，挺有古典风韵，家具看看也都有九成新，搭配也很得体，没想到这楼房从外观看挺一般，打开倒是相当惊艳。

房主显然也对自己这房子非常满意："我这房原来准备当孩子未来婚房的，这地板也都是环保实木的，光这几套红木家具就是大价钱，还有这些花瓶啊摆设啊，可都是我亲自去古玩市场淘来的。"

他说到这儿，看了眼傅峥："怎么样？不错吧？"

傅峥存了找借口不买的心，当即开始疯狂挑刺："大红酸枝、小叶紫檀和黄花梨确实贵，但红木也分品种，就算同是酸枝木，品种不同价格千差万别，名贵的酸枝可以到二三十万一吨，可非洲酸枝、南美酸枝这些，就只有三四千块一吨，你这木头，从质地来看，并不是什么多贵的。"

房东炸了："我这可千真万确从红木家具店花了八十万买的！票据都在

呢！"

"买得贵不代表东西就是真的。"傅峥气死人不偿命道，"毕竟大部分人眼光不行。"

"……"

他没理睬房主的情绪，只继续道："不说木质，再说这套家具的设计，也完全不行，虽然是想仿明式，但很多细节都不到位，雕刻和打磨都不行，工艺很粗糙，并不多上档次。"

"还有你既然是中式装修，也要讲究风水，你这个家具的朝向，也明显不对。"

"这件淘来的古玩我可以负责任地告诉你是劣质赝品，你放在玻璃橱窗里展示其实有点突兀。"

"虽然全屋整体风格是中式，但这一块角落颜色搭配有点过于鲜艳，不像是老中式，太偏新中式了，可家具又搭不了新中式，你这个装修算不上和谐……"

"……"

白胜听了傅峥一席话，显然都被气得快升天了，以这个报价来说，房子品相是很不错的，确实抛出去是抢手货，然而这房东看着虽然有些高傲，脾气倒是比想象中还好，即便这样，倒也没动气到把傅峥一行人给直接赶出去，只脸色不善地呵呵了两声："小伙子那你眼光也太高了？你这可是捡了大便宜了，要不是我急着用钱，人又长期不在国内，想趁着这次回国几天顺带赶紧卖了，才不会降价这么多呢！房子好不好，季主任这种老江湖心里肯定明白！"

白胜并不知道宁婉和傅峥的关系，但见傅峥板着脸不太好说话的模样，索性直接转向了宁婉："小姑娘啊，我看你挺满意这房子的，要觉得价格合适，能立刻拍板拿下，我这些家具都送你们了，你们小夫妻可以直接拎包入住！日子不要太好哦！二手房家具装修放了好几年早散味了，都不用担心甲醛的！"

结果出乎傅峥的意料，宁婉不仅没反驳，反而顺水推舟地默认了这个身份，只见她微微皱了皱眉，露出了不太满意的表情："装修各方面都不错，可惜啊……"

白胜果然疑惑了："可惜什么？"

Chapter 21 / 没想到我在你心里这么值钱

"可惜我不喜欢中式。"宁婉挺像模像样地叹了口气,"房子的价格确实不错,可中式太老气太压抑了,我们两个年轻人住,以后还要生孩子的,中式家具全是棱角分明的,以后孩子会爬会走,还容易撞伤……"

房主有些急了:"你可以买防撞条啊!这套全红木家具可是大价钱!我保证这真的八十万呢!"

"大价钱那是对喜欢红木的人说的,我又不喜欢红木,而且就算贴了防撞条,以后这些家具也够丑的……"

宁婉叹了口气,烦恼般道:"要是这房子买了,我还要把家具都处理掉,这整体的装修风格,我也要改头换面,又要花一笔钱,装修了以后还要通风,可能也很久没法搬进来住呢……"

她说完,看向傅峥,朝他眨了眨眼:"老公,要不算了吧?虽然便宜,但重新装修买家具也要花不少钱,还不如买个二手毛坯房呢……"

这砍价的姿势也太娴熟了,整一个狠准稳……

然而就在傅峥内心感叹之时,白胜开了口。

他一脸沉痛的表情,语气也有些咬牙切齿:"我也是好难得回一趟国,也没那么多时间一趟趟带客户来看,看你们俩也算靠谱正经人,这样吧,我吃点亏,家里的红木家具既然你们不要,那我都拉走,总价再给你们便宜五十万!真的是跳楼价了!"

面对这样令人动心的offer,宁婉还是挺镇定,只见她装模作样道:"那我和我老公回去考虑一下,尽快给你答复。"

又就房子聊了几句,参观了下房子的布局,房东接了个电话,说临时有事要先走,于是把钥匙交给了季主任,让季主任等宁婉傅峥两人看完房后锁好再交给自己就成。

宁婉告辞了房东,便又跑进房子里看了看阳台。

这房子采光也不错,从阳台往下看,正是一条林荫路,说来也巧,刚离开的房东正好走出门栋,也正走在这林荫道上,此刻他正站在路中间,被个脏兮兮的小孩拦着,动作不耐妄图甩脱,那小孩也不知道是不是来社区里收垃圾还是附近乞讨的孩子,正死死拽着白胜不放,也不知道是不是问他要钱,而白胜大约是不想给,正在努力躲开小孩的纠缠,路上还有别人走过,但这小孩像是认准了白胜般,就死盯着他一个。

虽然遭遇乞讨要钱确实没法令人愉快，但宁婉看着小孩有些可怜，想跑下楼给小孩点零花钱，然而她身边今天没带现金，等问傅峥要了钱，再从阳台往下看，小孩和白胜都已经不在了。

没帮上这孩子，宁婉有些遗憾，不过只要平时这孩子还会到悦澜社区来，自己就有机会见着，下次见时再好好问问这孩子情况。

正事当前，宁婉也并没有因为小孩这个小插曲分心太久，她又在房内踱了一圈，越看越满意，刚才白胜在时那种佯装出来的不感兴趣也一下子一扫而光。

她脸上露出了难以抑制的兴奋："赚到了！傅峥！这房子不买不是中国人！"

宁婉一说到这里，就有些忍不住表扬傅峥了："你说你这人吧，平时看着有点不接地气，结果关键时刻没想到这么机灵！"

宁婉白了傅峥一眼："装什么傻呀？你刚才那么拼命数落那家具不好，胡诌了什么一堆红木品种的，还各种挑刺装修风格的，不就是为了打压对方压价吗？"

她感叹道："我本来还想给你使个眼色让你就算满意也别太早亮出底牌呢，没想到你比我还狠，把房东脸都快说绿了！下次也要适可而止啊，要不是房东还算脾气好，不愿卖你了，那你才是偷鸡不成蚀把米！"

"……"

"……"

傅峥很想说，自己那些话是真心的……这房自己是真的不想买……

只是没想到那房东不仅没把自己赶出去，还更进一步降价了……

"行了行了，现在别装了，刚才演技不错，装得和真不想买了似的，也难为你了，估计心里抓心挠肺恨不得当场签合同吧？"宁婉笑嘻嘻看了傅峥一眼，"你看要不就赶紧给敲定了？这房东要再带人去看房，肯定很快会被人订走。"

老季也在一边帮腔："是啊小傅，这房是真的不容错过。"

宁婉也加码道："那些红木让他搬走就行，就算真有八十万，也没必要用这么贵的家具，我认识一家二手家具店，到时候给你淘家具去，很多七八成新，价格美丽，也早没甲醛味了，一下子节省五十万呢！多好！"

……

Chapter 21 / 没想到我在你心里这么值钱

这两个人你一言我一语，确实毫无保留地苦口婆心，以至于傅峥面对两人真诚的眼神，完全没办法说出个不字……

这一刻，他的脑海里交叉闪过自己贫瘠的知识储备里少有的几句鸡汤："有时候人说了一个谎话，就要再说一百个谎话来圆。"

而人生的真谛，是自己选的路，跪着都要走下去……

在宁婉和老季的"夹击"下，傅峥当晚低下了高贵的头颅，含泪屈辱地点头决定买下这套五万一平方米的"豪宅"。

钱不是问题，问题是这房子说出去真是有损自己的格调，好在除了宁婉和这个季主任，也没人知道……

而因为季主任的帮忙，一旦和房东确定下买卖条款协议后，贷款确实批得很快，没几天，房子过户、付款竟然都顺顺当当全办好了。

等傅峥反应过来时，自己已经捧着一本写着自己名字的房产证了。

他突然觉得有句话诚不欺我，人啊，只要活得足够长，什么事都可能发生，自己作为一个高级合伙人叱咤风云，没想到在三十高龄时竟然买了这么一间老破小……

不过对于自己买房这件事，宁婉倒是显得比自己这个当事人还高兴："对了，今晚我请你吃饭，庆祝下你正式从无产阶级变成有产阶级！"

这倒是令傅峥有些意外，因为自己号称买房首付不够，宁婉最后还借了三万块给自己，他也才知道此前她声称的那十几万存款都是她存的备用金，平时自己是根本不会轻易启用的，只留着为了应付自己或者家人身体意外或者突然出现大件采购需求这类，现在竟然直接借了自己三万，这真的是大手笔了，理论上应该自己请她吃饭，结果反而是她先提出来了。

"别拒绝！也别客气！地点我订好了，我好歹是你领导，赚的也比你多，最近刚好之前一起参与的总所案子结案分成了，又有了点额外小收入，手头最近还挺宽松的。"宁婉挺豪爽，"倒是你，以后是房贷一族了，更要好好干啊！"

傅峥再三推辞无法，最终只能恭敬不如从命，只是等他跟着宁婉一起坐地铁再走了一段，才发现，宁婉今天带自己来的竟然是早前那家小众西餐厅……

宁婉发现今天的傅峥有点奇怪。

拿到房产证后，他好像是有点太高兴了，以至于都有些神情恍惚，恍惚到要不是宁婉知情,都要以为他是受了什么不得了的刺激。而如今,他这激动过头后遗症好像更明显了,在自己订下的小众西餐厅门口,竟然死活不肯进去,明明上次他死活都不肯走……

这西餐厅宁婉上次上网特意查过,口碑确实挺好的,都说饭菜口味一级棒,但就是贵了点,她自己吃饭从不会来这么奢侈的店,也是正好发了个额外的分成,手头宽裕了一点,这才咬了咬牙决定的。

自从上次连催带训地把傅峥从这店里给拉出来后,宁婉一直有些自责,觉得对傅峥太狠了,傅峥上次明显就不想离开这店,也明显不想只点一个沙拉就走……

虽然自己是拉住了傅峥失足滑向消费主义的深渊,但都说人活着如果没梦想,那和咸鱼有什么区别,虽然奢侈是奢侈,但人啊,谁还不能有个念想呢?何况吃顿美食,好歹自己的味觉享受到了,和打游戏这种玩物丧志浪费时间还不一样,生活都这么苦了,偶尔犒劳一下自己也不是完全不能理解……

对此,宁婉自上次起就一直挺在意,如今有了钱,就想着弥补下傅峥,完成他好好在这餐厅里吃顿饭的愿望,如今正好庆祝他买房,也算一举两得。

只是没想到傅峥对此却表现出了十二万分的拒绝:"算了吧……"对于宁婉花大价钱给他准备的这个惊喜,他脸上一丝快乐也没有,只有干巴巴的不自在,"我想了想你说的对,我的消费水准还没到这地步,也不会因为在高级餐厅吃了顿饭就提升自己的格调,没有必要浪费钱……"

傅峥这话,不说还好,这一说,让宁婉心里更自责了。虽然有些少爷小脾气,但傅峥其实还挺诚恳的,也知错能改,本来吧,他有个不切实际的梦想,至少也是个梦想,结果如今被自己打击,连梦也不敢做了!

"爱拼才会赢,敢想才能成!"不管怎么样,宁婉是打定主意了,今晚要帮傅峥重拾信心,"我带你吃!"

……

傅峥自然是拒绝再进这家店的,上次的经历让他有了心理阴影,他永远忘不了自己全程只点了一个沙拉后服务生疑惑的眼神,更忘不了自己付钱时拿着那张两百账单时的尴尬,他只希望自己这辈子永远不会再踏进这家店……

只是事与愿违,因为作为常客,店里的好几个服务生都认识他,宁婉拉着他推开门的一刹那,就有好几个相熟的服务生看过来……

Chapter 21 / 没想到我在你心里这么值钱

这个刹那,傅峥只在心里祈祷,让自己死了算了。

只可惜死自然是不会死的,宁婉拉着他坐了下来,很称职地履行一个请客人的义务,把菜单递给了傅峥:"你点吧,想吃什么点什么,我请!"

她说完,也打开了菜单,然后傅峥看着她的表情从还算淡定到尴尬到有些坐立不安,也是了,上次她看菜单,也只是草草扫了眼,大概除了留下个贵的印象,并没记住具体的金额,如今放话让自己随便点,再一看每道菜的价格,心里大约是后悔了。

傅峥很清楚宁婉的收入构成,虽然自给自足,但完全算不上宽裕,要支撑两个人在这样的餐厅里吃一顿正式的西餐,确实是很大一笔支出,刚才还豪爽地让自己随便点,看见价格后大概是冏了,只是就在傅峥以为宁婉要出言改口之际,她却咬了咬牙——

"没事的,我付得起,虽然你还是个律政新人,但我已经是个资深律师了,请得起,你想吃什么就点什么。"

"我以前其实也吃不起这么贵的餐厅,律师实习期间钱真的不多,还辛苦,但这行是讲资历的,只要努力下去,经验攒足了,以后会越来越好的,所以你踏踏实实干就行了,未来这样的餐厅靠你自己的收入就能来了!"

明明手头也挺紧,还借给了自己几万块钱,其实很心疼钱,过得也很节俭,但还逞强说没事让自己随便点,在律师里也没算多混出头,但还一本正经地努力鼓励自己……

其实认真分析起来,宁婉这样的只能算是律政界的底层,因为没有一流的毕业院校和出身背景,即便侥幸进入了一流所,也没有进入一流的团队,完全是属于边缘化的员工。

这几年或许她还能自我安慰如今年轻,多磨砺两年,未来还有无限可能,但傅峥比任何人都清楚,律师行业非常现实,没能开个好头,未来再扭转逆袭的可能性太低了。社区案件虽然是锻炼人的,但如果一直蹉跎下去,永远没有接触高端案件的机会,再过几年,未来的职业路径也会受到很大限制。

傅峥比宁婉经历得多,看得也远,以往他对这些员工并不会有任何的惋惜,毕竟任何一行竞争都是这样激烈,行业里只有百分之二十的人能成就自我,百分之八十的永远是炮灰和分母。然而这一刻,他看着明明没什么钱还努力咬牙想对自己好的宁婉，心里有一些复杂的情绪。

有点可怜。

有点心疼。

宁婉像个故事里的配角，而傅峥就像穿书的某个主角，坐拥上帝视角，其实早就知道了宁婉这个配角最终是炮灰的人生命运，然而这个不知情的配角本人却还在努力活着，还对未来充满干劲……

一开始傅峥没有在意，但久而久之，才发现自己不知道从什么时候开始被配角的情绪感染了。

他再次开始后悔跑来社区，因为一旦和某个人交往过密，一旦了解她的生活，了解她的爱好，了解她的一切一切的细节，人的情绪和决断力都会受到影响，他离宁婉太近了，过了安全的距离。

于是他不希望宁婉得到那种炮灰的结局。

因为会舍不得。

傅峥抿了抿唇，再抬头，就这么直直撞进了宁婉的目光里，她有一双清澈干净的眼睛，看见傅峥看自己，便露出了个毫无心机的笑："想好点什么了吗？"

傅峥点了点头，"嗯。"他叫来了服务生，"一份沙拉就可以。"

虽然和上次最终点的一模一样，服务生再次露出了愕然的表情，但这一次，傅峥的心里却没有尴尬和别的情绪，也再也没觉得服务生的目光让他难以忍受。

"只点一份沙拉吗？"

"嗯，沙拉就够了。"

服务生接单走了，可宁婉却不接受了，她瞪着傅峥："没事啦，你多点一点，点个主菜我还是承受得起啊，别给我省钱！"

傅峥敛下视线，镇定自若地撒谎道："我真的不太饿，一份沙拉就足够了，而且最近控制体重，体检说我体脂比较高，西餐的主食热量太高了。"

"你这个身材，还体脂高？？？"

面对宁婉的疑惑，傅峥冷静地点了点头："嗯。"

……

傅峥这辈子没想过自己竟然会节俭到吃西餐只点一份沙拉，只是他一派怡然自得，宁婉却很担忧："真的沙拉就够了吗？要不要再加点东西？"

"不用，餐前面包也很好吃，够了。"

傅峥一直在吃穿上非常精细，也从不愿意委屈自己，但如今来西餐厅却只吃一份沙拉和免费餐前面包，他竟然觉得心情挺舒畅。

可惜他这样说，宁婉却反而更主动了，她像是舍不得傅峥这么懂事这么吃苦似的，叫来了服务生，虽然面对价格表情微微有些挣扎，但最终还是点了主菜和例汤："你能以这个价格拿下房子，我是真心替你高兴，这些日子来社区里的事，你也真的帮了很多忙，我就想请你吃个饭，你不要觉得贵就不点，难得过来，我给你点。"

……

为人诚恳热情，工作积极主动，抗压能力强，具有协作精神，能向有资历的同事学习，同时能关爱新人，团结友爱，尊师重道，与人为善，性格开朗，思路开阔，语言沟通能力强，善于谈判，为人有原则……

早先傅峥对宁婉写来的自荐信里的自我介绍嗤之以鼻，然而此刻却觉得，她倒是说得也没错，虽然毕业院校和履历是差了点，但人意外的还挺不错。

不一会儿，宁婉点的例汤和主菜就陆续上了，傅峥一边动作优雅地切着牛排，一边忍不住抬头看宁婉，她正微微皱着小巧的鼻子，努力又笨拙地切牛排，看起来不常吃西餐，并不熟练的样子，见了傅峥的视线，撩了撩头发，很不好意思地移开了视线——

"平时不太吃西餐……"

傅峥以往接触的女性从来都像已经完美的成熟品，她们西餐礼仪优雅、能品红酒，能谈并购，什么高大上的话题都能信手拈来，像已然盛放的花，而宁婉，更像是还在打着花苞的花，某种程度上还带了点青涩。

傅峥从前喜欢和老练成熟的人沟通，觉得比较省事省时，只是如今看着宁婉，倒觉得她这样也有一些可爱，完全不让傅峥觉得麻烦或者讨厌。

他细细切好了自己的那份牛排，然后端给了宁婉："帮你切好了。你那份给我就好。"说完，换走了宁婉前面那盘牛排。

宁婉果然笑起来，她叉起一块傅峥已经贴心切好的牛肉，一边吃一边鼓着腮帮子真诚道："谢谢你啊傅峥！"

她笑得有些没心没肺，然而傅峥却觉得自己随着这个笑有了些心悸的感觉。

这个刹那,傅峥突然意识到,宁婉说的其实都是对的。

她当初在简历上如果贴上照片,自己或许确实会因为她的漂亮把人留在团队,光是她的笑,他就很受用。

虽然这最终并不是一顿正式全套的西餐,即便点了主菜,也相当克制,没再点别的,傅峥甚至根本没吃饱,却还是一口咬定吃得都撑了,然而意外的是,他的心情还不错。

宁婉这顿饭吃的心情也相当好,如今她越看傅峥越顺眼,觉得自己这新收的下属哪哪都好,自己借钱给他买房真是值得的,而这种认可在得知傅峥假意去厕所实际把单都买了以后,就更加强烈了。

傅峥倒是挺自在:"买房还多靠了你,这顿应该我请。"

可这样的话,对于傅峥的买房之喜,宁婉好像都没送什么东西了,不过……

一想到礼物,宁婉倒是突然想了起来,她从包里找了找,掏出个首饰盒子,递给了傅峥:"之前早买了,就是忘记了,现在正好想起来送你。"

傅峥果然愣了愣,如果没记错,这是卡地亚的首饰盒,他打开一看,更愣了,里面躺着一枚卡地亚的男士戒指。

这……

虽然现在女追男很流行,但跳过表白直接拿戒指求婚是不是太过火了一点,即便傅峥自己确实相当有人格魅力,也被宁婉这样的操作给震惊了……

"你的意思是……"

宁婉做出了这么惊世骇俗的事,如今表情竟然还很镇定:"我目测了下你手指的宽度,你戴上试试,应该差不多。"

傅峥有些心跳加速,他故作冷静道:"那你是想要我戴哪根手指?"

宁婉用"你懂的"目光看了傅峥一眼:"这还用说,当然是戴左手无名指啊。"

!!!

左手无名指戴戒指意味着已婚啊!

傅峥心情复杂地看向宁婉:"你……这是不是太快了?"

"啊?"宁婉却根本没理解傅峥所说,径自把戒指拿出来套到了傅峥手上,"社区老阿姨太多,想给自己亲戚孩子介绍对象的,想给自己找第二春的,肖阿姨过后，你不还招蜂引蝶吸引了两个阿姨吗？虽然我以前说过你是我的人，但很多老阿姨是勇者级别，很乐于挑战给自家亲戚或者闺女撬墙脚的，我寻思着这样下去不行，所以上次顺手就给你买了这个戒指，你以后戴上，戴在婚戒的位置，能减少一半的麻烦！"

哦……

不过……

傅峥看着卡地亚的男士戒指，咳了咳，佯装不在意地问道："原来你这是特意给我买的，谢谢你有心了，你破费了。"

虽说不是表白，但一出手就直接一个卡地亚男戒，可见宁婉为了自己真是舍得下血本，看着眼前的戒指，再联想一下此前宁婉借钱给自己买房，傅峥心里有一些了然。

虽然隐藏了身份，但自己到底比较优秀，骨子里的东西是遮不住的，不仅折服了丧偶老太，眼下把宁婉显然也折服了。

而像是为了验证自己的想法一般，对于这个价格不菲的戒指，宁婉只云淡风轻地摇了摇头："小意思！没多少钱！"

虽然宁婉给自己买的是卡地亚最基础简单的戒指款式，但即便这款，专柜也需要七八千，以宁婉的收入……

傅峥真心实意地有一些感动："没想到我在你心里这么值钱。"

可惜这一番场景看在宁婉眼里却不是这么回事，她忍不住在心里缓缓打出了一个问号，看向傅峥的眼神更怜爱了，这男人到底以前家道中落遭到了多少困苦？

竟然觉得自己和这只戒指差不多的标价，这得日子过得多惨啊！

-Chapter 22-
坐拥二手豪宅二手家具的小资产阶级

傅峥戴上了戒指,但没什么实感,以至于等洗完澡擦干头发瞥了眼手指,才发现自己竟然一直戴着这卡地亚,他细细打量了下自己的手,觉得自己戴戒指还真的挺好看的,而看着戒指,不免又要想到宁婉。

傅峥有些失笑,她有时候真的是另辟蹊径,连戴个婚戒以规避社区里的烂桃花都能想得出来……

傅峥觉得就算仅仅是为了报答宁婉花七八千给自己买卡地亚戒指这件事,自己也该有所表示,他想了想,打开了邮箱……

而等他给宁婉写完邮件,电话正好响了,高远对自己手头的并购案又有一些疑问,等傅峥和他分析完案情又随便聊了几句,时间已经不早了,以至于最后傅峥又忘记戒指这回事了,戴着戒指就睡觉了。

只是傅峥怎么也想不到,有时候睡一觉,人的命运就都改变了……

第二天,傅峥是被手指上的瘙痒感给弄醒的,准确来说,是既有些痒也有些刺痛,等他睡眼惺忪看向手指,第一反应是自己还在做梦——

他那根骨节分明纤长好看的手指,变得又粗又肿,有点红还有点绿。

傅峥下意识就是揉了揉眼,可直到视线清晰,自己眼前这根肿得丑到不行的手指也没有消失,而手指上传来的刺痛和痒倒是越发严重了……

这竟然真的是自己的手指!

围绕着那卡地亚的戒指,自己那根手指四周接触戒指的皮肤全部变得红肿,轻轻一碰,就觉得瘙痒难耐……

垃圾卡地亚,竟然质量这么差!!!

傅峥忍着怒意摘掉了戒指,然后起床做了洗漱,现在有些高档奢侈品真是过分了,这一看就是戒指的材质有问题,才引发了皮肤过敏。

卡地亚,傅峥决定要告到它的高管连自己妈都不认识。

Chapter 22 / 坐拥二手豪宅二手家具的小资产阶级

宁婉赶到办公室的时候，傅峥已经坐在座位上了，他的表情相当阴沉，看起来像是游戏里反派大BOSS狂暴化前最后的宁静，正在泄愤般动作用力地用一只右手敲击着键盘打着什么，宁婉好奇地凑过去一看——

"起诉书？你要告谁？"

傅峥惜字如金："卡地亚。"

告卡地亚干什么？卡地亚怎么了？

宁婉还没来得及细问，傅峥便看向她开了口："你昨天给我买的戒指，销售发票、产品验证书和保修手册，你给我一下。"

傅峥大白天在做梦吗？地摊上五十块钱随手买的而已，哪里还有什么销售发票、产品验证书和保修手册啊？？？

傅峥见宁婉不言语，也移开了视线，有些不自然道："出这种事，我知道你也很无措，你放心，你为我买卡地亚的这份心意我领了，出了质量问题这不是你的错，但我们既然是律师，维权是要维的。"

傅峥没在意宁婉脸上的茫然，只抿了抿唇继续道："往好处想，这也未尝不是坏事，卡地亚这样的品牌质量问题造成皮肤过敏，告的话，我有把握可以拿到很高额的赔偿，只需要舆论运作上再配合一下……"

只可惜傅峥一脸我要报仇雪恨的坚毅表情，宁婉却完全不明所以："傅峥，你发烧了吗？都在说什么胡话呢？"

"……"傅峥顿了顿，像是不想说，但最后又没办法一样，"你给我买的卡地亚……我昨天戴了以后，皮肤过敏了……"

宁婉先是脑海里闪过了一串问号，既然是一串感叹号。

傅峥过敏了？不是，自己什么时候给傅峥买过卡地亚了？还是过敏会导致神经错乱？

不过当务之急是先关心傅峥的身体，宁婉有些着急道："你哪儿过敏了？我看看！"

傅峥却是有些不自在："算了，没什么好看的，待会我会去医院，最好能确诊是戒指引发的皮肤过敏……"

既然是戒指引发的皮肤过敏，那……一定是在手上了！宁婉一看傅峥如今这坐姿，只有右手放在桌上，左手则放下桌下，刚才打字也只用了右手……

"左手伸出来我看看。"

"不要。"

"我看看多严重！看一眼就行！"

结果傅峥还是扭头拒绝："不要。"

宁婉没法，只能直接不容分说就去拉傅峥的手，结果傅峥也不知道怎么回事，这种时候像个小媳妇似的竟然扭捏起来，死活不想给宁婉看的模样，两个人四目相对，经过了一番角力，宁婉才终于把他的左手从桌子下面拽了起来。

宁婉看着眼前肿得有些粗的手指，一时之间瞪大了眼睛，这过敏的，有点厉害啊……

而傅峥几乎是立刻就甩开了宁婉，把手又藏到了背后，然后他移开了视线，声音不自然道："你还是别看了，要记住我平时手好看的样子，这时候太丑了，不是我的一贯正常水平……"

都这时候了，还纠结丑不丑呢！

宁婉快急坏了："我带你去医院！"

傅峥却很坚持："你把销售发票、产品验证书和保修手册先给我，等我写完起诉书，不能这么放过卡地亚。"

写什么起诉书啊！人家卡地亚是无辜的！

宁婉搓了搓手，干巴巴道："这个……你说的这些……其实是没有的……我们还是先去看过敏吧？"

可惜傅峥却不依不饶上了："怎么会没有？堂堂卡地亚，就算品牌质量这么差，好歹全套的售后得有吧？"

"这个……这个其实……我买的……不是卡地亚呢……"

傅峥果不其然皱起了眉："什么？"

"就……我买的其实不是卡地亚。"

"不可能。"结果傅峥还不信了，他看向宁婉，"你别觉得卡地亚是大品牌就觉得我们斗不过他们的专业法务和律师团队，律师该较真的时候还是要较真，我清清楚楚看到你给我的戒指，盒子用的是卡地亚的，戒指的设计也是卡地亚那最基础的款，而且指环内部还明明白白刻着CARTIER的字样，怎么就不是卡地亚的了？"

"……"宁婉组织了下措辞，"就……你不买首饰可能有所不知，现在吧，就国内挺多厂家，喜欢跟风国外大牌，比如做一下人家那外包装的仿款啊，按照人家的产品款式搞个相似的啊……"她清了清嗓子，"当然，其实只要你再仔细分辨下，还是能从品牌和仿款里找出细节不一致的，但这需要你非常非常的仔细……"

宁婉暗示地看向了傅峥："你要不再翻过来看看这戒指指环里到底刻的什么字？"

傅峥皱着眉，显然还是没反应过来。

看起来只能自己重拳出击让他清醒了……

"你戒指呢？"

傅峥指了指桌角，宁婉便从包装盒里拿出了戒指，她把指环内部凑到傅峥面前："你看到这个刻的什么字了吗？"

傅峥莫名其妙："CARTIER啊。"

"你再好好看看！"宁婉把手里的戒指又凑近了些，"你看，人家这第一个字，不是C，看看这个C后面，是不是还有一点？"她振聋发聩道，"这是个GARTIER，不是CARTIER，你不能因为G和C长得像，就起诉人家CARTIER对不对？"

"……"

傅峥开始没反应过来，但很快，他的脸上就露出了极度的震惊以及恍惚，他死死盯着这戒指里那一行刻字，咬牙切齿道："G-A-R-T-I-E-R？"

"你没给我买CARTIER？"

宁婉完全不敢直视傅峥的双眼，只移开了视线佯装看窗外的云："这个么……东西不在乎贵贱，主要在乎的是心意……你看，我看到地摊上有卖戒指，第一时间想到给你买个让你用来挡烂桃花，这是什么样的情谊？对不对？我们是律师，思考问题最重要的是角度，是不是？"

只可惜自己这一番引导，并没有成功开导到傅峥，他死死地盯着宁婉："所以这是你给我买GARTIER的理由？这个……"傅峥一脸快升天的表情，"这个GARTIER，多少钱？"

"你确定你要听实话？"

傅峥揉了揉眉心，一脸肃杀："说。"

这人，一严肃起来倒还挺有那点架势的，宁婉老实交代道："那个地摊老板要价两百块,但是我讨价还价,最后五十块钱拿下的……但你别说,人家这设计确实可圈可点,很精致,只是我也没想到材质有这么大问题……对不起对不起。"

五十块钱……

傅峥这一刹那,差点气到升天,他可真是阴沟里翻船,不过就是收到个疑似卡地亚样式的戒指吗?至于高兴到都没好好看细节吗?如今仔细一看,才发现自己当初也真是被猪油蒙了心,这哪儿像卡地亚了?样式是挺像,但做工还是粗糙了许多,材质也明显不对,而自己竟然此前还感谢宁婉,感叹没想到自己在她心里这么值钱?为此甚至感动之下用自己大PAR的身份给宁婉回了邮件?呵,自己在她心里是真的值钱。

值五十块钱!可真多啊!

"我没想骗你,我想反正是个用来挡烂桃花的,我也没注意什么卡地亚不卡地亚的,就看这款式还行,平时随便戴戴的,我也没想到你竟然会过敏成这样!"宁婉一边反省,一边也确实挺自责,"对不起啊,我不知道你这手还挺娇嫩的……我以前在那地摊也买过瞎戴过,没出什么事……可能我皮比较厚……"

她一边说,一边拉住了傅峥健康的右手:"走吧走吧,我带你去医院看看。"
……

宁婉没想到傅峥一直以为自己给他买的是卡地亚,如今得知不是,还为此过了敏,表情很是难看,好在很快就排到了号找医生看了病,诊断过后仅仅是简单的过敏,稍微吃点药再护理下皮肤过敏处就好了。

只是医生说了没事,宁婉却还有点在意,毕竟傅峥这手指,都肿成这样了,趁着傅峥去拿药的时候,宁婉有些忍不住:"医生啊,你看,你说这红色的是过敏肿的,但这绿色呢?我朋友这手怎么不仅有红色,还有点泛绿啊?是不是毒入骨髓啊?"

医生挺有耐心,解释道:"应该是掉色,这戒指里有铜的成分,可能沾了水,没什么问题,正常用药就好。"

掉色?能掉成这样,那肯定是沾水沾了挺久的,那……宁婉不傻,如此就只有一种解释了——傅峥戴着戒指洗澡了。

他连洗澡也不想摘掉戒指!哪怕一分钟也不想和这个戒指分离!

这么一想,宁婉更心疼了……这男人,到底多想拥有卡地亚的戒指啊!结果自己竟然送了他一个GARTIER!

这可真是听者落泪闻者伤心……

心疼……

等自己有钱了,送他个真的卡地亚吧……

等帮傅峥看完了手拿完了药再回到办公室,傅峥还黑着张脸,挺闷闷不乐的样子,宁婉准备给他点时间自我开解,于是坐在一边开电脑准备看下所里有什么业务咨询邮件没回,结果她一刷新邮箱,看到了一封完全让她不敢置信的邮件。

那位神秘的大PAR!竟然给宁婉写了一封邮件!!!就在昨晚!!!

宁婉几乎屏住了呼吸,她激动地感觉肾上腺素快要爆炸,手指都有些微微发抖地点开了邮件。

虽然不是向她抛出可以加入团队的橄榄枝,但对方在邮件里竟然非常主动地鼓励了宁婉。

"因为你的专业背景和履历里对商事案件的办理经验几乎为零,是不可能破例直接进入我的团队的,但我愿意给你一次机会展现自己,下面这个案情分析是我从以往我办过的案子里简化梳理的,如果是你,你会怎么处理?三天内给我你的思路和解决方案。"

在这条简洁的信件正文后附上了一个Word文档还有一些Pdf扫描证据页,宁婉怀着激动忐忑的心情点开,才发现Word里非常贴心细致地罗列了案情,而Pdf里则是用马赛克模糊掉具体案件隐私细节的证据合同和文件。

宁婉越是看,心里的情绪就越是澎湃涌动:"人间自有真情在!这个大PAR我爱了!"

她这番激动的模样,果然引起了傅峥的注意,他抬头看了她一眼。

宁婉忍不住想要炫耀,顿时拉住了傅峥:"你知道我收到了谁的邮件吗?"

傅峥大概是无法理解宁婉的快乐,又因为手过敏了,连虚假的笑容也没露一个出来,好在宁婉心情舒畅,也根本不在意他捧不捧场。

"我们正元律所有一个大PAR要加入这你知道吧?现在这大PAR主动给我写信了!!!还鼓励我!!给我出题了!!这是不是要给我开小灶了?"宁婉开心得连声音都颤抖了,"一定是我的诚心感动了天地!!!一定是我的努力得到了回报！！！一定是我的马屁拍到了点上！！！"

宁婉激动不已，围观全程的傅峥却只想冷笑。

呵呵。

不是你的诚心感动了天地，而是我傅峥瞎了眼，错把GARTIER看成了CARTIER……

宁婉并不知道这里面的曲曲折折，她的脸上洋溢着真实的快乐，充满了春风得意的干劲，很快就盯着电脑咬着笔尖开始研究起案子来了。

这位大PAR给了她三天时间，但宁婉愣是当晚没睡，熬了大半夜，把自己的办案思路和逻辑都理了理，然后详细写了一份方案，回给了对方。

这样做以后，虽然很忐忑，但宁婉倒是没有特别地期待能在短期内收到回复，大PAR都很忙，每天处理工作邮件就焦头烂额了，能拨冗给她写邮件就足够让人感动了，她这么个邮件肯定不可能有优先权，至于回复，她慢慢等着就行了。

然而令她非常意外的是，第二天的一大早，当她坐在办公室里正写着社区案件札记，她就收到了对方的回复。

文件里用修订模式非常仔细地修正了她方案里的错误，宁婉考虑时的疏漏，以及实践操作里的注意点，并且还提供了另外一种操作方案，最后，对方甚至细致到连法律文书的格式、标点符号，都一一给宁婉做了修改标注。

"很多时候，一个律师的专业程度除了她拿出的文书内容质量，外在的格式表现也很重要，客户宁可接受更高的律师费也想和很多大所合作的原因，除了对方的服务更专业外，更重要的是提供的文书格式一目了然。"

"大部分新人律师之间能提供的业务质量差距并不一定很大，但专业程度的差异性就表现在文本的专业化程度上，你的方案思路可圈可点，但格式和细节上，也应该多注意。"

"这个案子你给出的整体解决方案可以打70分，可以试试更有挑战性的案子，稍等我会把案子材料发给你。"

宁婉一边读，一边感动得恨不得哐哐撞大墙：傅峥，你听到没？你看看人家这个工作态度，你听听人家这对小律师无微不至的关怀！难怪人家能当大PAR！这是人性的光芒！这是老板中的特例！是我人生的指明灯！"

可惜自己这边感动得不要不要的，傅峥那边却没任何受到感染的表情，不仅如此，宁婉刚才就发现了，从今天她一来上班开始，傅峥就一直盯着手机，手指翻飞在打着什么，像是在回什么信息，今天没什么案子，他又没有总所的业务，大概率是在激情聊天，宁婉刚稍微离他近一点，他就见不得人似的离开了当前的页面。

"你在聊天？"

傅峥不自然地点了点头："嗯……"

宁婉得到了大PAR的提点，本来眉飞色舞的，结果看到傅峥这么不上进，一下子就憋不住了："傅峥！你刚背上房贷呢，要多努力了！你看看人家大PAR，这么早就抽空起来回我邮件了，你呢！你还在找人聊天！"

傅峥移开了目光，咳了咳，不自在道："人难免偶尔开小差，看着手机就有忍不住聊天的时候吧……这自己控制不住……"

一说起这，宁婉就有些恨铁不成钢，"虽然最近社区是没什么事，但你真的要严格要求自己，去，找案例看去。"宁婉建议道，"你要不把手机给我，我给你设个开机密码？我自己有段时间也是看手机分心注意力不集中的，自控力也是不行，后面也是找别人给我设个开机密码，强行戒断手机了，后来那段时间真的效率特别高，进步特别快！"

"不用了吧……"

"你试试看，我给你设个开机密码，待会中午吃饭再给你解开。"宁婉真诚建议道，"少聊天，多干活，傅峥，我们得向人家大PAR学习！"

宁婉自己学习热情高涨，充满了先进带后进的激情，当即便拿走了傅峥的手机，三下五除二设置了个密码再给人丢回去，然后就专心致志地盯着电脑，开始刷新邮箱。

大PAR说了接着要给自己继续发邮件发新的案子！宁婉几乎是专心致志地等着，结果左等右等，硬生生等了一个小时，也没有新的邮件提示……

"大PAR忙起来了吗？"宁婉有些沮丧，"哎！不知道要什么时候才能收到大PAR的下一封邮件啊……"

……

"你把手机密码给我解开，你的邮件说不定也就来了。"

自己这么长吁短叹，结果傅峥不仅没有被带动，甚至思想更堕落了，宁婉都这样了，他竟然还腆着脸问自己要手机密码？甚至号称给他解开密码自己才能讨着好彩头收到大PAR邮件？

宁婉简直气晕了："你别想了傅峥，今天上班时间都不可以玩手机！"

"……"

可惜好的不灵坏的灵，宁婉也没想到，傅峥这乌鸦嘴，上班时间不许他玩手机，自己就真的一天都没收到大PAR的邮件……

宁婉等到了下班时间，觉得自己不能把时间都浪费在等邮件上了，还是得干点正事，她拉住了傅峥："走，我带你去买家具！"

傅峥的房都交了，房东也把红木家具都搬走了，是时候给他配套家具，让他能赶紧体验乔迁之喜了。

结果傅峥却显然有点抗拒。

"怎么了？快点买了家具住进去，这不是能节省下一大笔房租吗？这样你的还贷压力也小不少呢。"

傅峥抿了抿唇，显然还是不想去。

宁婉看了他片刻，才有些恍然大悟："是担心这些家具贵？放心吧，我有认识几家很熟的二手家具店老板，能给你用最低的价格收最好品质的二手家具来，走吧走吧！"

"……"

傅峥担心的哪是家具贵，傅峥担心的是家具不够贵！他已经花钱买了个老破小了，以为这已经是人生最触底的一次购物体验，没想到还没完，自己和这二手是杠上了，有了二手房，马上还将拥有二手家具……

傅峥就这么心如死灰地被宁婉拉着坐地铁，再倒公交，在正凑上下班潮的车里被挤到怀疑人生，被车厢里的汗味熏到快嗅觉坏死，最后下了车还步行了好一段路，才终于被宁婉领着到了一条其貌不扬的小巷口。

傅峥小心翼翼避开了地上的水洼，然后被宁婉领进了一家逼仄的小店里，店门矮小，以至于傅峥必须弯着腰才能钻进去，而进去后，倒是发现这店里别有洞天，并不是傅峥想象中那样脏乱差的二手家具市场，店主摆设非常讲究，环境也很清爽，虽然是二手家具，但维护的品质也都还行，只是，这些家具都有一个共同的特征——

看着都很便宜……

傅峥眼前正摆着一张餐桌，他瞥了一眼标价——1200元。

Chapter 22 / 坐拥二手豪宅二手家具的小资产阶级

……

这也未免……"这也未免太贵了吧！老板！"结果正是这时，宁婉的声音响了起来，她喊来了老板，"你这最近标价太黑心了吧？全球经济都不行，一千两百块？你怎么不去银行抢呢？"

她说完，对傅峥眨了眨眼，压低声音道："看你看了这么久？喜欢这个啊？你等着，我帮你砍价。"

老板是个穿长衫的中年人，长着张老好人的脸，听了宁婉的声音，便蹬步走了过来："小宁啊，那你说多少呢？要是你买，我当然给你打个折。"

"好，一口价，一千块。"

"……"傅峥只剩下目瞪口呆，一千二竟然还不够廉价？这世界上竟然有一千块的二手餐桌？那在这上面，自己是不是得吃五块钱的盒饭才符合身份？

老板自然不肯："我这收进来的成本都不止这些。"

"那我搭这个书桌，再在你这儿配两把椅子，这个，这个，还有这个，都要了，加一起，给个打包价，这么多，总共两千块，你看行吗？"

"行吧，你都老朋友了，我也爽快人，拿走吧。"

"配送呢？包配送吗？"

"就两千你还让我包配送啊？那不行！配送要再加五百！一口价，两千五！"

……

这些家具的品质和价格已经让傅峥快失去求生欲了，然而没想到，宁婉愣是在这种情况下还虎口夺食，又砍掉了三百块。

"两千二！两千五多难听啊，不吉利，少出三百吧！"

家具店老板目瞪口呆："两千五哪儿不吉利了？"

"这不是二百五的十倍吗？听着和骂人似的，不好不好。"

"……行吧行吧，把货拉走，不过两千两百块的配送标准，只给你用货车拉到楼下，不负责搬运上楼。"

"好的，没问题！"

……

可能是接受到的打击多了，以至于傅峥这一次心情想死之余其实相当平静，还好，他想，毕竟只花了两千二，没花二百五的十倍……

只是很快,傅峥就没法继续用精神胜利法自我安慰下去了。

宁婉给了地址,指挥着把那些二手家具打包放上了货车,让货车司机往悦澜送,然后自己和傅峥再倒公交转地铁,好不容易辗转回到傅峥的"新晋豪宅"楼下,货车果然早就到了,已经在安排卸货。

那货车司机把宁婉买的二手书桌、椅子、餐桌都搬了下来,因为宁婉不需要搬运上楼,他做完这些,让宁婉签了收货单,就发动货车离开了。

傅峥看着地上的这些二手家具,其实内心是有些好奇的,三百块搬运上楼,这价格并不贵,自己这"二手豪宅"因为算是老的楼盘,当时大约开发商还没开始迷恋随随便便就二十几层的高层,因此整个一栋也就只有六层,算是个花园小洋房的定位,所以没有设置电梯,而傅峥的"豪宅"位于六楼顶楼,想把这些破椅子破桌子搬上去,可并不省力。

只是既然宁婉毫不犹豫拒绝了,那以傅峥对她的理解,她绝对能找到更便宜的搬运服务,只是……三百块已经够少了,就算贱卖劳动力,也该有个底线吧?这愿意连三百都不到就把这些破桌子破椅子来回三四趟搬上六楼的人,这可得多自轻自贱啊?

没想到在社会上,还能有男人过着如此悲惨的生活,出卖自己的劳力和年轻肉体,只为了赚个一百两百的……

一思及此,傅峥微微同情的同时,又忍不住生出了点淡淡的优越感,哎,同是男人,可这男人与男人的差别,也真是一个天上一个地下,想自己,就算花钱收了这一堆破烂家具,但两百来块钱,根本说不上钱,平日里又有体面的社会地位,一个小时的时薪也高达一千二百块美金,可待会给自己搬家具的……

同为男人,傅峥心里有些怜悯,决定待会趁宁婉不注意,偷偷给这个搬运的塞个小红包,好好给他提点下,男人啊,不能自轻自贱,更不能用低价恶性竞争拉低整个搬运市场的行情,要有骨气!为了一百两百就出卖肉体,不值得!简直丢人!

只是左等右等,宁婉似乎并没有打电话找人来的意思,只是一个劲地盯着自己,傅峥清了清嗓子,正准备询问搬运的人什么时候来,结果宁婉就先开了口。

"傅峥,先搬这个书桌吧!"

Chapter 22 / 坐拥二手豪宅二手家具的小资产阶级

傅峥简直无法置信："我？"

"当然是你。"宁婉一脸理直气壮，"我看你长得高高大大，力气应该不小吧？三百块钱呢，你自己搬得了，节省下的钱还能叫多少顿外卖呢！以后是背上房贷的人了，要精打细算啊！这些小件的，我帮你一起搬！"

"……"傅峥瞪大了眼睛，匪夷所思地看了宁婉片刻，才意识到这女人说的是认真的，他微微抬高了声音，"你让我搬？让我？为了三百块？搬这些二手的家具？"

宁婉点了点头，露出了莫名其妙的表情："当然只有你自己啊，难道现在还有别人愿意为了一百两百来把这么多椅子桌子扛上六楼吗？"

傅峥想来想去没想到，最后这个自轻自贱的人选竟然是自己！

他几乎有些咬牙切齿了："那别人都不愿意，为什么我就愿意？我就很廉价吗？还不如找刚才那个司机搬！"

"话不能这么说，第一，这三百块，实打实省的是你自己的钱；第二，人家给你搬，这路程上没准磕磕碰碰的，这儿撞到墙了，那儿撞上楼梯扶手了，把你家具给弄坏了怎么办啊？二手的东西本来质量总比一手的差点。"

你也知道二手的质量差？！

宁婉却丝毫无所觉察，只拍了拍傅峥的肩，语重心长道："来吧，搬吧。"

傅峥却快气炸了，他瞪着地上的家具，坚持道："我不搬，你找个人来搬吧，总之我不行，我绝对不能搬，我……"

他刚想表达男人不能这样廉价，就见宁婉一脸惊诧地看向他的腰，然后打断了他——

"不是吧……"宁婉的语气有些迟疑，"你也才三十岁啊，这腰就不行了？"她说到这里，微微压低了声音，有些自言自语般，"姜果然是老的辣，我原来也以为三十岁的男人还很年轻呢，看来肖阿姨说得对，男人一到三十，确实整个人走下坡路了啊，你看着这么身高腿长的一个人，没想到腰就不行了，都没法搬家具了，哎！那要不这样，你在这边等着，这些小件的，我给你搬，大件一点的，你搭把手，我和你一起搬上去。"

宁婉叹完气，同情地看向傅峥："难怪和陈烁关于男人保健有这么多共同话题啊，看来你们男人上了年纪也挺惨的，日子不好过啊……"

"……"

是可忍，孰不可忍。一个男人，被人怀疑腰不好，那简直是对尊严的侮辱！

"谁说我不能搬？"傅峥咬牙启齿道，"我的腰，好得很！"

不就是搬几个破椅子破桌子吗？！三百块钱事小，男人的尊严事大！

傅峥一言不发，当即就脱了西装，解开了衬衫袖口，准备从书桌下手。

"等下等下！"结果宁婉又急急打断了他，"别搬别搬。"

难道是良心发现觉得这种搬运的事确实不符合自己的气质了吗？

傅峥心里冷哼道，算宁婉最后还是有眼光，自己一个高级合伙人，来来回回搬运两百多块钱的二手家具，传出去了成何体统？

结果就在傅峥这么想着的时候，宁婉的声音打断了他的思绪。

"你先原地做一下热身运动。"宁婉语气关切，"毕竟三十了，平时也运动不多，别突然这一扛把腰给闪了。"

"……"

傅峥觉得这已经不是廉价不廉价的问题了，他憋着情绪，抿紧嘴唇，直接无视了宁婉的"好言相劝"，径自扛起了那二手书桌，一个人就闷声不吭往楼上走。

第一轮还确实称得上健步如飞，自己状态也非常不错，然而来来回回几趟，只是等最后扛那张餐桌的时候，傅峥虽然没有把腰给闪了，却是不小心把脚给扭了……

一堆破二手家具全部已经堆在了二手"豪宅"的客厅里，傅峥忍着脚踝的疼痛，绷着表情，冷静自持，努力营造着云淡风轻的表象。

宁婉见了，果然拍手称奇："傅峥，没想到你这体力还不错啊！"

傅峥冷冷一笑："这点小事，小菜一碟。"

"哎，你没必要那么早去关注保健信息，我看你这身体状态保持的还很年轻！"

什么叫保持得还很年轻？傅峥想，我本来就很年轻！然而他刚想表态，稍微一走动，脚踝上扭伤的地方就剧烈地疼起来……真是让人笑不起来。

宁婉并不知道傅峥负伤了，还挺热情地指挥着他把书桌搬进房里，把餐桌搬到指定位置，再摆好了椅子，傅峥死要面子活受罪，他一边忍着扭伤的疼一边干这干那，恍惚间竟然觉得自己一下子和人鱼公主有了共情，自己此刻可不就像是为了王子不得不舍弃鱼尾幻化成脚，每一步就像走在刀尖上，却还强颜欢笑的人鱼公主吗？

傅峥越想越觉得自己的委屈无处诉说，他到底上辈子是造了什么孽，如今要承受这个年纪不该承受的一切？自己此前过敏的那根手指都没好全啊！

然而他没想到更糟心的事还在后头。

宁婉帮傅峥打扫完房子，刚准备离开之际，傅峥的手机响了，此前为了搬家具，他的手机如今就大刺刺地摆在桌上，而亮起的屏幕上，正清清楚楚显示着来电人的姓名——高远。

傅峥看向宁婉，果然见她拉下了脸，心中顿觉不妙……

宁婉瞥见傅峥的手机屏幕完全是意外，只是，有些事情既然看见了，就不能装作没看见。

她千算万算没想到高远这个色中饿鬼竟然还在纠缠傅峥？

这色狼竟然还挺长情，至今没死心。

宁婉觉得这样不行，她朝傅峥使了个眼色："你先别接，我来替你接。"

傅峥看样子是有点想自己接自己解决，然而刚朝手机迈了一步，脸上就露出了痛苦的表情，宁婉这一看，心里就更同情了，这该死的高远，瞧瞧他把一个英俊帅哥都折磨成什么样了？估计是见到高远这两个字就PTSD（创伤性应激障碍）了，傅峥此刻脸上一闪而过的痛苦，宛若即便迈出接高远电话的一步，都有钻心的疼痛……

宁婉本来是准备回家等大PAR邮件的，但是如此一看，觉得还是无法袖手旁观，她深吸了一口气，替傅峥接起了电话。

"喂。"

一听宁婉的声音，对面高远显然愣了愣："我打错了？我找傅峥。"

宁婉皮笑肉不笑道："高PAR，我是宁婉，傅峥刚去楼下搬家具了，暂时人不在，手机丢在屋里，我怕你有什么急事，暂时替他接了。"

"搬家具？"高远果然愣了愣，"他……自己……亲自搬？"

呵，高远此刻在想什么宁婉能不知道吗？这种猥琐之徒，既然傅峥死活拒绝还是纠缠不休，肯定见软的不行甚至想来硬的了，怕不是心里早算计着要对傅峥强行这样那样，看自己怎么打消他的念头！

"当然！傅峥才三十，年轻力壮的，全身有使不完的力气，虽然家具挺多，但是他根本用不着请搬运的工人，自己一个人就来回几趟雷厉风行把家具都给搬好了！要知道，这房子没电梯，他都是一个人来回六楼的，我看他那个体格，一般的搬运工人可能还不如他呢！"

宁婉心中冷哼，让你瞧瞧我们傅峥是硬茬，根本不可能给你霸王硬上弓的！

"……"

果然，电话那端的高远陷入了死一般的沉寂，又沉默了片刻，他才不可置信般再次确认道："你说傅峥自己当搬运工搬家具，还来回搬了好几趟？还没电梯？"

怕了吧！

宁婉心中得意，嘴上镇定道："没错！"

高远果然怕了，一时之间竟然连说什么话都不知道了，沉默了半天，他才突然想起来什么似的道："不是？傅峥怎么住了没电梯的房子？他……"

呵，高远不愧是资深合伙人，拿着平时给客户做尽职调查的劲儿调查傅峥呢，宁婉都不知道傅峥之前租住在哪儿，瞧这语气，高远想必是知道的，连他以前那房子有电梯都摸得一清二楚，可见用心险恶！

"是，他之前租住的房子确实有电梯，不过现在傅峥已经靠着自己的努力买了房啦，那边马上就要退租了，以后就能住自己的房了。"

宁婉这话可不是白说的，她这是在旁敲侧击告诉高远，傅峥过得挺好，生活挺上正轨的，房也靠自己买了，不是那种一穷二白还会见钱眼开出卖自己的，勉强也算个有资本的男人了！不至于为了点钱就没底线，希望高远能知难而退。

可惜出乎宁婉的意料，高远这人还真的挺没情商挺死性不改的，自己都这么说了，高远竟然还惊愕地追问起来："什么？！傅峥买房了？！买在哪儿了？还是个没电梯的？这多老的房子了啊还能没电梯？"

瞧瞧，这些油腻的合伙人，怎么就不能相信律政新人也不是只能买到老破小的呢？

"就在我们悦澜社区呢！有时候买房子也看缘分，正好有个特别不错的房子房东急着出呢。"

悦澜社区是学区房，也没多旧，作为刚需来说是个不错的起点了，说出去也够能震慑住高远了，至少让他知道，傅峥才不是他想象里没见过世面随便一点钱都能出卖底线的人。

"悦澜？！"大概是发现傅峥竟然能买得起悦澜的房，高远果然惊呆了，话语之间都有些结巴起来，"你说……傅……傅峥……买……买了悦澜的二手房？"

"是啊。"宁婉笑笑，"对了，高PAR你找傅峥有什么事吗？我要转告一下他吗？"

"没……没有了……"

果不其然，自己这番话下去，高远这下终于是死了这条贼心，宁婉挂了电话，看向傅峥，一脸得意："看看，他下次肯定不会再联系你了，我都把该传递的信息传递了，谅他回去也得掂量掂量自己的斤两，别以为别人整天没见过钱似的，傅峥你现在已经不是无产阶级了！也算个小资产阶级了！"

可惜这本是件好事，然而傅峥不知道为什么，可能还沉浸在高远过敏症里，一脸心如死灰的绝望，仿佛快不想活了。

宁婉拍了拍他的肩："想开点，高远知道你的这些信息后，会慢慢死心的！你放心！"

她说完，又帮傅峥整理了下房内的杂物，这才和傅峥告辞，顺手还提走了垃圾。

只可惜她越是关照傅峥想开点，傅峥就越是想不开，他看着尚在过敏恢复期的手指，忍着脚踝的钻心疼痛，扶着确实有点酸的腰，环顾这丁点大的二手"豪宅"，再看一看高达二千二总价的二手家具，想着高远马上就要蜂拥而至的嘲笑，心里的委屈和绝望都快达到了顶点。

是真的有一点想死。

-Chapter 23-
这怎么就得痔疮了呢

傅峥缓了缓,觉得自己不是那么想死了,又找回了些许求生欲,才给高远打了电话:"来接我。"

高远自然在电话里就已经忍不住幸灾乐祸了,明知故问道:"哎哟,傅峥,你这么日理万机的,就抛下'来接我'三个字,我怎么知道你在哪儿呢?"

傅峥咬牙切齿道:"你不心里清楚吗?"

高远哈哈笑起来:"哦哦,你在你新买的'豪宅'那是吧?悦澜社区?我来你们门口接你。"

"嗯。"傅峥刚答应了下来,又想起了点什么,改口道,"别到门口,你去悦澜社区南门拐弯口的那条小巷子里等我。"

高远存了看好戏的心情,没一会儿就赶到了傅峥指定的地点,这条小巷其实离南门也不远,然而傅峥从南门走来,高远竟然生生等了快半个小时。

傅峥这么个腿长,走这么点距离,不应该啊?

高远下了车,结果左顾右盼又等了十分钟,才终于在路口见到了傅峥。

只是……平日里走路英姿飒爽冷面高傲的傅峥,如今虽然面上表情还是一如既往冷艳高贵,然而这腿脚……不太利索啊……

高远瞪大了眼睛,就这么看着傅峥一瘸一拐缓慢地朝着自己移动……

他刚想询问傅峥到底这腿怎么了,结果傅峥就一脸低气压地看向了他——

"别问,问就是没事。"

"……"

傅峥说完,也没再看高远,只抿紧嘴唇板着脸,径自打开车门要往车里坐,然而弯腰时也不知道牵动了他哪根神经,一瞬间,傅峥的脸上露出了痛苦的表情,只是他最终忍了下来,一脸坚韧地钻进了车里。

看这样子,是扭伤腰了,而且腿可能也伤了……

高远坐回车里，心下已经有些了然："搬家具搬伤了？"

傅峥几乎是立即就咬着牙否认了："没有。"

那就是有了。

高远忍不住揶揄起来："你不是身强力壮强过搬运工吗？"

傅峥给了高远一个死亡凝视："你今天话这么多，是有什么遗言要说？"

"哈哈哈哈，你这人怎么马上就恼羞成怒了呢？在人家宁婉面前当搬运工怎么一声不吭？这脚和腰，刚才在人家面前装正常装得挺辛苦吧？"

傅峥松了松领带，狠狠白了高远一眼："你信不信你再说我用领带勒死你？"

高远见好就收，闭嘴了，不过很快，他又有了新的问题："不过你腿这样了，为什么不让我直接到门口接你？还这么一瘸一拐走到小巷子里，你这不是伤上加伤吗？"

傅峥坐进车里，整个人都放松了下来，扯开了领口扯松了领带："社区里认识我的人太多了，八卦传出去又快，我怕你接我这件事最后传到宁婉耳朵里，她又要闹。"

高远眨了眨眼："傅峥，不是我说，你为了维持现在的人设，是不是有点用力过猛了？而且什么叫宁婉又要闹？我和你接触她闹什么？就算你现在的身份是个实习的基层律师，我一个大PAR找你一个实习律师办事让你给我打杂不也很正常吗？"

"⋯⋯"

对于自己这个问题，傅峥的反应有些古怪，他看了高远一眼，一脸欲言又止，最后含糊道："总之我和你接触有些奇怪，毕竟我现在是个社区实习律师而已，正常的话不应该有那么多机会见到大PAR，所以我们以后还是少来往为好，别给宁婉看见。"

高远听得一头雾水，这怎么自己和傅峥交往搞得和地下偷情一样？

"宁婉听起来怎么已经是你的正宫了？我反而像个见不得人的小三？"

"什么正宫不正宫。"傅峥冷脸打断道，"而且谁给你的自信你能当我的小三？以我的品味，找小三也不能找你这样的吧，你顶多是我酒后乱性一时糊涂瞎了眼的产物。"

高远觉得，傅峥这个朋友，有点做不下去了啊。

两个人去一贯去的餐馆吃了点东西，高远就要求傅峥知恩图报了——

"我堂堂一个合伙人，总不能白白给你当司机吧，行了，现在到了你报恩的时候了。"他一边说，一边拿出了一沓资料。

"我这有个破产重组的案子，但是我总觉得客户在隐瞒着什么，没准给我们律师挖了坑，就第六感觉怪怪的，但又找不出来哪儿怪，你给我把把脉。"

傅峥也没推辞，拿起材料就看起来，只是没想到案子挺复杂，等看完材料再和高远做了个讨论最终得出分析结果，竟然都到了餐厅快打烊的时间，最后等高远把傅峥往家里送，已经实实在在不早了。

因为社区律师的工作时间很早，傅峥大概也养成了早睡早起的习惯，如今这个点，高远从后视镜里一看，发现他的眼睛明显疲乏了，接连揉了几次眼睛，然而就是这样，甚至还在晃荡的车上，傅峥竟然就拿起手机不知道在写什么东西，模样还挺认真，以高远对他的理解，这显然是在写专业相关的邮件了。

"你不是还没正式入职所里吗？团队都还没组建，也根本没见你接活啊，怎么大半夜还在发邮件了？"高远劝说道，"你跑社区不就也为了转换下思维顺带给自己放个小假吗？那就别太折腾自己了，工作是做不完的，邮件明天再发吧。"

傅峥这人，虽然做到合伙人级别确实很拼，但本质上有些娇贵，有点少爷脾气，按理说，现在是不存在什么让他忍着睡意在行驶的车上回邮件的重大案子，他也断然不会工作狂到争分夺秒今日事今日毕……

结果在高远这么劝说下，傅峥的手却没有停，他又掩着嘴打了个哈欠，都有些泪眼汪汪的模样，但仍旧很努力地睁大眼睛，然后在手机上打着什么，过了好一会儿，傅峥才终于放下了手机，像是完成了个任务般深吸了口气——

"这下估计她不用等了。"

什么等不等，高远只觉得莫名其妙，难道傅峥这辈子还在乎过客户等他答复的死活来吗？看起来接地气的社区基层经历真是让他改变了不少，都变得对客户如此设身处地平易近人了！可歌可泣。

只是高远不知道的是，傅峥刚点击发送后，在容市另一边某个房间里，宁婉听到"叮"的一声邮件提示音，一扫刚才的睡意阑珊，几乎立刻精神抖擞地点开了手机。

Chapter 23 / 这怎么就得痔疮了呢

她回家后左等右等，终于等来了大PAR的下一封邮件！

令她感动的是，果不其然，在这封新来的邮件里，这位大PAR又是事无巨细地给她出了新的题目，证据合同素材也都清晰地罗列在附件里。

这分明就是开小灶了！

宁婉带着虔诚的感恩心态下载了所有素材，虽然觉得自己像个后进但竟然被老师免费单独留下补课的差生，除了努力赶超同学，用响当当的成绩回报老师外，宁婉觉得真的只有早日达到这位大PAR的要求，进入他的团队，未来做牛做马报答他了！

在这种巨大的感动和激情里，宁婉熬夜做完了案例分析，这次她特意把自己想到的所有方案都写进了文档里，并分析标明了自己认为的最佳途径，回复了对方，这才睡下。

自然，这样熬夜，第二天宁婉是顶着两个黑眼圈去上班的，虽然睡得少，但因为很有干劲，她的精神倒是很好。反观傅峥，却是有些憔悴，也不知道是不是睡得不好有些行动迟缓，他的表情虽然还是那么冷静镇定，但今天的傅峥，走起路来却是特别特别的慢……

"你没事吧傅峥？"

可惜面对宁婉的关心，傅峥满脸写满了"不想说"，只抿了抿嘴唇，言简意赅道："没事，我很好。"

这样子，显然是拒绝交流了。

宁婉接社区咨询电话的间歇仔仔细细观察了会儿傅峥，见他身上并没有什么可疑的伤痕，再看他走路的姿势，这腰部好像就有些怪怪的僵硬感，再看这腿，也迈不开步子似的，像是哪儿受了伤……

明明这是哪儿不爽利，却死活不说，那绝对就是难言之隐了，能让男人这么不愿意讲的病症，电光火石之间，宁婉突然灵光一闪，她想到了！

痔疮！

十男九痔，傅峥这模样，可不就是痔疮吗？所以走起路来活像是扭伤了脚和腰似的，其实不过是怕迈的步子大了，牵扯到那难以言说的伤口……

这么一想，连宁婉也觉得突然有点感同身受的怜悯了。

才三十岁就得了痔疮，看起来还挺严重的，怪可怜的。

这么一想，宁婉觉得更放心不下傅峥了，好不容易到了下班时间，她赶紧追上傅峥:"你先去你屋里等我。"

傅峥皱了皱眉:"什么?"

"你先上你新买的房里休息着,等下我,我给你去超市买点日用品。"宁婉在傅峥目瞪口呆的表情里从容继续道,"我知道这几天你可能不太方便走动,你放心吧,有我呢,我既然是做了你的带教律师,不仅在工作上要关心你,在生活上也要照顾你的。"

傅峥一听这话,心里有些惊讶,宁婉平时看着有些粗枝大叶,没想到竟然这么观察入微? 自己这么努力伪装没事了,竟然还被她看出了扭伤了脚和腰? 看来她终究是很关心自己的……

虽然面子上有些绷不住,但傅峥确实有些感动:"谢谢,没想到被你发现了,其实也没大事,就一些小伤,忍忍就过去了,替我这么采购日用品就不用了,你的心意我领了。"

可惜宁婉很坚持:"这怎么行! 我一定让你早日搬进你的新家! 你等着,我去去就回!"

傅峥刚有的感动立刻没了,让自己尽快搬进二手"豪宅",这就大可不必了……

只是宁婉没等他劝阻完,就提上购物袋摆摆手跑了。

傅峥没法,如今既然宁婉都识破自己扭伤脚和腰的事了,他也不装了,一瘸一拐无可奈何地就往悦澜那个刚买下的二手房里走。

虽说对这房子看不太上,那些二手家具也便宜得震惊了傅峥的物价概念,但宁婉在布置房屋上倒确实是可圈可点。那天买完二手家具,宁婉就在附近的小摊点上买了不少绿植和花草,如今整个房子里倒是郁郁葱葱,傅峥坐下来,倒也发现如今这房子挺有生活气息了。

而这种人间烟火的味道在宁婉提着几大袋子日用品进来后就更明显了,她满脸通红,一次性提了结结实实两大袋东西,傅峥想上去帮她拎过来,她还连连摇头:"别别别,你怪不容易的,都受伤了,上一边休息去,嗯,就趴沙发上好了,这些你别担心,我来就好。"

宁婉说什么死活也不让傅峥干活,自己一个人涨红着脸把几大袋子日用品放进了屋里,傅峥刚想喊她喝杯水,宁婉就又蹭蹭蹭往楼下跑了,只留下渐行渐远的嗓音。

Chapter 23 / 这怎么就得痔疮了呢

"楼下还有几大袋,我马上提上来!"

就这么来来回回几趟,宁婉终于把东西全给搬完了,傅峥定睛一看,她除了买了好几袋日用品外,还给傅峥竟然扛了袋二十斤的大米,更别说别的油、调味料、锅碗瓢盆还有洗漱用品……

傅峥看着宁婉一样一样把东西从袋子里拿出来摆好,简直有些目瞪口呆,宁婉这是帮他把所有该采购的都采购完了?

"你这……"

"你早点把你租的房给退了吧,这儿我再给你弄弄,打扫一下,还缺什么再补一下,就能住了,自己的房子住着有归属感。"宁婉一边帮傅峥整理着,一边从购物袋里掏出一个垫子,"喏,这个给你,刚好看到超市有卖,我想你正需要,给你买了一个。"

傅峥接过垫子一眼,有些莫名,这是他从没见过的垫子样式,软软的,摸着挺舒服,但垫子中间竟然有个洞,看着造型都有些像个甜甜圈。

不过既然宁婉此刻递给自己,大概是她意识到自己扭伤的腰不适才买的,傅峥一边把垫子往背后一放,轻轻靠上去,一边心里给宁婉又加了几分。

坦白来说,宁婉其实人真的不错,为人热诚开朗,如此来来回回扛了几大袋那么重的东西,如今发丝都因为汗微微黏在脸颊上,明明模样看起来有些狼狈,然而傅峥看来,却觉得有一种莫名的可爱,她红润的脸颊和明亮的眼睛,都非常漂亮。

虽然有些傻气也有些好骗,但傅峥觉得影响不大,因为只要进了自己的团队,自己作为带教律师自然要保护好她,不让她受骗就好了,她也勉强算是勤奋好学,以后自己一定好好教她。他一边这样想,一边甚至没意识到自己已经在用未来团队成员的眼光评价宁婉……

而也是这时,宁婉的声音打断了他的思绪——

"不放在腰后面!放在屁股下面!"

傅峥愣了愣,才意识到她说的是垫子,他有些狐疑:"这个是坐垫?"

看着不像啊……

宁婉含蓄地点了点头:"是呢!专门给你用的,你懂的。"

难道坐这个垫子腰能舒服吗?

傅峥有些不解,但还是从善如流地把垫子放在了屁股底下,可惜坐了片刻,也并没有感觉到这垫子对腰有什么作用，反而怪怪的有些不舒服，实在是太厚了，怎么看都不像是个坐垫，不过一想是宁婉特意买的，傅峥便也没拿开，只坐着看着宁婉在自己这二手"豪宅"里忙前忙后。

宁婉长得有些往娇滴滴的方向走，然而没想到干起活来却很雷厉风行，没一会儿就把买来的日用品都摆得整整齐齐了，其实傅峥也就略微有些腰不舒服，并不严重，但也不知道怎么的，宁婉死活不让自己起身，愣是自己一个人又把傅峥这二手房子给收拾干净了，忙忙碌碌好半天，这才摆着手提着收拾出来的两大袋垃圾跑下楼去扔了。

虽然花钱买了间小破二手房子，还买了一堆二手家具，然而傅峥环顾四周，第一次发现自己或许是捡到宝了，经过宁婉的装扮，这屋子如今看起来真是增色不少。

趁着宁婉去扔垃圾，傅峥走到厨房，拉开冰箱，里面都摆满了一些饮料、牛奶、鸡蛋、够撑两天的蔬菜瓜果，虽然周遭的装饰家具和布置都不高档，然而傅峥此刻却也不再觉得那么廉价了，窗台上摆着小小的吊兰，阳台上还挂了个风铃，每一个细节里都透出温馨的生活气息。

一瞬间，傅峥心里觉得有些暖意，他想到宁婉特意给自己买的垫子，更是觉得，以后宁婉要是进团队成了自己的下属，想必是个贴心的员工，只是这垫子的奇怪造型，到底引起了傅峥的好奇心，他在购物网站上以"护腰垫"为关键词搜了搜，结果竟然没有一款垫子和这类似的，难道是独家订制？傅峥美滋滋的想着，也不知道贵不贵。

不过不管如何，宁婉这份心意，傅峥觉得自己是体会到了。

他把坐垫放回沙发上，顺手对着布置得相当温馨的屋里拍了几张照，然后得意地发给了高远"看看宁婉给我布置的房子"。

高远手下都是技术型的男律师，专业能力可以，但是不太细心，傅峥就没少听高远抱怨下属不得力，连个有眼力见的也没有，怎么可能有宁婉这么贴心的？

而如傅峥所料，高远果然没多久就回了他的信息。

傅峥微微笑了笑，准备迎接高远浓烈的羡慕嫉妒恨，然而再次点进微信，高远发来的信息和他所预料的却南辕北辙。

"傅峥！你得痔疮了？"

Chapter 23 / 这怎么就得痔疮了呢

傅峥皱起了眉抿紧了唇，真是嫉妒使人面目全非，高远这人，竟然嫉妒到都诅咒自己得痔疮了。

傅峥拿起手机，噼里啪啦就开始打字："收收你那嫉妒的嘴脸。"

"不是？我嫉妒什么？嫉妒你得痔疮吗？哈哈哈哈哈。"高远大概过于嫉妒，直接一个电话就过来了，语气里充满了幸灾乐祸和震惊，"你别瞒着我了，我都懂。"

你懂什么？傅峥简直气笑了，高远不就是嫉妒吗？

高远却语气揶揄笃定道："你那坐垫已然说明了一切。"

傅峥皱了皱眉："什么？"

自己要高远注意的是屋内的布置，他注意坐垫干什么？

"坐垫怎么了？"

"傅峥，你就别和我装了，那坐垫不就是痔疮垫吗？你以为我不知道啊！我爸之前痔疮开刀你忘了吗？做完手术医生就让买这个呢！你怎么年纪轻轻就用上了？"

"……"傅峥感觉自己有些无法呼吸了，他一字一顿咬牙切齿道，"你再说一遍，这个垫子是什么垫子？"

"痔疮垫啊哈哈哈哈哈……"

傅峥在高远魔性的笑声里挂了电话，他板着脸，然后拿起了手机，点进了购物网站，这一次，以"痔疮垫"为关键词……

一分钟后，搜索列表里跳出了一大堆和自己手里这垫子造型相似五颜六色的"甜甜圈"，傅峥抿着唇，找到和自己手头这款一模一样的点了进去。

"翘臀屁股坐垫办公室久坐神器加厚痔疮前列腺护理椅子垫"

"……"

傅峥搞不明白了，自己到底什么时候得痔疮了？

这一刻，他只觉得自己瞎了眼，枉费他还觉得宁婉观察入微体贴细心，这是观察入微吗？这是脑补过剩！自己只不过搬家具脚踝扭伤和腰部有些劳损导致走路不便，这怎么就得痔疮了呢？宁婉到底是怎么脑内一出大戏给自己安排得"明明白白"的？

她到底是不是律师？一个律师该有的独立分析和逻辑能力呢？一个破垫子，不仅能缓解痔疮疼痛，竟然坐了还能翘臀还能保养前列腺？她买的时候不能稍微动动脑子吗???这玩意儿竟然还不便宜!

甚至宁婉挑选的这一款竟然网上最贵的一款,号称记忆棉透气棉材质,傅峥一看价格,都快气笑了,两百块!整整两百块!他都可以用来买一堆二手小家装摆设了!买什么不好买一个痔疮垫???就宁婉这样的还有资格教训自己省钱???

傅峥捏着痔疮垫,觉得自己要炸了,甚至都没意识到自己竟然沦落到觉得两百块买一堆二手家装摆设是性价比高了。

-Chapter 24-
不仅房子有了，儿子也有了

傅峥的怒气被一阵敲门声给打断了。

他愣了愣，没想到宁婉倒个垃圾回来那么快，只是等他一脸兴师问罪气势汹汹去开了门，却发现站在门外的并非宁婉，而是个六七岁的男孩。

那男孩有些脏兮兮的，头发乱糟糟的看起来几天没洗澡了，身上衣服也带了点近距离就能闻到的异味，见了傅峥，也愣了一愣，再透过傅峥的身体往他的房子里看去，更是吓了一跳的模样。

傅峥皱了皱眉："小孩，你是……"

然而傅峥的话根本没机会说完，因为对面的小男孩竟然用力撞开了傅峥，径自冲进了屋里，他愣愣地看着屋里大变样的摆设，然后突然就号啕大哭了起来——

"你赔我！你把我家赔给我！"

他一边哭，一边就用脏乎乎的小手拽着傅峥往门外推："你走！你走！这里是我家！这是我家！你出去！你再不走我要找警察叔叔了！"

"你们不要脸，强占我家！还把我的东西都扔了！你们不要脸！这里是我家！是我爸爸买的房子！是我的家！"

小孩又是鼻涕又是眼泪，傅峥实在并不擅长处理和这么小孩子的沟通问题，又不敢对小孩子用力，只能被这小孩推到了门口，幸而这时候，下楼倒垃圾的宁婉回来了。

"爸爸！爸爸！呜呜呜！爸爸！"小孩完全沉浸在自己的世界里，一边哭一边含糊地喊着。

宁婉惊了一惊，看向了傅峥，她的"观察入微"再一次上线："小蝌蚪找爸爸？你这哪儿留下的风流债？孩子这么大了？不过……和你不太像啊……这……你……会不会……那个？"

"……"傅峥简直气得没脾气了,"不是我儿子!我压根不认识这小孩!突然就跑来敲门,说房子是他爸买的,这房子是他住的,要把我赶走!"

宁婉蹲下身:"小朋友,你是不是认错地方了?这地方确实是这叔叔买的呢,你有没有走错楼?你爸爸叫什么?你记得他电话吗?我们送你回家。"

可惜孩子很坚持:"我没认错!就是这里!就是这栋!这就是我家!你们不信可以看房间的墙角里,我还画了个小乌龟的!"

宁婉和傅峥半信半疑到房间一看,墙角那里还真画了个小乌龟。

难道是上任房东的孩子?可没听他说过有这么小的孩子啊?

而接下来的发展,就更让宁婉、傅峥迷惑了,这小孩显然确实住在这房子里过,对房子格局相当熟悉,他蹭蹭蹭跑进阳台,径自来到了一块有些松动的地砖前,然后就轻轻把砖给抬了起来,从里边的夹缝里拎出一个透明塑料袋。

"这房子,是我家的。"小孩带着哭腔,"爸爸说了,这袋子里是我们买了房子的证明。"他瞪向了傅峥,"你不能偷占我的家!"

宁婉和傅峥带着狐疑打开了塑料透明袋,里面竟赫然还真的是一本房产证,房产位置写的清清楚楚确实是傅峥买的这套房没错,产权人却写的是个陌生的名字——姚康。

傅峥皱着眉继续翻,发现这产权证后面,还附着全套的购房合同、发票,看起来竟然是挺齐全的资料,然而合同的买方里,写的也并非上任房东的名字,而也是个完全陌生的名字——王栋梁。

姚康是谁?王栋梁又是谁?

上任房东不明明姓白吗?何况傅峥和对方也在房产交易中心办完了过户,确实没有问题。

宁婉左沟通右沟通,可这孩子怎么也不肯离开,只问出叫姚飞,又说不清别的,问他爸姚康上哪儿了,孩子也不知道,只说出去上班了,一礼拜了,一直没回来,也记不住爸爸电话,问起妈妈,更是哭着说妈妈离开他和爸爸了,至于妈妈的联系方式和信息,总之也是一问三不知,最后这孩子疲了,索性一屁股坐在屋里,一把眼泪一把鼻涕又开始哭起来,把傅峥搞得脑仁都疼。

事不宜迟,傅峥抿着唇,只能直接给上任房东打了电话。

结果房东对此态度非常坚决:"小傅啊,这house我都过户给你了,

owner是你，我们的procedure都是在房产交易中心走过的，你是lawyer，知道肯定no problem的啊，现在弄出这种事来，和我有什么relationship呢？现在也晚上了，我不可能再上门给你解决这种问题吧？先挂了！Bye！"

"……"

傅峥没想到买个破二手房，竟然还能遇到这种事，他想了想，拿出了手机。

宁婉凑过了头来："你准备怎么办？"

傅峥抿了抿唇："报警。"

傅峥报了警，简单讲述了来龙去脉："总之，目前我们上任房主不配合沟通，还麻烦你们调解结案了。"

自己叫不来上任房主，看来只有依靠民警的力量了。

而傅峥报完警站在门口等着民警上门，宁婉倒是闲不住，拿起了那张房屋买卖合同研究起来，虽然买方写的并非上任房主，但这个莫名其妙出现的王栋梁名字后面，也写着联系手机和联系地址，宁婉想了想，虽然这房屋买卖合同大概率是伪造的，但她还是决定死马当活马医，先打个电话试试，结果没想到，她这电话一打，这号码倒不是空号，竟然能打通——

"您好，找房上宝寓，宝寓房产中介，竭诚为您服务……"

伴随着悠扬的音乐声，一串广告词也随即而来。

这竟然是个房产中介的电话？

很快，电话被接通了，那端传来的男声彻底确定了宁婉的猜测——

"喂，我是宝寓房产中介的王栋梁，请问您是哪位？有什么看房需求吗？"

宁婉清了清嗓子，简单讲清了来龙去脉，一开始这王栋梁还置身事外的语气，然而宁婉一提及姚康的名字，即便隔着电话，王栋梁也显然声线有些紧张起来："这……这个事……这事白先生不是处理完了吗？"

这下看来是问对人了！这王栋梁显然对这孩子的事是知情的。

对方态度倒也挺配合："您稍等，我这正好在悦澜小区带客户看完房呢，等我十分钟，我马上到了当面和您解释！"

宁婉挂了电话，给自称叫姚飞的小孩倒了杯果汁，把人先安顿在了客厅里，给他开了个手机上的动画节目。

小孩的情绪果然稳定不少，拿着手机安静地在一边看起来了。

王栋梁挺守时，十分钟后，果然楼道里就传来了步子声，没一会儿，人就走到了宁婉和傅峥面前,他看起来比宁婉年纪还小,穿的是房产中介公司给配的统一西装,像所有中介一样,嘴巴挺甜,一见宁婉和傅峥,就姐啊哥地叫起来。

"姐,哥,这是我名片,你们叫我栋梁就好了,要有什么房子买卖的事儿,随时找我就行了。"

可惜他热情地开拓业务,傅峥却显然不买账,他拿出了房屋买卖合同和房产证,再指了指客厅里的小孩:"这怎么回事?"

"这个事……"王栋梁尴尬道,"是这样,这孩子是上一任租客的,我吧……我就认识他爸爸姚康,他之前租了这房子,但上个月就到期了,也说好要搬走的,之后的事我就不知道了啊,我肯定没卖过这房子给他,白先生这房找着你们卖掉,也不是我经手的,别的我真不知道,但姚康这买卖房合同和房产证,肯定是造假的,房子是白先生的没错。我就是帮姚康当中介租了这个房一阵……"

可这姚康去哪儿了?怎么扔下儿子不见了?明明是租房,为什么还要伪造房产证和买卖合同?

就在宁婉不解之时,只听一个熟悉的声音打破了宁静。

"你个小赤佬!什么叫你就当中介租了这个房子?你那也叫租?在这里信口雌黄个什么劲?害得我大半夜被警察叫过来,还要给你这个破事做解释!你要不要脸?我真是倒了血霉遇到你这个黑中介!你个生儿子没屁眼的小赤佬!"

这中气十足的声音,可不是就是上任房主白胜吗?

果不其然,没一会儿,他也气喘吁吁地出现在了楼梯口,身后还跟着个民警,平日里这位已经移民的白先生是中文里一定要带点高雅的英文的,只可惜如今气急败坏,骂起人来显然意识到还是用母语麻溜和爽快,宁婉一个没留神,就听到他嘴里又口吐芬芳了一连串的国骂来。

王栋梁显然是没想到白胜会来,一见了白胜,立刻像植物被霜打了似的蔫了,抖抖索索往后缩,一看就果然此前没说实话,有隐情。

傅峥抿了抿唇:"所以到底怎么回事?这孩子怎么来的?谁给我解释下。"

白胜既然人都来了,也索性不藏着掖着了,当即便开始撇清自己:"这不关我的事,这事要说都是王栋梁这小赤佬搞出来的!"

Chapter 24 / 不仅房子有了,儿子也有了

"我移民后基本就住在海外了,国内这房子就空置了,一开始确实找到了宝寓房产中介,想让他们帮我把房子找个靠谱的租客给出租了,因为我自己常年不在国内,就把房子钥匙直接给了王栋梁。"

"悦澜社区的房子其实挺好租的,但我讲实话,我也不是多差每个月那么几千块租金的人,与其租给那种卫生习惯不好,不能好好打扫房子的租客,我还不如不租。"

白胜讲到这里,看向了傅峥:"所以你们也看到了,我这房子虽然二手房,但维护得很好,要知道我的家具装修都用了心,本来确实想着家里自住的,所以也没特别迫切想租出去,千叮咛万嘱咐和中介也说了,真的有那种独居的高知啊什么的,才租一下,我当时基本不回国,全权委托中介了。"

宁婉有些恍然大悟:"所以后来是中介没把好关租给姚康姚飞父子了?"

结果不说还好,一说,白胜就炸了:"要真是这样也就算了!什么租房?他就是个黑中介!根本没经过我同意!也就这个小赤佬还有脸说这什么姚康是我的租客了!"

王栋梁一言不发地站着,白胜越说越气愤:"既然今天民警同志也来了,那正好你们也给我评评理,这事该是我的锅吗?你们问问这个王栋梁到底怎么做中介的?"

"我……我一开始确实给您推了不少租客的,确实有好好干活,这房子地段不错,想租的人挺多的,也带了不少人看房,都很满意,可一连给您推了十几个租客,没有一个您同意出租的……"

见王栋梁竟然还开口解释,白胜显得更气愤了:"你还好意思说?我一开始就说了,我这人对租客要求高,比较挑剔,给你划过范围,哪些人我愿意租哪些人绝对不行,结果你给我推的都什么客户啊?一个是一对有两个男孩的夫妻!小孩四五岁,最皮的时候,能不把我家给弄得脏乱差吗?"

"还有一次给我推的是个七八十的独居老太,七八十了啊!一个人住!好像还有高血压,那我说句难听的,这老太要是不小心死在我房子里了,我这上哪儿哭去?这房子以后不管自己住还是卖,还能有人要吗?多不吉利!"

以宁婉的接触来说,白胜这人确实挺有优越感,也挺挑剔,但既然不差钱,也不急着把房子给租了,于情于理对租客要求高也说得过去,只是既然很讨厌租客家里有年龄不大的小孩,为什么最后竟然租给带着姚飞的姚康了呢?

果不其然，几乎是同时，傅峥问了一模一样的问题："那你怎么把房子租给了姚康？"

"我没租！"白胜一说这，气得青筋都有些爆起了，他指了指姚飞，"你看看这小孩，脏兮兮的，看着也不省事，我能把房子租给他们？何况这家，就一个爸爸，连个女人都没有，说是离婚了，女人都跑了！要真租给他们，能把房子打扫干净吗？不可能！"

"所以说，姚康这事我压根不知道，我也压根没租，更是没收到过租金，总之，给我推了一段时间客户后，这中介也不找我了，我也没在意，觉得可能自己确实太挑剔，不好找租客，也不强求吧，房子就索性这么空置着也行，结果上个月回国，我打开房门，你们猜猜我看到了什么？我就看到了我房子里莫名其妙住了人！"

话到这里，傅峥还没反应过来，宁婉却是一瞬间顿悟了："也就是说，中介其实瞒着你，把房子给租了？"

事到如今，宁婉总算知道此前王栋梁有所隐瞒的是什么了。

"也就是，王栋梁直接偷偷把房子未经你同意就让姚康父子住上了，反正他有你钥匙，直接把钥匙给人家就行了？"

"对！所以啊，这事真不关我的事，房子产权确实是我，我也从没同意租给过别人。"白胜讲到这里，似乎才有些情绪缓和过来，又开始中英文夹杂地说起话来，"这个responsibility真的不是我的，是中介的，我一回国发现这事，就已经发出最后通牒，要求他们立刻move out了！后续有什么problem，这个小孩的事，你们去找中介！"

王栋梁自己做了错事，此前没敢开口，可如今见白胜锅都要甩自己头上，也终于不甘心起来："一开始我真是想好好替你找租客的，可真的你这个不满意那个不行，后面我也不想找了，本来我真没有什么歪脑筋，结果正好遇到姚康，他给我出的主意，说反正我手里房多，好多房主人在国外不差钱也不准备租出去，我手里又有钥匙，不如让他偷偷住进去，这'租金'么，自然便宜点，本来这房一个月能租四千，但我的中介提成也没多少，但如果我偷偷让他直接住，他就直接给我每个月一千五……"

"我那段时间自己正好也要买婚房结婚，手头有点紧，一时脑子发热，听了他的话……不过我让他给我保证了，就房子一定要弄得干干净净，不能有

Chapter 24 / 不仅房子有了，儿子也有了

太大的损耗……要是你要回来，他就得立刻搬走！"

白胜听了这个就来气："你这话说的，你还挺委屈？我就说呢，你一中介，怎么每隔一段时间就给我嘘寒问暖呢，问我回不回国，我还以为你是care我，结果搞半天是怕我突然come back杀你个措手不及！幸好我也是突发奇想回了趟国，不然这怎么能撞破这事？"

能干出这种事，王栋梁显然也是个人才，如今这场景，他竟然还真委委屈屈理直气壮上了："这事是我有错在先，可你发现后，我该补救的也都补救了，姚康在你这房里住了一年，我把一年从他那拿到的钱都给你了，还给你贴了五千当赔罪，你当初拿了钱不都默认这事翻篇了吗？怎么现在又翻旧账拿出来讲？大家当初都说明白了，就当成是我替你找了姚康他们承租，这事两清了，我还给你送了超市购物卡还请你吃了饭，都说好了这事就捅不出来了，你这人怎么说话不算话？"

王栋梁越说竟然也越是气愤起来，那语气，那神态，他自己好像也是个受害者似的："我从小家境不好，一步步打拼到现在，就鬼迷心窍做错了这么一点事，难道就要被揪住不放吗？"

他说到这里，看向了宁婉和傅峥还有在一边玩手机的姚飞："不管怎么说，我该解决的事也解决了，这后面小孩的事，肯定不该我处理。我当初被发现后第一时间就联系姚康让他赶紧搬走了，他也答应了！"

"这怎么和你无关？你要不让姚康住进来，能留下这么个拖油瓶吗？现在他老子都跑了！冤有头债有主，小傅啊，这事你们直接找王栋梁，我也是受害者啊！"

"你是什么受害者？姚康是突然联系不上了，这孩子也没法搬，说不通，死活说这房子就他家，要住着，这我是有责任，可难道瞒着买家，把这小孩骗出门，然后马上找了换锁的把门给换了，打扫完房子隐瞒实情立刻卖房的，是我吗？"

王栋梁也越说越激动起来，他看向宁婉和傅峥："两位，他给你们卖房的时候一定没说这房里还有个小孩不肯走的事吧？我实话和你们讲吧，原本他还不准备卖，想租出去呢，结果虽然门锁换了，接连也来了几个租户，可这小孩认死理，每天就蹲在房门口，大半夜也不停敲门，所以几个租户都跑了，这房是怎么都租不出去，所以白先生才想索性甩脱麻烦，直接卖了得了，这不，

293

肯定骗了你们，找上你们当接盘侠了吧！"

王栋梁和白胜这你一言我一语就吵上了，宁婉也终于反应了过来，她这才记起来，当初第一次看房后，自己在阳台就曾经见着白胜被个脏兮兮的小孩纠缠，当初自己误以为是乞讨的小孩，如今再回想，配合着如今的细节，才终于拼凑出了真相："所以说什么急着用钱才降价甩卖是假，因为这小孩的事没法处理，想着赶紧抛售找接盘侠才是真？"

傅峥自然也意识到了这一点，脸色不太好看："果然便宜没好货。"

而如今这番争吵下，宁婉和傅峥也算是理清了当初的情况，然而始作俑者的王栋梁和白胜显然谁也不想承担责任——

王栋梁有错在先，国骂又不是白胜的对手，没多久就灰头土脸败下阵来，然而他显然也并不想承担责任："我有姚康的电话和工作单位，别的一概没有！"

他一边说，一边就从包里掏出纸笔来，刷刷写了几下，递给傅峥："这是姚康的信息，我就知道这些，你拿着，后续我不负责了，你们想去我公司举报我也行，反正这事后续的我是真没法解决，这房子是谁的谁管！我又没骗人把房子给卖了！"

他说完，就这么强词夺理地走了。民警想要劝阻，然而王栋梁毕竟并不是什么犯罪嫌疑人，也没法采取强制措施，王栋梁人也年轻，很快就推开民警的桎梏快步下了楼。

白胜见王栋梁跑了，自然也不想认账，他摊了摊手，一脸赖皮："事情就是这样，我确实隐瞒了点information，但是吧，房子是我的，也过户了，而且因为这个小孩的事，我也降价了，你们也知道，自己买着的房子price明显低于market对吧？那本来就没有天上掉馅儿饼的事，我有错我亏了钱，你们接手房子虽然有点小问题，但也便宜了几十万没错吧？"

白胜显然是个隐藏在民间的逻辑鬼才，他继续道："总之，我们之前也是一个愿打一个愿挨，你少付了十几万，所以就要自己解决这个小孩的事。"事到如今，他竟然还能厚着脸皮笑眯眯的，甚至语重心长地拍了拍傅峥的肩膀，"其实任何事情都有two sides，凡事呢，要往好的方面想，你看，你这也三十了。"

白胜说到这儿，顿了顿，暗示性地看了眼傅峥，又看了眼宁婉："三十了也有老婆了，但都没孩子，你们也懂，现在生育率低啊，污染严重很多年轻人生不出孩子要试管呢，所以你说我这房子多好多应景啊，买一送一，不仅房子有了，儿子也有了！"

在宁婉的目瞪口呆里，白胜厚颜无耻地笑了笑："反正这个事，none of my business，真的帮不上，我也不是少儿节目主持人，更不擅长小蝌蚪找爸爸，你们要闹就去房产中介闹，没准还能再赔点钱给你们！"

白胜说完，看了眼手机："时间不早了，我得去airport，待会的flight飞回Los Angeles，警察同志，我真没空和他们在这叨叨了，房子该交接的都交接了，问题他们自己解决吧！"

白胜这么一说，竟还颇有种事了拂衣去深藏功与名的飘然，一脸理直气壮地就要往楼下走，民警自然想要再劝说，然而白胜有理有据要赶飞机，这调解自然不能强制。

这民警也挺负责："这事有点复杂，但现在占着你们房子的侵权人既不是中介也不是前任房主，就算他俩愿意坐下来调解其实也调解不出什么来，更何况这两人明显不配合，要不这样，我给你们查查这孩子的父亲，联系上他，这才能带走孩子，你们看行吗？"

傅峥点了点头："多谢你了。"

只可惜事与愿违，民警当场打了王栋梁提供的姚康电话，结果对方手机显示已关机，而根据王栋梁提供的姚康工作单位，是一家在郊区的塑料生产厂，一来很远，二来这个点，工厂肯定下班了，可见今晚是没法处理这事了。

民警自然也想到了这层："这样吧，这事我明天再来帮你们查查一起处理，这孩子我带回派出所，晚上值班时候再好好查查他爸爸妈妈或者其他亲属的信息……"

结果民警这话还没说完，刚才全程都不为所动在看动画片的小孩就丢下手机闹了起来："不！这里是我家！我不走！要走的是你们！警察叔叔应该把你们抓起来！我不去派出所！我不去！我就要在这里！否则我爸爸来了会找不到我的！"

民警耐心解释道："可小孩，现在我们也联系不上你爸爸，你先跟警察叔叔回派出所，我帮你找爸爸。"

"不！我爸爸一定会回家找我的！这里是我家！我哪儿也不去！"

……

大家都低估了六七岁孩子的战斗力,这孩子一听要离开这房子去派出所,就在地上打滚哭叫起来,死活不愿意离开,别说傅峥,就连宁婉也束手无策,无奈之下,几个人也只能想别的办法。

最终,事出无奈,民警也没辙了,只能尴尬地和傅峥宁婉商量:"你们看这样行不行,要不今晚就让这孩子在这屋子住下?我可以过来陪着孩子,你们俩要介意不想住这的话,我给你们俩开个酒店,之后这钱反正等找着孩子爸爸我再问孩子爸爸要就是了……"

宁婉看着小孩一把眼泪一把鼻涕的样子,也有些不忍心,虽然没见着小孩的爸爸姚康,但整体来看,大略是姚康串通了中介以廉价的房租住进了白胜的房子,也不知道出于什么目的甚至还伪造了房产证购房合同,并且连自己儿子也欺骗了,说这房是他买下的,是小孩的家,小孩全身心地信任自己爸爸,坚定地认为这就是自己家,而自己和傅峥才是坏人,也算情有可原……

幸而今天自己采购了很多日用品,目前这屋子里不缺什么,但这房子到底是傅峥的新房,宁婉心里也没底他愿不愿意给出房子让小孩和民警住,结果就在她纠结要不要劝劝傅峥之际,就听到了傅峥立即开了口。

"没问题,这孩子今晚住这里,我去住酒店,不过不用给我出钱了,你们警察为民办事也不容易,这钱我自己出就行了。"

出乎宁婉的意料,傅峥不仅当机立断就做了牺牲自我奉献房子的决定,这声音里听起来甚至有些迫不及待。

没想到他竟是这样的热心人!

然而宁婉不知道的是,事情在傅峥眼里完全是另外一个版本,他只觉得今晚过得都很迷醉,像是过山车一样,先是痔疮垫,然后中了买一送一大套餐竟然有了个孩子,本以为自己买了个二手房已经是人生际遇里的谷底,结果竟然还买到了个爆雷的二手房,人生诚不欺我,真是便宜没好货……

但有一点傅峥很明确,那就是今晚他死活不要住在这个房子里了。

然而宁婉倒是有些不放心了,她把傅峥拉到一边,低声道:"你就让警察一个人住你房子吗?这毕竟你刚买的房子,里面也有不少私人物品,孩子闹起来这小警察一个人也未必管得住,反正是个男民警,你要不就一起住吧?我可以再帮你们加个地铺……"

这怎么行?

Chapter 24 / 不仅房子有了，儿子也有了

傅峥几乎是当机立断拒绝道："不用了，让民警和小孩睡地上，不太好，我走好了。"

结果宁婉瞪大了眼睛："当然不能让小孩睡地上，民警陪着小孩睡卧室那张大床，你睡地上啊！"

敢情那地铺是给自己准备的……

傅峥的心情很一言难尽，但态度很坚持："不行。"

宁婉皱起了眉："为什么？"

"我对小孩过敏。"傅峥镇定道，"我没小孩缘，也不会和小孩沟通，也不讨小孩喜欢，更不会照顾小孩。"

行吧……讨厌小孩还能说得这么婉转的……

也是这时，一边的小民警发话了："两位，不好意思，所里那边临时有点事，我先过去处理下，因为是打架斗殴，场面有点血腥，要不孩子能麻烦两位先看一下吗？等我同事来交接，我马上就能回来。"

这会儿时间还早，宁婉点了点头，和傅峥一起送走了小警察。

只是既然也不能离开，还要稍微看一下孩子，宁婉想了下，这孩子如今浑身脏污，不如趁这时间让孩子先洗个澡。

她和傅峥商量道："要不趁着你走之前，先和我一起把这孩子的澡给洗了？"

姚飞这孩子此刻眼泪已经干了，正无措茫然地站在客厅里，脏兮兮的脸因为泪痕更狼狈了，看起来很久没洗过澡，也不知道被白胜换了门锁给赶出去后，在外边流浪了多久。

"你先让小孩洗澡，我去楼下超市买他的睡衣睡裤和别的毛巾牙刷的……"

傅峥愣了愣："等等，不是你和我一起给他洗澡吗？"

这下换宁婉理直气壮了："男女授受不亲，小男孩洗澡，当然你一个男的待命啊，人家万一要递什么肥皂的，难道我给人家拿吗？我说一起洗不过客气话而已啊，你让小孩洗着，我去给小孩买换洗衣服！"

她说完，竟然就把小孩往傅峥那一推，然后径自出门了……

傅峥看着自己面前脏兮兮的小孩，感觉自己这一秒即将窒息。

自己难道在宁婉眼里就是个廉价搓澡工？还是廉价的捡肥皂工？

然而放任这脏兮兮的小孩不管也不行，毕竟这异味大得连自己站得这

远都快闻到了……

傅峥稳了稳情绪,看向小孩,努力冷静道:"你把衣服脱了。"

自己都屈尊给人当捡肥皂的了,结果这小孩竟然十分不冷静,径自拒绝了傅峥:"爸爸说不能在陌生人面前脱衣服。"

说完,还像看色狼似的提防着看了傅峥两眼。

傅峥都快气笑了:"那是不要在陌生女人面前脱衣服,我是个男的,男的你懂吗?而且我才没兴趣看你,我意思是,你自己进浴室,关上门,然后脱衣服,洗澡。"

可惜小孩并不买账,显然忽略了傅峥的后半句解释,仍旧很警觉:"爸爸说了,有些男的变态起来比女的还危险!"

傅峥一口气差点没上来,他努力控制着情绪咬牙切齿道:"我看着难道像变态吗?你见过我这么帅的变态?我这么帅了我用得着变态吗?"

"不好说。"小孩吸了吸鼻子,一本正经道,"知人知面不知心,一般好看的变态变起来更变态。"

"……"

傅峥觉得自己被气得离撒手人寰不远了。

-Chapter 25-
好样的，傅峥

只是这么对峙下去不是办法。

傅峥虽然心里气得感觉自己像个炮仗都能炸上天了，但潜意识还是想要解决问题，他想了想，觉得再和这小孩纠缠下去没有意义，不如简单粗暴——

"你几岁了？"

"七岁。"

"行，那我给你放好水，你自己进去洗，都七岁了，你也是个男人，要还是不能自己洗澡的话简直都丢男人的脸，给你十五分钟，洗干净了出来！现在开始倒计时了，快！"

傅峥也不管小孩有没有紧迫感，只抬起一根手指，捏着鼻子，把小孩往浴室里推："你把澡洗了，我就让你住在这里等你爸爸，明天还带你去找爸爸……"

小男孩原本有些抗拒，然而一听到"爸爸"两个字，眼睛亮了亮："你真的能带我去找爸爸吗？真的可以住在这儿等我爸爸吗？"

傅峥点了点头。

小孩一下子情绪就好了起来："那你说话要算数！"他伸出一根脏兮兮的小拇指，"拉钩！"

傅峥看了眼这根黑乎乎的小拇指："这就不用了吧……"

小孩却很坚持："不行的！一定要拉钩的！爸爸这次说出差几天，很快回来，结果就是没和我拉钩，到现在都没回来……"他一边说一边似乎想起爸爸，眼眶又开始泛红。

傅峥根本没有哄小孩的经验，最怕小孩哭，也顾不上脏不脏和幼稚不幼稚了，赶紧蹲下身伸手和小孩拉了钩："行了行了，答应你了，你去洗澡。"

小孩得偿所愿，这才心甘情愿地拿着毛巾进了浴室。

宁婉没有离开太久。

傅峥给她的感觉确实不太能带孩子,因此她买完小孩的日用品就很快赶了回来。

也是巧,竟然楼道里遇上了同样从派出所处理完事赶回来的小民警,两个人互相打了个招呼,聊了几句,便一起往屋里走。

本以为小孩和傅峥大约是势同水火了,结果屋内的场景倒是让宁婉愣了愣。

出乎宁婉的意料,傅峥竟然已经让小孩洗完了澡。

宁婉进门的时候,他正皱着眉一脸屈尊地给小孩擦头发,模样有些笨拙甚至不耐,但动作很小心甚至温柔,只是擦个头发而已,他却浑身紧绷,如临大敌般,见了宁婉和小民警回来,才得救了般地松了口气。

这位年轻的民警帮忙开始把孩子的一些日用品拿出来分门别类,而宁婉便接手了小孩,很快,此前脏兮兮的孩子终于变得白白净净了,宁婉看了一眼,这才发现小孩皮肤白白眼睛大大,长得其实挺可爱。

"你叫飞飞是吧?"宁婉温声地把孩子引了过来,拿出了刚才在楼下便利店买的晚饭,"先吃点东西吧。"

小孩点了点头,也是饿了,一下子就狼吞虎咽吃起来,而等吃完,他对宁婉和傅峥的戒备心也果然放下了许多,都愿意主动搭话了。

"姐姐,那我爸爸去哪里了?"

宁婉放缓了语调,蹲下身,让自己视线能和小孩正好齐平,以免给他造成心理上的压力:"那你告诉姐姐,你爸爸离开前都发生了些什么?你妈妈又在哪里呢?"

小民警也在一边鼓励道:"没事,你说吧,把你知道的都告诉我们,这样我们才能帮你更快找到爸爸。"

飞飞看了看宁婉,又看了看傅峥,这次果然愿意开口了:"爸爸和妈妈以前和我住在一起,不是住在这里,住在另外的地方,就是我们上一个家。"

宁婉耐心道:"后来呢?"

"后来爸爸一直出去赌钱,妈妈就和他吵架,说输了好多钱,有一些人上门讨债,那时候天天睡不着,最后连房子也只能卖掉,所以上个家就没了,妈妈也和爸爸离婚回老家了……"

原来如此，宁婉心里有了个大概的计较："所以离婚后你就跟着爸爸，是吧？"

飞飞点了点头，"是的，妈妈身体不好，也没钱养我，所以我就跟着爸爸了。"说到这里，他连忙为姚康正名道，"但爸爸其实是个好爸爸，只要他不去赌钱，他其实对我挺好的，和妈妈离婚后，他也改了坏毛病，说自己再也不去赌钱了，也重新买了这个房子，要把妈妈重新找回来……爸爸没走之前的几天，我还听到他和妈妈打电话，说我们有新家了，让妈妈回来……"

飞飞说到这里，眼眶又有点红："这房子就是爸爸买的，买来给我和妈妈住的，可不知道为什么，爸爸一走没多久，就有个叔叔过来把我赶走，说这个房子是他的……"

飞飞不清楚情况，但宁婉和傅峥听到这里，互相对视一眼，就猜到了大概。

如果是这样，姚康伪造房产证和购买合同，似乎就有所解释了——因为抵赌债把上个房子卖了导致离婚，如今的他想必是想靠伪造个房产证和合同，证明自己不仅改过自新还买了新房子，以此哄回前妻。

只是那为什么突然中途失踪了，甚至把孩子也丢下了？

民警也循循善诱道："那你知道爸爸现在去哪里了吗？爸爸之前离开的时候有说过什么吗？有说什么很奇怪的话吗？"

飞飞摇了摇头："没说什么奇怪的话。爸爸走之前就只说要去出差，他在工厂里上班，以前也会出差，有时候要走个两三天才能回来，走之前会帮我买好方便面，等我方便面吃完，他就回来了，这次出差也是，说时间长一点，要四天，给我买了四天的方便面和火腿肠，可是四天过去了，爸爸还没回家……"

飞飞抹了抹眼泪："我就一直等，可爸爸还是没回来……姐姐，爸爸会不会出事了？我找不到爸爸，也找不到妈妈……因为妈妈在老家村里，我也记不住妈妈的手机号，只有爸爸有妈妈的联系方式……"

飞飞一边哭一边指了指傅峥："这个叔叔说，会帮我找到爸爸的，姐姐，是不是他真的会说到做到？"

傅峥皱了皱眉，刚想开口，结果电话响了，他不得不起身暂时离开。

……

时间已经不早了，傅峥走后，飞飞又哭了会儿，宁婉和民警又好生安抚了孩子的情绪,终于先把孩子给哄睡了。

傅峥本来中途正好去阳台那接了个电话,结果接完电话回来,发现小孩不见了。

"睡了?"他愣了愣,脸色不好看道,"去把他推醒。"

"什么?"

傅峥抿了抿唇:"刚才被电话打岔了,我还有事问他。"

"不是问得差不多了吗?姚康大概不是去出差了,而是去赌了,江山易改本性难移,大概率就是又赌瘾犯了,以往'出差'几天能回来,估计都是小赌,这次突然失踪,估计是欠下了巨额赌债,要么是怕被人追债所以跑路了,要么是因为拿不出钱被设置赌局的人给扣押住了。"宁婉叹了口气,"黄赌毒不能沾啊,真是泥潭,没自制力的人根本戒不掉……"

"没,我不是要问姚康的事,姚康的情况该了解的都了解了,剩下的明天到他工厂一探究竟就行了。"傅峥顿了顿,有些不自然道,"我是问问小孩别的事。"

"不是关于姚康,那还有什么别的好问的呀?"

傅峥显然不想说:"你不用管,我单独和小孩说。"

他一边说,一边就想往房里走,宁婉手快,一把拉住了傅峥:"你这到底要问什么呀?小孩都睡了,别再叫醒他了,过了困的点就不想睡了,我可好不容易才哄睡的!你问了他万一把他问清醒了,回头不肯睡,受累的还是你和民警。"

"可我不问我要睡不着。"傅峥黑着脸,不过嘴上这么不甘不愿,最终也并没有再往房里走,"明天再问他。"

傅峥的样子看起来带了种努力抑制的愤怒,搞得宁婉十分好奇:"到底什么事?"

傅峥憋了憋,最终没憋住:"凭什么他喊你姐姐,喊我叔叔?"

傅峥非常不满,质问道:"难道我和你都不是一个年代的人吗?我看着就很老吗?这小孩怎么小小年纪眼神就不好?等把他爸找到了,建议他爸带他去看看眼科……"

敢情你在意的是这个……宁婉简直哭笑不得,男人的好胜心可真是令人惊叹,竟然连这么一个小细节也不放过……

她劝慰道："没事,小孩不懂事啊,你虽然三十了,但三十也有三十的魅力,你看看,高远对你一往情深,肖阿姨也对你再见钟情,你那照片当初一挂出来,社区的老阿姨们都不疯魔了吗?都想着分一杯羹呢……"

结果自己不安慰还好,一安慰,傅峥这脸色更差了:"算了,你别说了,让我静静。"

"嗯!"宁婉拍了拍他的肩,"不行的话找陈烁聊聊,看看他最近有新的保健品推荐没,三十了,男人也要对自己好点……"

"……"

虽然嘴上说着自己要住出去把房子留下给民警和小孩,可最终这晚,傅峥还是留下了,虽然他辩称是懒得出去再找酒店,但宁婉能看出来,听完小孩的叙述,傅峥其实也心软了,是因为担心小孩才留下的。

这个男人有时候还真是"嘴上说着不要,身体却很诚实"的践行者……

最后傅峥倒是没睡地铺,他是在沙发上凑合睡的,而因为担心姚飞半夜醒来情绪不稳,宁婉再三考虑下还是决定留下来一起陪着他,于是小孩大刺刺地雀占鸠巢睡在卧室床上,民警陪着孩子睡在房内,宁婉睡客厅地铺,而傅峥则沦落到睡沙发……

这晚上,傅峥从沙发上滚下来了七八次,第二天,他顶着两个黑眼圈就起来了,脸色也更差了……

因为睡不好,傅峥索性早起给宁婉和民警小孩都买了早饭,等宁婉起床洗漱完毕看到已经有了早饭,果然露出了感激的笑容:"傅峥,你真贤惠!"

感激是可以的,但夸自己贤惠就大可不必了……毕竟没有哪个合伙人愿意被人评价贤惠……

不过不管如何,这还算是夸自己,傅峥觉得也就勉为其难收下了,何况宁婉看起来还挺关心自己,几乎是立刻就问起了自己的黑眼圈——

"你这昨晚睡得不好吗?"

傅峥矜持地抿了抿唇,刚想回答,结果就听宁婉继续道——

"你都被飞飞叫叔叔了,以后还是要注意睡眠啊,睡得少真的容易老,要注意点啊,失眠的话吃点褪黑素……"

"……"

傅峥瞬间收走了宁婉正想吃的包子:"你也少吃点,胖了显老,虽然还没三十,但你也奔三了,四舍五入也不远了,也该多注意下保养了。"

在宁婉的目瞪口呆里,傅峥淡然地把包子给吃了:"反正我都三十了,也是个叔叔了,胖和显老就我来好了。"

这男人,吃包子就吃包子,怎么吃得还这么怨气冲天的?

不管怎样,宁婉吃完了早饭,刚想着怎么处理姚康的事,小警察就接到了派出所的电话,他十分负责,昨天自己过来陪着孩子前,就交代了自己同事跟进这案子,如今他的同事一大早就主动跟进这件事了——

"姚康的事我查到眉目了,你们要不来一趟派出所?"

宁婉和傅峥也没耽搁,索性带上姚飞,跟着小警察一起就往派出所赶,姚康能有消息,这孩子第一时间也该知道。

只是没想到风风火火赶到派出所,接待的另一位民警一见姚飞,倒是给宁婉和傅峥挤眉弄眼暗示起来,宁婉一下子就懂了。

"飞飞,昨天看到一半的动画片还要继续看吗?"

飞飞不疑有他,立刻点了点头,宁婉便把手机调好到动画片塞给他,把小孩领进另一间房间里:"你先在这儿看会儿电视,姐姐和警察叔叔先聊下事情。"

等搞定了飞飞,宁婉才走出房间,轻轻带上门,回到了那位负责该案民警的办公室:"姚康是什么情况?"

既然刚才民警暗示避开飞飞,那姚康这失踪,肯定不是什么好事,宁婉和傅峥对视一眼,觉得此前两人的猜测或许八九不离十,这姚康大概又是赌博欠债丢下孩子就跑了!

"我今天一早就联系上了姚康所在的工厂,结果人事经理支支吾吾,后面才终于说了实话,姚康之前是出差去了。"

竟然还真的是出差?

只是还没等宁婉惊讶完,民警就给出了更让人惊愕的消息——

"他坐的工厂的小车去出差,结果路上没想到司机疲劳驾驶,遇到了车祸,他和司机两个人一个都没救回来,当场死亡了。"

别说宁婉,就是傅峥也愣住了,两人千算万算,真没想到姚康失踪竟出于这样的缘由——他死了。

"那怎么他的工厂一直没联系过家属?距离他出差已经过去这么久了,工

Chapter 25 / 好样的，傅峥

厂就没解决方案？"

面对傅峥的问题，民警也是叹了口气："因为是在出差途中发生的死亡，应该算是工伤的，但工厂那边根本不想赔钱，那工厂根本不是个正规工厂，也没给姚康上过工伤保险，出了事，这钱完全得自己掏，那人事也不是个东西，知道姚康的家庭关系，晓得他爸妈早就去世了，也没兄弟姐妹，离婚后就带个一点点大的小孩，索性不管不顾就私下把人给火化了，打着一分钱不赔的心思……"

真是大千世界无奇不有，宁婉和傅峥也是面面相觑，见过骚操作的公司，但没见过这么骚的。

"那飞飞……"宁婉想到还在隔壁房间里看动画片的孩子，心里有些不忍，来派出所的路上，这孩子还心心念念能早日见到他的爸爸呢……

这位民警也同样相当负责："不过好消息是，我找着孩子妈妈的联系方式了，已经电话通知了对方，这孩子你们也不用担心，他妈妈今天就能来接他，总之，你们和我同事带了一晚上孩子，也是麻烦你们了。"

昨晚陪着孩子的那位民警也一个劲地抱歉："昨晚孩子情绪失控，我们也没来得及查明所有事情细节，那种特殊情况下我们也不能限制孩子人身自由不顾意愿就强行带走，真的是给你们添麻烦了，真感谢你们的理解。"

"现在你们回去就行了，我看孩子现在情绪也比较稳定，不像昨晚那样歇斯底里不好处理了，你们就将他放派出所，待会他妈妈会直接来派出所的，剩下的交给我们负责就行。"

话虽然这么说，但……

宁婉正在迟疑的时候，没想到傅峥先开了口："根据法律规定来说，工伤死亡的职工，近亲属是可以按照规定得到丧葬补助金、供养亲属抚恤金和一次性工亡补助金的，姚康和前妻离婚了，又没有父母兄弟姐妹，那么姚飞作为子女，是可以领取这笔钱的，姚康发生工伤的工厂那边愿意承担这个责任了吗？"

"那倒是没有。"民警说着也有些无奈，"这就是个黑工厂，小作坊那种，可能很多员工都不给上保险的，甚至劳动合同都不签，我也是交涉了好久才从侧面打听出了实情，但你让这种企业愿意主动给出工亡赔偿，那无异于上天了，要它能主动给工亡赔偿，可至于直接把员工给私下火化了吗？"

"这种事,我们也见得多了,你说良心发现是不可能的,也只能当事人自己去法院起诉了,还是得自己维权啊,恐怕这维权路是不容易。"

"不介意的话我们在这里陪着小孩,等他妈妈来了再走吧。"

虽然对傅峥的提议有些意外,但两个民警还是点了点头:"行,你们和小孩到隔壁房间里等着就行。孩子爸爸的事,也等他妈妈到了再想个办法告诉他比较好……不然这一下的,孩子受刺激太大了……哎,可怜……"

明明说自己对小孩过敏,面对姚飞也总露出一脸不耐敬谢不敏的神情,然而如今事情算已经有了个解决方案,完全可以直接把小孩放在派出所就好,但傅峥却反而没有这么做,他看向宁婉:"你有事的话可以先走,我在这里再留一下。"

宁婉心下一动,然而面上却维持了冷静和平常,"你留着干什么?飞飞在派出所很安全,这两位民警挺好的……"她看了眼时间,"别愣在这里做无用功了,不如回社区去干活,昨天有个李阿姨咨询的停车位纠纷的事还没处理呢,赶紧回去处理下。"

傅峥一开始有些别扭和不自在,然而最终,他还是没有起身离开,只是看向了宁婉:"我现在也是在处理社区的工作。"

傅峥顿了顿,移开了视线:"姚康也勉强算是悦澜的租户,所以小孩的事也算是在社区法律服务提供帮助的范围内,他们家的家境看起来并不乐观,小孩他妈未来要一个人抚养他,总是需要一笔钱的,不管姚康是个什么样的人,是不是串通房产中介骗人,但他家人是无辜的,工厂私自火化遗体,本来就是违法侵权,又不愿意提供工亡赔偿和丧葬这些费用,等小孩他妈来说明了情况后,我想他们应该需要律师。"

"所以你准备给飞飞提供法律援助是吗?"

"是。"

"你不是对小孩过敏吗?"

傅峥自己这脸打得啪啪地响,然而此刻却绷着情绪还是佯装镇定自若,理直气壮极了:"我确实有点对小孩过敏,但我更对违法者过敏。不知道就算了,既然知情了,总不能放着不管,我又不瞎。"

说到这里,傅峥看了宁婉一眼:"办公室那边你忙你就回去吧,小孩这件事我会处理好,也不会占用工作时间,我会用自己休息时间办这个案子的……"

Chapter 25 / 好样的，傅峥

傅峥看样子是想继续解释，然而宁婉已经不想听下去了，她打断了傅峥，望向了他的眼睛："我看人没走眼，选的徒弟也没带错。"

宁婉的眼睛亮闪闪的："你不需要向我解释，你所做的一切都是一个社区律师真正应该做的，我们是最基层的律师，我们和最基层的人们打着交道，虽然在律师行业里来说，我们处于鄙视链的底端，那些做商业做非诉的律师肯定看不起我们，我们算是律师里的非主流，但我们得要做主流的事。

"我在法学院的时候，每年老师都说，法律市场过分饱和了，所以法学生就业几乎是所有专业里倒数的，除了少数考公务员去公检法的，大部分法学生最后选择了完全不对口的专业，去银行、去企业，选择成为律师的就很少，不仅是因为做律师苦，更是因为律师太多了，可案源却只有那么多，大部分律师甚至根本没什么活可干。

"但等我真正做了律师，我才发现，其实不是这样的，我们国内注册律师确实很多，2018年就已经突破四十多万人了，如今肯定更多了，可这四十多万人里，百分之八十的律师，可能只为百分之二十的人服务，大家争抢的都是这20%的有钱客户和案源，可在社区甚至更偏远的农村基层，大量的人是根本没有律师的，这儿有大量的活，可根本没律师愿意干。

"我原来也看不上社区律师这份工作，但真正做起来，我才发现是有意义的，是有价值的，我们每做的一点点小的法律援助，有时候改变的是别人的人生，虽然有时候钱确实少了点，但看着自己的奋斗真的在改变这个世界，不觉得很热血吗？

"一开始你来社区，很多观念和做法都不接地气，但现在的你，从思维和行动上，都已经越来越变得有人情味和责任感了。"宁婉眨了眨眼睛，"怎么说呢，也不是说你以前就不优秀，而是以前的你给人感觉有距离感，像是悬浮的，但现在的你真正脚踏实地，有一种落地的踏实。"

说到底，基层律师真的并不比高级的商业律师掉价，两者都有存在的必要性，两者也都有大量的需求者，职业没有贵贱之分。

自做了社区律师以来，宁婉也不是没受到过别人的看不起和轻视，自己一开始心理上也不好受过，曾经对这份工作懈怠过，但真正调整过来以后，全身心投入，很多时候也自我感动和满足过。

虽然偶尔在别人看来是多管闲事或者圣母病泛滥，穷忙穷忙的，但管他呢，

对得起自己的初心就好,不还有个词叫穷开心嘛!

一想到这,宁婉心里又有些感慨上了。

她看向傅峥,真心实意道:"作为你的前辈和过来人,我也真的希望你能真正喜欢自己的工作,能真正在工作里找到这份职业的价值,这样就算以后你去转做商业方向了,也能记住这段经历,不忘初心,不会变成那种讼棍或者为了钱什么都愿意干的律师。"

她说完,一本正经地拍了拍傅峥的肩膀:"好样的,傅峥!"

而宁婉说到这里,刻意压低了声音,像是要分享什么大秘密一般,偷偷对傅峥接着道:"实不相瞒,我最近和所里马上要来的神秘大PAR接上头了,等我进了他的团队,就把你也引荐进去!保持你现在的工作热情,我看你再努力个半年,肯定也能让人家入眼了!总之,不要灰心!继续努力!"

"……"

-Chapter 26-
来势汹汹：你年纪大，你是前辈

飞飞的妈妈卢珊是在飞飞午睡的时候到的，她此前在容市附近的老家，得到消息赶来也是一脸行色匆匆和憔悴，一见民警就挺焦急："飞飞在哪儿？"

"飞飞刚看动画片呢，这会儿累了刚睡着。"

等民警带她推开隔壁办公室门见了熟睡中的飞飞，卢珊的焦虑才终于缓和了不少："给你们添麻烦了，我平时都和飞飞爸爸联系，家里条件不好，飞飞又小，没给他配过手机，姚康说新买了房子也没装座机，之前因为姚康工作常常出差，我和他又已经离婚了，本来也十天半个月才联系上一次，我也没当回事，以为他带着飞飞，没想到遇到这种事……"

卢珊想着孩子的事，显然有些后怕，神色更是有些气愤："姚康这人我还以为改正了，真的想好好过日子了，我还竟然真的考虑过是不是为了孩子复婚，结果丢下孩子人又不见了！我看是又去赌钱了！真是狗改不了吃屎！"

一讲到这里，卢珊眼眶也有些红："也怪我自己不争气，没本事，连个稳定工作也没，就只能给别人当家政做做零工，身体还不好，根本没法养活孩子，一工作都是住家，也没法带孩子在身边，这才把孩子给了他带……"

"卢女士，事情不是这样，飞飞爸爸他这次还真不是去赌钱了……"

民警给卢珊递了纸巾和水，等卢珊情绪更稳定些，才一五一十把事情和盘托出："……总之，情况就是这样，飞飞那边我们怕刺激孩子，还没和孩子说，你来了，安抚好孩子，看什么时候合适，再和孩子沟通吧，我们看孩子还是挺依赖他爸爸的……"

卢珊虽说憎恶姚康赌博恶习，离婚前也经常吵，几乎把感情吵没了，然而乍一听姚康竟然出车祸身亡的消息，整个人也是木木愣愣，一时之间都没反应过来："你们说什么？姚康死了？姚康怎么就死了？他不是身体很健康吗……"

宁婉和傅峥交换了个眼色,别说孩子,就是已经离婚的前妻,听到姚康去世的消息果然也无法接受,两个人扶着卢珊安慰了许久,卢珊的情绪才终于平静下来,只是眼泪还是忍不住地掉。

"结婚一场,虽然他这个人真的一身臭毛病,但我也没想到他会遇到这种事……甚至没见到最后一面,他就被匆匆火化了……"卢珊抹着眼泪,"他那个工厂,怎么可以这样?孩子都没能好好和自己爸爸告别,怎么能这样擅自处理?"

傅峥见卢珊提及这个话题,便顺水推舟开了口:"卢女士,关于这个问题,其实还涉及姚康的工亡赔偿、抚恤金的事,飞飞作为儿子,是有权要求姚康工作的工厂支付这个费用的,如果你有需要,我可以替你代理。"

事出突然,卢珊其实还没理清头绪,见到傅峥这样毛遂自荐,一时之间便是迟疑和戒备:"你是律师?可……可这样打官司要花多少钱?我,我没有那么多钱……而且官司一定能赢吗?这个赔偿一定能要到吗?会能要到多少钱?大概得要多久?"

"我们是律师,我们两个一起为飞飞代理维权,无偿的。"宁婉笑了笑加进了话题,傅峥如今是实习律师,没法单独办案,所以必须她一起参与,"我们就是这社区的律师,飞飞也算和我们有缘,他已经没了爸爸,以后就需要你抚养了,如果能争取到这笔伤亡赔偿,将来你们的生活也会宽裕不少,你也能换个收入少但能带着孩子的工作。"

卢珊一开始显然不太信:"真的什么钱都不要?免费的?可姚康还骗人造假了房产证,害得你们住着的房子都出现了麻烦……"

"没关系,交给我们吧,但和飞飞沟通爸爸出事这件事,要麻烦你了。"

卢珊其实说来说去也并不见得多相信宁婉和傅峥,然而大约再三确认是免费的,抱着死马当活马医的心态,还是决定试试。

傅峥和她沟通了代理的事宜,又收集了部分信息,才约定等飞飞了解事情后再继续下一步,而其间傅峥也会先行与姚康生前所在的工厂沟通:"我会尽量走调解结案,和对方沟通和解方案,争取拿到应得的赔偿,努力不走起诉路线,起诉太花时间了,短平快地解决这个案子让你们早点拿到钱款、早点开始新生活比较实在。"

傅峥和宁婉又交代了卢珊一些细节,这才告辞离开,剩下的事,就是等

Chapter 26 / 来势汹汹：你年纪大，你是前辈

飞飞接受事实后由卢珊作为法定监护人走完律师委托程序了。

回社区办公室的路上，傅峥自告奋勇："接下来的事交给我就可以了。"

"和那种黑作坊沟通谈判，你没问题吗？"

"没问题。"傅峥抿了抿唇，清了清嗓子："我挺擅长的，你也带教了我一段时间了，我也该单独锻炼下能力，不需要什么事都由你手把手教了。"

因为以往没有基层经验，虽然是合伙人，但来社区以后，很多地方傅峥确实也仰仗宁婉的提点，但如今渐渐适应了社区案件的节奏，傅峥觉得是时候给自己重新树立下形象了。

总不能每次都让宁婉像老母鸡护崽一样，是时候让宁婉看看自己的实力了。

果不其然，宁婉看向傅峥的眼神，一下子就充满了赞赏："那就交给你了！"

傅峥对这种眼神相当满意，明明接了个以往根本不会做的免费法律援助案件，但心里竟然有些轻飘飘的愉悦，只是这份愉悦在看到社区办公室门口那站着的不速之客时就烟消云散了。

好死不死，门口竟然站着陈烁。

傅峥嘴角的笑意渐渐淡了，表情冷淡地瞥向陈烁。这个之前莫名其妙攻击自己年纪大的人，怎么又来了？

陈烁见了和宁婉同行的傅峥，也是一愣，虽然看向傅峥的脸色并不好看，但一面对宁婉，他笑得又温柔又和煦。

"宁婉学姐！"他露出阳光爽朗的笑，朝宁婉大力挥了挥手，"我刚在外面特意给你带了你喜欢的奶茶。"说着，他就把手里的东西递向了宁婉。

宁婉见了学弟，自然有些意外和惊喜，她接过了陈烁的奶茶，"你真贴心！正好还是我喜欢的口味！谢谢啦！"她笑了笑开玩笑道，"下次来记得帮傅峥也带一杯吧，不过他不喜欢奶茶，弄个什么乌龙茶就行，正好他要出去办案，不然还能顺手带着喝……"

这熟稔的语气和自然而然关心的态度，陈烁只觉得仿佛十万只蚂蚁在啃噬着内心。

好在宁婉吸了口奶茶，很快转移了话题："不过你怎么不提前和我说下就来了呀？"

陈烁重新露出了笑意："正好开完庭路过。"

难得陈烁来,宁婉自然不肯放过:"所里最近有什么八卦吗?那个马上要加入的大PAR你见过没?他开始选团队了吗?"

"这个PAR还挺神秘的,目前大家也都在猜测什么时候开始选人进团队,不过最近中层合伙人倒是有挺大的变动,沈玉婷连人带团队走人了,高PAR找她谈了次话,实际听说是她案子走私账被发现了,所以其实是开除,不过也算顾全脸面,所以对外说是正常主动离职而已,但大家都传说因为是团队做事不合规,外加李悦和胡康工作态度不认真,说了让他们也来社区轮流驻派结果根本不来……"

这个消息着实让宁婉愣了愣,她没想到有朝一日高远还能彻查这些事:"高远怎么知道的?"

"听说是有人直接向他提供线索举报了。"

宁婉顿了顿,询问地看向了傅峥,傅峥也不矫情,默认领受了这份功劳。

陈烁不知道内情,还在兀自夸赞这位举报者:"这个实名的举报者挺有勇气的,本来在社区轮值就不该是你一个人的事,结果李悦和胡康都不来,硬生生把工作量都压在你身上了,这举报得挺好……"

陈烁笑笑:"而且高PAR无意间透露是个男的举报的,这样一来,大家也都不会觉得是你做的……"

虽说举报不正之风这种事其实在道德上没有任何瑕疵,但历来办公室潜规则就是对这类举报的同事,不管如何都会敬而远之,就仿佛是小学时候举报同学作弊的班长一样,大家明明知道班长做的是对的,但心理上总会默认对方是个告状精,不可信,一方面享受举报者举报带来的利益,但另一方面又孤立举报者。

要是没有高远无意间透露举报者是个男性,毫无疑问宁婉将是第一个被怀疑的对象,毕竟李悦和胡康不来社区,自己是最大的利益受损者……

然而如今说是个男的……

陈烁是没多想,但和沈玉婷交好并且还留在所里的其余几个合伙人却不一定不会多想,正常哪个老板都不会想要不听话的下属,这种有过举报前科的,更是觉得是刺头,不愿意收进团队的……

高远或许是对傅峥贼心不死所以为了讨好傅峥,他一举报就把沈玉婷给处理了,但傅峥这人到底还是太天真了!

Chapter 26 / 来势汹汹：你年纪大，你是前辈

男的举报者，又和李悦和胡康这几个有利益牵扯的，不是自己，自然很容易猜测是傅峥了，毕竟他如今也在社区，李悦和胡康不来，傅峥的工作量也加大……

可惜傅峥此刻还一脸傻白甜的云淡风轻，宁婉急得不行，也不管陈烁在场了，径自丢下陈烁，就把傅峥拉到一边私下敲起来："高远这透露举报人是男的一定不是无意的，只不过演技纯熟弄得像是不小心透露的一样……"

宁婉这话倒真是让傅峥愣了愣，他当初让高远那么做，其实是为了保护宁婉，只是没想到竟然被宁婉识破了？傅峥没想到宁婉会这么犀利，竟然还挺聪明，看样子确实是适合来自己团队的好苗子。

他轻轻了咳，正准备接受宁婉涕泪横流的感激，结果却听宁婉恨铁不成钢道——

"你可真是个傻缺！打抱不平也要先保护好自己呀！你看看高远这人多老奸巨猾，你细细品品，他到底安的什么心？他这么一说，很容易推测举报人是你，那以后哪个合伙人愿意要你进团队？还不都觉得你是个刺头难管？还不只剩下想那个那个你的他？这时候你要是想发展事业进好点的团队，就只有他的了，那还不是得被他拿捏？"

宁婉越说越气："这个色狼，真是不要脸！"

"……"

傅峥一言难尽地看向宁婉，想要收回自己刚才判断她聪明的话语，同时又有些同情高远，他觉得高远如今的口碑可能是挽回不过来了……

两个人正这么低声说着，那边被冷落的陈烁用力咳了咳："傅律师不是忙着出去办案吗？宁婉学姐，有什么事需要商量你找我就行了，有案子需要讨论的话我也随时奉陪，还是先让傅律师去工作吧，他这样大年纪才入职当律师，积累经历的每一分每一秒都很珍贵。"

这是找存在感了。

傅峥皱着眉看向陈烁，然后他笑了笑，一脸友善地建议道："反正我要去姚康的工厂取证，不如正好送一送陈律师？你也该回总所了吧？"

结果傅峥这话下去，陈烁并没有露出不满的神色，相反他也笑了起来，慢吞吞道："忘了说，因为考虑社区律师工作其实也比较繁重，本来应该由李悦和胡康一起来社区值班，但这两人之前也没来，现在也离职了，所以我特

意向高PAR申请了调来社区工作。"

陈烁讲到这里,意味深长地看了傅峥一眼:"毕竟本来我就一直想到社区来锻炼,只是很可惜,之前被人意外的空降给挤占了名额,现在既然再次申请来社区,也算是重新上了正轨吧。"

"真的吗?"

宁婉的惊喜终于让陈烁心里好受了点,他情绪慢慢缓和下来,温和地笑了笑:"是的,我今天来就是想说这个消息,理论上工作从明天正式开始,总所那边的工作也会继续做,不过考虑到来社区挂职驻扎,所以总所那边给我安排的工作量会轻松些,另外正好今天下午我也没什么事,所以就想过来提前适应下。"

"太好了太好了,这样我们社区更是如虎添翼了!"宁婉丝毫没掩饰自己的情绪,很是热情,"你在这里等着,我上季主任那里给你申请预算,争取明天就给你采购办公用品,特别是椅子……"

宁婉说完,就风风火火往隔壁找季主任去了,办公室里只留下傅峥和陈烁。

宁婉一走,这两人连表面的友善也懒得维持,陈烁朝傅峥挑了挑眉:"傅律师不是要办案?现在可以去忙了吧?"

傅峥脸上还维持着友善的面具,他笑了笑:"我们平时社区律师办公经费整个吃紧,要采购了椅子,到别的需要花钱的时候,宁婉就申请不到费用了。"

他看了眼陈烁:"椅子我看也不用特别买吧?正好之前宁婉给我买过一个高贵典雅地中海蓝,我现在换椅子了,那个就闲置不用了,何况我们社区工作繁重,也不知道陈律师能在这里干多久,用那个凳子应该足够了吧?毕竟万一陈律师你只是来社区过渡呢?特意花钱配一个椅子就没必要了。"

傅峥其实这话说得温声温气,模样也特别落落大方,但陈烁却觉得刺耳极了。

他这是什么姿态?这话说得,好像他是个以大局为重,成天为家庭考虑,精打细算,真正会过日子的原配正宫,话里行间都在暗讽自己是个不知道哪个野路子来的只会挥霍花钱只管享受并非真爱,因此也不会打心底为家庭考虑,不仅不贴心,还不懂事……

而傅峥那番故作姿态的大方,也让陈烁打心底里不爽,就宁婉那种傻愣愣的劲头,身边有这样老奸巨猾的佞臣,恐怕早晚被这人韬光养晦了篡权……

其实陈烁从第一次见傅峥就不喜欢他,因此每次见他都抑制不住敌意,他喜欢宁婉,因此见宁婉身边出现的一切雄性生物都反感,尤其傅峥这样的,存在感和气场太过强烈,一下子就激发了陈烁的危机感。

而且傅峥这话,听起来句句都不像好话。

陈烁心里一边想一边冷笑,面上却还是露出了友善的笑:"你年纪大,你是前辈,但是实话说,一般年轻人比年纪大的更能吃苦,毕竟年轻力壮的,何况一开始我就主动申请来社区了,我一直很期待在这里和宁婉一起工作,你放心,我一定会在社区好好干下去。至于椅子,确实不用特意采购,既然有闲置的,还是高贵典雅地中海蓝,我就坐那个好了。省下的钱宁婉要以后想添置点什么,也方便。"

陈烁这么说了,傅峥脸上反而露出了迟疑和思忖的表情:"不过……要不还是算了吧,还是买把新椅子吧,毕竟那把椅子,确实有些不高档……也不知道陈律师能不能吃苦坐得下去……"

呵,和我斗?陈烁心想,不就四两拨千斤化被动为主动吗?他也行。

自己都是成熟律师了,还能斗不过傅峥这种刚出道的老东西?

自己还年轻,倒是要看看谁笑到最后!

于是陈烁笑着道:"没关系,我既然申请来社区,就不是怕吃苦的,我不用买新的了,就坐这把。"

傅峥也笑了:"既然陈律师这么坚持,那我就帮你把这把椅子拿出来。"

只可惜很快,陈烁就有些笑不起来了……

因为傅峥笑眯眯地打开了杂物间,指着落满灰尘的廉价塑料凳子:"喏,就这个。"

"……"

这个凳子,未免也太破了吧?这廉价又乡土的蓝色,这摇摇欲坠的塑料凳子腿,这落满灰尘的二手古旧感……

陈烁瞪向了傅峥,傅峥也平静地回望陈烁。

两个人你来我往暗流涌动,就差用目光交战了。

结果宁婉从门外跑进来打断了傅峥和陈烁之间的胶着,她大大咧咧道:"陈烁,我和季主任说啦,明天给你买椅子去,今天你先凑合一下,正好傅峥要出去办案,你就先坐傅峥的椅子吧。哎?傅峥?你怎么还没走?"

"……"

宁婉心里还是有自己的,陈烁松了口气,佯装自然道:"还用采购吗?我听傅律师刚说,不是还有个蓝色的塑料凳子吗?我坐那个就好。"他单纯地笑笑,"我不挑的,能来这里工作就很好了"。

宁婉听了果然不依,她立刻摇了摇头,坦率道:"那个凳子不行,太差了,坐着不舒服的,预算批下来了,给你买个好的,之前季主任给傅峥推了个房源结果埋了个隐藏的大雷,我用这事'威胁'他呢,他自己心里有愧,所以爽快批了这笔钱,可以用来给你买椅子了。"

"……"

傅峥默然不语,陈烁终于扬眉吐气。

可惜宁婉不知道这暗流涌动,她奇怪地看了一眼抿唇不发一言的傅峥:"傅峥,你还不去办案子吗?要不赶紧去吧,那工厂可远了,去晚了回来的公交都要赶不上的!"

"……"

(上册完)